ハヤカワ文庫SF
〈SF2349〉

ファニーフィンガーズ

ラファティ・ベスト・コレクション2

R・A・ラファティ
牧 眞司・編／伊藤典夫・浅倉久志・他訳

早川書房
8747

BEST SHORT STORIES COLLECTION OF
R. A. LAFFERTY

by

R. A. Lafferty

Edited by
Shinji Maki

Translated by
Norio Ito, Hisashi Asakura and others

First published 2021 in Japan by
HAYAKAWA PUBLISHING, INC.
This book is published in Japan by
arrangement with
LOCUS SCIENCE FICTION FOUNDATION
c/o JABBERWOCKY LITERARY AGENCY, INC.
through THE ENGLISH AGENCY (JAPAN) LTD.

目次

ファニーフィンガーズ　7
日の当たるジニー　39
素顔のユリーマ　65
何台の馬車が？　93
恐るべき子供たち　117
超絶の虎　155
七日間の恐怖　179
せまい谷　195
とどろき平　227
レインバード　263
うちの町内　287

田園の女王　303
公明にして正大　325
昔には帰れない　353
浜辺にて　387
一期一宴　415
みにくい海　439
スロー・チューズデー・ナイト　469
九百人のお祖母さん　487
寿限無、寿限無　511
編者あとがき／牧 眞司　529

ファニーフィンガーズ

ラファティ・ベスト・コレクション2

ファニーフィンガーズ

Funnyfingers

浅倉久志訳

初出：小冊子 *Funnyfingers & Cabrito* (1976)
邦訳：《SFマガジン》二〇〇二年八月号

日本でのラファティ短篇集にはこれが初収録。原作の初出は「ファニーフィンガーズ」と「カブリート」の二短篇をカップリングで収録した小冊子。タルサ大学の原稿コレクションの記録によると、「ファニーフィンガーズ」の脱稿は一九七三年二月。パリパリの新作ではないが、五七年に書きあげお蔵入りになっていた「カブリート」とは事情が異なる。神話・奇想・情緒のバランスが絶妙、物語もじつにわかりやすく、これが雑誌やアンソロジーに売れずに残っていたとは考えにくい。

平凡な人間の近くに特別な資質の異種族が暮らしている構図は、長篇『地球礁』のプーカ人、短篇「アダムには三人の兄弟がいた」のレクェセン人、「とどろき平」の住人（ミッシングリンク）など、ラファティ作品にはよく見られる。彼らはマイノリティであり社会周縁に位置するが、非常に逞しく、人間的規範や秩序をぬけぬけと擾乱《じょうらん》する。本作品ではその面白さに加えて、主人公オーリャドのイノセントが素晴らしく、全体に独特の哀感をもたらす。また、エピグラフのなかにオルフェウスの名があるので、読者はあらかじめ悲恋の物語を予感するのだ。

1

「――そして、オルフェウスがグルックのオペラのあの美しいフレーズを奏でたとき、
冥府の神プルートは涙を流した――しかし、それは鉄の涙だった」

――ヒレア・ベロック「偉人の涙について」

「あたしはだれ？」ある日、オーリャド・ファニーフィンガーズは母親にたずねた。「それと、ついでだけど、あたしは何者？」

「あら、パパとママの娘にきまってるじゃないの」と母のフランシス・ファニーフィンガーズはいった。「だれかにへんな知恵でもつけられたんじゃない？」

「これはあたしの考え。いちおう山奥の叔父さんたちと話はしたけどね」

「そう。じゃ、これだけは知っておいて。パパもママもおまえを心から愛してる。いいかげんなところはこれっぽっちもない。わたしたちはおまえを選び、おまえはわたしたちにとって――」

「ねえ、そうむきにならないでよ、ママ。あたしが養女なのは知ってる。それにパパもママもあたしのことをすごく愛してくれてる。それはよくわかってる。だって、口癖みたいに聞かされるんだもん。でも、あたしって、ほんとはいったい何者？」

「おまえは小さい女の子よ、オーリャド。ときどき世話の焼けるおませな女の子」

「でも、おませだなんて気がしないな。すごくまぬけな気がする。あたしがパパにほんのちょっと似てるだけで、ほかのだれにもぜんぜん似てないのはどういうわけ？　あたしとパパのあいだには、いったいどんなつながりがあるの？」

「最初はなんにもなかったのよ、オーリャド。そういうことじゃないの。わたしたちは実の子供を持てないから、よさそうな子を探してたわけ。おまえを見て、ひと目で恋におちたの。ヘンリーの面影がそこにあったから。それと、ヘンリーもひと目でおまえと恋におちたわ。ヘンリーの面影がそこにあったから。いつもヘンリーは、このわたしとヘンリーのお気に入りだもの。まあ、これは冗談。でも、まるきりの冗談じゃない。うちの亭主ときたら、わくわくするほど子供っぽいお山の大将なんだから。さあ、オンモへ出て遊んできなさい」

「ううん。裏へはいって遊んでくる」

「あら。でも、あそこは暗くて、きたなくて、それに煙くさいのに」

「そうよ。よその場所は明るくて、それに煙くさくないわ、ママ」オーリャドはそういうと、山の内ぶところへ遊びに駆けこんでいった。

　そう、ヘンリー・ファニーフィンガーズの家と仕事場の背後には、山があった。山といっても、オーセージ山脈のふもとをとりまく丘のひとつでしかなく、標高も低いが、なかなかけわしい。その丘は町の北西のへりにある。仕事場というのは、オーリャドの父ヘンリーがいとなむタイプライター修理店だ。しかし、外の看板ではそうとわからない。看板にはこうある――〈ダクテュログラフ修理します　ヘンリー・ファニーフィンガーズ〉。

　その建物の店舗部分は、半分までが丘の内部というか、地下にある。店の奥にはうす暗い明かりのともった部品室があり、そこは完全に丘の地下。さらにこの部品室の奥には、つぎからつぎへとべつの部品室がならんでいる。岩の壁にかこまれた暗い部屋部屋は、先へ進むにつれて丘のふところ深くはいりこむため、いっそうごつごつした岩にかこまれ、うす暗くなっていく。しかも、果てしなくつづいているらしいトンネルと洞窟のなかで、これらの部屋部屋もまた果てしなくつづいている。

昼なお暗いその闇のなかでも、どの坩堝《るつぼ》のなかへ手をつっこめばいいかを知っていれば、この世界のありとあらゆる機械のありとあらゆる部品が見つかるのだ。すくなくともヘンリー・ファニーフィンガーズはそう称していた。

まっ暗やみのなかで、オーリャドは部屋から部屋、通路から通路を駆けぬけていった。ほうぼうの坩堝や炉のなかからいろんな部品をつかみだしては、また走りだした。やがてオーリャドがそれらの部品をひとつに組み立てると、その物体はなにかを訴えるように吠えはじめた。「あれれ、なにを忘れたのかな？」とオーリャドはたずねた。「あ、そうか、ラスティ。まだひとつしか耳をつけてあげてなかったね。ごめん」オーリャドは〈もうひとつの耳の坩堝〉のなかからもうひとつの耳をとってきて、ラスティにくっつけた。鉄の犬はこれで完成。丘の真下のトンネルのなかで、ラスティはオーリャドのあとを追って、走ったり、ふざけたり、ワンワン吠えたりすることだろう。

「おお、ケルミスよ、アクモンよ、ダムネイよ！
ねえ、山から出てきて、あたしと遊んで」

オーリャドはそう歌った。ときどきこの山の叔父さんたち三人は、〈全世界のために、数字やら文字やら部品やらを作らなくてはならない関係で）いそがしくて遊ぶひまもないことがある。しかし、たいていの場合は、だれかひとりがやってくる。きょうはケルミスの番だ。ケルミスはぷんぷん煙のにおいをさせているが、オーリャドには気にならない。彼はお話をたくさん知ってるし、たのしい遊び相手だし、そこからなんでも作れる熱い暗やみの火でいっぱいだ。その午後から夕方にかけてはとてもたのしかった。たのしみをつぎからつぎへと光のなかへ呼びだしたからだ。しかし、やがてケルミスも仕事にもどることになった。

オーリャドと鉄の犬のラスティは、おうちへ帰ろうと通路を駆けもどった。駆けもどりながら、彼女はすこしずつラスティを分解し、それぞれの部品をそれぞれの坩堝のなかへもどしていった。最後に〈吠え声の坩堝〉へ吠え声をもどすと、店のなかを通りぬけ、夕食が待っている家のなかへはいった。

「あら、オーリャド、どうしてそんなに煙にくすんで、煙くさいの？」と母のフランシス・ファニーフィンガーズがたずねた。「どうしてほかの女の子のように、日なたで遊ばないの？　どうしてほかの女の子や男の子と遊ばないの？」

「せんにあたしは鉄の男の子をこしらえて、遊び相手にしたわよね、ママ。あいつがどんなにふざけちらしたか、なにをしでかそうとしたかは、あきれるぐらいだったわ。あとで分解するのに、すごく手間がかかっちゃった。男の子をこしらえるのはもうこりごり。だって、すごく世話が焼けるんだもん」

「そう、いま思いだしたけど、そうだったわね」フランシスはうなずいた。「おまえはいったいどこからいろんなお話をこしらえてくるの、オーリャド？」

「鉄からこしらえるのよ」オーリャドは真剣な口調でいった。「ありとあらゆるものは、最初に鉄から作られたの。その部品はいまでも坩堝と炉のなかにそろってる。あとは組み立てればいいだけ」

「お話の部品を？」

「そうよ」

「鉄のお話ってこと？」

「うん、そうよ、鉄のお話」

「おまえという子は、おかしな指《ファニーフィンガーズ》で、おかしな顔で、おかしな頭をしてるのね」と母はいった。「なんならお夕食も、鉄のスプーンとナイフを使って、鉄のお皿から食べたらどうかしら」

「あら、そうしてもいい？　だったら、いまからこしらえてくる」とオーリャドはさけんだ。

「どうせこしらえるなら、おれの分もたのむぜ」父のヘンリー・ファニーフィンガーズがいった。

「だめよ、オーリャド。すわってこのお皿から食べなさい。ふたりとも」フランシス・ファニーフィンガーズは夫と娘を愛してはいたが、ふたりの言動にはときどき首をひねるしかなかった。

　正直なところ、オーリャドがすくすく育ったとはいいにくい。成長したとはお世辞にもいえない。九つになってようやく小学校にかよいはじめたが、見かけはせいぜい四つか五つだった。どのみち、学校へかようのは、世間体だけだ。オーリャドはもうすでにあらゆることを知っていた。

　友だちづきあいはうまくいった。オーリャドは変わり者の少女だが、そんな自覚はなかった。教室で先生に指名されるとみんながまごつくような答えをしたが、だれもそれがまちがった答えだとはいえなかった。みんなと逆の向きから答えにたどりついたとしても、そのどこがいけない？　オーリャドはにこにこ顔のふしぎな少女で、クラスメートのほとんどだれからも好かれた。オーリャドを好きでない子供たちはこの少女をこわがったが、オーリャド・ファニーフィンガーズのような小さい生き物をこわがる理由がどこにあるだろう？　なぜその子供たちがこわがったかというと、オーリャドが、「あたしをいじめたら、鉄のオオカミをこしらえて、あんたらを食わせちゃうからね」といったからだ。オーリャドならそうしかねないし、そうしかねないことは、子供たちもよく知っていた。
いつもオーリャドはきちんと宿題をやってきたし、まちがいもなかった。ただ、そのやりかたは、母の目から見るとあまり勉強らしくないものだった。オーリャドは、教科書や宿題のプリントを家から持ちだす。そして、歌をうたいながら修理店のなかを通りぬけ、部品室を通りぬけ、その奥にある部品室をつぎからつぎへと通りぬけて、丘の底の底までトンネルをくだっていく。

「おお、ケルミスよ、アクモンよ、ダムネイよ、
ねえ、用意して。答えのはいった坩堝を」

オーリャドはそんなふうに歌う。つぎに、答えの坩堝から鉄の答えをとりだす。それから宿題の科目に応じて答えを組み立てる。それをプリントの上へまるでスタンプみたいに押しつけると、はい、できあがり。本人の筆跡で、すべての答えが正しく印刷される。オーリャドはこの要領で、教理問答集も、作文も、課題図書についての質問も、算数も、難

なくこなせた。そのあと、答えの坩堝へ鉄の答えをもどしてやると、どれもひとりでに融解して、どろどろした鉄の塊にもどるのだ。

「そのやりかたってインチキじゃない？」母のフランシスはいつもそうたずねた。「よその子供もみんなその調子で宿題をかたづけはじめたら、いったいどうなるかしら？」

「むりよ、そんなことは。ファニーフィンガーズでなけりゃ」とオーリャドはいった。「ファニーフィンガーズでないと、熱い鉄の答えにさわったりしたら手が焼けこげちゃうもん。ううん、インチキじゃないよ。宿題の科目をちゃんと知ってなくちゃだめだし」

「それもそうね」と母のフランシスはいった。彼女が理解できないことは山ほどあった。夫のヘンリーについても（「あの人は子供っぽいわ。まるで少年みたい、鉄の少年みたい」）、また、娘のオーリャドについても（「あの子はフクロウみたい、小さいフクロウみたい、小さい鉄のフクロウみたい」）。ヘンリーもオーリャドも昼の日ざしがあまり好きではなかったが、いつもなるべく勇敢にそれに立ち向かっていた。

ある日オーリャドは母が涙をうかべているのに気づいたが、その涙に含まれているのは塩からい幸福だった。「ほら見て」と母のフランシスはいった。その手には、ヴァレンタイン・カードがあった。ヘンリーが彼女に贈った鉄のヴァレンタイン・カードだ。そこには鉄のハートが刻まれ、鉄の詩が記されていた。

「かつては生命にあふれていたきみが
死んで五百年経ったら、
おれは塩からい涙できみを思いだし、
新しい妻をめとろう」

「わあ、ママ、これってすてきじゃない」とオーリャドがいった。

「でも、どうして鉄のカードなの？」フランシスはたずねた。

「そりゃそうよ。世界最初の詩は鉄から作られたんだもの」

「じゃ、五百年とはどういうこと？」

「パパはすごく思いやりがあると思うわ。ママが死んだあと、新しい奥さんと結婚するのに、五百年も待つっていうんだもの」

「ええ、そういえばそうね、オーリャド」しかし、フランシスは自分の家族のことで、どこか割りきれないものを感じていた。


ヘンリーは、タイプライター修理店の稼ぎで、暮らしに不自由することはなかった。というか、店舗の奥にストックされた部品からの稼ぎで、暮らしに不自由することはなかった。タイプライターだけでなく、ありとあらゆる機械製品の販売業者や修理人が、彼のところへ部品を買いにくるからだ。ヘンリーの言い値は手ごろだったし、どんな部品でもないものはなかった。買い手がトラクターの部品や、乾草梱包《かんそうこんぽう》機の部品や、食器洗い機の部品のカタログ番号をならべたとする。「ちょっと待って」ヘンリー・ファニーフィンガーズはそういうと、謎の裏部屋のなかへ飛びこんでいく。歩きながら、彼はこんな滑稽な小唄をひとりごとのように口ずさむ——

「おおケルミスよ、アクモンよ、ダムネイよ、
　さあ、番号はこれだ。作ってくれ、たのむ！」

　するとたちまち、歌詞のおしまいの部分が口から出たか出ないうちに、もうヘンリーはできたてのほっかほかの部品をかかえてもどってくる。品切れだったためしはない。コンバインの部品、電動モーターの部品、フォードの部品、なんであろうと、カタログ番号か、こわれた部品そのものか、いや、おおまかな説明さえあれば、たちまち揃えられる。その上、タイプライターの修理ならお手のもの、町に住むだれよりもすばやくてうまい。ヘン

リーは金持ちではなかったし、金持ちになるのを恐れてもいた。しかし、商売は順調で、ファニーフィンガーズ家ではだれひとり不自由な思いをしなかった。

オーリャドが六年級になったとき、ボーイフレンドができた。セリム・エリアというシリア人の少年だった。色黒でハンサム、ほんのちょっぴり鉄でできているように見える。オーリャドが彼を好きになったおもな理由はそれだった。それに、セリムはファニーフィンガーズ一家のことをすこぶる怪しんでいるようでもあった。だからこそ、彼を好きになったほうがいいのよね、とオーリャドは思った。

「きみが大きくなったら（ああ、オーリャド、いつになったら大きくなるんだい？）、ぼくはきみと結婚するよ」セリムは大胆不敵にもそういってのけた。

「もちろんあたしは大きくなるわよ。だれだってそうじゃない？」とオーリャドはいった。

「でも、あんたはあたしと結婚できない」

「そりゃまたどうしてだい、小さなミミズクくん？」

「わかんない。ただ、あたしたちはおんなじ時期に大きくならない気がするだけ」

「じゃ、急いでくれ、鉄の目のチビくん、バシリスク目のチビくん」とセリムはいった。

「ぼくはきみと結婚するんだからな」

　ふたりはうまが合った。セリムは小さいオーリャドをいつもだいじにかばった。ふたりはおたがいが好きだった。人間がおたがい同士を好きになってどこがいけない？

　八年級になったとき、オーリャドは全学年を教えている美術の先生のメアリー・ダクテュル修道女について、ある発見をした。シスター・メアリーはとても若く見える。

「でも、あの人がそんなに若いはずはないわ」とオーリャドはセリムにいった。「あの人が絵に描く神話の生き物は、ずっと大昔に消えたのよ。それを見たとしたら、うんと年よりのはずだわ」

「いや、古い物語と古い記述を参考にして描いてるのさ」とセリムはいった。「それとも、空想だけで描いてるのかも」

「あの人が描いた絵の何枚かは、ぜったい空想じゃない」オーリャドはひきさがらなかった。「自分の目で見たのにちがいないわ」しかし、発見はそのことではなかった。

　ある日、シスター・メアリーはとてもすばやい手つきで絵を描いていた。ところが、彼女はうっかり忘れていたのだ。とても目のさとい人物がその手の動きを見ていることを。その人物とはオーリャドだった。その日の放課後に少女は近づいてきた。

「先生はファニーフィンガーズの一族ね」オーリャドは修道女にそういった。「あたしとおんなじで、どの指も三重関節。あたしの指とおんなじで、すばやく動く。きっとやけどもせずに、熱い坩堝から鉄の部品をとりだせると思うな」

「ええ、とりだせるわよ」とシスターM・D、つまり、メアリー・ダクテュル修道女はいった。

「でも、先生はとことんまでファニーフィンガーズなの？」とオーリャドはたずねた。

「パパの話だと、ファニーフィンガーズという名前は、古代語でおかしな手の指と、おかしな足の指の両方を意味したんだって。先生もそう？」

「もちろんよ」とても若く見えるシスターM・Dはそういうと、靴をぬぎ、ストッキングをぬいだ。当時の修道女はめったに教室でそんなことをしなかった。もちろんいまの時代なら、修道女でもスケスケの短いシフトドレスにはだしでほうぼう歩きまわるだろうが、オーリャド・ファニーフィンガーズの八年級在学当時には、そうではなかった。

そう、シスターM・Dも、やはりおかしな足の指の持ち主だった。三重関節で、電光石火のスピードを持つ足の指だ。ほかの人たちが手の指を使ってする以上にいろんな芸当を、足の指で器用にやってのける。

「先生の若いころは、おうちのそばに小さい丘か山があった？　つまり、先生がまだ子供のころって意味よ」とオーリャドはたずねた。

「ええ、ええ、あったわ。いまもあるわよ。山の内ぶところ」

「先生のほんとの年はいくつ？　とても若くて、きれいに見えるけど」

「とてもお婆さんよ、オーリャド、とてもお婆さん」

「年はいくつ？」

「あと八年したらもう一度聞いてみて、オーリャド。そのときになってまだ知りたければ」

「あと八年？　うん、わかったわ。そうする」

高校時代が過ぎていった。四年間はほんの一日に思えた。セリムは金槌で鉄をたたきのばし、『セリムはオーリャドを愛する』と文字を刻んで、いびつな大きなカードをこしらえた。セリムは鉄になにかの秘密が隠されているにちがいない、とにらんでいた。しかし、あいにく彼はファニーフィンガーズでないため、そのカードを作るのに三秒どころか、三週間もかかった。高校の四年間にはそのほかにもいろいろなことがあったが、どれもたのしいことばかりなので、ここでは省略する。

大学にはいり、卒業を目前に控えるころ（オーリャドはまだ九歳か十歳ぐらいにしか見えず、それがいつもしゃくの種だったが）、このふたりは超難解ないくつかの講座に挑戦した。セリムは掛け値なしの天才だし、オーリャドはどの坩堝に答えがあるかをつねにわきまえていたので、ふたりとも深遠な研究分野に挑戦する資格があったのだ。新しい深遠な知識のひときれが誕生する現場に居合わせるのはたのしく、未来が未来の坩堝からとりだされるのを見るのもたのしかった。

「いまからわれわれは、根本的に新しい概念と記号の体系を考案しなければならない」ある日、ある超難解な講座の講師がいった。「そこの小さいお嬢さん、きみはこの教室でなにをしてるの？」と講師はオーリャドに向かってつけたした。「ここは大学の建物で、これは大学の講座だよ」

「知ってるわ。これで一年間、毎日そのやりとりばっかり」とオーリャドはいった。

「岐路という概念がはじめて考案されたときの人類と同様、いまのわれわれはひとつの岐路に立っている」と講師は説明にもどった。「もしその概念が（単純な発散線で図解されるような選択はべつにして）考案されていなければ、人類はいまなおその状況のなかにとどまり、選択をせず、ただ受け入れるだけだったろう。人類がある特定の概念を考案できなかったために、何千年間もある特定の状況のなかにとどまったという実例は何ダースもある。いまの状況はまさにそれではないかと、わたしは疑っている。われわれはある特定の領域のなかで、これまでまったくじっとしていた。なぜなら、その領域内での運動の可能性を、ついぞ考えもしなかったからだ。根本的に新しい概念が要求されているというのに、その概念がどういうものであるべきか、わたしには想像もつかない」

「あら、今夜それをこしらえてあげるわ」とオーリャドがいった。

「あの女の子は、きょうもこの教室へ迷いこんだのか？」講師は新しい怒りにおそわれた。

「そうか、思いだしたぞ。いつもきみは、この講座の登録学生で、二十一歳だという証拠を持ってきたな。だが、ちがう。きみは少女の脳みそを持つ少女にすぎない」

「ええ、わかってる」オーリャドは悲しげにいった。「でも、やっぱり今夜こしらえてあげるわ。先生のために」

「なにをこしらえるんだ、小さいお嬢さん？」

「新しい概念。それと、そこにくっついたひと組の記号」

「ところで、なにからその概念を作るつもりだね？」講師はかんしゃく玉が破裂しそうになるのをこらえてたずねた。

「たいていは鉄から作るんだと思うわ」オーリャドは答えた。「坩堝のなかのありあわせを使うんだけど、たいていは鉄」

「ああ、神よ、われらを助けたまえ！」と講師はさけんだ。

「あら、すてきな表現ね」とオーリャドはいった。「だれかは先生のことを不信心者といってたけど」

「さて」と講師は気をしずめ、オーリャド・ファニーフィンガーズにでなく、クラスのみんなに語りかけた。「実をいうと、こうしたことは、あとでふりかえってみたとき、しばしば簡単に思える。だから、もしいつの日か過去をふりかえることができたならば、これもまたそう思えるかもしれない。たとえばABC、つまり、アルファベットをおぼえるのは簡単だ、ちがうか？ そう、レフコヴィッチくん、わたしはCのあとにつづく二十三のややこしい文字をぜんぶ知っているよ。おぼえておきたまえ、ささやかなユーモアは退屈なものだという説もある。さて、そのアルファベットも、人類がまだ山のふもと《フットヒル》にいたころには難解で――」

「エン・ダクテュロス――つまり、足指《トゥ》のあるところ。それが本来の表現だったのよ」とオーリャドが教えた。

「うるさいぞ、チビくん」講師は不機嫌につぶやいた。「――人類がアルファベットの概念のふもと《フットヒル》に立ち、山頂を仰ぎ見ていたころには難解《ハード》なもので――」

「そうよ、最初のアルファベットは、どれも金槌で鉄をたたきのばして作られたんだもの」オーリャドは世界にそう告げた。「だから、とても固《ハード》いものだったわ」

「おなじことは単純な算術についてもいえる」講師は深いためいきをつき、オーリャドを無視してつづけた。「いまふりかえると、算術はたやすいものに見える。秩序正しくて単純に見える。しかし、それがまだ切実な要求であり、真の概念になっていなかったころには、算術は難解だった。とても難解《ハード》だった」

「そうよ。あれも鉄から作られたんだもの」オーリャドはこっそりセリムにささやいた。「どうしてあたしが鉄でできたものの話をするたびに、あの先生は腹を立てるの？」

「そこがあいつの弱点なんだよ、オーリャド」とセリムはささやきかえした。「だまって受け入れるしかないね」

「というわけで、われわれはおそらくひとつの結末にいるわけだ」講師はその日の結論にとりかかった。「もし新しい次元、新しい記号体系、新しい思考と新しい概念を（それがどんなものかは想像もつかないが）なんとか発見できなければ、この講座を永久に終わらせたほうがましかもしれない。いや、実をいうと、この世界を永久に終わらせたほうがましかもしれない。では、そういう暗いトーンで、明日まで諸君とお別れすることにしよう。もし明日という日があればだが」

「心配しないで、ジェレゾヴィッチ先生」とオーリャドはいった。「今晩、先生のためにこしらえてあげるから」

2

「ダクテュロイ（指）という名については、さまざまな説がある。その数が五または十であるためだとか、彼らがイダ山のふもと（エン・ダクテュロイス）に住んでいたためだとか。最初の数は三だったらしい――すなわち、製錬のケルミス、金槌のダムナメネウス、それに金敷のアクモンである。この数はのちに五にふえ、つぎに十にふえ……そして最後には百にふえた」

――ハーパー古典文学・古代文化事典

＊　＊

「フリギアのイダ山の森にダクテュロイと呼ばれるずる賢い魔術師たちが住んでいた。最初、その数は三人だった。ケルミス、ダムナメネウス、そして大力のアクモン。彼らは火と鍛冶の神ヘパイストスの技をはじめて山の洞穴のなかで使った。彼らは青い鉄を加工する方法を知っており、それを高熱の炉へ投げこんだ。のちにはその人数がふえていった。彼らはフリギアからクレタ島へ移り、そこの住民に鉄の使いみちや製法を教えた。算術やアルファベット文字の発見も、彼らの業績とされている」

――ラルース神話事典

「ダクテュロイ（山の内ぶところに住む指先の器用な民）は、非常な長生きをし、非常な長い年月にわたって若々しい外見をたもつことができたといわれる」

――『足指人』グロッフ・クロッカー

＊　＊

その夜、オーリャド・ファニーフィンガーズは、閉館後の市立博物館へセリムに会いにでかけた。セリム・エリアは大学卒業までの学資を稼ぐため、博物館の夜間警備員をつとめている。仕事はひまだった。セリムは館長室の大きなデスクの前にすわり、徹夜で勉強していた。毎晩夜通し勉強するのが、天才になる秘訣なのだ。オーリャドのおみやげはサンドイッチだった。

「ピーナツバターとゼリーのサンドイッチか。鉄製の」とセリムは冗談をいった。

「ううん、鉄製じゃないわ」オーリャドはきまじめに答えた。「鉄製のサンドイッチを食べるには、鉄の歯が生えてないとね」

「ファニーフィンガーズ一族なら、鉄の歯ぐらいは生やせるだろう」

「うん、三度目に生えかわる歯は鉄だけど、あたしにとってはまだうんと先の話」

「オーリャド、ぼくはきみと結婚したい」

「みんなからゆりかご泥棒といわれるわよ」

「知ってる。だけど、きみはぼくとほぼおない年なんだぜ」

「この博物館にはたくさんの古代人がならんでるわ。テラコッタ人、大理石人、砂岩人、バサルト人、ラフィア人、木の人と蠟の人。どの人間が本物だったか、叔父さんたちに聞いてみなくちゃ。だって、なかの一部はちがうんだもの。なかの一部は、一度もこの世界に存在しなかったのよ」

「きみの友だちだか叔父さんだかもここにいるよ、オーリャド。蠟人形になって。こっちのほうに」

「知ってるよ。あたしの叔父さんが三人、そこで蠟人形になってるのは」オーリャドはいった。「でも、説明板の名前からだと、そこまでわからないかもね。

おお、ケルミスよ、アクモンよ、ダムネイよ、
ねえ、ケースから出て、あたしと遊んで。

でも、あの三人が出てくるとは思えないわ、セリム。だって、あれは鉄じゃなくて、蠟

なんだもの。人の像というものは、いつも鉄で作るべきなのに」

「その叔父さんたちの名前はどういう意味なんだい、オーリャド？

　おお、製錬よ、金敷よ、金槌よ、
　ねえ、ケースから出て、ぼくと遊んで」

「ううん、出てきてくれないわよ。蠟からなにかを呼びだすなんて、ミツバチでもなけりゃむり」

「オーリャド、ぼくはきみを愛してる」

「ううん、三人は出てこない。そのうちいつかの晩に、あたしはあの三人をここへ呼んできて、自分たちの像を作らせるつもり。そしたら、あのばかばかしい蠟人形をどこかへうっちゃってしまえるじゃない」

「鉄の耳のチビくん。ぼくはきみを愛してるといったんだぜ」

「うん、聞こえた。そのうちいつかの晩に、あの三人がここへ自分たちの像を作りにやってきても、あんたは驚かない？　なんていうか、いっぷう変わった姿だから」

「きみだってそうじゃないか。いや、ぼくは驚かない。伝説の人物を見たぐらいで、どうしてシリア人が驚く？　われわれだって伝説の民族なんだよ。それに、もしその三人がきみの叔父さんだとしたら、危険なはずがないしさ」

「いいえ、あるわ。あたしだって危険。げんにあんたもいったじゃない。また燃えるアヒルをうしろからけしかけたなって。あたしはもう帰るわ、セリム。宿題もやんなきゃならないし、ジェレゾヴィッチ先生のためにあの概念と記号の体系をこしらえてあげなきゃ。あれはだいじなことなんでしょ？」

「ぼくもいっしょに行くよ、オーリャド。そう、ジェレゾや、クラスのみんなや、あの講座にとって、あれはだいじなことだ。もしそれを発見できなければ、講座を永久に終わらせたほうがましだと彼はいったが、あれは本当だよ。だけど、それを発見できなければこの世界を永久に終わらせたほうがましだ、というのは本当じゃない。そこまで重要なことじゃないもの」

「あんたがここを留守にしたら、だれが博物館の見張りをするのよ？　せっかく作るなら、ジェレゾヴィッチ先生のために、ちゃんとした、わかりやすいものを作りたいわ。あたしはファニーフィンガーズのひとりだし、みんなのためにいろんなものを作るのは、ファニーフィンガーズ一族の仕事で、また本分でもあるんだから」

「じゃ、ケルミスに韻を踏む場所に気をつけろといってくれ。その概念を作るのには手間がかかりそうかい？」

「おお、ケルミスよ、セリムの代わりにここを見張って。

頭の黒いネズミも、ただのネズミも、入れちゃだめよ。

もちろん、彼はあんたの代わりに見張りをしてくれるわ。蠟人形のケルミスだって、それぐらいのことはちゃんとやってくれる。それと、だれのためになにをこしらえるにしても、いまの三人は手間どらないわよ」（知らないうちに時間は過ぎていたが、そんなに過ぎてはいなかった。セリムはスポーツカーを持っていて、点火したロケットなみのスピードを出したし、町の北西のへりまでそんなに距離はなかった。ふたりはファニーフィンガーズ家に到着すると、裏口からトンネルの奥へと向かった）。「いまの三人はなにを作るにしても手間どらない」とオーリャドは話をつづけた。「――つまり、三人の仕事がもたついて、神さまがシナイ山でちょっぴりお腹立ちになったあのとき以後はね。あのときはまず掟の板をまるごと鉄で作ったんだけど、それじゃ物にならなかったの。それで、石の板に鉄の文字をはめこむことになって、その鉄も十戒鉄という名の合金でないとだめだった。それ以来、あの三人はだれの注文でもさっさとこなすようになったし、指図もきちんと守るようになった。だって、注文主の正体なんて最初はわからないもんね。ケルミスは、そのときのまるごと鉄でできた板をいまでも持ってるわ。いつか叔父さんたちにたのんで、あんたに見せてあげる」

「きみはどこからそんな物語を仕入れるんだい、オーリャド？」

「ママには、鉄からこしらえるって答えたわ」

「だけど、ほんとはどこから仕入れるんだい？」

「鉄から」

セリムは三人の叔父さんたちと気軽に話しあうことができた。むこうは白熱した部品を鍛えながらしゃべった。オーリャドが記号と概念に組み立てる予定の部品だ。

「どうしてあなたがたは、オクラホマの小さい丘の内ぶところで働いているんですか？」とセリムは三人にたずねた。「フリギアのイダ山の森か、丘の内ぶところが本来の場所じゃないんですか？　どうして旧世界を離れてこっちへきたんですか？」

「ここは旧世界だし、おれたちはそこを離れてないよ」と大力のアクモンがいった。「どこの土地でも、地下のあらゆるものは旧世界の一部なんだ。この世界の山や丘は、ぜんぶその根っこ、つまり、足の指でつながってるから、ぜんたいがひとつの場所だといえる。

おれたちはイダ山にもいるし、クレタ島にもいるし、オクラホマにもいるわけだ。すべてはひとつなんだ」

三人は部品を作りだした。そしてオーリャドは、まるで水のなかへ手をつっこむようにして、白熱した鉄のなかからその部品をとりだし、それを組み立てた。それは新しい概念と記号の体系で、どうやらものになりそうな感じだった。


そして、翌日の午後には、いっそうものになりそうな感じが強まった。ジェレゾヴィッチ講師は狂喜乱舞に近い状態だった。大学院生と大学生の両方が（というのは進歩的な混成クラスであったからだが）そのまわりに群がり、興奮に酔いしれていた。この新理論に含まれる意味は、これから何週間ものあいだ、彼らの頭のなかでころがりつづけるだろう。この講座は果てしないマラソン大会さながらになり、すばらしい新理論がすばらしい新発見をつぎつぎに生みだしていくことだろう。オーリャドとセリムが教室をあとにしたときはもう空に星が出ていたが、ほかのだれひとりとして教室を去る気配がなかった。しかし、このふたりのあいだにはなにかべつのものがあり、その問題を解くにはまたべつの新概念が必要かもしれなかった。

「オーリャド、答えを聞かせてくれ」とセリムが前日の話題をむしかえした。「ぼくはきみと結婚したい」

「じゃ、星に願いをかけてよ。あたしが指さしているあの星に」

「三重関節のファニーフィンガーズくん、きみがどの星を指さしているか、だれにわかる？」

「あの男らしい星よ。いくつか中性の星がならんでるなかのあの星」

「ああ、わかった、あれだな。オーリャド、ぼくは願いをかけたよ。さあ、答えてくれるかい？」

「あと半時間のうちにね。その前に、ふたりの人にたずねてこなくちゃ」

オーリャドは走りだした。まず彼女は家に駆けもどった。そして母にたずねた。

「ママ、どうしてパパはあんなに子供っぽいの？　パパはほんとにまだ子供なの？」

「そうよ、オーリャド。ただのやんちゃな男の子」

「これから何年かしたら、パパはただのやんちゃな男の子でなくて、おとなの男になるわけ？」

「そう思うわ、オーリャド。ええ、そうね」

「じゃ、これから何年かしたら、パパとママは自分たちの子供を持てる？　ファニーフィンガーズであるためには、なにかのハンディがつきまとう？」

「さあ、見当もつかないわ、オーリャド。あの人がおとなになるころには、わたしはとっくに死んでるから」

　オーリャドはまた走りだし、むかしかよった小学校の裏にある女子修道院へ向かった。建物のなかにはいり、階段を登り、廊下を進んだ。どの部屋かはわかっていた。ファニーフィンガーズ一族は、つねに自分の仲間を見つけだせるのだ。それに、約束の八年目でもある。オーリャドがドアをあけると、メアリー・ダクテュル修道女は鉄のカードでひとり占いをしていた。

「先生はいくつ？」とオーリャドはきいた。

「三百五十八歳よ」シスターM・Dは顔も上げずに答えた。「誓いを立ててなければ、もう家族を持ってもいい年齢ね」

　オーリャドはもときた道を駆けもどった。さっきの街角では、セリムがまだ星空の下で彼女を待っていた。オーリャドは泣いていた。わんわん泣きじゃくっていた。

「答えはノー」と彼女は泣きながらいった。セリムは星空の下で、シリア人としてこれ以上はむりなほどに蒼白な顔になった。しかし、まだあきらめられなかった。

「オーリャド、ぼくはきみが知りようもないほどきみを愛してるんだよ。ひょっとするとぼくらふたりで、いまのとはべつの答えを鉄から作りだせるんじゃないかな」やけくその冗談にまぎらして、セリムはそう提案した。

「これが鉄の答えなのよ」オーリャドは泣きじゃくりながらいった。「そして、返事はノー」オーリャドはセリムが追いつけないほどのスピードでそこから走り去った。

山々の深い内ぶところで、オーリャドは泣きつづけた。大きな熱い涙があふれだした。

しかし、彼女がこぼしたのは鉄の涙ではなかった。そこだけは伝説とちがう。

その涙は、錬鉄職人が仕事に使う材料、そう、塩と松脂《まつやに》のまじった、香りのいい液体だった。

日の当たるジニー

Ginny Wrapped in the Sun

浅倉久志訳

初出：Galaxy Magazine, August 1967
邦訳：ロバート・シルヴァーバーグ編『ミュータント傑作選』（講談社文庫）→短篇集『九百人のお祖母さん』（早川書房／海外ＳＦノヴェルズ、のちにハヤカワ文庫ＳＦ）

「ファニーフィンガーズ」につづいて本作品も、人間の身近に暮らす異種族の物語であり、特別な才能を持った少女が主人公を務める。ただし、本作のジニーは異種族というよりも人類の根源形態であり、派生学的にみれば現在の人間のほうが偶発的・一時的存在なのだ。私たちが自明としている文明や社会はかりそめのものにすぎず、もっと古く正統な世界があった（あるいはいまもある）という認識は、ラファティが抱きつづけた実感かもしれない。物語のなかで、ジニーは自分が毎日出入りしてきた家のことを「いままで見たおぼえがない」と言い、自分の母親を「この偉そうな口きく女の人はだれ？」と首を傾げる。「かりそめの世界／根源的な世界」の二重性はラファティ作品にしばしば見られるが、本作品では生物学的アイデアによって、みごとにSFの体裁に整えている。停止状態ではグロテスクだが、絶えず動くことで世界一美しい子どもに見えるジニーの存在感が素晴らしい。

「今夜、例の論文を発表するんだがね、ディスマス」とミンデン博士はいった。「連中、ワーワー野次って、ぼくを会場から追い出すだろうな。それを考えると、頭皮から髪の毛がぞろぞろ逃げていきそうだ」

「そりゃまあ当然の報いだろうよ、ミンデン。きみから聞かされたいくつかのヒントからしても、あの論文が受け入れられると期待するほうがむりだ。しかし、連中もそれほどたちは悪くない」

「悪くない？　ハウザーのあざけりは鵞鳥《がちょう》の雛も顔負けだ！　ゴールドビーターのけたけた笑い！　スノッドンがこれ見よがしにせせら笑うと、フフンとこだまが返ってくる。クーパーの呵々大笑は酒樽が階段を転げ落ちるようだ。それにきみのだって……。身がすくむ思いだぜ、ディスマス。想像してくれ。前代未聞の奇々怪々な不協和音が……いや、まさか！　いくらなんでも、ぼくが考えていた音は、こんなに奇々怪々じゃない！」

　音楽的な絶叫！　岩をも砕く背景音をともなった軽やかなおしゃべり！　そんな小さい楽器からは考えられないほど低い、ごうーっという共鳴音。悲しげな遠吠え、ブードゥーの笑い、しわがれた唸り、犀《さい》の咆哮《ほうこう》！　そして、ひとりの子供がドゥーレン山の高い岩のあいだからまろびでると、丘の斜面を小さい滝のように駆けおりてきた。ふたりの男はそれを見て笑いだした。

「きみんとこのジニーほど奇々怪々な不協和音は、とても想像できないよ、ディスマス」ミンデン博士はいった。「ぞっとするけど、大好きだ。きみの娘は世界一の並みはずれた生き物だな。

　ぼくたちとお話ししないか、ジニー！　ああ、きみが永久に四歳のままでいられるような手を打てたらなあ」

「あら、あたしはもう自分で手を打ったわよ、ミンデン先生」ジニーは歌いながら、なかばガゼルの息づまる優雅さと、なかば小さな野豚のあわただしさを思わせる動きで、ふたりのそばへやってきた。「ブードゥーの女の人とおんなじ術を使ってね。その人はオオサンショウウオの卵を食べたのよ。もうそれ以上年をとらないように」

「それで彼女はどうなった、ジニー？」ミンデン博士はジニー・ディスマスにたずねた。

「うん、しばらくすると白髪が生えて、しわが寄ってきたわ。もうしばらくすると、歯も髪の毛も抜けて、そいで死んじゃった。でも、ちっとも年はとらなかったわ。その女の人は、みんなを一杯食わせたの。あたしもみんなを一杯食わせたんだ」

「それは認めるよ、ジニー、いろいろの点でね。ところで、きみは年をとらないように、オオサンショウウオの卵を食べたのかい？」

「ううん、卵を生みつける場所が見つからなかったんだもん。でも、あたし流のもっといい術を使ったわ」

「知ってるかい、ジニー、きみがほんとにその気になれば、世界一けたたましい女の子なのを？」

「知ってるわ。きのう優勝したから。スザンナ・ションクが世界一だと自慢したのよ。それで一時間どなりっこしちゃった。きょうスザンナは、のどが腫れておうちで寝こんでるけど、あたしは平気。あれ、あのおうちは前からあそこにあった？」

「あのおうち？　あれはわたしたちの家じゃないか、ジニー」彼女の父親のディスマス博士が、優しくいった。「おまえは生まれてからずっとあそこに住んでるんだよ。日に千回もあそこへ出入りしているんだよ」

「ふしぎね、いままで見たおぼえがないわ。じゃ、中がどんなだか見てこようっと」ジニーはそういうと、日に千回も出入りしている家の中へ飛びこんでいった。

「一つ秘密を打ち明けようか、ディスマス」ミンデン博士がいった。「きみんとこのジニーは、ほんとはそんなに美しくない」

「みんなは美しいと思ってるよ、ミンデン」

「知ってる。だれもがジニーを世界一美しい子供だと思ってる。ぼくも、ついさっきまではそうだった。いまに彼女があの家から出てきたら、またそう思うだろう。しかし、ジニーとおなじ年頃の、うちの息子のクリオスが、どんなふうに彼女を見ればいいかを教えてくれた。いま、そうしたんだ。一瞬だけど、あのたえまない動きの中で、ぼくはむりやりに彼女の停止した姿、休息した姿を見ようとした。ジニーはグロテスクだったよ、ディスマス。もし一瞬でも止まったら、彼女はグロテスクなんだ」

「いや、ジニーはいわば根源物質さ。存在と運動はあの子にとってはおなじもので、一方なくしてもう一方はありえないんだ。しかし、わたしはあの子がじっとするのを、たとえ眠ったときでも見たことがないな。あの子の寝相は、この世のだれよりも活発だ――笑ったり、歌ったり。母親は、あの子をうちの美しい小鬼と呼んでるよ」

「そのとおり。彼女は小鬼だ、お猿だ、地の精だ。そういえば、ちょっぴりおなかも出てきたぞ。ディスマス、彼女はモンキー面《づら》で、がにまたで、小鬼のように太鼓腹だぜ」

「いや、ちがう！　ほーら見ろ！　家から出てきて丘へ登っていくが、身ぶるいするほど美しいじゃないか。四歳にもなるのに、あの子、まだこの世界を見て、「ふしぎね、いままで見たおぼえがない！」といえるんだ。そうとも、わたしの娘は多次元的だよ、ミンデン。おまけに、わたしの隣人は、深遠なのか、あいまいなのか。きみがしょっちゅう例の論文を小出しにほのめかすところから見ると、わたしの好奇心をかきたてるつもりらしいな。それに題名が――『偶発的突然変異』とくる。なにがだ？　だれがだ？」

「われわれだよ、ディスマス。われわれの属するヒトという種は、偶発的で、一時的で、間に合わせで、眉唾ものの存在なんだ。ぼくの論文はできそこないのやっつけ細工さ。どんな受け取りかたをされるかと考えると、身ぶるいが出る。しかし、あの論文はヒトをテーマにしていて、ヒトもやっぱりできそこないのやっつけ細工なんだ。ぼくの論文はこう述べている。ヒトは、ごく最近に驚くべき突然変異によって、最も意外な先祖、ザウエナントロプス、またの名、ザウエン人から生まれた。この起原がどう受け取られるかと思うと、身ぶるいが出る」

「ミンデン、きみはどうかしたんじゃないか？　どこにそんな起原がある？　どこに突然変異がある？　ザウエン人はすでにヒトなんだ。起原も突然変異も必要ない。その発見がなされたのは、つい十五年前だ。だれだってザウエン人を一目見れば、ネアンデルタールやグリマルディやクロマニョンが、おなじ種――つまり、われわれ自身――の近縁のいとこだと見当がつく。彼らはいわば母型であり、親かぎ《マスター・キー》なんだ。それがあらゆる謎を解いてくれた。われわれは、なぜあごが――というよりもあごの欠如が――人種的な特徴でしかないかを知った。われわれはすべてを知った。ザウエン人とわれわれ自身を区別するものは、なにもない。彼らのおとながぶざまなヒョロヒョロのっぽで、おそらくは不健康だったということを別にすればね。ザウエン人はまさに現代人なんだ。われわれ自身なんだ。十五年もたった定説を口走るのは、ちっとも革命的とはいえんぞ、ミンデン。きみの論文は巨大な一歩かと思っていた。だが、どうやら五センチの高さの歩道の縁から降りただけのことらしい」

「そう、五センチの高さの歩道の縁から無限の奈落へ一歩踏みだしたのさ。うしろむきに世界を一周し、逆立ちしたあげく、その過程のあいだにキャッキャッと鳴きわめく猿に逆戻りしたのさ。単純な一歩じゃない。もしわたしが正しければだね、ディスマス、ザウエン人からのわれわれの派生は、驚くべき急激かつ単一な突然変異によるものだ。これまで、その影響と方向の両方について、誤解されていたものだ」

「このわたしも、ザウエン人について完全に納得していたわけじゃない。この問題には、なにか妙なところがある。むろん、われわれはザウエン人のことを、たった九十六人の子供と、三人の若者と、二人のおとなの遺骨で知っているだけだ。いまにもっと多くの遺骨が発見されるだろう」

「もしそうなったとしても、その比率はおなじだろうよ。ああ、われわれにはとても理解できないさ。しかし、これが奇妙な比率だとは思わないかね？　なぜこんなに子供が多いんだ？　そして、なぜ――ここはよく考えてほしいんだが――その子供のうちの八十六人までが、おなじ大きさで、しかも明らかにおなじ年齢なのか？　ザウエン人の遺骨は、位置も年代も非常に接近した九つの遺跡で発掘された。しかも、合計百一体の遺骨のうち、八十六体が四歳の子供のそれだった。もちろん、ザウエン人は現代人さ！　もちろん彼らはあごとあごをわれわれに接している。しかし、百一人のうちで四歳の子供が八十六人もいるというのは、現代的な比率じゃない」

「では、それを説明したまえ、ミンデン。きみの論文の狙いはそこにあるんだろうが。ああ、とりとめもないご先祖たち！　またあの宗教きちがいどもがやってきたぞ！」

　ディスマスとミンデンの両博士が座っているのは、開けた草地に置かれた田舎風の椅子だった。ふたりの家に近いこのきれいな草地は、ドゥーレン山と下《しも》の灌木地帯の中間にあった。ディスマス博士は、前に何度かぞろぞろやってきたことのある狂信家たちが近づくのを見て、腋の下からずんぐりした拳銃をとりだした。

「あっちへ行け！」ディスマスは、下《しも》の灌木地帯からぞろぞろとつめかけてくる狂信家たちにどなった。「ここには、おまえたちの欲しいものは何もない。もう十回あまりも、ばかばかしい質問をして帰ったじゃないか」

「いや、たった三回だ」とむこうのリーダーがいった。いまなお狂信家に好まれている古いスタイルで、ひげをきれいに剃り、髪を刈りつめ、皺の一本一本に愚鈍さを刻みつけている男だった。「われわれが求めているのはごく簡単なことだ」リーダーは鼻をすすった。

「あの女を見つけて、殺したいだけだ。あんたに聞けば、きっとあの女がどこにいるかわかるだろう」

「ここにはわたしの妻のほかに、女はいない！」ディスマス博士は憤然といった。「おまえたちも自分でいったじゃないか、わたしの妻はその女じゃないと。さあ、もう出ていけ、二度とくるな」

「しかし、すべてのお告げからしても、その女はどこかこの近くにいるのだ」リーダーはゆずらなかった。「その女が、やがて変わり種を生みだすのだ」

「ふむ、そういえば、わたしの娘のジニーが変わり種だという説もあるがね。さあ、もう帰ってくれ」

「ジニーなら知っている。ときおりわれわれを嘲りにやってくる。あの子は変わり種ではないが、それに似たところはあるようだ。ただ、あの子は生まれてすでに四歳。われわれが殺そうとする種子は、まだ子宮の中にある。本当にまちがいないか、あんたの奥さんが――」

「くそったれ、公開の妊娠検査をしたいというのか？　ばかな、妻は妊娠しておらん！」

ディスマス博士がリーダーの足元めがけて二、三発ピストルをぶっぱなすと、ようやく狂信家たちもぞろぞろと引き揚げにかかった。

「われわれの要求はごくささいなこと。あの女を見つけて殺すだけなのに」彼らは鼻をすすりながら、捨てゼリフを吐いた。

「連中のいうとおりかもしれんよ、ディスマス」ミンデン博士がいった。「ぼく自身も、その異様な種子を期待してきた。おそらくそれはもうすでに何回か現われ、ああいう狂信家どもがそのたびにそれを殺してきたんだろう。偶発的突然変異は、いつそのタガがはずれるかもしれない。昔からそうだったんだ。もし、タガがはずれたら、人間世界が消え去るおそれも大いにある。しかし、こんどはあの連中も、お目当ての女を見つけて殺すのはむりだ」

「学校時代によくいった駄洒落だが、こいつはエドワードの『魚類学』よりもうさん臭い《フィシー》ぞ。きみがあの論文の反響を恐れているわけが、だんだんのみこめてきたよ。それにきみも、わたしとおなじように、最近はちょっとした変わり種を育てているようだ」

「そう。うちのふたりの息子も、最近はどうも様子がおかしい。特にディスマス家との交際において然り。うちの息子のドールは、きみの娘のアーガーにもてあそばれた。それとも、その逆か。いや、あのふたりともが、きみの末娘のジニーにもてあそばれたのかな？ ぼくが聞きだしたかぎりでは、ジニーがあのふたりに、結婚なんて古い、あんたらには必要じゃないし、要求されてもいない、といったらしい。ジニーのいうところでは、あのふたりを廃《すた》れさせてるんだそうだ。

一方、うちの四歳の息子のクリオスは、きみんとこのジニーにぞっこんだ。あいつはある方面ではひどくませてるが、ある方面ではまったく未発達。まるでいびつに成長して、そこで成長が止まったようなんだ。心配でしょうがない」

「うん、ジニーはもう何人かの小さいボーイフレンドを作ったよ。あの子はこういうんだ。砦を大きな破城槌《はじようつい》で打ち砕き、同時に破城槌も打ち砕いて投げ捨てる。それから、その代わりに、もっといい道具を見つけるんだ、とね。あの子のいうことはさっぱりわからん。だが、クリオスは情熱的な四歳児にしかできないやりかたで、嫉妬している」

「クリオスのいうには、ジニーは悪い子で、ジニーが彼を悪い子にした。ふたりがどんなふうに悪いかは、口ではうまくいえないが、そのために、いまに地獄へ行くんだと」

「いまでも子供が地獄のことを教えられているとは、知らなかったな」

「教えられちゃいないさ。ただ、子供には地獄に対する直観的な知識か、それとも、幼年期に伝わる民話伝説があるんだ。おや、悪い子ジニーとその母親が家から出てきたぞ。ふたりとも、例の強情な顔つきだ。とにかく、きみは一家の中にふたりの強い女性を持っている。アーガールもそうだったらよかったんだが。うちの息子のドールも気性が強くない。どちらかが強くなくちゃな」

ジニーとその母親のサリーは手をつないでやってきたが、どちらもなにかの決着をつけたそうなようすだった。

「あたしは公平な解決をしたいのよ、お父さん」ジニーがしっかりした声で呼びかけた。

「あたしが自分のどこが好きかというと、いつもすごく公平なところ」

「わたしもおまえのそんなところが好きだよ、ジニー」ディスマス博士はいった。「ところで、なにを言いあらそってるんだい？」

「あたしはお母さんに、三千七百八十個のピーナッツバター・サンドをこしらえて、とたのんだだけ。これは公平な要求じゃない？」

「さあ、どうかなあ、ジニー」ディスマス博士はいった。「それだけたくさん食べるには、ずいぶん日数がかかるだろう」

「もちろんかかるわ。千二百六十日。でも、一日にたった三個よ。そのあいだ、あたしは岩あいのねぐらに隠れてなきゃならないの。紙にも書かずに計算できたんだから。学校へかよってる子供でも、あたしみたいにうまく計算できないわよ」

「知ってる。早熟な子供は複雑な祝福だよ」と父親がいった。

「もう、ジニーったら、お仕置きしますよ」と母親がいった。「三つ作ってあげたのに、おなかがすいてないなんて言いだすんだから」

「お父さん、この偉そうな口きく女の人はだれ？」ジニーが詰問した。

「おまえのお母さんだよ、ジニー。おまえは生まれてから毎日、いや、その前も、お母さんとずっといっしょだったじゃないか。さっき家の中からいっしょに出てきて、まだ手をつないでいるじゃないか」

「ふしぎね、いままで見たおぼえがないわ」ジニーはいった。「この女の人があたしのお母さんだなんて思えないな。じゃ、いいわよ、サンドイッチはしもべたちに作らせるから。このばばあ、おまえなんか蛇に咬まれて死んじゃえ！　いやだ、やめてよ、やめてよ、あたしの体に手をかけるなんて！」

音楽的な絶叫！　そんな小さい楽器からは考えられないほど低いギャーッという共鳴音

を残して、ジニーはお仕置きのため、母親にひっぱられていった。天にも届くばかりの悲しい泣き声、そしてブウブウという不満の訴えは野豚か小鬼そっくり！

「いい声だ」ミンデン博士がいった。「ジニーのいうしもべとは、きみの娘のアーガーと、ぼくの息子のドールなんだよ。怖くなるね、その意味がいくらかわかるだけに。仲のいい、年頃の男女が、四歳の少女からなにかいわれただけで、結婚しないなんて言いだすのは、気味が悪い。そのメカニズムの働きが理解できかかると、いよいよ怖くなってくる」

「どういうメカニズムだ、ミンデン？」

「突然変異的な抑制さ。相当ややこしい事情なんだ。三十年前、ローデシアの奥地であったわめき猿の騒ぎをおぼえているか？」

「ぼんやりとな。破壊癖のある厄介者の猿たちで、とうとう狩りをして殺さなきゃならなくなった――たしか、狩りをしたのは、一種の十字軍だったたっけな。そう、あれも突然変異だろう。とつぜん、種の中に野性が出現したんだ。それとどうつながりがある？」

「ディスマス、彼らが皮切りだったんだ。失敗はしたが、最初の探査だったんだ。後続がつぎつぎとやってきて、その中にはきっと失敗しないのも出てくる。当時、その十字軍がこんなことをいったそうな。つまり、あのうるさい猿どもが栄えているあいだは、人間の子供は一人も生まれてこない、それはあの猿そのものが人間の子供だからだ、とね。まあ、そういえばそうだ。いや、むろん、やつらは子供じゃなかった。人間でもなかった。だが、ある意味で、その両方だった。いや、すくなくとも――」

「ミンデン、きみは自分がなにをしゃべっているか、わかってるのか？」

「よくわからないんだ、ディスマス。おや、〝しもべ〟たちがやってきたぞ」

ドール・ミンデンとアーガー・ディスマスが、小型トラックをそこへ乗りつけた。

「いま聞いたが、おまえたちふたりが結婚しないとかいうたわごとは、どういう意味だ？」ディスマス博士は詰問した。

「ジニーの気が変わらないかぎり、むりなのよ、お父さん」アーガーがいった。「ねえ、説明はかんべんしてちょうだい。わたしたちにもよくわからないんだから」

「まったくおまえたちは、なんの役にも立たんごくつぶし《ドローン》だ」ディスマス博士は唸るようにいった。

「それをいうな、ディスマス」ミンデン博士があえぎをもらした。「あらゆることが、ぼくには怖くなってきた。この場合、ドローンには、もう一つの専門的意味がある（雄バチのこと）」

「ジニーはいまさっき、耐えられない屈辱を受けたのよ」アーガーがにっこり笑った。「彼女はさわやかで気持のいい娘だった。「いま、ジニーはドゥーレン山の洞穴ですねてるわ。そして、わたしたちにすぐ来いと連絡をよこしたの」

「どうやって連絡したんだ？」ディスマス博士は問いつめた。「おまえたちふたりは、いまここへきたばかりじゃないか」

「ねえ、説明はかんべんしてちょうだい。ジニーはそうしたいときに、連絡をよこすのよ。わたしたちにもよくわからないの。これから歩いて山へ登るわ」

「いったいこの先はどうなるんだ？」ふたりのニコニコしたごくつぶしが、その場を離れ、山へ登っていくのを見て、ディスマス博士はそうたずねた。

「わからんよ、ディスマス」ミンデン博士がいった。「しかし、どうやらそれはこんな歌から始まったらしい――。

　　サンショウウオがそれをやる
　　オタマジャクシもイモリもだ
　　なぜぼくらにはできないの？

　四歳児のあいだで近ごろはやってる歌なんだ、きみは気がつかなかったかもしれんがね。ここで奇妙なのは、サンショウウオやオタマジャクシやイモリが、いままさにそれをやっていることなんだよ、前以上に。全世界的現象なんだ。もし、ぼくの話が信用できないなら、ヒグルトンの最近の論文を見るがいい」いったいあののたくり動物たちが、前以上になにをやっているというんだ？」

「幼形成熟にいそしんでいるのさ、もちろん。たくさんの孤立地帯で、もう数年前から、オタマジャクシがオタマジャクシとして繁殖をはじめ、その結果、成体であるカエルが姿を消しつつある。もちろんそういう前例はあったけれども、いまやそれが一つの傾向になったわけだ。おなじことは、イモリやサンショウウオにもいえる。思い出してほしいが、この三つはすべて、ヒトとおなじように偶発的突然変異なんだ。しかし、生物学でも秘中の秘の事実を、どうして四歳児たちが知ったんだろう？……おや、うちの家内がやってきたぞ。またなにか家族のトラブルかい、クラリンダ？」

「あなた、クリオスがバスルームへ閉じこもったまま、出てもこないし、返事もしないのよ。午前中はもう、言うことを聞かなくて。非常用の鍵を持ってたら、かしてちょうだい」

「ほら、これだ。あの子を出したら、優しく、だが、思いきりお尻をひっぱたいてから、よく言いきかせてくれ。ぼくたちがあの子をとても愛していること、あの子の問題はぼくたちの問題であることをね。それから夕食だ。うちの家族ときたら、ピーナツバター・サンド以外にはなにも食べないし、ぼくといっしょに食べようともしないんだからな。さあ、家へ帰ってそうするんだよ、クラリンダ。おろおろするのはおよし」

「クリオスのあの様子は、ただごとじゃないみたい」クラリンダ・ミンデンはまだおろおろしながらも、隣の家へひきかえしていった。

「さて、ディスマス、どこから話をつづけよう？」ミンデン博士はたずねた。「ローデシア奥地の猿、かつては人間の子供だったかもしれないわめき猿からか？　しかし、だれもそれを信じない。幼形成熟のサンショウウオとイモリとオタマジャクシからか？　われわれの祖父母か孫かどっちかのザウエン人からか？　それとも、われわれ自身からか？」

「ザウエン人のことを、しばらく聞かせてもらおうか」ディスマス博士がいった。「きみの長談義はまだ終わっていなかったようだから」

「人間の起原はザウエン人にある。アウストラロピテクスでもない。ピテカントロプスでもない。あれは別の系統の生物だ。しかし、ネアンデルタールや、クロマニョンや、グリマルディや、われわれ自身は、みんな一つの種で、ザウエン人から派生した。ところで、ザウエン人の遺骨がたった百一体しかないというのは、まちがいだ。二万体以上はある。しかし、それらの大半はウエザン猿と呼ばれているんだ」

「ミンデン、気でもふれたんじゃないか」

「ぼくがいうのは、一メートルの背丈で、頭でっかちな、地上を走る猿だ。この猿は四歳で成熟し、十四歳で老けこんだ。彼らが生む子猿の中には、少数のお笑い草、生殖力のない雄や雌がいた。この子猿たちは、思春期をなんの影響も受けずに過ごし、成長をつづけた。ひょろひょろのっぽのごくつぶし、活動的な猿たちのしもべで、もちろん生殖能力はなかった。彼らの発生率は百に一つ、それじたいはなんの重要性もない。だが、ある日、彼らは子供を生み、正常な猿に対する突然変異的抑制を作り出した。こうして人類が——特権的な突然変異種が——誕生したんだ。

ウエザン猿は——ザウエン人はその過渡期の形態であるわけだが——ローデシア奥地の暴れ猿とおなじだったといえる。ただ、別の方向に進んでいたんだ。言語も持たず、火も持たず、道具も持たなかった。ところが、ある朝、彼らはザウエン人となり、翌朝には人間となった。高度に進化した猿たちを、あっというまに追い越した。彼らは特権的な突然変異種だ——しかし、それは永久的なものじゃない。

ディスマス、これまでに認定されたザウエン人の遺骨百一体は、九十六人の子供（そのうち四歳児と思われるものが八十六人）と、三人の若者と、二人のおとなではないんだ。あれは十人の乳幼児と、八十六人のおとなと、二人のミュータントと、三人の雑種第二代なんだよ。

こんどは側面から眺めてみよう。二、三年前、ある生物学者が面白半分に、心臓の搏動と寿命の相関表を作ってみた。そしてわかったのは、すべての哺乳類が、ただ一種を除いて、寿命の長さに釣り合った心搏数を持っていることだった。長生きする種は、それ相応にゆっくりした心搏を刻んでいる。しかし、一つの種、すなわちヒトだけは、この基準からくる寿命より四、五倍も長生きする。この事実から、その生物学者が、人間は借りものの時間を生きている不確実な種だといったかどうかは忘れた。しかし、ぼくは声を大にしてそう言いたい。とにかく、その生物学者はＳＦにも関係していたから、彼の説は本気で受け取られなかったんだ。

別の側面。フロイト以前からも、仮性思春期に関する研究はなされていた。つまり、四歳ごろにとつぜん強い性への関心と活動が現われ、それからまた十年間消えてしまうというあれだ。多くの場合、それは、われわれの祖先が、ちょうどそれぐらいの早い年頃に、真性の思春期を迎えていたからだろう、と推測されていた」

「ミンデン、どんな生物の種も、五万年たらずのうちに、目に見えて変化することは不可能だぞ」

「ディスマス、三カ月から九カ月のあいだでも、変化は可能なんだよ。その方向によってはな。ははあ、あのふたりが帰ってきた！　どうだ、ごくつぶしたち、ジニーは落ちついたかね？　これからどこへ行くんだ？」

　アーガー・ディスマスとドール・ミンデンが、ドゥーレン山からぶらぶら降りてきたのだった。

「いまからふたりで四百七十三斤の食パンと四百七十三個のピーナッツバターの瓶詰を買いに行くのよ」アーガーがちょっぴり落ちつかなげにいった。

「そう。ジニーはクリスピー・クラスティ印の食パンと、特に指定したんだよ」ドール・ミンデンが補足した。「それだと、一斤十六枚切りだから、一斤と一びんで八個のサンドイッチができるんだって。そうすると、最後に四個のサンドイッチがあまるから、ぼくらがそれを食べてもいいっていうんだ。お駄賃としてね。ジニーはこれから洞穴の中へ千二百六十日間こもるんだよ。だれにもぶちこわされないように、しっかり自分のもくろみを軌道に乗せるには、それだけの日数がかかるんだってさ。きっとジニーは、生まれつきの数霊術師なんだな。この買物には、四百ドル以上かかるんだよ。アーガーとぼくの貯金を合わせたって、とても足りやしない。だけど、ジニーは、お金を盗んでもいいから、やれというんだ。おまけに、急いでやれ、とね」

「またあの宗教きちがいどもがやってきたぞ」ディスマス博士がいった。「あんまりうるさく来るようだと、やつらのひとりを殺さなきゃならんかもしれん」

「こんどは、もうここへは来ないわよ」アーガーがいった。「これからは、あの人たち、ドゥーレン山の一帯をうろつくはずよ。そこが怪しいのを知ってるから。でも、ジニーを殺すとは思えない。あの人たちには、ジニーの正体がわからないのよ。最初のときも、わからなかったみたい。まさかジニーが大物のひとりだとは、思いもよらなかったのよね。あの人たちがわたしを殺して、それで仕事はすんだと満足してくれればいいと、わたしたちはみんな願ってるわ。あの人たちは、お目当ての女がいると見当をつけた場所でわたしを見つけて、うまく勘違いしてくれるかもしれない。あら、おしゃべりしすぎちゃった！　急がないと、ジニーに怒られるわ」

「どんな種も、一千万年を持ちこたえないうちは、安定したとはいえないものさ」ミンデン博士がいった。「まだいままでも、進化は不可逆的だと唱える老人がいるがね。たわごと《ホーグウォッシュ》だ！　ぼく自身も、たった一種類の豚が持ちこたえる前に、七種類の豚が押し流される《ホーグウォッシュ・アウェイ》のを、この目で見てきた。人類はあまりにも新しい生物で、なんの安定性もない。生物種の大多数は生き残れないのが通例だ。ある期間を過ぎれば、生存の可能性が有利に傾くんだが、人類はまだその期間の十分の一しか生きていない。最終的に生存を果たす種も、安定性を獲得するまでには、ふつう何回か先祖返りをする。われわれもいつ先祖返りするかしれん」

「どこへ先祖返りするんだ？」

「かつてのわれわれ、まだ根本的には現在もそうであるもの、つまり、一メートルの背丈で、頭でっかちな、けたたましい猿だよ。道具を知らず、現代人の五分の一の寿命しかない猿だ」

「先祖返りは宇宙的な変災と似たようなもんだぞ、ミンデン。それが起きるには何千年もかかる。その頃にはわれわれもいないだろう」

「いや、これは瞬間的に起こりうるんだ、ディスマス、たった一回の幼形受胎で。そのあとは、突然変異的抑制のメカニズムによって、それが標準になる。先祖返りが古い正常な形態を抑制する。すでに、その抑制が現われてきているよ」

岩そのものが、気の狂ったカラスのように啼いている！　灌木の茂みがコヨーテのように吠えている！　緑色の遠吠えと、帯鋸《おびのこ》のひびきを思わせる笑い声。そしてジニーはふたたびそれらの音の中にいた。

彼女は前代未聞のけたたましい子供だった。

「きょうから、あたしはもうしゃべらないわよ、お父さん」ジニーは、ほかの音をぜんぶ断ち切ってから、おごそかにそういった。「あたしはあっさりと、しゃべりかたを忘れるんだ。そして、キャーキャーブーブーわめくだけにするわ。だって、そのほうが面白いんだもん。

なぜ、あたしのしもべたちは、食糧を持って帰ってこないの？　なにもかもフルスピードでやって、そいで運がよければ、そろそろ帰ってこれるはずよ。でも、あれだけたくさんの食パンとピーナッツバターは、一軒じゃ買えないかな。あたしだって、食べるかどうかは疑問。ただ、もし必要なときのために、手元においときたかったの。それと、あのふたりに服従を教えるためにね。たぶん、明日からあたしはノネズミや、ジリスをとって食べると思うわ。

あら、ミセス・ミンデンがクリオスのことで泣いちゃってる。泣いてなんになるのさ？」

号泣が聞こえた。クラリンダが泣きながら走ってくる。サリー・ディスマスが家から飛びだして、彼女に駆けよった。

「クラリンダ、いったいどうしたんだい？」ミンデン博士も涙にくれた妻に駆けより、そうたずねた。

「クリオス坊やが自殺したのよ」

「あたしがそうしろといったの」ジニーが横から口をはさんだ。「あの子から欲しいものはぜんぶとったわ。こんどはもっといい子を見つけるんだ」

「ジニー！」彼女の母親は恐怖にうたれた。「こんどはもう許しませんからね——」

「その子を叱らないでちょうだい、サリー」クラリンダ・ミンデンがすすり泣いた。「ジニーは善悪を超越しているのよ。ジニーとうちのクリオスのあいだに何があったとしても、それを知らないほうがわたしは幸せだわ」

「あたし、なにかまちがったことをいった？」ジニーがたずねた。「これでしゃべるのは最後だというのに、まちがったことをいっちゃったかな？　ミンデン先生、あんたはこういうことに詳しいんでしょ？　とにかく、あんたらはどういう生き物？」

「人間だよ、ジニー」ミンデン博士が弱々しくいった。

「ふしぎね、いままでにひとりも見たおぼえがないわ。あたしは人間なんかとかかわりあうの、絶対にいやだな」

しわがれた唸り声！　猟犬の遠吠え！　穴熊のシューシューいう罵りと、鵞鳥のけたたましい笑い！　コヨーテの叫びと、子牛の唸り！

そして一ぴきのわめき猿が、跳びはね転がりながら、狂った水のように岩山を登っていった。

素顔のユリーマ

Eurema's Dam

伊藤典夫訳

初出：ロバート・シルヴァーバーグ編 *New Dimensions II: Eleven Original Science Fiction Stories* (1972)

邦訳：《SFマガジン》一九七四年十月号（「愚者の楽園」の題名で掲載）→アイザック・アシモフ編『世界SF大賞傑作選6』（講談社文庫）→瀬名秀明編『ロボット・オペラ』（光文社）→短篇集『昔には帰れない』（ハヤカワ文庫SF）

　初出媒体《ニュー・ディメンションズ》は、一九七一年から八一年まで全十二冊を数えたオリジナル・アンソロジー。ラファティは第一巻から第四巻まで連続して作品を寄せている。本作品はヒューゴー賞短篇部門を射止め（フレデリック・ポール&シリル・M・コーンブルース「ある決断」と同時受賞。ちなみにラファティにとってこれが唯一のヒューゴー賞受賞である）、日本でも星雲賞短編部門を受賞した。ラファティの代表短篇のひとつであり、オースン・スコット・カード編 *Masterpieces: The Best Science Fiction of the Century* (2001) にも採録されている。タルサ大学の原稿コレクションの記録によれば、この作品の脱稿は六〇年七月。その後、六四年八月と十二月、六七年六月と三度の改稿を経ている。うすのろだからこそ画期的発明を成してしまうという逆説が愉快だ。

彼は一党の最後のひとりといってよかった。

何だと？　偉大な個人主義者の最後のひとりか？　今世紀の真に創造的な天才の最後のひとりか？　まったき先駆者の最後のひとりなのか？

ちがうちがう。彼は最後のドジ、まぬけ、うすのろ、阿呆だったのだ。

彼の時代には子どもはみんな賢く生まれつくようになっており、この先も永遠にそうなりそうな形勢だった。彼はこの世に生まれた、ほぼ最後の愚鈍な子どもであったのだ。

アルバートの物覚えのわるさは、母親すら認めないわけにはいかなかった。四つまで物もろくに言えず、六つまでスプーンの使い方をおぼえず、八つまでドアのあけ方も知らない子どもを、ほかに何と呼べよう？　靴の右左をまちがえ、痛そうに歩く子どもをほかに何と形容できよう？　あくびのあと、言われるまで口もしめられない子どもを？

いつまでたっても理解できないこともあった——たとえば、時計の長い針と短い針では時間を示すのはどちらか、とか。だが、これはさほど問題ではない。彼は時間を気にする性質《たち》ではなかったからだ。

八つの年のなかばにさしかかって、アルバートは右手と左手の見分け方をおぼえ、めざましい進歩をみせた。それはいままで聞いたこともない奇想天外な記憶術を応用したものだった。手がかりとなるのは、犬が寝そべるときの体のひねり方であり、渦やつむじ風のまわり方であり、人が牛の乳をしぼったり馬に乗ったりするときの側であり、オークやスズカケノキの葉のねじれ方、岩苔や木苔の迷宮模様、石灰石の劈開《へきかい》、トビの輪の描き方、モズの獲物の追い方、蛇のとぐろの巻き方（ただしマウンテン・ブーマーは例外、そもそもこれは本物の蛇ではない）、ヒマラヤスギやバルサムの葉の並び方、スカンクやアナグマの穴のねじれ方（スカンクがときたまアナグマの古い穴を借用することを、これで痛烈に思い知らされた）等々だった。ともあれ、アルバートはついに右と左の区別ができるようになったわけだが、観察力の鋭い子どもなら、こんなばかげた手間はすこしもかけずに右手と左手のちがいをのみこんだことだろう。

アルバートはまた、読める字も書けなかった。学校でみんなに遅れをとらないため、彼はずるをした。自転車の速度計と超小型モーターと小さな偏心カム、それにお祖父さんの補聴器からくすねた電池を使って、自分のかわりに字を書く機械を作ったのだ。大きさはアリジゴクぐらい、ペンや鉛筆に取り付けられるので、指でたやすく隠すことができた。手本帳をなぞるようにカムをセットすると、機械は美しい文字を描いた。字がつぎつぎと変わる場合は、ほおひげほどの大きさもないキーを押せばよいのだった。インチキなやり方にはちがいない。だが、まあまあの字も書けないうすのろの子どもに、ほかに何ができたろう？

アルバートは計算のほうもからきし駄目だった。自分のかわりに計算する機械をまたひとつ作るほかなかった。手のひらにすっぽりおさまるその機械は、足し算と引き算と掛け算と割り算ができた。つぎの年、九年生になると、代数が加わった。機械に二次方程式や連立方程式を解かせるため、彼はその端っこに切り換えスイッチを取り付けなければならなかった。そういうインチキをしなかったら、アルバートはテストで一点もとることはできなかったろう。

十四の年、彼はまたひとつの困難に直面した。いや、諸君、これでは控え目すぎる。「困難」よりもっと強い語を見つけなければならない。彼は女の子がこわくてしかたがなかったのだ。

　どうすればよいか？

「女の子がこわくない機械をぼくのために作ろう」アルバートはいい、仕事にとりかかった。完成に近づいたとき、ひとつの考えがひらめいた。「しかし女の子をこわがる機械なんてあるはずがない。そんな機械がぼくの助けになるのか？」

　ロジックはとぎれ、アナロジーはこわれた。彼はいままでと同じことをした。ずるをしたのだ。

　屋根裏にある古い自動ピアノからプログラミング・ローラーをとりはずし、手ごろなギヤボックスを見つけ、楽譜をパンチした巻紙のかわりに磁気プラスチック紙を使い、マトリックスのなかにワームウッドの『論理学』をぶちこんだのだ。すると、質問に答えるロジック・マシーンができた。

「女の子がこわいなんて、ぼくはどこかおかしいんだろうか？」アルバートはロジック・マシーンにたずねた。

「きみはどこもおかしくはないよ」とロジック・マシーンはいった。「女の子がこわいのはあたりまえだ。わたしから見ても、連中はけっこう気味がわるいね」

「しかし、どうしたらいいんだろう？」

「チャンスが来るのを待つんだな。時間はかかるだろうが。もっとも、ずるをしたければ……」

「うん、それがいいや、どうするの？」

「機械を作るんだ、アルバート、きみと見た目がそっくりで、声もそっくりな。ただし、きみより頭がよくて、内気でないようにする。それから、そうだ、アルバート、具合のわるいことがおこったときのために、特別な装置を取り付けておいたほうがいい。こっそり教えよう。これは危険だからね」

　こうしてアルバートはリトル・ダニーを作った。外見も声もそっくりだが、彼より頭がよく、内気ではない身替わり人形である。彼はリトル・ダニーのなかに、マッド誌とクイップ誌からとった名文句《クィップ》を入れ、行動にうつった。

　アルバートとリトル・ダニーは、アリスを訪ねた。

「まあ、彼ってすてきじゃない？」とアリスはいった。「あなた、どうしてあんなふうになれないの、アルバート？　あなたって素敵よ、リトル・ダニー。どうしてあなたってそんなにバカなの、アルバート？　リトル・ダニーはこんなに素敵なのに」

「ぼく、ええと、ええと、わからない」とアルバートはいった。「ええと、ええと、ええと」

「まるで魚がしゃっくりしてるみたいだな」とリトル・ダニー。

「ほんとよ、アルバート、ほんとにあなた、そうよ！」アリスは金切り声をあげた。「どうしてリトル・ダニーみたいに気のきいたことがいえないの、アルバート？　どうしてそんなにバカなの？」

上々の出だしとはいえなかった。だがアルバートはようすを見ることにした。彼はリトル・ダニーにウクレレのひき方と歌のうたい方をプログラムした。そして、自分もそんなふうにプログラムできればいいのだが、と思った。アリスはリトル・ダニーのすることなすことをうっとりと見つめたが、アルバートに目をくれようとはしなかった。ある日、アルバートはついに忍耐の限度に達した。

「こ、こ、こんな人形のどこがいいんだい？」とアルバートはきいた。「ぼくはただ、きみを楽し、楽し、笑わせたくて、これを作ったんだぜ。こんなの放っておいて、どこかへ行こう」

「あなたといっしょに、アルバート？」アリスがいった。「あなたみたいなバカと？　そんならいいわ。ねえ、アルバートなんか放っておいて、どこかへ行きましょうよ、リトル・ダニー。彼なんかいないほうがずっと楽しいわ」

「消えな」

「邪魔っけなやつだな」とリトル・ダニーはいった。

アルバートは二人に背をむけた。ロジック・マシーンの忠告を聞き、リトル・ダニーのなかに特別な装置を組みこんでおいたことを、いまでは感謝していた。彼は五十歩離れた。百歩離れた。

「ここまで来ればいいだろう」アルバートはいい、ポケットのなかのボタンを押した。

爆発が何に由来するものか、知っているのはアルバートとロジック・マシーンだけだった。すこしして、リトル・ダニーの体内からはじけとんだ小さな歯車と、アリスの小さな肉片が降りそそいだ。だが確認に充分な量の破片は残らなかった。

アルバートはロジック・マシーンから、ひとつ教訓を学んだ――作りなおしのきかないものは作るな。

さて、アルバートもようやくおとなになった。すくなくとも歳だけは。彼にはどうしても、ぶざまなティーンエイジャーから抜けきれないところがあった。しかし彼は彼なりに、年齢的な意味でのティーンエイジャーたちをむこうにまわした戦いを続け、負けを知らなかった。そこには永遠の怨恨があった。彼の青春は、のびのびと順応した青春にはほど遠く、当時の思い出を彼は嫌悪していた。そして彼を、順応したおとなと誤解する者もまたなかった。

まっとうな仕事で生計をたてるには、アルバートは不器用すぎた。彼は自分の作ったけちな仕掛けや小細工を、山師やブローカーに切り売りするまでにおちぶれていた。しかし、ある種の名声は生まれ、富も彼の手にあまるようになった。

金銭問題を処理するには、アルバートは愚かすぎた。だが、かわりに作った計理マシーンに投資をまかせ、ふとしたことから大金持になった。彼はそんなくだらない機械をうまく作りすぎたことを後悔した。

アルバートは、有史以来われわれに数々の面倒な重荷をしょいこませてきた、うさんくさい一党の仲間入りをした。そこには、バラエティ豊かな象形文字をおぼえることができず、低能にもわかるへんちきなアルファベットを考案した例の古代カルタゴ人がいた。十以上の数がかぞえられず、赤んぼうやのろまにもわかる十進法を発明した例の無名のアラブ人がいた。手軽な活字を世に出し、美しい写本を抹殺した例のあやしげなオランダ人がいた。アルバートは、そういう哀れな一党のはしくれだった。

アルバートには、これといって得意なものはなかった。強いてあげるとすれば、何でもやってのける機械を作りだす、あまりパッとしない才能があるぐらいだった。

たしかに彼の機械は役にたつことをした。遠いむかし、都市にはスモッグがあったことを、諸君はご記憶だろう。じつはそんなものは空気中から簡単に吸いとることができたのだ。必要なのは、ティックラー・マシーンだけ。アルバートはティックラー・マシーンを作った。彼は毎朝それを活動させた。それは彼の住むあばら家から半径三百ヤード以内の空気を浄化し、二十四時間ごとに一トンあまりのかすを集めた。このかすは長ったらしい名前のついた巨大分子を多量に含んでいたので、彼の作った化学合成マシーンのひとつに利用することができた。

「なぜ空気を全部きれいにしてしまわないんだね？」と人びとはきいた。

「クラレンス・デオキシリボヌークリッコニバスが一日に必要とする量は、これだけで充分なんだ」とアルバートはいった。それが彼の化学合成マシーンの名前だったのだ。

「しかし、われわれはスモッグで死にそうなんだよ」と人びとはいった。「われわれをあわれと思って助けておくれ」

「そりゃ、もちろん」とアルバートはいい、その機械を複製マシーンにかけて、必要なだけの複製を作りだした。

　かつて少年の非行化が問題視されたことを、諸君はご記憶だろうか？　ちんぴらたちが手に負えない時代があったことをご存じだろうか？　アルバートもこれには閉口していた。

彼らのぶざまな姿を見ていると、どうしてもむかしの自分を思いだして気が滅入《めい》ってくるのだった。彼は自分なりのティーンエイジャーを作った。それはたいへんな暴れ者だった。見た目はその連中と変わらない。左の耳たぶにイヤリング、ふさふさしたもみあげ、真鍮《しんちゅう》のメリケンサックと長いナイフ、相手の目をずぶりとやるためのギター・ピック。だが、それは人間のティーンエイジャーとは比較にならぬほどのあらくれだった。恐慌におちいった近所のティーンエイジャーたちは、ふるまいをあらため、真人間らしい服を着るようになった。アルバートの手になるティーンエイジャー・マシーンには、ひとつだけ特異な点があった。それは、ティーンエイジャーの目にしか見えない偏光金属と偏光ガラスで作られていたのだ。

「どうしてこの近所だけようすがちがうのだろう？」と人びとはきいた。「なぜこの近所のティーンエイジャーたちはおとなしくて行儀がよく、ほかのところでは、みんな性質《たち》が悪いのだろう？　まるでこのあたりの連中は、何かに化かされたみたいじゃないか」

「驚いたな、ああいう手合いが嫌いなのは、ぼくだけかと思っていた」とアルバートはいった。

「いや、そんな、とんでもない」と人びとはいった。「もしあんたにうまい考えがあったら……」

そこでアルバートは、ほぼ透明といってよいティーンエイジャー・マシーンを複製マシーンにかけ、必要なだけの複製を作って、あらゆる町にそなえつけた。その日から、ティーンエイジャーたちは見ちがえるようにおとなしく行儀よくなり、いくぶんおどおどしたようすさえ見せるようになった。しかし、何が彼らをそのようにさせたかを究明する手がかりは、ときおり透明なギター・ピックにやられて眼球がたれさがる者が出る以外、皆無といってよかった。

　こうして二十世紀後半におけるもっとも深刻な問題のうち二つは、だれが栄誉を手にすることもなく、まったく偶然に解決した。

　年がたつにつれ、アルバートは自分の作った機械がそばにあると、いつにもましてひどい劣等感をおぼえるようになった。機械が人間のかたちをしているときには、特にそうだった。アルバートには、彼らの都会性も才気も機知もなかった。彼らの前ではアルバートはうすのろであり、彼らはことあるごとにそれを思い知らせた。

　無理もない。アルバートの作った機械のひとつは、大統領の執務室にすわっていた。ひとつは、世界の平和を守る世界監視最高評議会の一員であった。またひとつは、世界中の人間にほどよい富を保証する例の私的公的国際的機関、富裕無限会社《リッチズ・アンリミテッド》の社長であったし、世界中の人間に健康と長寿を提供する健康長寿財団の指導的地位に立っている機械もあった。それほど赫々《かっかく》たる名声と成功を手中にしている機械たちなのだ、その作り手であるみすぼらしい親父を見下げるようになるのも当然ではないか？

「わたしは運命の奇妙ないたずらによって金持になり、周囲の思い違いによって栄誉を与えられた」ある日、アルバートはひとりごちた。「だが、わたしが真の友と呼べる人間や機械は、この世にいない。ここにある本には、友だちの作り方が出ているが、わたしにはこういうことはできない。わたしはわたしなりの方法で、わたしは友だちを作ろう」

こうしてアルバートは友だちを作る作業にとりかかった。

彼はプア・チャールズを作った。それは、彼に負けないほど愚かで不器用で無能な機械だった。

「これでようやく話し相手ができるぞ」とアルバートはいったが、結果は失敗だった。ゼロ足すゼロは、ゼロにしかならない。作り手とそっくりのプア・チャールズから得られるものは何もなかった。

哀れ《プア》なチャールズ！　考えることができないため、彼は自分のかわりに考える（——おいおい、待てよ、そんなことをしてどうなるものか）——自分のかわりに考える機——（しかし、それでは元の木阿弥じゃないのか？）——機械を作り——

もういい、もういい！　もうたくさんだ。要するに、アルバートが作った機械のなかで、そんなことをしでかすほどバカなのはプア・チャールズだけだったのだ。

さて、プア・チャールズの作った機械は、それがどういうものであるにしろ、アルバートがたまたま立ち寄ったときには、すでに状況とプア・チャールズをコントロールしていた。機械の生んだ機械。プア・チャールズが作った思考代用装置は、ばかにしたような調子でプア・チャールズに講義していた。

「無能なもの、欠陥のあるものだけが発明をするのだ」機械はものうげに説教をつづけていた。

「古代ギリシャ人はその栄華の頂点にあったとき何ひとつ発明していない。彼らはその属性である才能も使わなかったし、道具も使わなかった。かわりに使ったのは、知能の高い人間や機械がすべてそうするように、奴隷だ。彼らは機械を使用するほどおちぶれはしなかった。困難なことをたやすくやってのけた彼らは、たやすい道を求めようとはしなかった。

しかし不適応者は発明する。無能力者は発明する。敗残者は発明する。卑劣漢は発明する」

アルバートはめったにない激怒の発作にかられて、彼らを抹殺した。しかし彼は、自分の機械の作った機械が真実を語っていたことを知っていた。

アルバートは意気消沈した。もうすこし頭のいい人間なら、どこがおかしいかぐらい勘で気づいたことだろう。だがアルバートが勘でわかることといえば、自分が勘に優れているとはいえず、今後も勘については多くを望めそうもないということだけだった。途方にくれた彼は、機械をひとつこしらえ、それをハンチーと名づけた。

ほとんどあらゆる意味で、これは彼が作った最悪の機械だった。それを作るにあたって、彼は未来に対する不安をなにがしか表現しようとした。それは精神的にも機械的にも不細工なしろものであり、ひと言でいってしまえば失敗作であった。

アルバートが組み立てている最中、知能の高い機械たちは周囲に集まり、さんざんにやじった。

「これはまた！　気がちがったんじゃないのか！」彼らはあざけった。「こんな旧式のものを！　周囲の自然から動力を得るなんて！　二十年前、こういうものを破棄して、コード化した動力でわれわれすべてをまかなうようにいったはずだろう！」

「うう――いつか社会的な混乱がおこって、動力や機械の中枢が全部占領されるようなことになるかもしれない」アルバートはしどろもどろにいった。「だけどハンチーは、全世界がきれいに蒸発しても動かすことができる」

「われわれの情報マトリックスにも同調されていないじゃないか」彼らはからかった。

「プア・チャールズよりなおひどい。こんなバカでは、また一からおぼえていかなきゃいけないぞ」

「もしかしたら、そこに新味がでてくるかもしれない」とアルバートはいった。

「下《しも》ぐせもついていないぞ！」都会的な機械たちは怒りの叫びをあげた。「あれを見ろ！原始的なオイルで床がべたべただ」

「子どものころを思いだして、共感を禁じえないな」とアルバートはいった。

「いったい何の役にたつんだ？」彼らはつめよった。

「ええと——勘が鋭いんだ」アルバートはもごもごといった。

「同じことのくり返しだ！」と彼らは叫んだ。「あなたが得意なのはそれだけなのだ。それもたいしてうまくはない。われわれとしては、この企業の代表を——失礼、つい笑ってしまいまして——だれかと代える選挙をしたいものですな」

「ボス、彼らをなんとかくいとめられそうな気がするんですがね」未完成のハンチーがささやいた。

「連中ははったりをかましてるだけさ」アルバートはささやき返した。「わたしの最初のロジック・マシーンが、作り直しのきかないものは作るなと教えてくれたよ。そのことは思い知っている。連中もわかってるはずだ。そういうことを自分で考えられるようになればいいのにな」

「苦しい時代がそのうち来るかもしれません。そのとき、きっとわたしが役にたちますよ」とハンチーはいった。


たった一度、それも人生の後半をかなり過ぎて、一種の率直さがアルバートのうちに目覚めた。自分自身に忠実に行動したのだ（それは見るも無残な失敗だったが）。それは紀元二〇〇〇年を迎えた日のことだった。その夜、アルバートは、知的世界が与えうる最高の賞、フィナティ＝ホックマン・トロフィを与えられた。アルバートはたしかに異色の受賞者といえた。しかし過去三十年の基礎的発明の大部分が、アルバートと彼を取り巻くさまざまな装置に由来することは、人びとの認めるところだった。

トロフィのことはご存じだろう。最上部には、後世の人びとが作りだした古代ギリシャの発明の女神ユリーマがあり、いまにも飛びたとうとするように両腕をひろげている。その下には、様式化された頭脳の断面があり、入り組んだ皮質を見せている。さらにその下には、学士院会員の紋章――後足で立ちあがったライオンそっくりの姿勢をとる古代の学者（銀色）、左にはアンダスン分析機（赤色）、右にはモンディマン空間駆動装置（毛皮紋)。グローベンの第九期の傑作である。

アルバートの手には、講演文起草マシーンのものした原稿があった。だが、なぜか彼はそれを使わなかった。彼は自分のことばで講演を始めた。それが失敗だった。指名されて立ちあがった彼は、どもりながら、無意味なことをしゃべりつづけた。

「ええと――病気のカキだけが真珠を作れるのです」と彼はいい、聴衆はぽかんと口をあけて見つめた。いったいこれは何の講演なのだ？「それとも、これは違う生き物でしたか？」アルバートはおずおずとたずねた。

「ユリーマがあんなものであるはずがありません！」アルバートはわめき、やおらトロフィを指さした。「あれは彼女とは似ても似つかぬものです。ユリーマはうしろ向きに歩く、盲目の女神です。彼女の母親は、脳のない肉のかたまりです」

聴衆は耐えきれぬ表情で見つめていた。

「パン種がなければ、何ものも生まれません」アルバートは説明しようとした。「しかしイーストはそれ自体、菌類であり病気であります。みなさんは、非の打ちどころない、優秀な規格品でしょう。しかし規格はずれがなくては、あなたがたは生きていくことはできないのです。あなたがたは死にますが、死んだことをだれが教えてくれるでしょう？　敗残者や無能力者がいなかったら、だれが発明するでしょう？　わたしたちのような欠陥人間がいなかったら、あなたがたはどうするでしょう？　みなさんの練り粉をだれがふくらますでしょうか？」

「ご気分がおわるいのではありませんか？」司会者がもの静かにたずねた。「そのへんで終わったほうが……？　みなさんもきっとおわかりになりますから」

「もちろん、わたしは不健康です。いままでもずっとそうでした」とアルバートはいった。

「でなければ、わたしがみなさんのお役にたつはずがないでしょう？　みなさんの理想は、万人が健康で、環境に順応していることです。これはとんでもないまちがいです！　わたしたちみんなが環境に順応していたら、わたしたちは定型化し、死んでしまうでしょう。世界は、不健康な精神がそのなかにまじっているからこそ健康なのです。人間が作った最初の道具は、石斧でも石のナイフでもありません。それは松葉杖であり、健康な人間には作ることができないものです」

「お休みになったらいかがですか？」職員が低い声でいった。受賞晩餐会でこのようなわけのわからない講演がおこなわれたのは、前例のないことだったのだ。

「たくましい牡牛とりっぱな牝牛が新しい道を切りひらくのでないことは、いうまでもありません。欠陥のある仔牛だけが新しい道を切りひらくことができるのです。あとに残るものにはすべて、どこかピントのはずれたところがあります。そうだ、みなさんは、こんなことをいった女性の話をご存じですか？　〝わたしの主人はピントはずれ《インコングルアス》だけれど、わたし夏のワシントンが嫌いなの（国会議員である「イン・コングレス」とひっかけただじゃれ）〟」

だれもがあっけにとられて見つめていた。

「これは、わたしが生まれてはじめて作ったジョークです」アルバートはうちしおれていった。

「わたしのジョーク製造マシーンなら、もっとずっとおもしろいものが作れます」彼は間をおき、ぽかんと口をあけ、大きく息を吸いこんだ。「肝心なのは、うすのろです！」彼の口から耳ざわりな声がほとばしった。「もしわたしたちの最後のひとりがいなくなったら、みなさんはどうしますか？　わたしたちなしで、みなさんはどうやって生き残りますか？」

アルバートは講演を終わった。彼はぽかんと口をあけ、そのままとじるのを忘れてしまった。人びとは彼を席に連れもどした。アルバートの広報マシーンは、彼は過労気味なのだと説明し、彼が読みあげるはずであった講演文のコピーを配った。

それは不幸なエピソードであった。改革者が偉大な人物ではないということは、なんと不愉快なことだろう。そして偉大な人物というものは、偉大な人物であるという以外なんのとりえもないものなのだ。

その年、シーザーから、国勢調査を行なうようにとの勅令が発布された。発布者は、ときの大統領チェーザレ・パネビアンコであった。紀元二〇〇〇年は、国勢調査が定期的におこなわれる最後の桁がゼロになる年であったので、勅令に異例なところは何もなかった。しかし、通例見すごされる浮浪者や身よりのない老人のために、新たにいくつかの条項がもりこまれ、なぜ彼らがそのような状態におちいったのかまでが調査された。その調査の過程で、アルバートが拘留されるという事件がおこった。彼らの目には、アルバートは浮浪者か身よりのない老人としか見えなかったからだ。

アルバートは社会の落伍者たちとともにひきたてられ、テーブルの前にすわらされ、つぎつぎと残酷な質問をされた。たとえば――

「おまえの名前は？」

彼はその問いにも答えそこなうところだった。しかし、なんとか知恵をふりしぼって、

「アルバート」と答えた。

「あの時計では、いま何時だ？」

彼らはアルバートの痛いところをついた。どっちの針がどっちだろう？　彼はぽかんと口をあけ、答えなかった。

「おまえは字が読めるのか？」

「わたしのあれがなければ……」アルバートはいいわけした。「いま、そのう、あれを持っていないので……はい、字はあんまり読めません」

「とにかく読めるだけ読め」

彼らは○×式のテスト用紙をよこした。アルバートは質問全部に○をつけた。そうすれば、半分はあたるだろうと思ったからだ。ところが正解は全部×だった。規格化された人びとはあげ足とりが大好きだったのだ。そして彼らは、ことわざの単語補足テストをアルバートに与えた。

「（　）は最良の策」は、アルバートにはちんぷんかんぷんだった。彼には、最良の策をとっている自分の会社の名前が思いだせなかった。

「今日の（　）明日の十針」は、アルバートには手に負えない数学の問題だった。「これには四つの未知数があるようだな」彼は独り言をいった。「ひとつだけはっきりしているのは、十という数字だ。わたしには、この比例式は解けない。というより、これが比例式かどうかもわからない。もしここに、わたしの……」

だが彼の手にはコンピューターも何もなかった。彼は孤立無援だった。けっきょく、半ダースほどのことわざの問題は、空白のまま残された。やがて彼は挽回のチャンスを見つけた。どんな愚か者でも、たくさん質問されれば、ひとつぐらいはあたる。

「（　）は発明の母」と、それにはあった。

「愚鈍」アルバートは奇怪な金くぎ流で答えを書き、誇らしげに背をのばした。「ユリーマとその母親のことぐらいは知っているぞ」彼はほくそ笑んだ。「どんなもんだい！」

しかしその答えも、彼らから見れば誤りだった。アルバートは全問に失敗した。頭のほうは見込みないが、筋肉労働ぐらいはおぼえるかもしれないと、彼らはアルバートを矯正院へ入れる手続きをとりはじめた。

アルバートの都会的な機械二台がかけつけ、すんでのところで彼を救いだした。たしかに彼は宿なしの落伍者かもしれないが、ただ彼は大金持の宿なし落伍者であり、多少名の知られた人物でもあるのだ、彼らはそう説明した。

「外見はとてもそう見えませんが――失礼、つい笑ってしまいまして――この男は重要人物なのです」洗練された機械のひとつが説明した。「あくびをしたあと、注意されるまで口をしめるのも忘れているような男ですが、にもかかわらず、彼はフィナティ＝ホックマン・トロフィの受賞者なのです。この男のことはわれわれが責任をもちます」

洗練された機械たちに救いだされたはいいが、アルバートはうちひしがれていた。機械たちが、彼に三、四歩うしろを歩くように命じ、彼など知らぬげに歩きだすと、みじめな気持はいっそう強まった。彼らはさんざんアルバートをからかい、虫けら同然に扱った。

アルバートは逃げだし、むかしから非常のさい使っていた小さな隠れがにむかった。

「この役立たずの脳みそを吹き飛ばしてやる」彼は悪たいをついた。「これ以上の侮辱には耐えられない。しかし自分ひとりではとてもできない。機械を作って、それにやらせよう」

　彼は隠れがで機械の建造にとりかかった。

「何をしてるんです、ボス？」ハンチーがたずねた。「ここに来て何か作るんじゃないかという予感がしてたんですよ」

「このカボチャ頭を吹き飛ばす機械を作っているのさ」アルバートはどなった。「腰抜けだから、自分じゃできないんだ」

「ボス、何かもっとうまい方法がありそうな、そんな予感がするんですがね。もっとおもしろいことをしましょうよ」

「それができるくらいなら、もうやってるさ」アルバートは考え深げにいった。「むかし娯楽マシーンを作って、それをやろうとしたことがある。どんちゃん騒ぎをやらかして最後には爆発してしまったけど、わたしにはすこしもおもしろくなかったよ」

「今度はあなたとわたしで楽しむんですよ。この広い世界を考えてごらんなさい。どう思います？」

「わたしがこれ以上生きていてもしょうがないくらい、すてきな世界さ」とアルバートはいった。「人間も含めて、ありとあらゆるものが完全で、どれも似たりよったりだ。連中はてっぺんまで登りつめている。何もかも手に入れ、きちんと並べてしまった。わたしみたいながらくたがいる場所は、この世にはないんだ。だから、さよならするのさ」

「ボス、わたしにはどうもそれがまちがいのような気がするんですがね。もうちょっとよく見てごらんなさい。もっとちゃんと目をひらいて。さあ、何が見えます？」

「ハンチー、ハンチー、そんなことがあるだろうか？　本当なんだろうか？　どうしていままで気がつかなかったんだろう？　よく見てみれば、たしかにそのとおりだ。

　六十億のカモが首をひねられるときを待っている！　六十億のカモが身を守る武器もなく生きている！　二人がその気を出せば、アルバート型改良コンチョ麦の畑みたいにきれいに刈り取ることができるぞ！」

「ボス、わたしはそのために作られたような、そんな予感がしてたんですよ。この世界は息苦しくなりすぎた。じっくりながめて、うわっつらのいちばんいいところを平らげましょうや！　やりたいほうだいですぜ！」

「新しい時代を作りだそう！」アルバートは歓喜の叫びをあげた。「〈一寸の虫〉の時代と名づけよう！　これはおもしろいぞ、ハンチー。南京豆みたいにぽりぽり食ってやる。どうしていままで気がつかなかったんだろう？　六十億のカモがいるんだ！」

二十一世紀は、この奇妙なかけ声とともに始まった。

何台の馬車が？

The Wagons

牧　眞司訳

初出：New Mexico Quarterly, Spring 1959
邦訳：《SFマガジン》二〇〇二年八月号

日本でのラファティ短篇集にはこれが初収録となる。初出誌《ニューメキシコ・クォータリー》はニューメキシコ大学のリトル・マガジンで、創刊は一九三一年と由緒正しい。六八年までほぼ季刊で刊行されていた。「何台の馬車が？」掲載号には、「レイフェル・A・ラファティは電機部品の卸企業に勤務して二十一年。この作品が活字になるはじめての作品」という紹介が付されていた。父と息子のやりとりも楽しいが、なんと言っても少年の五感と想像力が織りなす魔術的世界の精彩が素晴らしい。タルサ大学の原稿コレクションの記録によれば、脱稿は五八年十二月。かなり早い時期の執筆だが、じつはこれよりも前に三十篇ほどの作品を書きあげている（その多くは現在も未発表）。たとえば、「アダムには三人の兄弟がいた」は五七年十月の脱稿だが、発表されたのは「何台の馬車が？」よりも一年以上遅い、《ニューメキシコ・クォータリー》六〇年秋季号である。SF誌へのデビューとなる「氷河来たる」は五八年二月の脱稿で、ロバート・A・W・ラウンズ編集の《サイエンス・フィクション・ストーリーズ》六〇年一月号に掲載。

「ねえ、あれが最初に使われたのはいつかな？　ずっとまえから使われている？　最初に使った人たちってだれなの？」

「なにを使うって？」

「馬車だよ。ずっとまえから馬車が使われていたの？」

「ずっとまえから使われていたはずさ。大昔からだな」

「インディアンが使いはじめたの？」

「ちがうな。最初ではない。ウマにしても馬車にしても、インディアンが最初じゃない。といっても、ほかの種族とほとんど同時ではあるけどな」

「スペイン人が使いはじめたの？」

「そうさ。スペイン人は昔から使っている。やつらは荷運びのラバも使っていた。だが、馬車も使ったんだな。なぜ、そんなことを訊くんだい？」

「毎晩、焚き火が燃えつきたあとに、尾根を走っていく馬車の音が聞こえるんだよ。正真正銘、古い馬車としか思えないんだけど、朝になって探しても轍《わだち》が見つからないんだ。あの尾根には、古い馬車道があるんでしょ？」

「ああ。古い馬車道があるはずだ。あの山の輪郭に沿った尾根道は、馬車がよく通っていたんだよ」

ジミーは九歳で、ジムはそれより二十歳上。ふたりともキャンプが好きで、夏のあいだじゅう出かけていた。フォードのピックアップのうしろに、予備のガソリンをひと缶積んで、旅をするのだ。毛布にくるまって地面で眠り、食事はコーヒーとベーコンとホットケーキ。ハコヤナギの下の淵で釣りをし、野ウサギやプレーリードッグを撃つ。そんな旅行のあいだ、父と息子はとても仲良くしていた。ふたりは何百年もその地に住みついているみたいに、背の低い草むらや雑木林のなかに身をひそめた。

「いつも西へばかり行くんだね、馬車って」

「そんなことないさ、ジミー。いつも西へばかりなんてことはありえない。いろんな方向へ行くんだよ」

「ぼくの感じだと、ほとんどいつでも西に向かっているとしか思えないんだけどなあ」

ジミーは、禾配《かはい》架付きの山刀で雑木を刈り、バッファローの糞、牛の糞を集めた。焚き火を熾《おこ》すのが、いつもの役割なのだ。

「シエリトには、町があった？」

「ああ。小さな町があったようだな。テントの町か、丸太小屋の町がね。あそこには小さな町があったと、まえに聞いたことがある」

「小さな町のことなんて言ってないよ。ぼくが言っているのは、通りという通りに馬車がひしめいている、大きな町のことさ。遠い昔、あそこには大きな、馬車の町があったんでしょ」

「俺は知らんぞ、ジミー。聞いたこともない」

「ふつうのながえがついているのじゃない、変わった種類の馬車ってある？　車輪の軋む音もちがうし、ウマが蹄を踏みならす音もちがうような」

「雄牛が引く馬車があったな。こいつは連結の位置が高くて、横揺れが激しいんだ。また、ごく初期の馬車では、前輪は方向転換がきかなかったし、ながえは車体の底、あるいは車軸に釘で固定されていたんだ。はるか昔にさかのぼれば、馬車を引いていたのは、野生ロ《オナジ》バ《ヤー》や野生馬《プシヴァルツキー》だったんだぞ」

「それってウマの種類でしょ。ぼくが夜中に聞いたのはその馬車の音だよ」

ふたりは〝クエルボ〟を食べようと、焼串に刺してあぶった。ひどいってほどじゃない。これは〝クエルボ〟というものなんだと思えば、なんとか食べられる（〝クエルボ〟はスペイン語で「カラス」の謂）。鳥類の多くは料理すると黒くなる。野生の鳥はすべてそうだ。チキンをおのぞみならば、おうちでお食べになるがいい。

「スペイン人は馬車のことをなんて呼んだの？」

「〝カロ〟さ」

「それは荷車のことだよ。馬車じゃない」

「〝カロ・グランデ〟さ」

「それは大きな荷車のこと。大きな荷車は馬車じゃない。別なものだよ」

「じゃあ、なんていうかは俺にはわからんよ、ジミー」

「たぶん、途中にキーキー音が挟まる、長い呼び名なんだろうね。馬車には、ずっとまえから覆《おお》いがついていたの？」

「昔から覆いつきと決まっているようだな」

「もしかすると、どこか別なところにテントを張られるより先に、馬車の上にテントが張られたんじゃないかなあ。もしかすると、どこか別なところに家が造られるより先に、馬車の上に家が造られたんじゃないかなあ。それが、最初の家だと思うんだけど」

「はるか昔から家はあったさ」

「昔、シエリトには、別な名前があったと思う？」

「そうだとしても、俺は聞いたことないな」

「ハンマジとかプロウストラモポリスとか、呼ばれていたはずだけど」

「どこからそんな名前を引っぱりだしてきたんだ？」

「ただ覚えていただけさ。ぼくはこんなこと、たくさん覚えているんだ。馬車の町がそんなふうに呼ばれていたのは、まちがいないね。朝になったらシエリトへ出発し、明日の夜にはそこでキャンプをしようよ」

「よし。おまえがそうしたいなら、行こうじゃないか。そこに水もあるだろうしな」

「あるよ。すべてのウマをいちどきに休ませるとしたら、水がなきゃ」

「すべてのウマがどうしたって？」

「わかんないの？　やってくる馬車は、一晩あたり一万台くらいかな。たいていの馬車が四頭か六頭だてで、なかには八頭だてだってある。すごい数のウマになるじゃない」

「たいした数になるな、ジミー。ここから一マイルのところに古い風車がある。おまえが夜に聞いたのはその軋みだろうな。その音を馬車だと思ったんだ」

「ちがうよ。古い風車がどこにあるかは知ってる。父さんが知らない別な風車の場所だって、ぼくは知ってるんだから。けれど、ぼくが聞いた馬車の音はそれとはちがうさ。もし馬車と風車の区別ができないようなら、耳の穴のなかに耳をつっこんだっていい」

「耳なしじゃ、おかしな顔になるぞ、ジミー」

「あったっておかしな顔だもん。ぼくが馬車の音を聞いたこと、父さんは信じてないんだね」

「いやいや。おまえには聞こえたんだろうよ、ジミー」

夕食のあと、ジミーは父親に、プレーリードッグの話を聞かせた。

「父さんはプレーリードッグのことならなんでも知っているつもりだろうけど、これはぜったいに知らないはずさ。いいかい、プレーリードッグの町だったらどこでも、その町の真ん中、地下約四フィートのところに、黄金がたっぷり埋まっているんだ。プレーリードッグが両頬に小さな袋をもっているのは、金塊を運ぶためさ。ひとつ町に巣くうプレーリードッグはみな縁つづきで、すべての血筋は黄金につながっている。ところで、黄金が流出するのは、こんなことがあるからなんだ。フクロウがプレーリードッグを餌食にしようとやってきたとき、プレーリードッグは食われまいとして、黄金をひとかたまり差しだす。それがプレーリードッグにとって、たったひとつの逃げ道なんだ。だって、フクロウは穴のなかにもぐってこられるし、暗闇で目が利くからね。ガラガラ蛇がプレーリードッグを餌食にしようとやってきたとき、プレーリードッグは黄金をふたかたまり差しだす。そうする以外にないからね。黄金をすっかり使いきっちゃうと、すぐにプレーリードッグは根絶やしさ。ときどき、荒れはてた古いプレーリードッグの町を見かけるよね。黄金を使いきって、みんな食べられてしまったってわけ」

「フクロウやガラガラ蛇は、黄金をどうするんだい？」

「それぞれちがうんだ。フクロウはときどきカラスに黄金をわたして、昼のあいだ邪魔されないようにしている。ガラガラ蛇はときどきブル・スネークに黄金をわたして、おめこぼししてもらっている。ガラガラ蛇はブル・スネークが怖いんだよ」

「けっきょく黄金はだれのものになるんだい？」

「抜け目のない人たち、スネーク・ハンターやカラス・ハンター、コヨーテ・ハンターといった連中だよ。コヨーテは、蛇からもカラスからも黄金を受けとっている。殺さない見かえりとしてね。世間では、コヨーテ・ハンターのことを、やつらは少しばかりのコヨーテしか殺さず、賞金だってだいぶ安いのに、どうやって生活しているんだろうと思っているよね。あの人たちはコヨーテなんてめったに殺さずに、たくさん黄金を受けとっているんだよ」

「どこからそんな話を仕入れてきたんだ？」

「田舎っぺからだよ。アギーラの店で父さんが買い物しているとき、ぼくと話していた小さなメキシコ人がいたでしょ。その人がこの話を聞かせてくれたのさ。田舎まるだしだったな。田舎っぺが話すことならば、たいていは本当なんだって、父さん言ってたじゃない」

「ああ。おまえの話は本当だろう」

ジミーは自分のギターを取りだした。上手に演奏できるわけではないが、弾くのが好きなのだ。彼がギターにあわせて歌った唄は――「牛ども集まれ」「ライ・ウィスキー」「馬車の車輪」「草競馬」「チザム交易路」「馬車の車輪」「フランキーとジョニー」「レッドウィング」「カンサスの酔っぱらい」「馬車の車輪」「ラレードの町」「ローンサム・パインの道」「黄金のスリッパ」「馬車の車輪」「青尾蠅」「オールドタウンのお楽しみ」「山の帰り道」「馬車の車輪」「夜のブルース」「ウォバッシュ急行便」「旧九十七号線の事故」「馬車の車輪」「主なき鞍」「小さなスペイン街で」「老いぼれのグレー・グースは死んだ」「愛しのジュヌヴィエーヴ」「馬車の車輪」「ラモーナ」「草原に立つ樹」「ラバの隊列」「ワイルド・グース・ソング」「馬車の車輪」。ジミーは一時間半ほど歌った。そして、もう一度「馬車の車輪」を歌ったあと、毛布にくるまって眠りについた。

ジミーはまどろみながら、あることに考えをめぐらせていた。父は、馬車がいつも西へばかり向かうなんてことはありえないと言った。でも、実際にありえるとしたら？　夜中に少年の耳がとらえたのは、きまって西へ向かう馬車の音だった。毎晩、何百台もの馬車が行くのが聞こえるが、そのすべてが西に向かっている。

　馬車が西へばかり向かっているとしたら、世界をぐるぐるまわりつづけることになる。しかし、それはありそうもない。

「馬車の隊列について、ぼくのわからないことがたくさんあるなあ。でも、ぼくほどわかっているやつはほかにいないさ。だって、このことを知っている人間は、ぼくだけだから」

　朝になると、ふたりは荷物を積みこんで、シエリトへと向かった。シエリトには一軒の家しかない。しかし、その一軒で町の用事がすべてまかなえるなら、一軒だけでじゅうぶんなのだ。一軒より多くの家がある町など、無益ではなかろうか。十軒、百軒、千軒、ましてや百万軒もの家なんて、過剰というほかない。そんな町、あまりに規模が大きすぎる。

　シエリトの家にはガソリン給油器と水飲み場とがあるので、どんな手段で旅をしていたとしても、そこで補給ができる。ふたつの巨大な風車と、貯蔵槽がひとそろい。家畜用の通路、檻や畜舎もある。この家にはたくさんの翼《よく》や建て増し部分があり、クモみたいな恰好をしていた。薫製小屋とパン焼き小屋、馬屋、山羊小屋、木賃宿もしくはホテル、商店、食堂、酒場、鍛治屋《エレリア》もしくは修繕所もある。これ以外の施設だって、別な翼に入っていそうなものなのだが、実際には造られず空いたままになっていた。

ジミーがシエリトに来たがったのは、そこに三台の馬車があるからだった。一台はまだ使われていたが、あとの二台は老朽化してお役ごめんになっていた。ふだんのジミーならば町のそばでキャンプをしようなどと思わない。たとえシエリトのように、ひかえめな大きさの町であったとしても。彼はつねづね父にむかって、町から八マイルもしくは十マイル以内でキャンプをするのはまちがった考えだと説いていた。ジムもこの件に関しては、息子の見識に敬意をはらって任せていた。

ムンヨス夫人がジミーに、三台の馬車の話をしてくれた。いちばん古い馬車は、彼女が生まれるまえからそこにあったという。放置され、うち捨てられ、顧みられることなく、遺棄されていた。

「きっといつかの晩、持ち主が戻ってきて、その馬車で旅をつづけるはずさ」ジミーはそんな考えを口にした。

「どうだかねえ、坊《チコ》や。あの人たちはここに馬車をとめ、最後に一頭残っていたウマを食べちまったんだよ。ここから先は歩きで行こうってわけさね。けど、たった一日歩いただけで、へたって死んじまったのさ、あわれなもん《ロス・ポブレス》だよ。つぎの春にうちのじっちゃん《アブエロ》が死体を見つけ、埋めて十字架を立ててやったんだと。異教徒かもしれないけどね」

「じゃあ、その馬車、ぼくがもらっちゃっていいかな？」

「使いものになんないよ。半分は薪にもってかれちゃったしね。車輪も三つしか残ってないし、だいいちウマもなしじゃ、ちっとも走れやしないじゃないか。けれど、あんたがそう言うんだったら、ありゃあんたのものさ。役に立ちゃしない。オモチャがせいぜいだね」

　その午後、夫人はジミーに、馬車についてもっといろいろ、さらにほかのことも聞かせてくれた。

「あたしのほか誰も知らないことを教えてあげよう。ずうっとずうっと昔、人間が馬車を使うまえのことさ。〝ロス・オソス〟が馬車を使っていた」

「〝ロス・オソス〟？　クマのこと？」

「そのとおり、〝ロス・オソス〟さ。それはずうっとずうっと昔、クマがいまのように石頭になるまえのこと、話すことさえできなくなる——人間に育てられたわずかな例外を別にしてだけどね——まえのこと。そのころのクマは、すべてに熟達していたんだよ。製粉機を持っていたのはクマだけだったから、人間は穀物を粉にしたければクマのところに行って頼むか、さもなければ石ころを使うしかなかった。籠や瓶、樽、毛布の作り方を知っていたのは、クマだけだった。籠職人が籠を作るところを見たことがあるかい？　職人はクマがそうするように籠を抱えて、手前にむかって編んでいくだろ。クマが最初にそのやり方を人間に教えたからなんだ。そんなふうにクマはいろいろな仕事をやっていて、人間はなんにおいてもクマのところに行くしかなかった。やつらの町は大きくて、道路が舗装されており、あらゆる富に満ちていたものさ」

「それで、いったいなにが起きたの？」

「わかんない。いい気になったクマに罰があたったんじゃないかね。いまじゃ、やつらは山に住むしかなく、話し方を忘れてしまったのか、そうしようにも頭がカチカチでどうしようもないんだろう。毛布も籠もほかのなにもかも、もう作れやしない。山奥の町に住む、ひとにぎりのクマたちは例外だけど。クマの町がひとつだけ残っているんだよ。だけど、連中がなにか作っているにせよ、もはや上手に作れるわけじゃない。人間が作るよりも上出来ということはまずないね」

「ねえ、クマはウマを持っていなかったと思うんだけど、なにに馬車を引かせていたの？」ジミーが知りたがった。

「ウマがいなかったって？　そうさね、ずうっと昔、まだウマがいなかったころには、ウマにそっくりの別な動物がいたのさ。たとえ目のまえに並べたとしても、どっちがウマでどっちが別な動物か区別できないだろうね。クマは、その動物に馬車を引かせていたのさ」

「へえー、ちっとも知らなかった」

「これでわかったろう。すっかり変わっちまったってことが。いまでは、あたしたち人間は豊かで勢いがある。ところが、クマはみじめなもんさ。小僧っこよ、あんた、あたしの話を信じてないね」

「信じてるさ、おばちゃん《ダマ》。これは伝説なんだよね。伝説に耳を傾けるときには、その背後にある人間じみた真実を見いだすようにしなければならない、って父さんが言ってた」

「それには午後いっぱいかかるだろうよ。真実がわかったなら、あたしに聞かせておくれ」

しかし、午後いっぱいもかからなかった。ジミーはわずかのあいだで、真実を見さだめてしまった。

「樽を作り、馬車を操ったクマは、きっとクマじゃなかったんだ。やつらは人間にちがいない。やつらは巨大な人間で、インディアンが軽快に歩くところを、いばりくさって通っていたんだ。髪と髭がぼうぼうだったので、クマのように見えたんだ。とくにクマの皮やバッファローの毛をまとっていたときはね。やつらがウマそっくりの別な動物がいたと言うのなら、それはやっぱりウマなんだよ。そうじゃないと言いはっているだけさ。スペイン人が来るまではウマがいなかったなんて、ぼくは信じちゃいない。スペイン人が町にやって来るたびに、インディアンは自分たちのウマを、盗まれないように隠していたんだ。そうしたのは正解だったね。これですべてがはっきりしたな」

この発見のあと、ジミーはムンヨス夫人のところへ行って、真実がどうであったかを説明した。

「ふうん。おまえさんがわかったことは、それだけかい」と夫人。「やつらはインディアンよりも大きくて毛深かったって？　大きさがどうのというなら、あたしをごらん。あんたの十三倍はあるじゃないか。毛のことだってそうさ。うちの亭主《マリド》の毛むくじゃらぶりときたら、まるで古いバッファローの死骸のなかでうごめいているみたいなんだからね」

「ふうん。あなたがわかっていることって、それだけなの」ジミーが言いかえす。「うちの父さんなんてもっと毛深いよ。ぼくらがキャンプするときはね、マットレスのカバーだけふたりぶん持っていくのさ。夜になると父さんがふさふさの胸毛を使って、両方いっぱいに詰めるんだよ。そのうえで眠るってわけ」

「そんなにいっぱいの毛だって？　とても信じられないね」

「でも、ほんとうなのさ。クマの町の名前はなんていったっけ？」

「もちろん、熊ノ庄《ヴィラオツ》だよ。だけど、そこに行きつこうとしたら、山の奥まで入りこまないとならない。峡谷をずうっとたどっていくと、あいだが狭くなって、鳥が身体を傾けなければ飛べないほどになる。その先にあるのがクマの町——熊ノ庄《ヴィラオツ》だよ」

「そんなに狭いのなら、どうやって馬車を通したんだろう？」

「なんの馬車だって？　ああ、あの馬車のことかい。平べったく折りたためるように、蝶番じかけで作っておいたんだ。四つの車輪が一列になるようにね。狭いところを通過すると、元どおりに拡げるって寸法さ。嘘っぱち《メンティラ》だって思ってるね？　この話の背後に人間じみた真実を見いだせるものなら、あたしに教えておくれでないかい、小僧っこ」

　ジミーが父親を探しに行くと、酒場でワインを飲んでいた。

「パパ、明日にはここを出て、熊ノ庄《ヴィラオツ》って町を見つけにいこうよ」

「よおし、ここを出て、その町を探しにいこうじゃないか」

「山の奥、峡谷の先のほうにあるってさ」

「夫人がおまえに町のありかを話しているのが聞こえていたよ」

　ふたりはその晩、シエリトの町そのものである家で食事をし、古い馬車を寝床にして眠った。そして次の日、クマの町、熊ノ庄《ヴィラオソ》を探しに出発した。午前中かかって峡谷をたどっていくと、あいだが狭くなって、鳥が身体を傾けなければ飛べないほどのところまで来た。フォードが通りぬけられないくらい、両方の山肌が迫っている。

「このフォードとおなじくらい、馬車の幅も狭かったのかな」

「ここを通ったというなら、そうにちがいないな」

やがてクルマが走れないほどの砂利道になり、父子はフォードをとめて歩くことにした。ふたりが最初のクマを見かけたのも、ちょうどそのあたりだった。そこから千ヤード進むと、両方の絶壁が合流する地点、つまり熊ノ庄《ヴィラオソ》に到着した。崖の両側には三十もの洞穴がぽっかりと開いていたが、うろついているクマはたかだか五、六頭だった。残りのクマはどこかへ働きに出ているにちがいない。

両方の絶壁のあいだには、まだ、馬車一台は抜けられるくらいの幅が開いており、その先は向こう側の平原につながる下り道だ。ジムは絶壁を相当な高さまでよじ登ると、ジミーをロープで引きあげた。ふたりは、敏捷なクマでなければ登ってこられないところにある、りっぱな巣穴に陣どった。

「ひとつだけ気がかりなことがあるんだ」とジミー。「ここには籠細工や陶器はおろか、製粉機の痕跡さえ見あたらない。ここのクマはどうにかこうにか技術を保ちつづけているはずなんだ。けれど、ボロボロの毛布さえなさそうだ。けっきょく、ただのクマってことかい。ぼくは、やつらが毛深い人間だってことがわかるだろうと思っていたのに」

日が暮れるまえに、ジムはライフルを片手にクルマへ戻った。食糧を運びだすと、崖を登って洞穴へ引きかえす。そして、木を切りだして運びいれた。

「クマのステーキはどうだい？」

「ダメだよ、パパ。やつらを殺さないで。そんじょそこいらのクマとはちがうはずなんだ」

「昔話を真に受けるようじゃいけないな、ジミー」

ふたりは、クマやピューマ、悪魔を遠ざけるため、岩棚で火を焚いた。この地域に住んだ最初の家族が、一万八千十二年前にやったのとおなじように。この計算はジミーによるもので、論理的根拠がある。彼が読んだ信頼にたる本では、一万八千年前と記されていた。その本が出版されたのが、いまから十二年前だったのだ。

夕食のあと、ジミーはギターで、クマたちのためにセレナーデを奏でた。すると夕暮れのなか、クマたちが集まってきて、大きな犬のようにジミーを取りかこんだ。ジミーが弾きおわると、一匹のコヨーテが、遠い崖のいただきからクマたちにセレナーデを贈った。

「コヨーテが三匹いるね」とジミー。「鳴き声のちがいで区別できるのさ。一匹は赤っぽい色で、キツネとおなじくらいに赤い。一匹は大きく灰色の毛並みをしている。もう一匹は尾っぽにオナモミをたっぷりつけている」

「いいや。いるのは一匹だけだ」

「なに言ってるの。いま四匹加わって、ぜんぶで七匹になったよ。一匹は鼻づらに黒い十字模様がある。一匹は脚を一本引きずっている。一匹はニワトリを殺したばかりで、口のまわりに羽をつけたままだ。もう一匹は、だいぶ若いやつだ。これで七匹さ」

「いいや。いるのは一匹だけだ」

「ほかの崖からもう六匹来て、ぜんぶで十三匹になったよ。そのうちの一匹は片方の前足が白い。もう一匹は今朝スカンクと出くわしたせいで、仲間から少し離れていなけりゃならない。そして、歳取った親玉のコヨーテもいるし、そいつをいつか追い落としてやろうと狙っているやつもいる。若いメスもいる。こいつのせいで、あの二匹がいきりたっているんだな。あと、耳がちぎれたみすぼらしいやつが一匹いて、仲間はずれになっている。鳴き声で、どんなコヨーテなのか、ぼくにはわかるのさ。ぜんぶで十三匹いるよ」

「いいや」とジム。「一匹しかいない」

「なに言ってるの。ちょうどいま、少なくともさらに九匹、もっと遠くで鳴いているのが聞こえた。これで二十二匹になった。コヨーテは二匹以上いるんだ」

「ああ、おまえの言うとおりだ。二匹はいるな」

やがて父子は眠りにつき、コヨーテたちを悩ませた。

だいぶ経って、ジミーは軋む音に気づき、父親を起こした。

「馬車だよ。ほら、馬車が行くのが聞こえるでしょ」

「ああ、馬車が一台だな」

「少なくとも十台かそこらはいるよ。そのすぐあとに、もう百台は来るはずさ。一台は車輪の枠《リム》が甘くなっていて、明日には修理しなけりゃならない。一台は座席のスプリングの具合が悪くて、小石を踏むたびお尻に響くありさま。一台はながえがキーキーいっている。一台は輻《スポーク》が裂けている。車輪の中心部《ハブ》で擦れているのが聞きとれるでしょ。一台は底板の板が弛んでいる。一台は片側に荷物を重く積みすぎているか、荷重が偏ってしまっていて、それがよじれるような軋みにあらわれている。前輪を手当しなきゃならない一台もあるね。一台はうしろに仔馬をつないでいて、仔馬は疲れきったようすだ。馬具が擦れている一台もある。潤滑油を差さなきゃだめだね。何台もの馬車があるけど、区別はつけられるよ」

「いいや。一台だけだろう。そうした不具合はすべて、おなじ馬車のものじゃないのか」

「一頭のウマが蹄鉄を飛ばしてしまって、その足を気にしいしい進んでいくよ。一台の馬車にはランタンだかなんだかが吊りさがり、柄がキシキシいっている。たくさんの荷物をくくりつけた馬車もあるね。ロープが引っぱられたり弛んだりの音がしている」

「私にも聞こえているよ、ジミー。だけど、馬車は一台だけだ」

たしかに馬車は一台だけだった。峡谷の砂利道を登ってくるその馬車には、大きな荷物がくくりつけられ、ランタンがゆらゆらとぶらさがり、うしろに仔馬がつながれていた。

「よお《オラ》！」御者のひとりが焚き火を見つけ、父子に呼びかけた。

「よお《オラ》！」ジムがこたえる。

「やあい《オヘ》！」ジミーがこたえる。馬車は、両側一インチしか隙間のない隘路《あいろ》を通りぬけ、坂の頂上から向こうの側の斜面をくだっていった。

「ほんとうに一台だったんだね」とジミー。「ぼくは百台くらいあると思っていたよ。いつかの晩、ぼくが聞いたのもおなじ馬車だったのか。あの人たちは、どこかの小さな炭鉱町へ、荷物を運んでいくんだね。このまえ、ぼくが聞いたときは、仔馬をつれていなかった。ちがう晩には、うしろにロバをつないでいたっけ。馬車の音を聞くのは、とっても楽しいな」

アメリカヨタカが崖のうえから急降下し、別な崖へと上昇していった。つづいて、もう一羽のアメリカヨタカが逆の方向から急降下をする。すぐに、三羽目が最初のとおなじルートを飛ぶ。

「百羽ものアメリカヨタカが飛びまわっているにちがいない」とジミー。「一羽は関節が自由自在になる翼を持っている。一羽は身体の上と下に白い縞模様が入っている。小蠅だけしか食べないのもいれば、シデムシしか食べないのもいる。プレーリードッグにかぎ爪をふたつ食いちぎられたのもいる。まちがいなく百羽はいるね」

「いいや」ジムが言う。「一羽だけさ」

恐るべき子供たち

Enfant Terrible

深町眞理子訳

初出：Ellery Queen's Mystery Magazine, June 1971（初出時の題名は"Enfants Terribles"）

邦訳：《ミステリマガジン》一九七一年九月号

日本でのラファティ短篇集にはこれが初収録となる。初出誌《エラリイ・クイーンズ・ミステリ・マガジン》は、一九四一年創刊の老舗ミステリ専門誌。日本の《ミステリマガジン》は同誌と特約しており（当時）、その関係で「恐るべき子供たち」も時期を置かずに翻訳された。

クイーンによる紹介文を引用しよう。「EQMM初登場のこの作品、ちょっと風変わりでしょう？……風変わりで、かつ型破りです。（われわれはもうひとつの〝類型を異にした〟作家を発見したのでしょうか？）……では、いずれをとっても一癖のある人物たちにお会いください」。謎解きミステリとしてはさほど斬新なトリックではなく、意外な動機・犯人に行きつくわけでもないが、大胆にして率直な九歳のカーナディンが大人たちを翻弄するさまが面白い。ぼんやり気味の発明家フレッド・フロストも、ラファティらしいキャラクターだ。タルサ大学の原稿コレクションの記録によれば五九年十二月の脱稿。元の題名は"Blood Off a Knife"。

「ねえマッカーティさん、ナイフの血を落とすにはどうしたらいいか知ってる？」と、カーナディンが言った。

「それはまた、九歳の女の子から受けるにしては妙な質問だね」と、老巡査のモスバック・マッカーティは言った。

「もうじき十《とお》よ」と、カーナディン。

「まずそのナイフを見せてもらわなきゃな」

「いまのは仮説上の質問なのよ、わかるでしょ、どういうことか。それにナイフはユースタスが持ってるの、あたしじゃなく」

「ユースタスに、すぐにナイフをここへ持ってくるように言いなさい」

「どこにいるか知らないわ」

「じゃあ手先のひとりをやってユースタスを捜させるんだ、それとナイフも」

「手先ってなんなの？」

「あそこにいるファティ・フロストが、おまえさんの手先だよ」

というわけで、かれらはファティをその使命に派遣した。

ここ、つまり背後に小さなくぼ地を控えたこの空地は、モスバックが巡回の途中、腰をおろして休むことのできるほとんど唯一の場所だった。そしてこの空地に、ベンチを前に置いたベンガル・タイガー団のクラブハウスがある。モスバックは、クラブハウスそのものに出入りするにはちと丈が高すぎ、横幅がありすぎたが、そのかわり、いつでもベンチに腰をおろして休息するのだった。

「それでもあなたのおかげであたしたちは汚名を着せられてるのよ」と、カーナディン・トンプスンは言った。「お巡りがここに立ち寄るからってんで、ほかのクラブはみんなあたしたちを軽蔑してるの。ご存じでしょうけど、あたしたちは規約からいけばお巡り殺しであるはずなのよ」

「ベンガル・タイガー団に規約があるってことも知らなかったな、わしは。それはちゃんと紙に書かれたものなのかい？」

「そうねえ、紙に書かれているとは言えないわ。でも、ちゃんとしたものであることはたしかよ、十九も細則があって——たしかそう言うんだと思ったけど。クラブ創設以来、その規約はずっと父から子へ、母から娘へ、口頭で伝えられてきたの」

「で、クラブが創設されてからどれくらいになるんだい？」

「今日で二週間よ」

ファティ・フロストがユースタスを連れてきた。が、ナイフはなかった。

「おまえさんは血のついたナイフを持ってるんじゃなかったのかね、ユースタス」モスバックがたずねた。

「あれはぼくんだよ。どこにあるかは教えないからね。お巡りは民衆からものを盗むんだから。証拠の押収とか称しちゃってね」

「パパは、お巡りはみんな悪人だって言ってるわ」カーナディンが口をはさんだ。「あたし、言ったの、『モスバック以外はね』って。するとパパは言ったわ、『そのとおりだ、あれは悪人じゃない、ただの間抜けさ』」

「そういうおまえのとうさん自身、まったくの天才だってわけじゃないがね、カーナディン。さて、おまえだ、ユースタス、おまえのような年のいかない子供が、血のついたナイフなんか持ってるもんじゃない。いまどこにある、そしてどこで手に入れた？」

「ある男のひとのなかから取ったんだよ」

「ある男のひとから取った、と言うんだ。そのひとがおまえにくれたのかね？」

「というわけじゃないな。でも、取っちゃいけないとは言わなかったよ」

「取ってもいいと言ったのか？」

「いや。なんにも言わなかった。ぼくは訊いたけど、答えようとしなかったのさ。どうしても揺り起こすことができなかったんだ」

　モスバックは漠然たる懸念を感じはじめた。

「ユースタス、すぐにわしにそのナイフを見せるんだ、それからそいつを見つけた場所も。さもないとお尻をどやしつけるぞ。八つの子供なんかにばかにされて、黙っているわしゃないんだ」

「九つだい、もうじき」ユースタスは言った。「いいよ、これからナイフを見つけた場所にもどしてくるから。それから手をきれいにして、そいつとは縁を切る。ぼくのようにとかくの評判がある人物は、うかつに法律に巻きこまれるわけにはいかないからね」

　そしてかれは走り去った。

　モスバックはどたどたと子供たちのあとを追った。ユースタスが猫のように一本の木によじのぼり、また滑りおりるのが見えた。かれはその木のまたにナイフを隠していたのだ。

それからかれはナイフを手にしてくぼ地に駆けこんだ。だがそのあとを追っていったとき、モスバックは思わず立ちすくみ、髪の毛が恐怖にさかだつのを覚えた。

というのも、見すぼらしい身なりの死人がそこに横たわっていて、ナイフはその胸のまんなかに突っ立っていたからだ。そしてユースタス少年は、その死人のそばから立ちあがるところだった。

「ユースタス、いったいおまえはなにをしたんだ」モスバックはかすれた声で言った。

「なにもしないよ、さっきも言ったとおり、ナイフを見つけた場所にもどしただけさ」

「で、これからどうしようってんだ、いったいなにをするつもりだ」

「なにって、さっきも言ったように、手をきれいにして、このこととは縁を切るつもりだよ」

モスバックはこのときはじめて、ユースタスの手についているのが泥ではなく、凝固した血の塊りであるのに気づいた。そして――このほうははじめてではなく、これで何度目かだが――子供の言葉は文字どおりに受け取らねばならぬことを悟ったのだった。

「おまえはひょっとすると、警察部内でいちばんのろまなパトロール警官かもしれんぞ、モスバック」と、キール警部が言った。「とても信じられんね、いやしくも警官たるものが、自分の巡回路でひとりの男が刺殺されるのを見のがしていたとは。しかもそのあと、チビのがきが死体からナイフを抜きとり、持ち去って、木のまたに隠し、最後にはまたもどってきて、それを死体に突きたてるのを放置しといたっていうんだから。あの死人がなにものだか、おまえにはわかっとるかね？」

「いや」

「じゃああのくぼ地を背にした五軒の家に住んでる連中は？」

「はあ、それならわかっとります」

「どんな連中だ」

「まず最初の家には、男がひとり住んでます。わたしはまだ遠くからしか見かけたことはありません――一週間前にあの家を買って、昨日引っ越してきたばかりなんです――サイラス・シャーマーホーンとかいって、もとはなにかの判事だったようですが、いまは引退してます。つぎに二番目の家には、タイバーン・トンプスンといって、ここにいるユースタスとカーナディンの父親ですが、これが住んでます。まあ当然のように気性の激しい男ですな。それから三番目は、カルロス・レイ、下町で煙草屋をやっている男で、これはキューバ人です。四番目がフレッド・フロストで、ここにいるファティの親父――」

「本名があるはずだぞ」

「フィンバーで」

「よしわかった、ここにいるファティの親父で――」

「――有能な機械技術者であり、無能な発明家でもあります。いっぽうで儲けた金をいっぽうでなくしてるというところですかな。それから最後の五番目の家にいるのが、ハッチェル・ホーン、職業は彫刻師です」

「その連中をいますぐここへ集めろ。男も、細君も、がきどもも、使用人も、ぜんぶだ。ほかのものはいっさいここに近づけるな。連中からの事情聴取はこの場所で行なう。あの人形の家のそばに、気持ちのいい日蔭があるようだからな」

「あれ、人形の家なんかじゃないわよ」カーナディンがいささか憤然たる面持ちで言った。「あれでもれっきとしたクラブハウスですからね、兄弟友愛組織ベンガル・タイガー団の。女の子もいる場合は、またべつの名称があるようだけど」

「ほう、どんな？」

「〝姉妹友愛の〟よ、たぶん」

「おお」

一同が集まりはじめた。

「わたしはサイラス・シャーマーホーン」と、灰色の髪の洗練された男が言った。「もと判事です、ただしこの州の、ではないが。なにか事故があったようですな」

「で、こちらのご婦人が奥さん？」

「よせやい、それはうちのママだい」ユースタスが喚いた。

「もっとひどい間違いをされたこともあるよ」その婦人は言った。「じつのところ悪い気持ちじゃないわね。このひとはなかなかりっぱな紳士だし、この近所の風潮を高めてくれるだろう。だけどあたしはギディー・トンプスンといいますのさ」

「ギディーというのは本名には思えんが」

「本名ではなくとも、適当な呼称ではありますのさ。あたしの本名は、ジェラルディン・イザベラ・ドロシー・ドリア・イズールト、五人の伯母さんにちなんで名づけられているんです。これをつづめればギディーになるってこと、わかるでしょ？」

「なるほど、わかりますな」

「シャーマーホーン夫人はもう何年も前に死んだ」と、灰色の髪の洗練された男がつぶやいた。

「あれがローズ・レイですよ、あのバスローブをひっかけてやってくるのが」と、ギディーが言った。

「あら、あんた」ローズが言った。「あたしが駐車中の車にぶつけただけにしちゃ、ちょっと騒ぎが大きすぎるじゃない？　どうして近所のひとをみんな集めて、あれを宣伝しなくちゃならないんです？　あれがあたしだってこと、どうしてわかったんです？」

「ちょいと、ローズ、どうもこれはそのことじゃないらしいわよ」ギディーが言った。「これはね、警部さん、アンナリー・フロスト、そしてこちらがご亭主のフレッド。あら、朝にはあんた、ずいぶんむさくるしく見えるじゃない、フレッド。このひとがトゥーツィー・ホーン。本名はトゥーツィーじゃないんですけどね、あたしがそう呼びはじめたんです——かわいらしいでしょ？　それからこの子供たちはみんな、ここにいるあたしたちのだれかかれかの子供です。どれがだれの子か言いましょうか？」

「いや、いまのところは必要ないでしょう。あと三人、男がいるんじゃなかったのかね、モスバック？　どこにいるんだ」

「仕事ですよ。じきにもどってくるでしょう」

「それから使用人は？　使用人はどこにいる？」

「使用人？　冗談でしょう」と、ローズ。

「おい、おまえたち子供はみんな、しばらくあの人形の家にはいってろ、出てくるんじゃないぞ。そうちょこちょこ駆けまわられちゃあうるさくってやりきれん」

「あれはクラブハウスだって言ったでしょ」カーナディンがあごを突きだして言った。

「それに、ピーウィー・ホーンは入れるわけにはいかないわ」

「それはまたどうして？」

「かれはベンガル・タイガー団の現役メンバーじゃないんですもの。会費を滞納してるのよ」

「いいかね、これは警察からの絶対命令だよ」と、キール警部。

「ふん、ならいいわよ」だがかれらは、いたって不服そうにピーウィーを受けいれた。

キール警部は、フロスト夫妻を脇へ引っぱっていった。

「あんたたちのうちどっちか、これについてなにか知ってることはないかね？」

「いったいこれがどういうことなのか、それも知らんのですよ」と、フレッド・フロスト。

「ゆうべなにか騒ぎを聞かなかったかね？」

「電話でさんざん悩まされましたがね」

「だれが電話してきたんだ」

「近所の連中ですよ。わたしの発動機の音がうるさいって文句を言ってきたんです。だから説明してやりました、わたしがここ二、三週間かかりきってる発明は、万能騒音除去器なんだって。そうは言っても、板金で模型を組みたてるのに、音をたてずにやるってのは困難ですからね。それで、あちこちで癇癪を起こす連中が出てきたってわけですよ」

「で、その騒ぎがやんだのはいつごろかね？」

「そう、夜中の二時か三時ごろには、みんなも根負けして電話をやめたようですな」

「そうじゃない、あんたがその発動機の騒音を止めたのはいつかと言ってるんだ」

「五時、でしたかな。それから寝ました。やっと寝ついたと思ったら、あんたがたに起こされたってわけでね。それでも二時間ぐらいは寝ましたかな」

「ゆうべこのくぼ地で怪しい物音を聞かなかったかね？」

「聞きませんでしたな。ほかの連中もきっとそうですよ。わたしのたてていた騒音は、この近辺のほかの物音をきわめて効果的にかき消していたはずですから」

「ゆうべ一度でも家を出たかね？」

「おそらく。わたしは発明にとりかかってると放心する癖があるんです。たしか一度か二度、旋盤を自動に切り換えて、ビールを飲みに出たような気がします」

「ゆうべこのくぼ地にはいったかね？」

「覚えてませんが、あるいははいったかもしれません。ちょくちょくここを通りますから。仕事に没頭していると、どこを歩いてるかぜんぜん気がつかんのですよ」

「ゆうべだれかと話をしたかね？」

「それもやっぱり覚えてませんな」

「あの騒音発生器に防音板をつけるのに、どうして逆の方向にとりつけなかったのか訊いてごらんなさいよ」と、カーナディンが言った。「そうすれば左右の音ばかりじゃなく、上下の騒音も防げたはずだわ」

「おい嬢ちゃん、おじさんはあの人形の家にはいってろと言ったはずだぞ」

「あのクラブハウスにもどることは、あたしの命を賭けろというのに等しいのよ。あたしはたったいまベンガル・タイガー団から除名されちゃったの。えらい打撃だわ、あたしには。なにしろ《一本目の縞》だったんですもの、知ってるでしょうけど」

「いや、知らんね」

「つまりリーダーよ。それがいま、生命の心配をしなくちゃならないんだから。ご存じのように、あたしたちはもと会員を生かしておくわけにはいかないの。クラブの秘密のなかには、とても恐ろしい秘密があるんですもの。それが世間に知れちゃったらどうなると思う？」

「ぞっとするね」と、キール警部。

「それであたし、いまは暗殺者の手を待つばかりなのよ。さいわいあまり長くはならないはずだけど」

「ある意味でこっちもそれが望ましいね」キール警部は言った。「しかし、お望みならあんたに警察の保護をつけてやってもいいぜ、ベンガル・タイガー団が派遣してくる最高に兇悪な暗殺者にも対抗できるだけの」

「その警察の保護って、あのくぼ地のなかの死人にはずいぶん役に立ったじゃないの」

「なに？　それはなんの話だ」フレッド・フロストがたずねた。

「いまにわかる」警部は言った。「さあ嬢ちゃん、あんたはもうあの人形の家へ帰って、残りのベンガル・タイガー団たちに、もうちょっと静かにするように言いなさい」

「いいわ。でももしあの子たちに殺されたら、あたし、あんたに責任をとってもらいますからね」

　ひとりのぶあいそうな男が警部に近づいてきた。

「いいかげんに子供をいじめるのはやめて、車を呼んでくぼ地の死体をかたづけさせたらどうだ」と、その男は言った。「車屋ならE通りにあるぜ、この郡に一軒だけ残ったのが。やっこさん、死骸でドッグ・フードをつくってるんだ。あのままにしといちゃ、日が高くなると同時に目もあてられないことになるぜ」

「そういうあんたはいったい何者だ」警部はたずねた。

「タイバーン・トンプスンだよ。あんたが立ってるのはこのおれの地所だ。いまあんたが怒鳴りつけてたのはこのおれの娘だ。おれに向かってあんなふうにがなりたててみやがれ、バナナみたいに皮をむいてやるからな。オーケイ、諸君、もう解散してよろしい、全員出発進行だ。あの死んだルンペン、早く引き取ってくれよ、モスバック、それからここにいるこのお喋り野郎もな。それにしても、どうしておれに帰宅しろなんて電話をかけてよこしたんだ」

「ここで命令をくだすのはこのおれだ」キール警部が憤然として言った。

「おあいにくだが、おれにはそれは通用せんよ」タイバーンが言いかえした。

さらに二人の男が近づいてきた。「なにがあったんだ、タイ？」二人のうちのひとり、ハッチェル・ホーンがたずねた。

「なに、このくぼ地に浮浪者がひとり死んでるんだ、そしてお巡りどもは、ごたいそうにそれを騒ぎたてなきゃならんと考えているのさ。葉巻をくれないか、カルロス、どうせ卸値で買ってるんだろ」

「あんたたちはほかの二人の隣人かね？」キールがたずねた。

「さよう、隣人でさ」と、カルロス・レイ。

「ではこれからみんなで死体を見にゆくことにしよう。早いほうがいい、ここにいる口達者な友人が、すでにそいつを経かたびらの下からひっぱりだしたようだから」

一同はそろって坂をくだり、死人の周囲に集まった。アンナリー・フロストがはっと喘《あえ》いでかすかな悲鳴をあげ、それから青くなってふらりとよろめいた。

「ああ、気が遠くなる」彼女は言った。

「あんたはいつもそう言うけど、一度も気絶したことなんかないじゃないか」トゥーツィー・ホーンが言った。

「だれか以前にこの男を見たことがあるものはいないか」警部がたずねた。

「昨日の午後、どこかで見かけたようなおぼろげな記憶があるがね」フレッド・フロストが言った。「どこだったか、またいつだったかは思いだせない。ことによると記憶違いかもしれんし」

「話をしたかね？」

「したと思う。『まったく暑いですな』、たしかそんなようなことを、昨日だれかに向かって言った覚えがある。そう、たしかにこの顔はどこかで見かけたような気がするよ」

「このくぼ地をうろついていたという可能性は？」

「あるな。だが確実じゃない。ご承知のとおり、わたしは放心癖があるからね」

「ああ。それならさっきも聞いた」

「おれはこの男を見かけた覚えはないな」と、タイバーン・トンプスンが言った。「この男にかぎらず、ここ数日このくぼ地で浮浪者を見かけたことはない。いつもおれはかれらに注目して、どういう男かよく品定めすることにしてるんだ。いうまでもないが、子供のためだよ。子供たちはぜんぜんよその人間ってものを知らんし、ちょくちょく浮浪者と仲好しになる。浮浪者は駅が近いものだから、ときどきこのくぼ地で寝るんだ。しかし、この男はついぞ見かけたことがないな」

「おれも見たことがないね」と、ハッチェル・ホーン。

「あたしもないと思いますね」カルロス・レイが言った。「あたしは一度うちの店に来たお客ならぜったい覚えてるんです。このひとは来たことがない。それに、店以外の場所では、めったにひとに会いませんからね。なにしろ長時間働いてますから」

「あなたはどうです、判事さん、ごらんになったことがありますか？」

「かもしれん。わたしの記憶はな、ここにいるミスター・レイのように、ちょっと特殊なものなんだ。大体において、法廷でわたしの前に出てきた顔なら記憶に残っている。それからゆくと、この男は法廷で見たことがあるというはっきりした印象があるんだ。とはいえ、死相はまた変わってみえるものだからな。それに、識別の手がかりになるもの――声とか、動作物腰など――これがみんな消えている」

「しかし、この男を法廷で見たかもしれんとはお思いになるんですな？」

「ああ。この男は、いわば、犯罪者タイプの人相をしている。それにかれの服をごらん、刑務所を出るときに支給されるようなやつじゃないか」

「はあ、それは気づいてました。もしずっと脱いでいなければ、そしてたぶん脱いでいないはずですが、これで五日ばかり着ているというところですかな。それからこのナイフ、こいつは刑務所の調理用ナイフによく似てますよ、ただし刑務所のはぜんぶが規格品ってわけじゃないですが。似たようなのはどこでも手にはいります。きわめて安い道具ですからな。ええと、ご婦人がたのなかには、この男を前にごらんになったかたは？」

「とんでもない、いるもんですか！」アンナリー・フロストが言った。

「パラグァイの大統領に似てるわね」これはローズ・レイ。「そういう可能性、あるとお思いになる？」

「いや」と、キール警部。「それからあんた、トゥーツィー――いや、これは失礼、ホーン夫人――あんたはこの男を見たことはありませんか」

「まずないと思いますね」

　というわけで、さしあたり判明したのはこれだけだった。さらに数人の警察官が到着した。そして隣人たちは、予告なくこの近辺を離れないようにと警告された。それから警部たちは死体を引き取り、下町に座を移した。

「はっきりしてるよ、はっきりしすぎてるくらいだ」と、ゴールド警部が言った。「だれが殺したにせよ、そいつは被害者《がいしゃ》の身許を隠す算段はしなかったんだ」

かれらは被害者の所持品を調べているところだった。札入れは刑務所内の工場でつくられたもので、いくつかの州で売られており、すぐに見分けがついた。関係書類もきちんとそろっていた。所持金は三ドル。かれを殺したのがもしほかの浮浪者であれば、この三ドルを残してゆくことはまず考えられない。殺人の動機が、なにかもっと深いものでないかぎり。また、被害者の名はチャールズ・コーク、ちょうど一週間前に刑務所を出獄したばかりだった。かれらはかれに関する書類が届くのを待つことになった。

「詐欺師か」と、ゴールド警部が言った。「同時に偽造師でもあり、ゆすり屋でもある。五年間くらいこんでいるな。いまそれをもっと詳細にあたってみているところだ」

「五年間まるまるか？」キール警部が問いかえした。「ぜんぜん刑期の軽減はなく？」

「なくだ。なかで看守と口論した記録がある。暴力的傾向があると見なされたんだな。以前のやつのゆすりの被害者のうち、この近くに住んでいるものはひとりもいないし、だいいち、やつを有罪にするために、あの時点でみんな多かれすくなかれ自分の秘密をぶちまけている。もちろん、やつの服役中、一時休止の形になっていた被害者がいるかもしれんし、刑務所《むしょ》のなかでつかんだ情報から、新しく狙いをつけたかもがいるかもしれん。どっちにしろ、これはやっこさんのゆすりの方面の才能に関係ある事件だな。詐欺とか偽造とかは、ふつう殺人に結びつくことはまずないからね」

「やつは現場《イン・シトゥ》で殺されたんだろうか」キールが言った。

「さあ、どうかな。それを疑う理由はないんだ、おれの生まれつきの疑いぶかさ以外には。やっこさんは現場《イン・シトゥ》で殺されたんではないかもしれんし、あの服《イン・スーツ》で殺されたんですらないかもしれん――つまり、発見されたとき着ていたあの服で、ってことだよ」

「どうしてそんなことを言いだしたんだ」

「あの服はあまり身体に合っていなかった」

「といっても、グロテスクなほどじゃなかったぜ。それに刑務所では、ぴったり寸法を合わせてくれるわけじゃないからね」

「もうひとつ問題があるんだ。例の放心癖のある機械屋兼発明家、フロストな、あれがもうちょっと詳しい情報を持ちこんできたんだ。いまではかれ、事件の前日に被害者《がいしゃ》に会ったことは確実だと言ってる、ただしそのときは違う服装だったそうだし、場所もくぼ地じゃなく、通りのどこかだったそうだ」

「しかし、放心癖があることを自ら認めている男の記憶が、はたしてあてになるものかな？」

「そう。まあ多少はね。とはいえ詐欺師というのは、ふつう可能なかぎり早急に幾通りかの服装をとりそろえようとするものなんだ。それから考えると、コークが出獄後すぐに見苦しくない衣類を手に入れ、かたわら、刑務所から支給されたやつも確保しといたということはじゅうぶん考えられる。ことによると、二カ所にべつべつにねぐらを構えていることだってあるかもしれん、もっとも今までの調べでは、どこにも家を持っていたという痕跡は発見できんがね」

「もし出獄して一週間にしかならんってのがほんとなら、金はあれっきりしか持ってなかったんじゃないかな。だとすれば、部屋なんか借りる余裕はぜんぜんなかったってことになる」

「コークはちがうね。過去の記録から見ても、やつが運用資金を持ってないってことは考えられん。あいつは刑務所《むしょ》から手ぶらで出てくるような男じゃないよ」

「フロストに、かれの見たこと、もしくは見たと思ってることについて、喋らんように釘を差したかね？」

「いや、言わなかった」ゴールドは狡猾そうな顔をしてみせた。「もしかしてあのニュースが広まれば、だれかが心配しだすかもしれん。いまのところこっちの切り札はあまりないが、なるたけたくさんの人間をびくびくさせればさせるほど、なにかを燻《いぶ》しだせる見込みは強くなる。そこでいまそいつに、いぶりだす機会を与えたってわけさ。例の五家族をまた呼びだすことにした——今回はひとりずつね」

だが今度もまた、得るところはあまりなかった。世に知られているトリックのひとつに、ある現場の写真を撮り、のちにおなじ場所の写真を撮って、赤外線をちょいちょいとあてれば、あらゆる違いがたちまちにして暴露される、というやつがある。ゴールド警部は、証言を分析するにあたってこの方式を応用したのだった。だが、前回と今回とに隣人たちによって語られた話には、ほとんどくいちがいがなく、あったとしても取るに足らぬ相違か、偶然の違いでしかないようだった。

フレッド・フロストはそのあてにならない記憶から、すでに釣りあげた以上のものを引きだすことはできなかった。タイバーン・トンプスンは、官憲にたいして新たな罵詈雑言《ばりぞうごん》のたねを発見したものの、当面の事件に関してはなんら新情報を持ちあわさなかった。カルロス・レイは、いまでは何年か前に、被害者に葉巻を売ったことがあるかもしれないと考えるようになっていた。だが、絶対の確信があるわけではなかったし、売った葉巻の銘柄も思いだせなかった。のみならず、ぜんぜん人違いだという可能性もあるのだ。

ハッチェル・ホーンは、以前も事件についてなにも知らなかったし、いまもなにも知らず、また将来においても知ることがあるとは思っていなかった。というわけで、最後にシャーマーホーン判事がお見えですと部長刑事が告げたときにも、警部たちの手もとには依然なんの手がかりもなかった。

「わざわざおいでいただいてすみません、判事さん。その後、このあなたのご近所で起こった不幸な事件について、われわれに話していただけることができたのではないかと思い、こうしてご足労願ったわけです」

「というと、話すべきことがあるはずなのかな？　ほかの隣人諸氏からなにかこれという聞込みでも？」

「ありました。フレッド・フロストがたいへん役に立ってくれましてね。事件の被害者を、あの前日、べつの状況のもとで、べつの、もっとよい服装で、ちょっと違う場所で見かけたというのです」

「ああやっぱり。いずれは思いだすんじゃないかと恐れていたよ。はじめからこんな卑怯なふるまいをすべきではなかったんだ。だがどっちにしろ、早晩つきとめられていたことだろう。むろんあんたがたは、五年前のかれの判決の写しを、詳しく調べてみたんだろうね？」

「なんですって？　ああいや、もちろんです、もちろん、詳細にね」

「では当然、このわたしがかれに刑を宣告した判事だという事実、まっさきに目についたことだろうね」

「はあ？　ああいや、もちろんです、当然です。そしてそれから、あー、それからわれわれは思いだしました、あなたがこの男を法廷で見かけたような気がする、ただし確信はないが、とおっしゃったことを。ひとの人相は、あなたも指摘されたとおり、死ねば変わってみえるものです。それに判事として、何千という人間に法廷で会っておられるのですから、はっきり覚えておられなくとも当然なのです」

「いかにも。しかしあんたがたは法廷記録の写しを読んだのだから、あの男がどういう暴力行為を公然とほのめかしたかを読んでいるのだから――というのは、タイプの写しでも、あの男の暴力的傾向はいくぶんかうかがわれると思うからだが――それならば、かれが法廷で、釈放されたら必ずわたしに復讐してやると誓った事実を読んだときに、わたしがかれを覚えていなきゃならんということに気づいたはずだ」

「なんですって？　ああ、そうです、それでわれわれはいっさいを悟りました、なあそうだな、キール？」

「なに？ そうそう、そうです、そのときわれわれはいっさいを悟ったわけです」

「そこでだ、警部さんがた、時間を節約するために、ほらここに、この不幸な事件におけるわたしの役割を、完全な供述書にして持ってきた。これだ。多少綴りに誤りがあるかもしれんが、勘弁してくれたまえよ。わたしはここ数日の緊張ですっかり参っているのでね。むろんこの内容については、おおよそのところは見当がついているのだろうな」

「ええたしかに、ついてますよ。なあキール？ ですがいちおうあなたの口からお話しいただきましょうか」

「わたしは最近退職した。退職と同時に、なるべく人目につかないように、こっそりこの町へ移ってきた。かれが最後にわたしを見かけたところから、この町は一千マイル離れている。わたしはかれが釈放される日を知り、その足でかれがわたしを殺しにくるにちがいないと考えた。だが、ここまではまさか追ってこられまいという一抹の希望をいだいていたのだ。それは間違いだった。

わたしがこの町に買った家に落ち着くまもなく――そうなのだ、完全に引っ越しも済んでいないうちに――こざっぱりした身なりをしたあの男が姿をあらわした。はじめわたしは、近所のひとが挨拶に来てくれたのかと思ったよ。だがあやういところでかれだと気がつき、急いで戸を閉めて錠をおろした。とはいえ、あのときフロスト氏が通りかからなかったら、コークは扉を蹴破ってはいってきて、その場でわたしを手にかけていただろう。かれら、コークとフロストは、二、三ありきたりの挨拶をかわした。なかで聞いていたわたしは、放心癖のあるフロストが、コークをわたしと、引っ越してきたばかりのわたしととりちがえていることを知って驚いた。

まもなくコークは立ち去ったが、その前にわたしに声をかけて、暗くなったらまたくる、おまえがいくらじたばたしても、今晩おれが借りを返しにくるのを防ぐ方法はないんだ、と脅してゆくのを忘れなかった。それからの数時間、わたしは不安にさいなまれて過ごした。うちには銃はないし、買いにゆく勇気もない。家を出てかくまってもらいたくとも、知人はひとりもないし、電話もまだ引けてない。どうしたらいいのかと思うと気も狂いそうだった。そこへ持ってきて、暗くなってからはあのバンシー（家に死人があるときに泣いてそれを知らせる妖精）の泣き声だ。フロスト氏の作業場から聞こえるあの音が、わたしの不安を倍加した。あんな音がしていては、コークが十回わたしを射殺したとしても、聞きつけるものはいるまい」

「で、それから？」

「コークは真夜中ごろにやってきて、戸口から声をかけた。かれの声には一種催眠的な響きがあってな、以前聞いたときも、わたしはそれを感じたものだ。その声でかれは言った、おれのほうがおまえのよりも強い意志なんだから、いやでもおまえに、おまえの破滅につながる扉をあけさせてみせる、とな。

だがわたしだとて手をつかねていたわけじゃない、そのひまに、できるだけ音のしないように裏口から脱けだして、あのくぼ地へ行った。かれが家に押しいっているあいだ、そこに隠れているか、場合によっては近所のだれかのところに駆けこんで、救いを求めようと考えたのだ。わたしはだれかこないか、だれか助けてくれるひとは通りかからないか、しきりに捜しもとめた。だから、向こうからひとりの見すぼらしいなりをした男がやってくるのを認めたときには、思わずほっとしたものだ。『助けてください。警察か、どこか安全な場所に連れてってください』そう言いながらわたしはその男のまぢかまで近づいた。『命を狙われているんです』わたしは言った。ところが――」

「ところが？」

「悪夢中の悪夢だ！　わたしは気が狂ったのではないかと思った。その見すぼらしい男もまたコークだったのだ！　かれはわたしを罠にかけた、わたしの心を読んだのだ。きっと、わたしが裏口から脱けだす以前に、もう表口にはいなかったのにちがいない。わたしはかれが、昼間とおなじこざっぱりしたなりをしているとばかり思いこんでいた。ところがかれはその裏をかいて、浮浪者みたいななりでやってきたのだ。そしてそのことがわたしを恐怖で金縛りにした」

「つづけてください」

「かれはナイフをとりだし、わたしたちはつかみあった。かれから見れば、まるでわたしをもてあそぶようなものだったにちがいない。ところが、くぼ地のぬかるみに足をとられてころがった。われわれは取っ組みあったまま倒れた。そのときどんな運命がわれわれを支配していたのか、それが好運だったのか悪運だったのか、わたしにはわからない。だが倒れたとき、ナイフが突き刺さって死んだのはかれのほうだったのだ」

「どうかその先を」

「その先といってもあまりないのだがね。わたしは卑怯者だった。頭がどうかしていたのだ。わたしはそのまま家に帰って、いまこの瞬間までなにもしなかった。だが、殺意がなかったことは神に誓ってもいい。ほんとうだ。正直なところ、たとえ自分の命が助かるためであっても、わたしには人は殺せないだろう。そういうふうには生まれついていないのだ。信じてくれ、あれはまったくの偶然だったのだ」

「そうですとも。ですがわたしなら心配しませんね。かれがあなたを殺すと公言したことは、五年の判決があったときの裁判記録に書かれている。そのうえかれは、釈放されるやいなや、すぐに一千マイルの遠路をはるばるあなたを追っかけてきた。あなたがかれを追っかけたわけじゃない。どう見たって、これ以上はっきりした正当防衛のケースはありませんよ」

「さてと、ではこれで事件は落着だな」と、ゴールド警部が言った。「われわれはこの件での功績を認められて、表彰されてもいいはずだよ」

「ひとつ教えてくれ、ジョン」と、キール警部が言った。「あんた、ほんとうに裁判記録の写しを読んだのか？」

「だれが読むものか、あんたとおなじだよ」

「じゃあ知らなかったんじゃないか、ほかでもないシャーマーホーンがその事件の裁判長だったってことも、コークがかれを殺すと脅したことも」

「もちろん知らんさ。まあそのことは、われわれ二人だけのあいだのちょっとした秘密にしとこうよ。じっさい幸運だったよ、シャーマーホーン判事が、われわれに実際以上の勤勉さと知力とを付与してくれたってことは」

「かれ、潔白を証明されるかな？」

「もちろんされるさ。これ以上はっきりした正当防衛のケースなんて見たこともないぐらいだよ」

早朝だった。鳥は歌っていた、一羽だけ、たったいま餌をついばんで、愚痴をこぼし、とても歌うような気分にはなっていなかった黒い鳥を除いては。

モスバック・マッカーティは、例によって、ベンガル・タイガー団（非加入者）のクラブハウスの前で、ベンチに腰かけて休んでいた。

「ねえマッカーティさん」と、カーナディン・トンプスンが言った。「ひとつ質問があるんだけど」

「やれやれ、これだからな。わしはなにも知らんぞ、ナイフの血を落とす方法も、棍棒にこびりついた凝血を落とす方法も。リヴォルヴァーから身許が割れるような痕跡を消す方法すら知らんのだ」

「いったいなにを言ってるの？　あたしはただこう訊きたかっただけよ、マッカーティさんは、今度の有名な犯罪事件の解決に満足してんのかって」

「なんだと？　そりゃまあ、満足してるのかと言われればそうだろうな。満足しちゃいかんわけでもあるかね？」

「ベンガル・タイガー団は満足してないわ。でなければ、あたしは、《一本目の縞》であるあたしは満足してない、というべきかもしれないわね。ねえ、聞かせてちょうだい、あなたはいままでに、上品な、威厳のある顔つきの判事ってのに会ったことがあって？」

「そんなこと当たり前じゃないか。シャーマーホーンさんを考えてみただけでわかることだ」

「そうかしら。もっとほかのひとを考えてみれば？」

「いくら考えたっておなじことさ。判事はみんな上品で、威厳のある紳士だよ」

「いいえ。もっと真剣に、ようく考えてみてちょうだい。ほんとうにそんなひとがあって？」

「そうだな、おまえさんがそうまでがんばるから言うんだが、じつのところないな、上品な顔つきの判事なんて見たことがないよ。かれらはみんな、どこかこそこそしたところがあって――狐みたいな顔で、こすからくて、あまり感じがよくないな」

「どっちかっていうと、卑しい詐欺師を思わせるような感じ？」

「そうだよ、驚いたな、カーナディン、まさしくそんな感じだよ」

「じゃあもうひとつ訊くわ、本物の詐欺師で、見かけがこそこそしてて、狐みたいで、こすからそうで、感じのよくないひとって、あなた、見たことある？」

「そんなの、みんなそうだよ、カーナディン。ここで死んでたコークを考えてみたってわかることだ」

「もっとほかのひとを考えてみてちょうだい。あなたのほうがあたしよりもたくさんの詐欺師を見てるはずですものね」

「いかにもな。だがいくら考えたって、かれらはみんなおなじだよ、狐みたいで、感じがよくない顔さ」

「もっとようく考えてみてよ。ほんとうにそんなひと、いる？」

「さよう、考えてみると、いないな。実際問題として、かれらはみんなりっぱな押出しをしている。かれらほど堂々としていて、品があって、威厳のある男たちはこの地球上にいないよ。じじつ、かれらはどちらかというと——」

「判事みたい？　判事ならこういう風采だろうと考えられているような、そんな感じ？　ねえマッカーティさん、あなたすぐ下町へ行って、あのひとたちに被害者と加害者をとりちがえてるんじゃないかって言ってやったほうがいいわよ。物事を頭から当然として受け取ってしまう危険を警告してやるのよ。そしてこう言っておやんなさい、もしいちばん基本的な指先のテストをしてみれば——これはどっちみちやらなきゃならないことだったんだけど——そしたら確実なことがわかるだろうって。それからね、あの下町のひとたちに、あなたは毎日こんなところをほっつきあるいているにはちと利口すぎるって、そう言ってやるといいわ。あたしたち、ベンガル・タイガー団の名誉のために、どうしてもあなたを始末しなきゃならないの。これよりほかに方法を思いつかなかったのよ」

マッカーティは、いくらかおずおずとそれに着手した。

「例の隣人たちのひとりから、新しい聞込みがあったんですが」と、かれは言った。「それから考えると、どうもわれわれ、あの二人の男の身許をはっきりつかんでいないように思うんですがね」

「隣人というと、われわれが尋問したなかのひとりかね？」ゴールド警部が言った。

「いや。あなたがたが尋問を怠った隣人たちのひとりですよ」

コークはすくなくともひとつの点では真実を話していた。コークは暴力的な男だということだ。そしてたしかに、三人の屈強な警官にとりおさえられるまでは、それが嘘でないことを証明した。だが、いくら暴れてもなんにもならないことを悟ると、かれは一転してぺらぺらといっさいを白状した。

「やれやれ、おれもどうやら年貢の納めどきらしいな、これで。詳しい自供？　そう、判事は簡単に見つかったよ。ずっとおれはかれの行く先をたどってたんだ。じつのところ、かれがあの家を買ったときに、手数料を受け取りさえしたものさ、言っとくが、これはおれが釈放される前の話だぜ。そして釈放されてからは、一千マイルの道のりをくるのに一週間もかかりゃしなかった。かかったのはたった三時間さ。かれがこの町にくる前に、おれはここに来てたんだ。

かれがどれだけの金をここに送金したか、おれは知っていた。かれとおなじようにかれの名前を書けることもわかっていた。それに、かれがあらゆるものを郵便で送っていて、この町のだれにも顔を知られていないことも確かめてあった。

おれはかれの引っ越しを監視し、かれが人目を避けていることを見てとった。死ぬほどおれをこわがっていたからさ。そんなわけで、ちらりとかれを見ただけじゃ、隣人たちはかれの顔よりも、着ているものでかれを見覚えているにちがいないと判断した。それにおれたちはどっちもほぼおなじサイズだ。あのうっかり屋のフロストが、かれと挨拶をかわしたのは事実だよ。それでそのことを話のどこかに組みいれなきゃならなかったんだ。

おれの狙いってのは、もちろん、判事を殺してかれになりすまし、かれとおなじに名前が書けるのを利用して、八万ドルの金をのっとろうってものだった。そしてそのとおりに計画を進めたんだ。

あの夜おれは暗くなってからかれの家に行くと、保険勧誘員らしい声を出して保険の勧誘にきたと名乗った。そしてかれがドアをあけると、向こうがこっちに気づく前に、すばやく片足を扉の内側に割りこませた。それから、かれに銃をつきつけて裸にし、下着からそっくり衣類を交換した。そのあとあのくぼ地まで歩かせて、そこでかれを殺したんだ。

　おれには二つの道があった。このままなんにもしないでいて、疑われるかどうかについては運を天に任せるか、でなければ判事の身分を騙って、お涙頂戴の告白を聞かせるかだ。もし前のほうにころべば、おれは一生ここに安住できる。もしあとのほうにころべば、形式的に裁判を受け、青天白日の身となって、あとは一生ここに安住して、尊敬されて暮らすか——あるいはすくなくともそれに飽きて、もとの稼業にもどりたくなった場合に、じゅうぶんな開業資金があることになる。

　それにしても、いったいどこのおかたかね、事件がすでにみんなの満足のゆくように落着してるってのに、なお強力な身許証明を要求したというお利口さんは？　いったいどういうフレッシュな頭の持ち主が、このぜったい見のがされるはずの事実、当たり前すぎてだれも目をつけないはずの事実を見破ったのかね？　言ってくれ、いったいだれがこのおれのうわてを行ったんだ」

「ああ、われわれの有望な新人のひとりだよ」と、キール警部が言った。「じつをいうと、われらが九番打者《ナンバー・ナイン》だ」

「もうじき十《テン》になる、ね」と、モスバック・マッカーティが言った。

超絶の虎

The Transcendent Tigers

伊藤典夫訳

初出：Worlds of Tomorrow, February 1964
邦訳：《Men's Club》一九八四年七月号→《SFマガジン》一九九二年九月号→短篇集『つぎの岩につづく』（ハヤカワ文庫SF）

　カーナディン再登場。作品中の時系列で言えば、「超絶の虎」（カーナディンが七歳）→「恐るべき子供たち」（九歳）だが、執筆順では「恐るべき子供たち」→「超絶の虎」である。タルサ大学の原稿コレクションの記録によれば六一年二月に脱稿。初出誌《ワールズ・オヴ・トゥモロウ》は《ギャラクシー》の姉妹誌で、一九六三年に隔月刊で創刊。腕利き編集者フレデリック・ポールが采配を振ったが、長続きせず七一年に休刊となった。ラファティは本作品のほか、「蛇の名」と「パニの星」を寄稿している。

　本作品のカーナディンは超自然の能力を獲得する。主軸のアイデアは小松左京「物体O」を髣髴《ほうふつ》とさせるが（執筆はラファティのほうが早い）、しっとりと洒落た結末の小松作品に対し、「超絶の虎」はまったく容赦がない。高等世界の存在が無邪気な少女に絶対的な力を与えてしまう展開はロバート・シェクリイ的であり、大人の道理を超えた悪童たちの感覚はレイ・ブラッドベリにも通じる。

カーナディン・トンプスンの誕生日が来た。カーナディンは今日で七つ。これをもって彼女は子供時代を脱し、霊力の充実期をむかえたことになる。というのは当人の弁であって、また当人なりにつかんだこの偉大な節目の意義である。一方、たいていは大人たちだが、カーナディンの早熟ぶりをある点では認めるものの、妙に遅れたところのある少女と見る向きもあった。

カーナディンは誕生日にプレゼントを四つもらった。白いゴムまりと緑のプラスチック蛙、赤い帽子と小さな針金パズルである。

プラスチック蛙は、子供のおもちゃとばかり、たちまちこわしてしまった。で、これはオシマイ。

帽子は頭にかぶり、これは偉くなったしるしに精霊から贈られたのよ、と語った。事実、だれからのプレゼントなのか、大人たちは知らなかった。この赤い帽子は重要である。重要でなければ、そうは書かない。

針金パズルはまたたくまに解き、また元にもどした。つぎに白いゴムまりに何かをすると、母親が目をむいた。カーナディンがゴムまりをはじめにあった状態にもどしても、母親の目は元通りにならなかった。

ジェラルディン・トンプスンが目をむいていた時間は相当に長い。夫が気づいて忠告し、彼女は医者にかかった。医学的な原因はつかめなかった。本当の原因は、娘のカーナディンが見せたいたずらのほうにあったからである。

「あんたは気づいたかな、いや娘にね、ちっちゃな針金パズルをやったんだが」と、タイバーン・トンプスンは隣人のH・ホーンにいった。

「あの二十五セントもしないようなやつだろう」とホーン。「抜け目ないコインのつかい方にたまげるくらいには気づいたよ。ケチだといってるんじゃないぜ、タイバーン。ものを控えめにいう美徳は、おれにはないからな。これは才能だと思うんだが、あんたを見てると、ケチな人間が気前よく見えてくる」

「そうなんだ。とんだ誤解だがね。しかし、その針金パズルを考えてみてくれ。見かけは単純だが、じつは二千四百年まえからあるものなんだ。もちろん解けやしないから、しばらくはカーナディンも夢中になるだろう。エネルギーがありあまってる娘でね。解けないパズルでは最古のものに属する」

「だけどタイバーン、それを解いちゃったのよ」と妻のジェラルディン。

「道具を使う不可能パズル九種のうちのひとつで、紀元前五世紀にアナクシマンドロスが記録している」タイバーンはつづける。「で、いいかい、それから現在にいたるまで、そのリストに加わった新しいパズルというのは二つきりなんだ」

「カーナディン」と母親。「あれ、もう一度やってごらんなさい」

カーナディンはもう一度やってみせた。

「解けない理由は、ぼくは設計技師だからわかるんだが」とタイバーン。「あんたにはあまりピンと来ないかもしれないな。これは縒《よ》り目が偶数か奇数かにかかわりがあるんだ。古典的な解けないパズルというのには縄目パズルが多い。じっさい、あれもそうなんだがね。縄目パズルを針金で小さくまとめたやつさ。ゴルディオスの結び目がこれだといわれている。もっとも、古代の縄目パズルでほかに二種類、おなじ名前で呼ばれてるやつがあるんだが」

「でも、それを解いちゃったのよ、タイバーン、二度も」

「口をはさまないでくれ、ジェラルディン。いまホーンに説明してるんだ。人間は長いことこのパズルを解こうと苦心してきたが、工夫の精神と明白なる不可能性に気づく知力は、ここ数世紀ちょっと退潮気味だね。しかもこれこそが、ぼくの信じるところ、あらゆる不可能パズルの白眉だ。見た目でだまされる。解く方法が必ずありそうに見えるんだよ」

「おれにだってできそうに思えてきたよ、タイバーン」とホーン。

「いやいや、できるもんか。あんたは頑固だから、やってるうちに気が狂うぜ。別の次元に行って解いて、もどってくるんじゃないかぎり無理だ」

カーナディンがまたしてもゴムまりに何かをした。

「どうしてゴムまりを赤くして、また白にもどすことができるの、カーナディン？」と母親がたずねた。

「裏返しにするのよ。まりのなかは赤いの」

「だけど、やぶかないで、どうやったら裏返しになる？」

「やぶいたら遊べないじゃない、ママ」

「でも、やぶかなければ裏返しにはできないわ」

「赤い帽子があればいいのよ」

「ねえ、お父さんが解けないといってるパズルがどうやって解けるの？」

「こうやるのよ」

「それはそうだけど……。いままで解いた人がいないというのに、どうしてあなたに解けるわけ？」

「それはママ、何にでも最初というものがあるでしょ？」

「かもしれないけど、これをはじめて解くんだから、ちゃんとした説明がなければ」

「赤い帽子があるからよ。この帽子があれば、あたし何でもできるの」


かくして霊力をためたカーナディン・トンプスンは、赤い帽子をかぶり、残りのベンガル・タイガー団員をさがしに出かけた。ベンガル・タイガー団は、世界でもっとも排他的な結社である。完全資格を有する団員はひとり、カーナディンだけで、その下に弟のユースタス、ファティ・フロスト、ピーウィー・ホーン、以上三名の準団員というか不完全団員がいる。みんな子供であり、最年長でもカーナディンに三カ月及ばない。

ベンガル・タイガー団は、世間一般にはまだ名前をとどろかせていなかったが、結成がつい昨日のことだから、これは無理もない。カーナディンが終身団長に選ばれた。ほかに役職はもうけられなかった。

しかし種々の事情がからんで、ベンガル・タイガー団は、いまや世界でもっとも重要な結社となっていた。新たな力はすでに存在する。あとはどんな形態をとるかだけだが、力はこの秘密結社に妙な親近感を寄せているように思われた。

クレマン・シャルダンは〈仏国パラ歴史学協会会報〉で、つぎのような斬新な意見を発表している。

> 超絶的な諸霊力の存在は、もはや疑いようもない。そうした力はいま間近にせまり、そのオーラはわれわれの髪をなぶらんばかりである。霊力のめざすところはわれわれにある。〈山々と諸世界を揺り動かす力〉を手中にするときは来た。〈訪れ〉の実在性は確証されているが、いかにして検知されたか、その手段を現時点で明かすことはできない。
>
> 残る問題は、〈霊力〉を自信をもって手中にする個人なり団体なりが存在するか否かである。それは軽々しくは与えられない。未熟な弱者のもとには到来しない。その力を享受できる者がいまだ現われていないという、悲しむべき可能性もある。〈訪れ〉は、これが最初ではなかろうが、最後になることは大いにありうる。しかし〈霊力〉または〈訪れ〉は、形態や本質がどうあれ（といい得るほどたしかなも

のであり、それは高性能の計器によって検出されている）、われわれを分不相応と見なして過ぎ去ってゆくおそれもあるのである。

右の挿入文は、会報をお読みでないかもしれない読者へ。

ネブラスカ州カーニーの西をおそったものは、始原的な破壊力であった。衝撃は全世界で聞かれ、その吸引力によって、農家や納屋が何マイルにわたってなぎ倒された。壊滅区域は直径二マイルのほぼ真円をえがいたので、面積にして二千エーカーの土地が消え失せたことになる。いままでになかった災害、というのが第一報であった。以後の報道では、それは従来のあらゆる災害に似ていると変わった。そしてじっさい、あらゆるものにどこかしら似ていた。

巨大なクレーターは、まるで大隕石が落下したような観を呈していた。すさまじい熱が発生し、核爆発を思わせる放射能汚染をともなっていた。あとには溶岩が流れだし、大きな灰の雲がたちのぼり、クラカトアの再来ともいうべき大規模な噴火をうかがわせた。だしぬけの静寂がおり、それはじっさいには約二秒、人間たちの主観では二時間ほどつづいた。つぎの瞬間、ありとあらゆる騒ぎがはじまった。

　はじめの報告では、穴の深さは三マイルといわれた。といっても、これはひとまず数字を出し、パニックを抑えるためのものにすぎない。どれくらい深いのか、知る者はなかった。

　だが三マイルどころではなかったのはたしかである。ただし、これは地震が起きて穴を埋めはじめる以前のことであり、さらにその以前、地底からマグマがあふれだして、最初の数マイルをみたすまでの話である。急激なマグマの噴出が、溶けた蠟のようなゆったりした流れに衰えたあとでも、深さはゆうに三マイルを越えていた。

　惨事に先立つヒューッという音を聞いたか、でなければ隕石なりその他の飛行物体を見た人間はいるのだろうか？　いない。音はなかった。ただ、音よりすこしばかりピッチの高い気配のようなものがあった。

　隕石も空飛ぶ球体も見えなかった。しかし、ある人によれば巨大な光の柱、別の人によれば金属のきらめきが見えたという。あまりにも大きすぎて信じられないそのものは、記憶にとどめる間もなく消え失せた。

　ひとりの農夫が証言した。そいつは大きな針の先端に似ていて、みるみる太さ一マイルに肥大し、長さ数十万マイルに伸びたという。

　農夫にはどうして距離が測れたのか？　距離ぐらいは測れるさ、と農夫はいった。あの木までは九十ヤード、あの風車までは七百ヤードだ。あの飛んでいるカラスは、地面からせいぜい八十ヤードなんだが、みんなはたいていもっと高く見積もるだろう。それから、あの汽笛は五マイルと四分の一のところから聞こえてくる。

しかし、大きな距離をどんなふうに測るのか？ 十万マイルだとどうしてわかるかって？ わかるとも、と農夫はいった。大きな距離は、短い距離より測りやすいんだ。いきなり出てきたあの明るい柱は、十万マイルはあったよ。

曲がりなりにも数字を出してくれたのは、その農夫だけだった。物体を見た者さえほとんどいないありさまだった。そして見た者はみんな、物体が存在したのはほんの数分の一秒程度だと語った。

「ネブラスカ州カーニーの近辺で起きた不可解な事件、あれから民心をそらすには何かが必要ですな」と、国家的な責任を帯びた顧問団がいった。「何か説明をつけないことには、事件に関心が集まってしまってよくない」

さいわい事件が起きて、人びとの関心はカーニー付近での不可解なできごとからそれていった。ネブラスカ州での惨事を遠いものにしたのは、つぎにあげる町々やその近辺で起きたできごとだった。ユタ州ハンクスヴィル、メリーランド州クランプトン、アーカンソー州ローカスト・バイユー、ジョージア州ポープ・シティ——こうした町のとつぜんの壊滅は、形態としてはみんな同一、原因はみんな曖昧であった。全国的なパニックは第二段階にはいり、災害の原因をさぐるより、パニックを食いとめるほうが重要問題となってきた。

しかしサウス・ダコタ州ハイモア、ニュー・ハンプシャー州ギルモア、オハイオ州チェリーフォーク、サウス・キャロライナ州ロウズヴィルが、さらに壊滅するに及んで、前記の町々の災害もまた遠いものになった。

こうした災害も、その後にくる災害によってまた遠いものになるのだが、これではいくら書いてもきりがない。

じっさい、これはきりがなくつづいた。

破局的災害が全土に吹き出物のように広がっていくのとは裏腹に、〈人類の新たな可能性〉を論じる学会には、聴衆はさほど集まらなかった。学者たちのなかには、うちつづく災害を憂えて、人類が新しい可能性なり何なりを持とうにも、もはや先行き長くないのではといいだす者もいた。

しかし長期的展望に立った、ウィンカーズのこんな所見もある。もちろん災害についてては、それが彼の専門分野ではないため、爆竹がたてつづけに破裂した程度にしか見なしていない。

〈世界に内在する霊力〉、いま国際的には〈訪れ〉、また〈ポヤヴレーニエ〉と呼ばれるものに対して、われわれが多くを知りながら、あまりに知ることが少ないのは不思議なことです。

その存在は検出されているのですが、それはクッションを二つおいて出た答えにすぎません、計器が検出したという早い時期の報告は、不正確です。これは計測では検知されない。パラ計測によってのみ可能なものです。パラ計測とは、まだ生まれて間もない科学で、検出の仕損じによるパターンからデータを集め、その仕損じパターンから演繹推理をおこなうという方法です。最高性能の計器にあらわれないものが、検出できる現象と少なくともおなじくらい重要なことは明らかでしょう。ときには、それ以上の価値を持つこともあります。〈訪れ〉検出にさいしての仕損じパターンは種々さまざまですが、それは決して行きあたりばったりのものではありません。パターンからの推論結果には、妥当性があるように思われるのです。〈霊力〉または〈訪れ〉は、この方法によって推定され（またエーグ＝ホーンボステル理論の枠内において常に考察されるわけですが）、これは尖針状《アキュライフォーム》、均質力動《ホモダイネィ》的《マス》、等掌的《ホモカイラル》であり、かつ（ここであまりの非常識さに知性は途方に暮れるわけですが、わたしが本気であることはカトリック教会の読師《レクター》に誓ってもいい）近接押韻的《ホメオテルーティック》なものなのであります。

信じられない話ですが、ここには〈言語要素〉が認められるのです。これはいにしえの幻を呼びさまします。まるで原始的な魔術や呪物がよみがえる、その気配が聞こえてくるようではありませんか。まるでロゴス——世界のはじまり以前にあった〈ことば〉に取り組んでいるようなものです。しかしロゴスの論理を、われわれはどこにさがせばいいのか？

この現象のうちもっとも得体の知れないのが、かように間接的とはいえ、そこに感知される〈言語要素〉であることは疑いないところです。魔女の唱える韻を踏んだ呪文のようなものがあり、それが同症療法的にはたらいて〈霊力〉を引き起こす——われわれはそんなふうに信じるべきなのでしょうか？　暗示的なかたちでしか知りえないいまのところ、これは極端な結論かもしれません。しかしローダーミルクの仮説の光に照らして、いまお話ししたようなことを考察するとき、わたしはいささか非科学的な懸念を抱かざるをえません。

〈霊力〉はどれほど強力なのか？　われわれは知りません。ダインに換算することはできません。ただ効果を効果と比較するのが、われわれにできるすべてであり、そこでも相違はあまりに大きく、比較は成り立たないのです。ティッター＝シュトゥンプフ理論の効果、あるいは計測及びパラ計測におけるクログマン＝カイル投影の効果——われわれはそれらを考察することはできます。そして慎み深くこうつぶやくのです。「うん、なるほど強力だ」

カーナディン・トンプスンがむさぼるように新聞を読みだした。これは読み方がカーナディンの大の苦手であるだけに、意外なことだった。一年生の教科書の子猫と鈴の話にさんざんてこずったほどで、娘にはことばの才はないものと母親はあきらめた。もっとも、これは母親の思い込みであって、その一瞬のちには、教科書から読めないページを引き裂き、子猫なんかこうなってしまえと、ことばの才を駆使してしゃべりはじめたものである。だが、こと読み方にかんしては、カーナディンはまるで駄目だった。

それがいま、全米にひろがる災害の記事をかたっぱしから読みだしている。——朗々と読みあげてゆく澄んだ声を聞いていると、壊滅した土地の名はまるで鳴りわたる鐘の音のようだった。

「どうしてそんなにじょうずに新聞が読めるようになったの？」と母親がきいた。「名前の読み方がよくわかるわね」

「ああ、そんなのやさしいわよ、ママ。何かにひっかけていえばいいんだもの。クランプトン！　ローカスト・バイユー！　ポープ・シティ！　チェリーフォーク！　ロウズヴィル！」

「でも、新聞に出てくるそんなにむずかしい名前がどうして読めるの？　子猫ちゃんのお話だって読めなかったくせに」

「ママねえ、いまみたいなことがどんどんつづけば、どんなバカ猫にだっていつか来るものは来るよ」


　はるか、はるか彼方で、ひとつの会話がおこなわれた。

　これは、物質にもはや依存しない、極度の洗練をとげた巨大世界のできごとである。ローダーミルクの仮説は、このような世界を想定したうえに成り立っていた。多分に運まかせであったとはいえ、このような世界が存在したことは、ローダーミルクの勝利といってよかろう。

「で、おまえは授与したわけだな？」とたずねたのはスファエロス、その高等世界における年老いた円満体である。

「は、たしかに」と、仕事熱心な尖鋭体アキュは答え、床にぬかずいた。といっても、この描写は比喩的なものである。この世界には床もなければ、額《ひたい》というものもない。

「それで、あやまたず授与したという自信はあるのかな？」

「ご冗談を。もちろん自信はありません。叙任はことごとく成功するものではなく、あらゆる種子が芽ぶくとは限りませんから。何事にも経験は必要で、これがわたしの最初の任務だからです。

　該当人物を見つけるまでには、この世界のかなりの領域を調べました。わたしがはじめに考えましたのは、対位法的諸世界における有力者たちをさがすことでした。――あのようなところでさえ、そういった世界は存在し、有力者も少なからずいるからです。しかしこうした人物たち――みずからは役者、座元、プロモーター、三文役者などと呼んでおりますが――そのなかに資格を持つ者は見当たりませんでした。第一条件である泰然たる自信を持ちあわせていないのです。彼らにある自信は別のものであって、正当性はありません。しかもそれら対位法的な諸世界は、われわれがいう意味での真の創造物ではないばかりか、世界とさえ呼べないものでした」

「で、どこをさがしたのか？」とスファエロス。

「わたしは機構の指導者を見ることにしました。後進世界には、機構もしくは〈政府〉なるものがよく見かけられます。その地にも機構はたくさん存在しました。しかしそれらの指導者たちは——力をほしがっているという点では、たいてい同類なのですが——それにともなうべき泰然たるものが見当たりません。彼らの自信——と仮に呼んでおきましょう、それはヒステリックなものなのです。また、大多数が堕落した存在でもあるので、わたしはほっておくことにしました」

「それから？」

「つぎに検討したのは、あまり見込みのない可能性です。別の生物種に、ある種の力を行使できる者たち——競馬騎手、豚番、養蜂家、蛇つかい、等々です。しかしめあてのもの——真に優越した生物に見られる完璧な自信は、影もかたちもありませんでした」

「それで、どうしたのだ、アキュ？」

「自分の判断が信じられなくなり、計器にたよることにしました。わたしは〈泰然インジケーター〉を自動にすると、世界をめぐりました。世界中をめぐり、その結果ひとりだけ、完璧な自信をそなえた者が見つかりました。——いかなる疑惑にたいしても無敵であり、自分を疑うことなどまったくない人物であります。わたしはその人物を叙任し、大いなる〈霊力〉と〈尖鋭〉の概念を教えこみました」

「おまえは誤りをおかした。さいわい大きな世界ではないので、誤りも大きなものではない。初心者であるおまえは、功をあせりすぎたのだ。何も見つからなければ、その世界はほっておくのが正しい。何も見つからない世界はたくさんある。自信だけが重要な資格ではないぞ。それはたんに異邦の天体において、わたしが最初にさがす能力というにすぎない。

おまえが叙任した人物だが、その者は自信にみちてはいるものの、それと同様に重要な他の条件には欠けておる。じっさいその者はまだ蛹《さなぎ》、彼らの種の子供、その地でガキと呼ばれているものだ。まあ、すんだことは仕方があるまい。さいわい、おまえが授けた力には安全弁がついている。最悪の事態が生じても、せいぜい当の世界を打ち砕き、無事おのれを閉ざしてしまうだけだ。おまえは叙任をまちがいなくおこなったかな？」

「はい。権威と力のシンボル。〈赤帽〉を授けました。ただちに受諾と理解が返ってまいりました」

「よーし、今度はでっかい町にするわよ」とベンガル・タイガー団のクラブハウスでカーナディン・トンプスンが金切り声をあげた。

「大好き、ゼリービンズ――
ニューオーリンズ！」

地図の上のニューオーリンズに針を突き立てると、この南部の都会のど真ん中に、長さ十万マイルの太い柱がおりた。

針だって？　ピンではないのか？　ちがうちがう。ピンでは駄目なのである。ピンは卑金属でできている。針ですよ！　針なのだ！

「キャンディ・ストア――
ボルティモア！」

カーナディンの叫びとともに、また一本の針が突き立ち、古い都は壊滅した。しかし、おのれの死にこれほどけたたましい悲鳴をあげる、というか、これほど無益な抵抗をつづけた都市は、いままでになかった。

「ファティの言うこと、わからんとにお――
サン・アントニオ」

赤い帽子をはすにかぶり、目にグリーンの炎をかがやかせて、自信たっぷりに針をふりおろす。この町がお気に入りで、お目こぼしにならなかったものかと考える読者も少なくないだろう。

「ユースタスは、恥っかーき――
アルバカーキ」

「ぼく、ひとつ知ってるよ」とユースタスがいい、赤い帽子を自分の頭にのせた。

「ピッチャーとバッター――

　シンシナッター」

　いっちょまえに韻を踏み、針を突き立てるが、手ぎわが悪い。

「うまく韻を踏んでないじゃない」とカーナディン。「いまのきっと失敗よ」

　そのとおりだった。すっきりしたところなどどこにもない。それは不器用かつ悲惨――読者があまりお好きでない破壊となった。

「ユースタス、おうちへ行って大きな世界地図持ってきて」とカーナディンが命じる。「それから、針をもっとほしいわ。足りなくなったら困るから」

「ピーウィーは阿呆リス――

　ミネアポリス」

「ぼくにもやらせて」とピーウィーがいい、帽子をひったくった。

「ライオン、ガオーガオー――

　シカーガォー」

「そういうの、あたしがやったほうがいいんじゃない」とカーナディン。「いまのひどかったわ」

そう、これはすさまじかった。巨大な針はまっすぐに突き通らなかった。針は広大な土地をはねあげ、ずたずたの亀裂をつくった。美はどこにもない、まとまりもない、酸鼻をきわめた大災害となった。

これはたまらんとおっしゃる方は、町の近辺のどこか高いところ――だれも韻を踏めないような場所を見つけて、一刻も早くお逃げになるとよい。しかし、あと二分以内に町から逃げだすことができないとしたら、この忠告は忘れたほうがいい。なにしろ、もう遅すぎる。

カーナディンが勢いこんで唱えた。

「今度こそやったでぃ――

スケネクタディ」

これはいままででいちばん丸く、いちばんきれいな孔になった。

「キッチン・オイルはクリスコ――

サンフランシスコ」

これは見事だった。針は都市の全人口をひと呑みにし、いたるところに地震と津波を引き起こした。

「ナイフとフォーク——

七日間の恐怖

Seven-Day Terror

浅倉久志訳

初出：If, March 1962
邦訳：短篇集『九百人のお祖母さん』（早川書房／海外SFノヴェルズ、のちにハヤカワ文庫SF）
邦訳（別訳）：吉田誠一訳「恐怖の七日間」／ジュディス・メリル編『年刊SF傑作選3』（創元推理文庫）

　初出誌《イフ》は一九五二年の創刊だが、五九年七月号に版元が変わって《ギャラクシー》の姉妹誌になった。「七日間の恐怖」は、ジュディス・メリルの *The 8th Annual of the Year's Best S-F*（同書の邦訳が『年刊SF傑作選3』）にも選ばれた、ラファティ代表短篇のひとつ。コニー・ウィリスは、本作品をC・L・ムーア＆ヘンリイ・カットナー「ボロゴーヴはミムジイ」、レイ・ブラッドベリ「ゼロ・アワー」の系譜に位置づけたうえで、「しかし、ラファティの子どもたちは大胆さ、早熟さ、そして冷酷な感性において、唯一無二の存在だ」と評している（「七日間の恐怖」紹介文、ジョナサン・ストラーン編 *The Best of R. A. Lafferty*［2019］所収）。三人の大科学者、ウィリー・マッギリー、ヴェリコフ・ヴォンク、アーパッド・アーカバラナンのゲスト出演も、ラファティ・ファンには嬉しい。

「ママ、なにか消したいものはない？」クラレンス・ウィロビーが母親にたずねた。

「流しに積んである汚れたお皿ぐらいかな、いま思いつくのは。どうやって消すの？」

「ぼく、消失器をこさえたんだ。ビールのあきカンの底をくりぬくだけでいいんだよ。それから赤いボール紙を丸く切って、まんなかにのぞき穴をあけたのを二枚作ってさ、あきカンの両はしにはめこむの。それで、のぞき穴からのぞいて、目をぱちっとまばたきするとね、のぞいたものがなんでも消えちゃうのさ」

「まあ」

「でも、消えたものをもとにもどせるかどうかは自信ないよ。なにかほかのものでためしたほうがいいと思うな。お皿は高いもの」

いつもながら、マイラ・ウィロビーは、九歳のわが子の知恵に感心するばかりだった。わたしには、とてもこういう先の見通しがない。この子にはある。「じゃ、マナーズのおばさんの猫でためしたらどう？　おもてのあそこにいるでしょ。あの猫がいなくなっても、気にするのはマナーズのおばさんだけだから」

「わかった」

クラレンスは消失器を目にあてがって、まばたきした。おもての歩道にいた猫が、消えてしまった。

母親は興味をそそられた。「どういう仕組みかしら？　どういう仕組みか知ってるの？」

「知ってるよ。ビールのあきカンの底をくりぬいてね、ボール紙を二枚はめこむんだ。それからまばたきすんの」

「わかったわかった。外へ持っていって遊びなさい。おうちの中の物は、なにも消さないでよ。ママはゆっくり考えるから」

しかし、子供が行ってしまったあと、母親は妙に心配になった。

「あの子はすこしおませなんじゃないかしら。だって、大のおとなでも、ちゃんと動く消失器を作れる人なんて、そうたくさんはいないもの。そういえば、ブランチ・マナーズは、猫がいなくなって悲しがるかしら？」

　クラレンスは、町かどの酒場〈プラッグド・ニッケル〉へとやってきた。

「ノコミスさん、なにか消したいものはない？」

「このたいこ腹だけだな」

「それを消すと、あとに穴が残って、おじさんは出血多量で死んじゃうよ」

「うん、それもそうだ。どうだい、おもての消火栓でためしてみちゃ？」

　ある意味で、その午後は、この界隈にとって最高に楽しいものになった。周囲何ブロックかの子供たちが集まってきて、水びたしの街路や排水溝で遊んだ。もし何人かの子供が溺れたとしても（たしかに溺れたとはいわないが）この洪水の中では（いやまったく、かけ値なしの大洪水さ！）まあ、それもやむをえなかったろう。消防車は（洪水を止めるのに消防車を呼ぶなんて話、聞いたことがあるかね？）ポンプまで水にもぐってしまった。

　警官と救急車の職員が、びしょ濡れで、途方に暮れてうろうろするばかりだった。

「復活器はいかが。復活器のご用はありませんか」クラリッサ・ウイロビーが歌うようにふれ歩いた。

「静かにしてくれよ、もう」救急車の職員たちがいった。

〈プラッグド・ニッケル〉のバーテン、ノコミスが、クラレンスをわきに呼んでいった。

「あの消火栓がどうしてああなったか、おじさんはしばらくだれにもいわないからな」

「おじさんがいわなきゃ、ぼくもいわないよ」クラレンスが答えた。

どうも怪しいと感づいたのは、コムストック巡査だった。「可能性は七つしかない。ウイロビーのとこの七人の子供、あの中のだれかがやったんだ。ブルドーザーでならしでもしなけりゃ、こうはならんが、かりにそうしたって、ひしゃげた消火栓は残る。あのガキどもだ。あの中のだれかがやったんだ」

コムストック巡査は、不可解な事件の真相をかぎつける才能があった。ダウンタウンの署でデスクワークをする代わりに、こんな僻地《へきち》で巡回勤務についているのは、そのためだ。

「クラリッサ！」コムストック巡査は雷鳴のような声で呼びかけた。

「復活器はいかが。復活器のご用はありませんか」クラリッサは歌うようにいった。

「あの消火栓がどうなったのか、きみは知らないか？」警官はたずねた。

「肌寒い疑惑はあるわ。いまのところは、それだけね。もっとくわしいことがわかったら、教えたげる」

クラリッサは八歳で、肌寒い疑惑にふけりたがる癖がある。

「クレメンタイン、ハロルド、コリーン、ジミー、シリル」警官は、ウィロビー家の年下の子供たち五人に呼びかけた。「きみたち、消火栓がどうなったのか知らないか？」

「きのう、このへんをうろついてる男の人がいたわ。きっとその人が持っていったのよ」とクレメンタイン。

「ぼくは、そこに消火栓があったのも、おぼえてないなあ。みんな、なんでもないことに大騒ぎするね」とハロルド。

「市役所でもこれは問題になるわよ」とコリーン。

「うん、きまってらあ」とジミー。「でも、ぼくはしゃべらないよ」

「シリル！」コムストック巡査は情けない声でどなった。情け容赦ない声ではなく、情けない声だった。この警官は情けない気分になったのだ。

「ちぇっ、ふざけんない」シリルがいった。「ぼくはまだ三つだぜ。どうしてぼくが責任を問われなくちゃいけないのさ」

「クラレンス」コムストック巡査は呼びかけた。

クラレンスはごくりと唾をのみこんだ。

「きみは消火栓がどこへ行ったか知ってるか？」

クラレンスの顔はぱっと明るくなった。「いいえ。どこへ行ったか知りません」

水道局の利口者が何人かやってきて、周囲何ブロックかの給水を止め、消火栓の代わりに一種の蓋をかぶせた。

「報告書になんと書きゃいいんだい、まったく」と、中のひとりがいった。

コムストック巡査は、気落ちして八つ当たりした。「いま忙しいんですよ、ミス・マナーズ。あなたの猫の行方なんか知りませんな。消火栓の行方さえわからんのに」

「こんな予感がするわ」クラリッサがいった。「あの猫が見つかれば、きっと消火栓もおなじ場所で見つかるわよ。まだ、たんなる予感にすぎないけど」

オジー・マーフィーは、頭のてっぺんに小さい帽子をかぶっていた。クラレンスは例の武器でそれを狙って、まばたきした。帽子はもうそこになくなったが、脳天からひとすじの血が垂れてきた。

「おじさんは、もうそんなもので遊ばないぞ」ノコミスはいった。

「だれが遊んでるのさ？」クラレンスはいいかえした。「これは本気だい」

いままで平穏無事だった界隈に降ってわいた七日間の恐怖の、これがはじまりだった。

公園から木々が姿を消した。街灯の柱も蒸発してしまった。ウォリー・ウォルドーフが家へ帰ってきて、車を降り、ドアをばたんと閉めたとたんに、その車がなくなった。ジョージ・マレンドーフが自宅の玄関へと私道を歩いていくと、愛犬のピートが駆けよってきて、彼の両腕めがけてとびついた。犬は道路から跳びあがったが、そこでなにかが起きた。犬は消えてしまい、つかのま、いぶかしげな空中に、鳴き声だけがとり残されたのだ。

しかし、いちばんひどいのは消火栓だった。第二の消火栓は、最初のが消失した翌朝に取りつけられた。八分後にはそれがなくなって、また洪水になり、新しい消火栓が正午までに取りつけられた。三分とたたないうちに、それは消えた。翌朝、第四号の消火栓が取りつけられた。

水道局長が駆けつけ、土木局長が駆けつけ、警察署長が特別機動隊をひきつれて駆けつけ、ＰＴＡ会長が駆けつけ、大学の学長が駆けつけ、市長が駆けつけた。ＦＢＩの捜査官が三人、ニュース映画のカメラマン、大科学者たち、それに一団の善良な市民も集まった。

「さあ、消えるものなら消えてみろ」土木局長がいった。

「さあ、消えるものなら消えてみろ」警察署長がいった。

「さあ、消えるものなら……おや、消えた、消えましたな」大科学者のひとりがいった。

消火栓は消え、一同びしょ濡れになった。

「とにかく、今年のニュース映画賞はばっちりいただきだ」と、カメラマンがいった。しかし、彼のカメラも付属品も、一同の目の前で消えてしまった。

「水道を止めて、蓋をしろ」警察署長がいった。「まだ消火栓は取りつけるな。倉庫にあったのは、もうそれっきりだ」

「こんな大事件は、とてもわたしの手に負えない」市長がいった。「ひょっとすると、もうタス（通信）もこのニュースを知っているのでは？」

「もう知ってますとも」小柄でまんまるな男がいった。「わたしがタスです」

ノコミスが呼び込みをはじめた。

「みなさん、よかったら〈プラッグド・ニッケル〉で一休みなさいませんかね。当店新作の消火栓《ハイドラント》ハイボールをぜひ味見してください。気分がぐっとよくなりますぜ。材料は上等のコーン・ウィスキーと、赤砂糖と、まじりけなしの消火栓の水、この排水溝からすくったやつです。このカクテルを最初に飲めるのは、みなさんですよ」

〈プラッグド・ニッケル〉は、たいへんな商売繁昌だった。なにしろ、目の前が消火栓の消えた現場で、噴きだす水が大洪水を作っているのだ。

「あたしたちがお金持になれる方法があるわ」クラリッサが父親のトム・ウイロビーにそういったのは、数日後のことだった。「みんな、いま住んでる家を二束三文で売りはらって、どこかへ引越すんだって。たくさんお金をつごうしてきて、それでみんな買っちゃえば。そしたら、あとでそれを売って、お金持になれるわよ」

「一軒一ドルでも買う気はないね。もうすでに三軒も消えたんだよ。どこのうちも、家財道具をぜんぶ庭へ運び出した。なんにもしてないのは、このうちだけさ。朝になったら、このへんは空地しか残ってないかもな」

「いいわ。じゃ、空地を買いなさい。こんど家がもどってきたときは、こっちのもの」

「家がもどってきたとき？　あの家がもどってくるのか？　おい、クラリッサ、おまえはこの事件のことでなにかを知ってるのかい？」

「確信に近い疑惑があるだけ。いまはそれ以上なにもいえないわ」

　三人の大科学者が、まるで酔っぱらいのサルタンの持ちもののような、取り散らかったつづき部屋に集まった。

「この事件は、形而上学を超越している。量子連続体に作用している。ある意味で、ボッフの理論はくつがえされた」そういったのは、ヴェリコフ・ヴォンク博士だった。

「非妥協性の接触という点が、なによりも不可解だ」そういったのは、アーパッド・アーカバラナンだった。

「そのとおり」と、ウィリー・マッギリーはいった。「ビールのあきカンと二枚のボール紙でそんなことができるなんて、だれが思いつくだろう？　子供の頃には、オートミールのあき箱と赤いクレヨンを使ったもんだ」

「よくわからんね」と、ヴォンク博士。「もっとやさしい言葉でいってくれ」

　これまでのところ、けがをしたり、消えたりした人間はなかった――例外は、オジー・

マーフィーが脳天からすこし血を流したのと、コンチータの派手なイヤリングが耳から消えたときに、彼女の耳たぶがやはりちょっと出血したのと、家が消えたときにちょうど玄関のドアノブへ手をかけようとしていた人たちが、一、二本指の先をかじられたのと、近所の男の子があきカンをけとばそうとして、カンがいきなり消え、足の指を一本なくしたのと、まあそれぐらい。たぶん、合計しても、半リットルたらずの血と、百グラムたらずの肉だったろう。

しかし、いまになって、食料品屋のバックルさんが、目撃者のいる前で消えたのだ。ゆゆしい事態だった。

ダウンタウンから、いじわるそうな調査員の一団が、ウイロビー家にやってきた。いちばんいじわるそうなのは、市長だった。もっと平和な日々には彼もいじわるな男ではなかったが、いまやこの恐怖はこれで七日もつづいているのだ。

いじわるな調査員のひとりがいった。

「こんどの事件とこの家庭とを結びつける、悪質な噂が流れているんだがね。だれかきみたちの中で、なにかを知っている人はいないか？」

「その噂のほとんどは、あたしが流したの」クラリッサがいった。「でも、悪質だとは思わないわ。謎めいてるだけよ。でも、もしおじさんたちがこの事件の真相をつきとめたいなら、あたしに質問してちょうだい」

「きみが消したのかね？」調査員がたずねた。

「それはかんじんな質問じゃないわ」とクラリッサ。

「消えたものの行方を知っているかね？」調査員がたずねた。

「それもかんじんな質問じゃないわ」とクラリッサ。

「きみは、消えたものをもとどおりにできるかね？」

「あら、もちろんよ。だれにだってできるわ。おじさんにはできないの？」

「できない。もしできるなら、たのむからすぐそうしてくれ」

「材料が要るわ。金時計とトンカチを持ってきてちょうだい。それから薬局へ行って、このリストに書いた薬品を買ってくること。あとは黒いビロードのきれが一メートルと、氷砂糖が五百グラム」

「どうします？」調査員のひとりがたずねた。

「やれ」市長がいった。「ただ一つの望みの綱だ。この子のいう物は、なんでも集めてこい」

やがて、ぜんぶの品物がそろった。

「どうしてクラリッサばっかりチヤホヤされるんだい？」クラレンスがきいた。「いろいろな物を消したのは、ぼくなんだぞ。あいつがもとどおりにする方法を知ってるはずないや！」

「あたしのにらんだとおりだわ！」クラリッサがにくにくしげにいった。「犯人がクラレンスだってことは、わかってたのよ。あたしの日記に物の消しかたが書いてあったのを、盗み読みしたんだわ。あたしが母親なら、妹の日記を盗み読みする子なんか、鞭でお仕置きしちゃう。無責任な人間の手にこういう秘密がわたると、こういう結果になるの」

クラリッサは、床の上に置かれた市長の金時計をめがけて、金槌をふりかぶった。

「あと何秒か待たないと。これは急いじゃだめなの。ちょっとの間だから」

秒針が、天地開闢《かいびゃく》の以前から定められていた点へと、円を描いて近づいた。クラリッサはとつぜん、ありったけの力で、金槌を美しい金時計の上にうちおろした。

「はい、おしまい。もう、心配ないわよ。ほら、歩道の上にマナーズさんの猫がいるでしょ？　七日前にいた場所に」

クラリッサのいうとおり、猫はもどっていた。

「さあ、みんなで〈プラッグド・ニッケル〉へ行って、消火栓がもどってくるのを見物しなくちゃ」

一同は二、三分しか待たずにすんだ。消火栓はどこからともなく現われて、しるしとあかしのように高らかな音を立て、歩道のはしにおさまった。

「それでは予言します」クラリッサがいった。「消えたものは一つ残らず、消えたときからかぞえてちょうど七日目にもどってくるでしょう」

七日間の恐怖は終わった。いろいろな品物が再出現をはじめた。

市長がたずねた。

「どうして七日目にもどってくるとわかったんだね？」

「だって、クラレンスの作ったのは、七日用の消失器だもん。あたしは九日用の消失器も、十三日用も、二十七日用も、十一年用も、作り方を知ってるわ。十三年用のも作り方を知ってるけど、それだと両はしに色を塗るのに、小さい男の子の心臓からとった血を使わなきゃならないの。シリルったら、あたしが胸を切ろうとするたんびに、泣きだすんだから」

「きみは、そういうものの作り方を、ぜんぶ知ってるのかね？」

「ええ。でも、もしその知識がいいかげんな人間の手にわたったらと思うと、ぞっとするわ」

「わたしもぞっとするよ、クラリッサ。ところで教えてくれ、なぜきみはあんな薬品をほしがったんだい？」

「化学実験セットに使うの」

「じゃあ、黒いビロードは？」

「お人形のドレス」

「じゃあ、氷砂糖五百グラムは？」

「そんなことがわからなくて、よく市長さんになれたわね。あたしがなんのために氷砂糖をほしがると思うの？」

「もう一つ最後の質問だ」と市長。「なぜ、わたしの金時計をトンカチでたたきこわしたんだね？」

「ああ、あれ？」クラリッサは答えた。「あれはただの劇的効果」

せまい谷
Narrow Valley

浅倉久志訳

初出：The Magazine of Fantasy and Science Fiction, September 1966
邦訳：《SFマガジン》一九七四年十一月号→ジュディス・メリル編『年刊SF傑作選7』（創元推理文庫［訳者名義は大谷圭二］）→短篇集『九百人のお祖母さん』（早川書房／海外SFノヴェルズ、のちにハヤカワ文庫SF）

発表の翌年にはテリー・カーのファンタジイ傑作選 *New Worlds of Fantasy* に、翌々年にはメリル編の年刊SF傑作選 ***SF 12***（同書の邦訳が『年刊SF傑作選7』）に収録され、その後、キャスリン・クレーマー&デイヴィッド・G・ハートウェル編 *Masterpieces of Fantasy and Wonder*（1989）、ロバート・シルヴァーバーグ編 *The Fantasy Hall of Fame*（1998）、アン・ヴァンダミア&ジェフ・ヴァンダミア編 *The Big Book of Modern Fantasy*（2020）など、オールタイム・ベスト傑作選にも選ばれたラファティの代表短篇のひとつ。

「七日間の恐怖」と同様、幼いきょうだいが大人を尻目に大活躍。彼らの母親ニーナ・ランパートもじつに素敵なキャラクターだ。「とっても面白そうだわ。わたしも行こうっと」の台詞が可愛い。そして、三人の大科学者、マッギリー、ヴォンク、アーカバラナンが再登場。怪しげな学説をもっともらしい口ぶりで開陳する。

一八九三年のこと、ポーニー族インディアンの生き残り八百二十一人に、土地の分配が行なわれた。割当ての一区画は、それぞれ百六十エーカーぽっきり。しかも、これからはポーニー族も、白人なみに地租を払ってもらわなくてはならぬ、というお達しである。

「キットケハーケ！」と、クラレンス・ビッグ＝サドルは毒づいた。「百六十エーカーぽっちじゃ、飼い犬もまともにしごけん。それに、土地に税金を払うなんてたわごとは、聞いたこともないわい」

クラレンス・ビッグ＝サドルは、美しいみどりの谷のある一区画をえらんだ。それは、彼がこれまでいつも自分の土地と見なしていた半ダースあまりの区画のなかの一つだった。彼はその谷にある自分の夏別荘の外壁に芝土を貼りつけ、オール・シーズンの住宅に改装した。しかし、税金を払うつもりはさらさらなかった。

そこで、彼は木の葉と樹皮を火にくべ、一場の演説をぶつことにした——

「こいねがわくは、わが谷がつねにひろびろとして、実り多く、みどりに覆われ、えーとそのほか、とにかくよいことずくめでありますように！」彼はポーニー族の詠唱法で雄弁をふるった。「ただし、よそものがやってきたときは、せまくなりますように！」

本来なら、ここでバルサムの樹皮を燃やすところなのだが、あいにく品切れだった。そこで、その代用に、彼はシーダーの樹皮を火のなかに投げこんだ。ニワトコの葉もないので、ひとつかみのジャック・オークの葉で間に合わせた。まずいことに、呪文さえも忘れていた。呪文を忘れて、どうして魔法がかけられよう？

「ペタハウエラット！」ひょっとして運命の神をごまかせればと、つとめて自信ありげにさけんだ。

「たしか、これぐらいの長さの呪文だった」と、彼は小声で傍白した。しかし、はなはだ心もとない。「どうかしてるぞ。これで魔法がかかると思うなんて、おれはいったいなにものだ？　白んぼか、まぬけなロバか、それとも新手の気ちがいか？　はっ、自分でもおかしくなる。まあいい、なにごとも辛抱しんぼう」

彼は残りの樹皮と木の葉を炎に投げ入れ、もう一度でたとこまかせの呪文を唱えた。

するとあーら不思議、さながらそれにこたえるがごとく、目もくらむ夏の稲妻が空に閃いたではないか。

「スキディ！」クラレンス・ビッグ＝サドルはおどりあがった。「魔法が効いたぞ。まさか効くとは思わなんだ」

　クラレンス・ビッグ＝サドルは、それから長年のあいだこの土地に住み、びた一文の税金も払わなかった。よそものはだれひとり、彼の土地に踏みこめなかった。税金不払いで、彼の土地は三度も競売されたが、入札者はそれっきり引き取りにやってこなかった。とうとう最後に、この地所は土地台帳でも公有地と書きなおされた。ホームステッド法（アメリカ西部の公有地百六十エーカーを五年間定住して耕作する入植者に与えた法律）の適用をうけることになったこの土地には、何度か入植希望者が現われたが、定住の条件を満たしえたものは、だれひとりいなかった。

　かくして半世紀が過ぎ、クラレンス・ビッグ＝サドルは一人息子を呼びよせていった。

「伜《せがれ》や、わしの寿命はつきた。わしはこれから家のなかへはいって死のうと思う」

「いいとも、おやじ」息子のクラレンス・リトル＝サドルはいった。「おいらは仲間と玉を突きに、ちょっくら町まで行ってくる。だから、埋葬は今晩帰ってきてからさせてもらうよ」

　というわけで、息子のクラレンス・リトル＝サドルは父のあとをついだ。彼も長年のあいだこの土地に住み、やはりびた一文の税金も払わなかった。

　そしてある日、郡役所で時ならぬ騒ぎが持ちあがった。群集が大挙してくりこんできたようなてんやわんやだったが、実は一人の男と、一人の女と、五人の子供がやってきただけだ。

「わたしはロバート・ランパート」と、男はいった。「公有地管理課はどこだね？」

「ぼくはロバート・ランパート・ジュニア」と、背のひょろ長い、九つの少年がいった。

「こう、姐《ねえ》さん、はぇェとこ教えてくんな。こちとら気がみじけえんだ」

「そんな名前の課はありませんけれど」と、受付の若い娘は答えた。「それはずいぶん昔にあった課じゃないかしら？」

「無知は無能の言いわけにならないのよ、あなた」メアリ＝メイベル・ランパートがいった。まだ八つだが、八つ半といってもじゅうぶんにとおる女の子だった。「あたしがこのことを投書したら、あしたはだれがこのデスクにすわることになるでしょうね？」

「あなたがたは州をまちがえてるか、それとも世紀をまちがえたんだわ」受付の娘はいった。

「いや、ホームステッド法はまだ有効だ」ロバート・ランパートはそうつっぱねた。「この郡には、持ち主のない土地が一区画残っている。そいつを申し込みたい」

セシリア・ランパートは、遠くのデスクにいるかっぷくのいい男がよこした、わけ知り顔のウインクに、「ハーイ」と答えた。彼女はしゃなりしゃなりと歩みよって、甘い声でささやきかけた。「あたしはセシリア・ランパート。でも、芸名はセシリア・サン・ファンっていいますの。あのう、七つというとしは、おぼこ娘の役にはまだ若すぎるかしら？」

「きみならだいじょうぶだよ」男はいった。「おうちの人たちを、みんなこっちへ呼んでおいで」

「おじさんは、公有地管理課がどこにあるか知ってますの？」

「ああ、知ってるとも。この机の左袖の、上から四番目の引出しがそうさ。この役所のなかでもいちばん小さい課だな。なにしろ、近頃はさっぱりお呼びがなくってね」

ランパート一家はそこに集まった。かっぷくのいい男は、書類の作成にとりかかった。

「これが謄本《とうほん》か」ロバート・ランパートはいった。「なんだ、土地の内容もちゃんと書いてある。どうしてわかるんだね？」

「わたしはこのへんには長いんだよ」男は答えた。

書類の記入はおわり、ロバート・ランパートはくだんの土地の持ち主となった。

「しかし、その土地へはいるのは、まあむりだね」と、男はいった。

「どうしてむりだ？」ロバートは詰問した。「この謄本に書いてあることは嘘なのか？」

「いや、ほんとうさ。ただ、その土地には、まだだれもはいりこめたものがない。いまじゃ、一種の冗談みたいになってるぐらいだ」

「よーし、おれはその冗談をとことんまで調べあげてやる」ランパートはいいきった。

「その土地に住んでみせる。もし、住めなかったら、そのわけをつきとめてやる」

「そううまくいくかな」かっぷくのいい男はいった。「この前の入植者がこの土地を申し込んだのは十二年前だったが、その男もやっぱり住めなかったようだぜ。おまけに、なぜ住めないかの説明もできないしまつだ。おもしろいんだよ、申し込んだ連中が一日二日がんばったあと、しょうことなしに諦める、その顔つきたるや見ものでね」

ランパート一家は郡役所を出てキャンパーに乗りこみ、自分たちの土地へとでかけた。

一家が車をとめたのは、牛飼いと小麦作りを半々にやっている、チャーリー・ダブリンという農家の前だった。どうやらすでに連絡があったらしく、ダブリンはニヤニヤしながら一家を出迎えた。

「よかったら、みんなこっちへこないかね」ダブリンはいった。「おれの牧場の中を抜けていくのが、いちばん近道だよ。あんたらの土地は、うちのすぐ西隣にあるんでな」

彼らは境界線までの短い道のりを歩きだした。

「ダブリンさん、ぼくはトム・ランパートです」六つのトムが、歩きながら話しかけた。

「でも、本名はトムじゃなくって、ラミレスなの。ぼくは、うちのおかあさんが七年前にメキシコで犯したあやまちから生まれた子供なんだって」

「この子はおふざけ屋なんですの、ダブリンさん」母親のニーナ・ランパートが弁明した。

「メキシコなんて、わたしは行ったこともありませんわ。そりゃ、メキシコにでも蒸発したいっていう気持には、ときどきなりますけどね」

「はあ、ごもっともです、奥さん。ところで、この一番ちいさい坊やの名は？」チャーリー・ダブリンはきいた。

「ぼく、ファッティ《ふとっちょ》」と、ファッティ・ランパートが答えた。

「だけど、それはほんとの名前じゃないんだろう？」

「オーディファックス」と、五つのファッティは答えた。

「へえ、オーディファックスね。きみもおふざけ屋なのかい、ファッティ？」

「ええ、この子もだんだん上達してるわ、ダブリンさん」メアリ＝メイベルがいった。

「先週まで、弟は双子だったの。双子のもひとりはスキニー《やせっぽち》という名前。でも、ママは、近所に野犬がうろついてるのに、スキニーをほったらかして、一杯飲みにでかけたの。ママが帰ってきたとき、スキニーがどうなってたか知ってる？　鎖骨が二本に、くるぶしの骨が一本。それだけしか残ってなかったんですって」

「かわいそうなスキニー」と、ダブリンはいった。「さて、ランパート、この柵がそうだよ。ここまでがおれの土地、ここからむこうがあんたの土地だ」

「じゃあ、あの溝は、おれの土地にはいるのかい？」

「あの溝があんたの土地さ」

「あれは埋めたてなくちゃだめだな。いくら幅がせまくても、ああ深くちゃ危なくてしょうがない。しかし、あっちの柵もがっしりしてるし、そのむこうはなかなかよさそうな土地だ」

「ちがうんだ、ランパート。あの二つ目の柵からむこうは、ホリスター・ハイドの持ち物なんだよ」チャーリー・ダブリンはいった。「あんたの土地は、あの二つ目の柵の手前までだ」

「ちょっと待ってくれ、ダブリン！　どうもなにかヘンだぞ。おれの土地は百六十エーカー。ということは、大ざっぱに見て八百メートル四方だ。いったい、その八百メートルの幅がどこにある？」

「あの柵と柵とのあいだにある」

「冗談じゃない、三メートルもないぐらいだ」

「あんたにもそう見えるか、ええ、ランパート？　だったら、いいこと教えてやる。そのへんに手ごろな石ころがいっぱい転がってるだろう？　ひとつ、そいつを溝のむこうまで投げてみろよ」

「そんなガキの遊びに興味はない」ランパートはかんしゃくを破裂させた。「おれは自分の土地がほしいんだ」

しかし、ランパート家の子供たちは、そんな遊びに興味をもっていた。彼らは、そのへんに転がっていた手ごろな石ころを拾い集めた。彼らは溝のむこうをめがけて、それを投げた。石ころは奇妙な飛び方をした。まるで空中に停止した感じで、どんどん縮まっていくのだ。そして、ラムネ玉のように小さくなったすえ、溝のなかへ吸いこまれていってしまう。子供たちは、だれも溝の対岸まで石を届かせることができなかった。どの子も石投げの名人なのに。

「読めたぞ。さては、あんたと隣が結託して、公有地の中まで柵を広げたんだな」ランパートは相手をなじった。

「そいつはお門ちがいだぜ、ランパート」ダブリンはおもしろそうに答えた。「おれんちの反別《たんべつ》はぴったり合ってるし、ハイドのところもおんなじだ。おまえさんとこもぴったり合ってるが、ただ、測量のしようがないだけさ。いってみりゃ、だまし絵の地図みたいなもんだ。ここからむこうの柵まではちゃんと八百メートルあるんだが、目がどこかでごまかされちまうんだな。おまえさんの土地だ、遠慮はいらん。その柵をくぐって、自分でたしかめてみるがいい」

ランパートは柵をくぐりぬけ、溝をとびこえてやろうと、その縁まで近づいた。溝のまぎわまできて、彼は尻ごみした。その溝のとんでもない深さが、ちらと目にはいったのだ。そのくせ、幅はせいぜい二メートルあるかなしだった。

手近なところに、隅の境界柱の役目を果たしている、長い杭《くい》が立っていた。ランパートは苦労してその杭をひっこぬくと、それをむこうへ押し倒して、溝の上にかけわたそうとした。だが、意外にも、杭は対岸へ届かなかった。三メートルの杭なら、当然二メートルの溝に橋をかけわたせるはずなのに。

支点を失った杭は溝のなかにはまりこみ、ごろごろと横にころがりはじめた。ころがり方からすれば、どんどんむこうへ行くはずだが、杭は垂直方向に遠ざかっていくだけだった。そのうちに、途中のでっぱりにひっかかって、やっと止まった。手をのばせば届きそうな近くに見えるのに、そのくせマッチ棒ぐらいの細さしかない。

「あの杭は、どうかしてるぞ。いや、どうかしてるのは、この世界かな、それとも、おれの目かな？」ロバート・ランパートはいった。「いっそ目まいでもしてくれりゃ、そのせいにできるんだが」

「隣のハイドとおれとがここで顔を合わせたときに、よくやる遊びがあるんだよ」ダブリンがいった。「おれの持ってる大口径のライフルで、溝のすぐむこうに立ったやっこさんの、おでこの真中を狙うのさ。距離は、見たところ三メートルしかない。それから、おれが引金をひく（これでも腕はたしかなんだぜ）。弾はズドンと飛んでいく。万事が目に見えるとおりなら、やっこさんは一発であの世行きだ。ところが、ハイドは涼しい顔さ。いつも弾があたるのは、やっこさんの足もとから十メートルも下の、小さな岩の首根っこと相場がきまってる。こっちには岩のかけらが飛び散るのが見えて、それから二秒半ほどあとに、弾がはねかえる音が聞こえてくるんだ」

空をかけめぐっていた一羽のヨタカが、せまい溝の上を矢のように飛びこえようとしたが、むこう側まで行きつけなかった。鳥はしだいに高度をおとし、いまや平地よりも下を、溝の対岸の壁を背景にして飛んでいた。その姿は、まるで百メートルあまりのかなたにあるように、小さく、そしておぼろだった。もはや翼の白い縞も見分けられず、ついには鳥そのものもほとんど見えなくなってしまった。それでも、幅二メートルの溝のむこう側へは、まだまだ届きそうもない。

そのあいだに、溝のむこうにはひとりの男が現われた。チャーリー・ダブリンによると、これが隣に住んでいるホリスター・ハイドだった。ハイドはニヤニヤ笑って、こっちに手を振った。そして、なにかをどなったが、声は聞こえなかった。

「ハイドとおれは、おたがいに唇の動きを読みっこしてるんだ」ダブリンがいった。「だから、溝をへだてていても話はちゃんとできるわけさ。なあ、きみたちのなかで、胆だめしをやりたい子はいるかい？　ハイドがむこうから、きみたちの頭を狙って、大きな石を投げつけてくる。もし、首をひっこめたり、うしろへさがったりしたら、弱虫だってことにしよう」

「ぼくやりたい！　ぼく！」オーディファックス・ランパートが挑戦した。手も体もごついハイドは、見るも恐ろしげなごつごつした大石を、少年の頭めがけて投げつけた。もし、万事が目で見たとおりなら、少年はひとたまりもなく殺されていたろう。だが、大石はあっというまに縮まって、溝のなかに消失した。一つの現象がここにある——溝の両側のものは正常な大きさに見えるのに、ひとたびそれがどちらの方向からでも溝の上を通ると、たちまち縮みはじめるのだ。

「おーい、みんな、探険にいくかあ？」ロバート・ランパート・ジュニアがきいた。

「ここにじっとしてたって、下に降りられるわけじゃなし」と、メアリ＝メイベル。

「男は粋狂《すいきょう》、女は度胸」セシリアがいった。「これ、セックス・コメディの広告にあったんよ」

たちまち、ランパート家の五人の子供たちは、溝のなかへ駆けおりていった。そう、まさしく駆けおりたのだ。まるで垂直の断崖をまっさかさまに駆けおりるように。そんなことは不可能なはずだった。なにしろ、溝の幅は、いちばん年かさの子の走る歩幅ほどしかないのだから。それなのに、溝は子供たちをどんどん縮ませ、生きながら彼らをのみこんだ。子供たちは人形ほどに小さくなり、ドングリほどに小さくなった。二メートルの幅しかない溝を横ぎるのに、子供たちは一分また一分と走りつづけた。彼らはますます深くへもぐり、その姿はますます小さくなった。ロバート・ランパートは制止の言葉をわめきちらし、妻のニーナは金切り声を上げていた。しかし、やがてニーナははたとわれにかえった。「わたしはなにを騒いでいるの？」彼女は自分にそうたずねた。「とっても面白そうだわ。わたしも行こうっと」

ニーナは溝のなかに駆けこみ、子供たちがそうなったのとおなじように、どんどん縮まっていった。その足どりからすれば、とっくに百メートルは走破したはずだが、溝の幅は依然としてたったの二メートルだった。

あとに残されたロバート・ランパートは、ようやく行動を開始した。まず、彼は郡の保安官と、ハイウェイ・パトロールの隊員たちをひっぱってきた。自分はこの溝に女房と五人の子供をさらわれた、と彼は訴えた。ひょっとすると、もうこの溝に殺されているかもしれない。もし、この話を聞いて笑うやつがいたら、それだけ死人がふえると思え、と。つぎに、彼は近くの州軍の大佐を呼びよせ、臨時の司令部が現場に設けられた。飛行機のパイロットも二人ほどつかまえてきた。ロバート・ランパートには一つの才能があった。彼がわめきたてると、人が寄ってくるのだ。

　彼はＴ町から新聞記者を呼び、それから、三人の大科学者――ヴェリコフ・ヴォンク、アーパッド・アーカバラナン、ウィリー・マッギリーの各博士を招いた。この三人は、なにか変わったことがあるたびに、いつも顔を出しにくる。ひょんな偶然で、彼らの住んでいる地方には、いつもなにか面白いことが起こっているのだ。

　三人はその土地を東西南北と真上からアタックし、内的理論と外的理論でアタックした。もし、問題の土地が、どの一辺も八百メートルで、どの一辺も直線であるならば、その中央にはなにかがなくてはならない。そこで空中写真をとったが、その結果は申し分なかった。つまり、ロバート・ランパートの土地が、この地方でもとりわけ美しい百六十エーカーであり、その大部分がみどり豊かな谷であり、全体からいえば八百メートル四方で、所定の位置をちゃんと占めていることが、写真から立証されたのだ。つぎに地上写真をとったが、こんどの場合も、チャーリー・ダブリンとホリスター・ハイドの二つの境界柵のあいだに、八百メートルの幅をもった美しい土地がひろがっているのが、ちゃんと撮影されていた。しかし、人間はカメラではない。その美しい土地を肉眼で見ることのできる人間は、だれもいない。いったい、その土地はどこにあるのか？

一方、谷のなかでは、すべてが正常だった。谷はまさしく八百メートルの幅があり、深さは三十メートルたらずで、たいそうなだらかな斜面にかこまれていた。谷は暖かで香《かぐわ》しく、みどりの牧草と穀物が生い茂っていた。

ニーナと子供たちは、たちまちこの谷が気にいってしまい、そして、どこの無断居住者が自分たちの土地にこんな家を建てたのだろうと、そこへ駆けよっていった。それは、家というより、掘っ立て小屋に近いしろものだった。それは一度も塗料のお世話になったことのない小屋だったが、塗料を使えば、かえって風情がそこなわれそうに思えた。小屋は、手斧とドロー・ナイフで表面をざっとならした丸太で組まれ、白い粘土ですきまを詰めて、側壁の半分の高さまで芝土で覆ってあった。しかも、その小さな丸太小屋のそばには、ひとりの不法侵入者が立っているではないか。

「よう、よう、ぼくたちの土地でなにしてんだよ？」ロバート・ランパート・ジュニアがつめよった。「さあ、もときたところへおとなしくひきあげてもらおうか。ぼくのにらんだところ、おじさんは泥棒もやってるな？　あそこに群れてる牛も、盗んできたやつじゃないのかい？」

「いやいや、白黒ぶちの牝牛だけだ」クラレンス・リトル＝サドルは答えた。「あいつだけはつい手が出たが、残りは正真正銘わしのもんさ。わしはもうしばらくここにいて、あんたらがちゃんと住みつけるのを見届けてやろうと思う」

「このへんには、おそろしいインディアンが住んでるの？」ファッティ・ランパートがきいた。

「いや、べつにそんなわけじゃない。三月に一ぺんぐらい、わしがのんだくれてちょっぴり暴れるのと、オーセージ族の若いのがふたりほど、ときどきグレイ・ホースからやってきてぶっ騒ぐのと、まあそれぐらいのもんだろう」クラレンス・リトル＝サドルはいった。

「まさかあなたはインディアンのふりをして、あたしたちを言いくるめるつもりじゃないでしょうね」メアリ＝メイベルが挑戦した。「いっときますけど、あたしたちは海千山千だから、そんなお芝居にはだまされないわよ」

「なあ、嬢ちゃんよ、あんたがそんなに海千山千なら、この牝牛にも、牝牛のふりをするなといってやったらどうだい？　こいつは自分のことを、スイート・ヴァージニアという名の、短角種の牝牛だと思いこんどる。わしも自分のことを、クラレンスという名のポーニー族インディアンだと思いこんどる。もし、それがわしらの思いちがいなら、やんわりと本当のところを打ち明けておくれ」

「あなたがインディアンなら、ボネット（羽根飾りのついたインディアンの戦闘帽）はどうしたのよ？　どこにも羽根なんかつけてないじゃないさ」

「どうしてそういえるんだね？　物語によると、わしらが羽根をさずかったのは、毛深い体の代わりに――いや、小娘相手にこんな話はできんわい！　もし、あんたが白人の女の子なら、どうしてロンバルディアの鉄の冠をかぶっておらんのかね？　それをかぶらずにおいて、いくらあんたが白人の女の子だとか、あんたの先祖は三百年前にヨーロッパから渡ってきたとかいったところで、わしが信じると思うかい？　インディアンにはぜんぶで六百の部族があるが、そのうちでボネットをかぶるのはオグララのスー族だけ、それも頭株だけなのさ。それをかぶれる人間は、一つの時期に、せいぜい二、三人どまりだろう」

「あなたのアナロジーは、ちょっとこじつけ気味ね」メアリ＝メイベルはいった。「あたしたちがフロリダで見たインディアンも、アトランティック・シティで見たインディアンも、ボネットをかぶってたけど、あなたのいうようなスー族じゃなかったよ。それに、ゆうべモーテルで見たテレビでだって、マサチューセッツのインディアンが大統領にボネットをかぶせて、偉大な白人の父と呼んでたわ。あの人たちがみんなニセモノだっていう気？　ねえったら、なにを笑ってるのさ？」

「もし、おじさんがインディアンなら、弓矢はどうしたんだい？」トム・ランパートがくちばしを入れた。「ぼく知ってらあ。きっと弓が引けないんだろう？」

「そいつは図星だ」クラレンスは告白した。「わしは生まれてこのかた、一ぺんしか弓を引いたことがない。むかし、T町のブールダー公園にアーチェリーの練習場があってな、道具一式を借りて、干草俵にくっつけた的を狙ったもんさ。いやあ、あれにはまいったよ、弓弦《ゆづる》がバシッとはねかえったとたんに、肱から先の皮をすりむいて、おまけに、すんでのところで親指をくじきかけた。あんなものを使える人間がこの世にいるとは、とても信じられん」

「さあさあ、みんな」ニーナ・ランパートが子供たちに呼びかけた。「はやくこの小屋からガラクタをほうりだして、引越せるようにするのよ。ねえ、クラレンス、ここまでキャンパーで降りてこられるような道はあるかしら？」

「あるとも。かなり程度のいい砂利道で、上から見るよりずっと大きい。わしは小屋の中のおまるに、みどり色の札束をしまってある。それをとりに行かせてくれたら、しばらくここをどいていよう。この小屋は、この前これとおなじことがあってから、七年間いっぺんも掃除したことがないんだ。掃除がすんだら、あんたが車で降りてこれるように、上まで道を案内してやる」

「インディアンのおじさんてば！」セシリア・ランパートが小屋の戸口からわめいた。「ちゃんとボネットがおいてあるじゃない！　ねえ、あれもらってもいい？」

「嘘をついたわけじゃない。忘れてたのさ」クラレンス・リトル＝サドルはいった。「倅のクラレンス・ベア＝バックが、ずっと昔にふざけて日本から送ってきたんだよ。いいとも、あんたにあげよう」

　子供たちは、小屋からガラクタを運び出して燃やす仕事の分担を、割り当てられた。ニーナ・ランパートとクラレンス・リトル＝サドルは、谷の上までのんびりと車道を登っていったが、たしかにそれは上から見るよりずっと大きい道だった。

「ニーナ、ぶじだったか！　おれはもうきみが帰ってこないんじゃないかと思った」ロバート・ランパートは妻に再会して、そわそわしはじめた。「で、子供たちはどうした――どこにいる？」

「あら、きまってるでしょ、みんな谷の下に残してきたのよ、ロバート。つまり、あー、そこにある小さな溝の底にね。あなたのおかげで、また心配になってきたわ。わたしはこれからキャンパーを下まで運転していって、荷物をおろすつもり。ロバート、あなたもいいかげんに下へ降りてきて、手を貸してくれたほうがいいわよ。ここで、こんなへんてこな人たちと、いつまでもしゃべっていないでさ」

そういうと、ニーナはダブリンの家の前までキャンパーをとりにいった。

「あの勇敢な女性がこのせまい溝へ車を乗り入れるよりは、ラクダが針の穴を通るほうがずっとやさしいだろう」大科学者のヴェリコフ・ヴォンクが感想をのべた。

「ラクダがどうやってそれをこなすか知ってるかね？」不意にどこからともなく出現したクラレンス・リトル＝サドルが、口をはさんだ。「ラクダは片目をつむり、両耳をぺたんとうしろに寝かせただけで、あとは一気に通りぬけるのさ。片目をつむって耳をうしろに寝かせると、ラクダはおそろしく細くなる。それに、この芸当には、針もなるべく穴の大きいやつを使うのさ」

「いったい、このおかしな男はどこからやってきたんだ？」ロバート・ランパートは、一メートルとび上がってさけんだ。「こんどは地面の中から人間がわいてくるのか？　おれの土地はどこだ？　おれの子供たちはどこだ？　おれの女房はどこだ？　おんや、女房が車に乗ってきたぞ。ニーナ、荷物を積んだキャンパーが、こんなせまい溝へはいるわけはないじゃないか！　死んじまうぞ！　押しつぶされるぞ！」

ニーナ・ランパートは、荷物を積んだキャンパーを、かなりのスピードでせまい溝のなかへ乗り入れた。一説によると、ニーナは片目をつむっただけで、あとは一気に通りぬけたという。キャンパーは縮まり、下降し、オモチャの自動車よりも小さくなった。しかし、かなり威勢よく砂煙を上げながら、二メートルの幅しかない溝のなかを横ぎって、もう数百メートルは走っているようだった。

「ランパート、あれはルーミングと呼ばれる現象に似たものだ。ただ、それが逆になってはいるがね」大科学者のアーパッド・アーカバラナンがそう説明しながら、せまい溝のむこうをめがけて石ころを投げた。石ころは高く高く空に昇り、その頂点で静止したような感じで、ぐんぐん縮まって砂粒になり、あげくのはてに、溝の手前からたった十五センチの先へ落下していった。いくら目には二メートルの幅に見えても、八百メートルの谷のむこうへ石を届かせることのできる人間は、だれもいないのだ。「こんど気をつけて、月の出をよく見てごらん、ランパート。月が非常に大きくて、地平線のかなりの部分を占めているように見えるはずだ。ところが実際は、角度にして一度の半分しかない。そんな大きな月が、横に並べれば地平線の周囲に七百二十個、縦に並べれば地平線から天頂まで百八十個もおさまるとは、とても信じられないだろう。きみの谷が、目に見えるより五百倍も広いということも、やはり信じるのはむずかしい。だが、測量の結果からすれば、それが事実なんだ」

「おれの土地はどこだ？　おれの子供たちはどこだ？　おれの女房はどこだ？」ロバートは、元気のない声でそう唱えた。「ちきしょう、おれはまた女房においていかれた」

「ランピー、言っちゃなんだがな」と、クラレンス・リトル＝サドルが彼をきめつけた。「かみさんに二度もおいてかれるような男は、かみさんを持つ資格がないよ。わしはあんたに日の暮れまで時間をやる。それを過ぎたら、あんたの権利はお流れだ。わしはあの子供らが気にいったのさ。さて、今夜あの下に住むことになるのは、わしらのうちのどっちかな？」

やがて一同は、クリーヴランドとオーセージをつなぐ道路にそった、小さな居酒屋へと場所を移した。そこはたった八百メートルの先だった。もし、谷が反対側へ伸びていたなら、おそらくたった二メートルの先だったろう。

「あれは精神連鎖が、細長く伸びたドームのかたちをとったものだ」と、大科学者のヴェリコフ・ヴォンクはいった。「それを維持しているものは、すくなくとも二つの心の無意識的な連結状態で、強いほうの心の持ち主は、もうずいぶん昔に亡くなっている。それはどうやら百年たらずのあいだ存在しつづけてきたらしく、あと百年もすれば、かなり弱まることだろう。われわれがヨーロッパの民話や、カンボジアのそれを調査したかぎりでも、ああいう魔法のかかった土地が二百五十年以上も生きながらえることは稀なのだ。最初にそうしたものを存在にみちびいた人間も、たいていの場合、自分の死後百年もたつと、それに対して、というよりあらゆる現世的なものに、興味を失いはじめる。これは、ほかならぬ死者精神の限界だ。短期的な方策として、この現象は何度か軍事的戦術にも用いられたことがある。

この精神連鎖は、それが維持されているかぎり、集団幻覚を発生させるが、実際にはごく単純なものだ。これが欺けるのは人間だけで、鳥やウサギや牛やカメラをごまかすことはできない。これには、なんら気象学的なものはない。完全に心理学的なものなんだ。わたしもこれを科学的に説明できてうれしいよ。でなければ、気になってしかたがなかったろうからな」

「あれは大陸断層が、たまたま心球断層と一致したものだ」大科学者のアーパッド・アーカバラナンはいった。「あの谷は事実八百メートルの幅があるが、それと同時に、事実二メートルの幅しかない。もし、われわれが正しく測量すれば、そういう二元的な数字が出てくるだろう。もちろん、これは気象学的なものだよ！　夢を含めたあらゆるものが、気象とかかわりがある。これにごまかされているのは、かえって動物やカメラのほうなんだ。なにぶん、ほんとうの次元認識に欠けているからね。人間だけが、その真の二元性を見ぬくことができる。この現象は、大陸断層——大地が八百メートル分のでこぼこをやりくりしなくちゃならない地域——のぜんたいに共通しているはずだ。おそらく、樹木推移帯の全域にも伸び広がっているだろう。あそこの樹木には二度姿を見せるものも多いし、一度も姿を見せないものも多い。適当な精神状態の人間は、あの土地を耕作することもできるし、あの土地で牛を飼うこともできるが、実際にはあの土地は存在しないんだよ。これとよく似た例をあげると、ドイツの〈黒い森林《シュバルツワルト》〉の中にあるルフトシュピーゲルングタール地区などは、そのときの状況と見る者の態度によって、存在したり、しなかったりする。テネシー州モーガン郡のマッド山の場合も、常時そこにあるとはかぎらないし、テキサス州プレシディオの南にあるリトル・ロボ蜃気楼は、二年半の期間に二万バーレルの水をそこから汲み出したすえ、ようやく普通の蜃気楼におちついたぐらいだ。わたしもこれを科学的に説明できてうれしいよ。でなければ、気になってしかたがなかったろうからな」

「どうして魔法が効いたのか、さっぱりわからない」大科学者のウィリー・マッギリーがいった。「シーダーの樹皮、ジャック・オークの葉、それに〝ペタハウエラット〟という呪文。およそそれは不可能だ！　子供の頃には、よく仲間と隠れ場を作ったもんだが、そのときはエゾマツの樹皮とトネリコバカエデの葉を使い、呪文はいつも〝ボアディケア〟だった。ここの場合は三つともまちがっている。科学的な説明はできないし、だから、それが気になってしかたがない」

一同はせまい谷へひきかえした。ロバート・ランパートは、まだ鈍い声でくりかえしていた。「おれの土地はどこだ？　おれの子供たちはどこだ？　おれの女房はどこだ？」キャンパーに乗ったニーナ・ランパートが、エンジンの音をひびかせて、せまい溝のなかから現われ、境界柵から数メートル横の小さな門をくぐりぬけた。

「夕食の用意ができたのに、もう待ちくたびれちゃったわよ、ロバート」と、ニーナはいった。「たいした自作農ね、あなたは！　こわくて自分の土地へも下りてこれないんだから！　さあ、いらっしゃい。もう、これ以上待たせないでよ」

「おれの土地はどこだ？　おれの子供たちはどこだ？　おれの女房はどこだ？」ロバート・ランパートはまだ詠唱をつづけていた。「おや、そこにいたのか、ニーナ。こんどはここにじっとしててくれよな。おれの土地はどこだ？　おれの子供たちはどこだ？　この恐ろしい出来事の咎はどこだ？」

「そろそろうちも、だれが采配をふるうかをきめなくっちゃ」ニーナは断固としていった。

彼女は夫をつかまえて、ひょいと肩にかつぎあげると、キャンパーまで運んでいって中へほうりこみ、一ダースほどのドアをバタンと一度に（というような感じで）閉めて、ものすごい勢いでせまい谷のなかへ車を走らせていったが、谷はいつのまにか幅がひろがったようだった。

なんてこった、刻一刻と谷が正常にもどっていく！　まもなく、谷の見かけの広さは、本来そうあるべきはずのものに、ほとんど近づいた。細長く伸びたドーム状の精神連鎖が崩壊したのだ。たまたま心球断層と一致していた大陸断層が、事実に直面して、それに順応したのだ。ランパート一家は耕作地の所有権を名実ともに手に入れ、せまい谷は、よその土地とおなじように、なんのへんてつもないものになったのだ。

「わしの土地はなくなった」クラレンス・リトル＝サドルはあえぎをもらした。「あれはわしのおやじのクラレンス・ビッグ＝サドルの土地で、わしの伜のクラレンス・ベア＝バックのものになるはずの土地だった。あんまりせまく見えるので、だれもその広さに気がつかず、だれもはいってくる気を起こさなんだ土地だった。その土地を、わしはなくしちまった」

クラレンス・リトル＝サドルと大科学者のウィリー・マッギリーは、いまや本来の八百メートルの眺望のひらけた、せまい谷の縁に立っていた。おりから、空の三分の一を満たすほど大きい月が、昇りかけたところだった。その巨大な月を百八十個も並べなければ、地平線から天頂に届かないと、だれが想像できるだろう？　だが、照準器でのぞいて計算すれば、そのとおりなのだ。

「わしは小さなクマネコの尻尾をつかんでいたのに、それを手から離しちまった」クラレンス・リトル＝サドルはうめきを上げた。「美しい谷をただで使っていたのに、そいつをなくしちまった。わしはマンガの中のあの不運な男か、聖書の中のヨブみたいなもんだ。無一文になる運命なんだ」

ウィリー・マッギリーは、あたりをそっと見まわした。八百メートルの幅の谷の縁にいるのは、もう彼らふたりだけだった。

「よし、カンフル注射をしてやろうよ」ウィリー・マッギリーはいった。

いやあ、ふたりの働いたこと！ ふたりはパチパチはぜる焚火をつくり、そこへ材料を投げこみはじめた。イヌニレの木からとった樹皮――どうしてそれが効かないとわかる？ おや、効いてきたぞ！ すでに谷の対岸は百メートルも近づいたように見え、谷の底からは、人びとの驚きの声が聞こえてきた。

こんどはハリエンジュの葉――すると、谷はさらにせばまった。それだけではなく、せまい谷の深みから、子供たちとおとなたちのおびえた悲鳴が上がり、メアリ＝メイベル・ランパートがうれしそうに、「地震！ 地震！」とさけんでいる声も聞こえてきた。

「こいねがわくは、わが谷がつねにひろびろとして実り多く、とにかくそのほかよいことずくめで、草と札束のみどりに覆われますように！」クラレンス・リトル＝サドルは、ポーニー族の詠唱法で雄弁をふるった。「ただし、よそものがやってきたときはせまくなって、虫けらのように押しつぶしますように！」

ああ、ごらん、もう谷は三十メートルの幅もなく、谷底の人びとの悲鳴といっしょに、始動したキャンパーのエンジンが、ヒステリックに咳《せ》きこむ音も聞こえてくる。

ウィリーとクラレンスは、ありったけの物を火のなかに投げこんだ。しかし、呪文は？ 呪文は？ だれか呪文をおぼえていないか？

「コーシカナテキサス！」クラレンス・リトル＝サドルは、ひょっとして運命の神をごまかせればと、つとめて自信ありげにさけんだ。

すると、あーら不思議、さながらそれに答えるがごとく、目もくらむ夏の稲妻が空に閃いたばかりか、雷鳴がとどろき、大粒の雨が落ちてきたではないか。

「チャヒクシ！」クラレンス・リトル＝サドルはおどりあがった。「魔法が効いたぞ。まさか効くとは思わなんだ。もうだいじょうぶだ。ちょうど一雨ほしかったんだよ」

谷はふたたび幅二メートルの溝にもどった。キャンパーは、えっこらしょとせまい谷から抜けだし、小さな門をくぐりでた。車体は紙のように平たく押しつぶされ、その中で悲鳴を上げている子供もおとなも、まるきり厚みというものがなかった。

「両側からせまってくる！ 両側からせまってくる！」大声でわめきちらしているロバート・ランパートは、ボール紙のようにひしゃげていた。

「虫けらみたいに押しつぶされちゃったよう！」ランパート家の少年たちはさけんだ。

「紙みたいに薄っぺらくなっちゃったよう！」

「死《モール》、破滅《リュイーヌ》、圧砕《エクラーズマン》！」セシリア・ランパートが名悲劇女優さながらに詠嘆した。

「助けて！　助けて！」ニーナ・ランパートがかすれ声でさけびながらも、通りすぎしなに、ウィリーとクラレンスのほうへウインクを送った。「わたしは調子に乗りすぎると、いつもあとでぺしゃんこになるみたい」

「そのへんにある紙人形を捨てちゃだめ。ひょっとすると、ランパート家のだれかかもしれなくってよ」メアリ＝メイベル・ランパートが呼びかけた。

キャンパーはまたもや咳きこみ、平地の上をがたがたと走りだした。こんなことが永久につづくわけはない。がたがた揺れながら、車体はすでに横へひろがりはじめていた。

「ちょっとやりすぎだったかな、クラレンス？」ウィリー・マッギリーがたずねた。「平らの国の住人が、仲間に向かってどう嘆いたか、知ってるかね？」

「おれたちって、幅がきかないことおびただしいなあ、だろう？」クラレンスは答えた。

「いや、やりすぎじゃないと思うよ、ウィリー。あの車も、いまごろは五十センチの幅になったはずだし、街道までいくころには、中のみんなももとどおりになっているさ。こんど魔法をかけるときは、わしは木目プリントのプラスチックを火にくべてやるつもりだ。

だれがだれをからかってるのか、見きわめるためにもな」

とどろき平

Boomer Flats

浅倉久志訳

初出：If, July-August 1971
邦訳：短篇集『どろぼう熊の惑星』（ハヤカワ文庫ＳＦ）

　物語の舞台となるブーマー平は、別な短篇“Royal Licorice”にも名前が出てくる、ディープなラファティ読者にとっては親しみのある土地。一九九〇年前後に精力的にラファティ作品を手がけたカナダの小出版社ユナイテッド・ミソロジーズ・プレスのニューズレター The Boomer Flats Gazette（一九九三〜四年に四冊を刊行）も、この地名にちなんでいる。

　本作品にも三人の大科学者が登場。しかも、物語の主体として能動的に行動をする。もっとも、その行動は空回り気味だが。本作品で描かれるのは、人間のそばに暮らす異種族というラファティお得意のモチーフであり、その奇怪な生態と文化が読みどころ。ちなみに〈アウストロと何でも知っている男たち〉シリーズの一篇“Barnaby's Clock”（未訳）では、本作品中で起こった事件への言及がある。また、この物語中で「変わり者で、ここの生まれ」と噂されるジョン・ソールトは、「ジョン・ソルト」とその続篇“Faith Sufficient”（未訳）で主役として活躍する。ラファティの世界は、作品をまたいで緩やかにつながっているのだろう。

「われらが魂の師父、アイヴァン・サンダースン（科学解説家、探険旅行のリーダー。奇現象に関する著書が多い。一九一一〜一九七三）の足跡を追って、いまやわれわれはＡＢＳＭの一団のねぐらをつきとめられそうだ」大科学者のアーパッド・アーカバラナンは元気な声でしゃべっていた。「彼らのねぐらは山中の茂みでも多雨林でも沼地でもなくて、ひょっとするとこの貧相な赤粘土の平地かもしれん。この探索を成功させるためなら、わたしは命を捧げても悔いないと思うが、その反面、もっと壮麗な舞台であってほしい気もする」

「こいつはワイルド・グース・チェイスになりそうだな」と大科学者のウィリー・マッギリーが感想を述べた。いやいや、ウィリーはこの探索をあてのない追跡だと見くだしているのではない。その平地のはずれでキュルキュル、グァーグァーと鳴きながら空に飛びたつワイルド・グースのことをいったのだ。ここは雁の飛翔路であり、猟場《チェイス》でもある。そこには数百羽の雁がいた。もしその鳥たちを背景から見わけられるほど遠目がきくなら。

「カナダガンだな」とウィリーはいった。「おれの子供のころほどたくさんじゃないが」

「わしはABSMの存在を信じておらんし、これからもおそらく信じることはあるまい」と大科学者のヴェリコフ・ヴォンクはあごひ――（おっと、ちがった。彼にはあごひげがないのだ）――あごをなでながらいった。「しかしながら、これはわしがなによりも望んでいたことではある。つまり、この失われた環《ミッシング・リンク》をついに発見して、べつの環の存在を信じているすべての学者を論破することだ」

「あいにく、その環がつながる鎖は見あたらんな」とウィリー・マッギリーはいった。「おれには鎖のどこかが失われたとは思えない。鎖の長さから考えて、いつも環の数が多すぎる。そこだよ、問題は」

「わたしは彼らをさがして百万キロを旅した」とアーパッドがいった。「その旅で、この世界の貧弱な肋骨をすべてさぐりつくした。なにかの策略に欺《あざむ》かれてそれを見逃すのではないか、たとえ発見してもある不可解な理由でそれに気づかないのではないか、という不安をつねにいだいてきた。こんな場所でそれが発見されるとすれば、実に皮肉な結果だよ――未開の奥地なら話はわかるが、こんなみすぼらしい、見過ごされた土地では」

「わしの不安はちがう」とヴェリコフがいった。「ついにそれを発見した瞬間、驚きとともに目がさめ、自分が鏡をのぞいていることに気づくのではないか、という不安だ。なにかわしにも理解できんような象徴がそこにあるんだろう。きみはどう思う、ウィリー？」

「ああ、むかしから好きだった人びとの中へもどった気分さ。生まれ故郷の町のはずれには、いつも彼らの一団がいたもんだ」ウィリー・マッギリーはいった。「考えてみると、どこの田舎町のはずれにもそんな一団がいたっけな。いま、彼らを見つけたければ、どこの町でもいいから、そのまんなかに行くことだ。彼らは落ちこぼれだよ。人類という種族の路盤用材だ」

「いったいそれはなんの話だ、ウィリー？」アーパッドが鋭くたずねた。

この三人がそれまで話していたのは、ＡＢＳＭのことだった。

その郡の南部のあらゆる町には、その影のような第二の町があった。ミーアンにはミーアン・コーナーズ。パーキンズにはパーキンズ・コーナー。ブーマーにはブーマー平《だいら》。三人の大科学者は、ブーマーからブーマー平までの五キロの道のりを車で走り、ある伝説の骨を、そして、もしできるならば、生きた肉体をさがしていた。その伝説の主は、失われた環、醜怪な雪男《アボミナブル・スノウマン》、略称ＡＢＳＭだった。そこは雪国ではないが、いわゆる雪男の目撃報告は、どんな気候の土地にも、どんな田舎にも存在するのだ。

最近アーパッドはこの地方のある伝説をつきとめた。それによると、ブーマー平の近くには、アフリカ系でもなくインディアン系でもない〝有色人〟が、〝砂地の茂みと川のあいだに〟住んでいるという。伝説によると、彼らは川岸の赤い泥地で暮らし、川そのものの中でも暮らしているという。

その伝説がつきとめられた直後だった。ヴェリコフ・ヴォンク博士が、たくさんの人類学の資料テープの中から、こんなやりとりをおさめたテープにでくわしたのは——

「川が洪水になったら、彼らはどうするんですか？」

「そうさな、鼻と口と耳に泥を詰めてから、胸の上に大きな石をのっけて仰向けに寝ころび、洪水がおさまるまでじっとおとなしくしてるのさ」

「彼らを教育することはできますか？」

「子供らの中には学校へかよって勉強するものもいるがね。年をとると家から出なくなって、教わったことを忘れちまう」

「彼らはどういう言葉で話をするんですか？」

「あんまり話はせんようだな。口数はすくないぜ。ときどき話をするときは、ふつうのシマロン谷の英語を使うがね」

「彼らの主食はなんですか？」

「泥粘土の壺で川の水を煮る。そこへ野生のタマネギと青菜をぶちこむ。すると、どういうわけか、そのポタージュが濃くなってくる。中に肉や粘土の塊もまじってな、連中はそれを食う。蛙や魚やフクロウや茂みの花糸を食う。しかし、たいがいはあんまりなにも食わんな」

「彼らの姿はみんなおんなじではないそうですね。こんな噂も聞きました。つまり、彼らは、なんていうか、あー、のっぺらぼうで生まれてきて、それから……。そのへんの事情をなにかご存じですか？」

「そうさな。連中はのっぺらぼうで生まれてくる。たいがいの連中は、のっぺらぼうのまだ。どうしてあの連中に形ができるかというとな、実は母親が舌でぺろぺろなめて、なにかの形をこねあげるのさ」

「古い民話で、熊がそんなことをする話がありましたね」

「じゃ、連中は熊からそのやりかたを習ったんじゃないかい、若いの。あの連中にはちょいと熊の血がまじってる。だけどな、熊のほうはもう平地にも藪にもあんまりいなくなっちまった。いや、たぶん熊が連中のまねをしたんだろうよ。ときどき母熊がふざけて子熊をなめて、人間の形にしちまうこともあるからな」

「それは伝説ですか？」

「おまえさん、さっきから伝説、伝説とうるさいね。わしは伝説なんてなんにも知らん。ただ、おまえさんが聞くから答えてるだけだ。しかし、ひとつおもしろい話を教えてやろうか。ある母親が出産のまぎわに、ブーマーからきた釣り人が川岸に捨てていった映画雑誌を手にとったと思いな。その雑誌には、だれも見たことがないほどきれいな娘っこの写真があってよ、しかも、そいつがすっぽんぽんの写真だった。その母親はその写真をおもしろがってな。女の子を生んだあと、舌でぺろぺろなめまわして、雑誌の中の娘っこの形にしちまった。赤ん坊は大きくなってその娘っこそっくりになり、いまも写真とおんなじようにきれいなんだ。その子が母親のおふざけをおもしろがってるとは思えん。だけど、ほんとにすごい美人だぜ。名前はクレイヨーラ・キャットフィッシュというんだが」

「ぼくをかついでるんですか、爺さん？　あの生き物にもユーモアがあると？」

「古い小咄《こばなし》をしゃべるやつだっているぜ。ジョン・ソールトは古い小咄をしゃべる。リコリス・マンの小咄はえらく古い。それによ、コメットに古い小咄をしゃべらせてみな！」

「あの生き物は長生きなんですか？」

「あれぐらい長生きする生き物はないな。いいかね、不老長寿の霊薬はあの平地からやってくる。わしらの中にはそれを使うものもいるし、使わんものもいる」

「あなたもあの生き物のひとりなんですか？」

「もちろんだとも。ただ、わしはときどき外を出歩きたくなってな。収穫を追いかけてまわるのさ」

州立大学人類学部の学生が録音したこのテープ（ついでながら、この学生はその後人類学部を中退し、いまはホテルとレストランの経営学をまなんでいる）を再生したとき、大科学者ヴェリコフ・ヴォンク博士はいたく興奮した。このテープは、その週に人類学関係から送られてきた数百本のテープの中にまじっていたのである。博士はあごひ——（おっと、博士にはあごひげがない）——頬をポリポリかき、それから大科学者のアーパッド・アーカバラナンとウィリー・マッギリーに電話をかけた。

「行く、行く、もちろん行く」とアーパッドはさけんだ。「わたしは彼らをさがして百万キロを旅した。もう九十キロの旅を断わるいわれがどこにある？　この旅が成功するとは思えない。成功するはずがない。しかし、わたしはけっしてあきらめんぞ。よろしい、明日さっそく出発だ！」

「いいとも、行くよ」とウィリー・マッギリーもいった。「あそこは前にも行ったことがある。あの平地の連中は気のいいやつらだよ。世界最大のナマズはともかく、世界最大のナマズに関するほら話は、ブーマー平のそばのシマロン川からとれたんだ。いいとも、明日でかけよう」

「これはうまくいくぞ」とヴェリコフはいった。「狙いがはずれるわけがない。ここからでも、手を伸ばせばむこうの鼻をひっかくことができそうだ」

「気がつくと、自分の鼻をひっかいたりしてな。手が届くわけはない。しかし、あれはそこにあるし、あれは本物だ」

「わしは思うんだよ、ウィリー。われわれには一種の健忘症があって、それが彼らを発見したり、彼らのことを正確に思いだしたりする妨げになってるんじゃないかな」

「そうじゃないよ、ヴェリコフ。むこうがあんまり近くにいすぎるので、かえって目につかないだけだ」


その翌日、三人の大科学者はT町から車でブーマー平に向かった。ウィリー・マッギリーはブーマー平のありかを知っていたが、彼が教える道順はひどく眉唾に思われた——ヴェリコフはブーマー町の住人から聞いた情報のほうを信用したがった。だが、それにはそれで問題があった。

町の人たちはいつもこういう。「この町はブーマーだよ。ブーマー平なんて名前の町は聞いたこともない」

ブーマー平はどんな地図にも出ていなかった。小さすぎて郵便局もなかった。それに、ブーマー町の人びとときたら、ブーマー平も知らなければ、そこへの道順も知らないのだ。腹立たしいぐらいに。

腹を立てたヴェリコフは、町民のひとりにいった。「ここからたった五キロの道のりなのに、どこにあるかも知らないのかね？」

「あるかどうかも怪しいもんだ」ブーマー町の男もおなじく腹を立てて答えた。「そもそもそんな町があるとは思えん」

しかし、やっとのことで、そんな町らしいものはある、と教えてくれる町民が見つかった。そして、彼らが教えてくれた道順は、ウィリー・マッギリーが教えた道順とおなじように、眉唾に思われた。

三人の大科学者はその道をたどった。その平地はここしばらく洪水に見舞われていないようだった。道路は砂地だが、通行は可能だ。三人は、川の崖っぷちの平地にある町というか、町らしいものに到着した。たしかにその町はあった。三人はシマロン・ホテルに向かった。そこはよその町のホテルによく似ていたが、ただし、もっと古かった。ちょうど真昼なので、三人は食堂に向かった。

そこにはテーブルが並んでいたが、ただの食堂ではなかった。社交室をも兼ねていた。窓と窓のあいだの壁面いっぱいを占める丈の高い大鏡は、青みをおび、時代がかった気品さえも漂わせていた。煤《すす》けたバーもあった。奥にはビリヤード台があって、毛深い男がコメットという男とローテーションのゲームをやっていた。コメットは長い灰色のあごひげを生やしていて（実をいうと、彗星《コメット》はひげを生やした星という意味なのだ）、その体からは小さいかけらがたえずポロポロ剝がれ落ちていた。いくつかのテーブルでは、帽子をかぶった粘土色の男たちがドミノで遊んでおり、広間の中には半ダースほどの犬がいた。その犬たちのなんとなく奇妙で原初的なこと！　その場所ぜんたいのなんとなく奇妙で、原初的なこと！

しかし、まるでそこから注意をそらす役目を受け持ったように、すばらしく美しい娘がそこにいた。ウェートレスかもしれない。ものうげに、もしくは深遠に、なにかを待《ウェート》っているようだったから。

ヴェリコフ・ヴォンク博士は深い眼窩《がんか》の奥で目をきらめかせた――たぶん、巨大な出っぱった眉のうしろで、巨大な脳を活動させているのだろう――やがて博士は、純粋な思考作用を経てつぎの段階にたどりついた。

「メニューはあるかな、お嬢さん？」

「ないわ」

彼女の答はあっさりしていたが、けっして単純ではなかった。彼女の声は可憐な美しさと一致していなかった。たったひとことなのに、それは彼女の外見よりもはるかに入り組んでいた。力強くて、べつに荒っぽくはないが、洞窟のように奥深い共鳴をともなう、ゆたかで時間を超越した声だった。この娘は美しさの下に骨太な体を隠し、ゆたかなまだらの髪と複雑な瞳を持っていた。

「わたしたちは食事したい」とアーパッド・アーカバラナンが思いきっていった。「なにができる？」

「もう作りはじめてるわ」と娘がいった。「しばらくしたら持ってきたげる」

その場所ぜんたいに川のにおいが濃厚にただよい、広間の中は薄暗かった。

「変わった声だ」声をひそめたアーパッドの賛嘆には好奇心がまじっていた。「まるで岩が水に揺り動かされるようだが、春の季節感もある。きわめて特異な春の季節感が」

「春だけじゃないよ。亜間氷期のひとつだ」ウィリー・マッギリーがずばりと指摘した。

「ほかの土地でも、おれはそれに気づいた。連中の声の中には、古い緑の季節がある。氷河時代のあいだにはさまれた緑の季節だ」

その広間の照明は、天井から吊るされたランプだけだった。どのランプもちらちらまたたいていた。電気はきていなかった。

「このホテルはガス灯時代を思わせるな」とアーパッドが意見を述べた。「しかし、あれはガス灯じゃない」

「そう、ぶらさがっているのは石油ランプだ」とヴェリコフがいった。「いま、おもしろい想像が頭をかすめたぞ。あれは古い鯨油ランプかもしれん」

「きみ、あのランプはなんの油を燃やしてるんだい？」ウィリー・マッギリーがたずねた。

「ナマズの油よ」緑の亜間氷期の季節感がこもったゆたかな声で、彼女は答えた。ナマズの油は粘土色の炎を上げて燃えていた。

「料理を待ってるあいだに酒をくれるかね？」大きな頭のヴェリコフがたずねた。

「それもいまこさえてるわ」と娘はいった。「もうちょっと待ってて」

そのあいだに、古いビリヤード台では、コメットがローテーションで毛深い男をうち負かしていた。ローテーションで、コメットにかなうものはない。

「われわれはここへ奇妙な生き物をさがしにきたんだよ」アーパッドは若い美女のほうに声をかけた。「奇妙な生き物や人びとのことを、きみはなにか知らないか？ どこへ行けば彼らが見つかる、とか」

「最近ここで見かけた奇妙な生き物はあんたらだけよ」

彼女はそう答えてから、緑の粘土茶碗に似たまるっこいジョッキで、バシャバシャはねる飲み物を三人分運んできた。その酒は強い川のにおいがした。もしかすると亜間氷期の川だろうか。彼女はその酒を三人の大科学者の前におきながら、きらめきに似たものを目に宿らせた。それは瞳のきらめきに似ているが、それ以上のなにかだった。美しい頭という尾根の下で光る笑いの稲妻だった。彼女は三人の反応を待っていた。

ヴェリコフは落ちくぼんだ大きな目でその酒をじろりと見た。この動作そのものが離れ業だった。ほかの人間はヴェリコフ・ヴォンクのような目と眉を持っていない。じろりと見るには手数がかかるし、そう気軽にはやれない。その酒に口をつけたヴェリコフは、深遠な民間伝承の記憶の中でにやりと笑った。ヴェリコフは民俗記憶に強いのだ。

だが、アーパッド・アーカバラナンは悲鳴を上げてのけぞり、椅子をうしろに倒してから、まっさおな顔で立ちあがると、ぴちゃぴちゃはねる粘土のジョッキにふるえる指を突きつけた。アーパッドはうろたえていた。

ウィリー・マッギリーはもぞもぞ動くジョッキからぐっとひと口飲んだ。

「おや、〈緑蛇の鼻嵐〉じゃないか！」彼は驚きと喜びのさけびを上げた。「これぞ百酒の王、想像を絶する悦楽！　おれの故郷ではよくこの酒を飲ませてくれたもんだが、ここでお目にかかれるとはね。この銘酒にありつくだけの偉業を、果たしてわれわれはなしとげたかな?」

ぴちゃぴちゃはねる銘酒のしぶきがあたりの空気にひろがる中で、ウィリーはもうひと口あおった。ヴェリコフも騒々しく上機嫌で飲んでいた。若い美女は倒れた椅子を起こしてから、たくましい手でアーパッドをそこにすわらせ、いままさに砕けようとする波頭に正対させた。しかし、アーパッドはこの勢いのよすぎる酒に怖気づいていた。「この酒は生きている、生きている」と、うわごとのようにくりかえすだけだった。アーパッド・アーカバラナンは原始人《プリミティヴ》の研究を専門にしているが、プリミティヴの定義は〝根源的なもの〟である。いまのアーパッドはすっかり弱気になり、これほど快楽的で原始的な酒と直面するだけの根源的なものを欠いていた。

激しく波だち、きらめくその液体は、チョック・ビール(チョクトー族インディアンが作るトウモロコシを原料にしたビール)のように適度のアルコール分があり、どのジョッキにもミドリヘビが一ぴきずつはいっていた(ヴェリコフのノートには、《ミドリサケヨイムシ》vermis ebrius viridis 種に属する緑色の蠕虫《ぜんちゅう》、と書かれているが、それはただのこじつけである。蛇に似た蠕虫で、小さい蛇ほどのサイズがあるからには、あっさりそれを蛇と呼ぶことにしよう)。

「思いきってぐっとやれ」とウィリー・マッギリーがさけんだ。「蛇に酒を飲まれないうちに、飲んでしまうのがコツだ。ただし、いっておくがな、人間のほうがおびえていると、蛇にはちゃんとわかる。すると、おびえた人間の顔に嚙みついてくる」

「いや、たいして飲みたい気分じゃないんだ」アーパッドは吐き気をこらえながら上品に断わった。「わたしはそんなに酒好きじゃないからね」

そこでアーパッドのミドリヘビは、ぐびぐびと〈緑蛇の鼻嵐〉を飲みほした。そして蛇はみまかった——生命を吐きだして蒸発した。ミドリヘビの姿はもうどこにもなかった。

「どこへいったんだ？」アーパッドは不安そうにたずねた。彼はいまのショックからまだ立ちなおれていなかった。

「ナマズにもどったのよ」若い女がいった。「蛇というものは、そぞろ歩きにでかけたナマズの精霊なの」

「それはおもしろい」さっそくヴェリコフが、ミドリサケヨイムシは蠕虫や蛇の一種ではなく、ナマズの精霊らしい、とノートに書きつけた。こういう丹念なメモが科学を築きあげるのだ。

「ブーマー平には、なにかメモするだけの値打ちのものはあるかね？」ヴェリコフは若い美女にたずねた。「なにか有名になるような特色があるかね？」

「あるわ」と若い女は答えた。「ここは箒星《コメット》がもどってくる土地なの」

「ああ、しかし、箒星は衣蛾《いが》に食われてしまった」ウィリー・マッギリーが古い叙事詩から引用した。

若い美女は魚卵を山盛りにした大きい粘土の深鉢を三つ運んできた。粘土のスプーンが三ついていて、それで食べるのだ。ウィリー・マッギリーとヴェリコフ・ヴォンク博士は、このごちそうをうれしそうにぱくつきはじめたが、アーパッド・アーカバラナンは断わった。

「冗談じゃない。泥やら砂やらゴミやらがまじってるぞ」と彼は抗議した。

「そのとおり、そのとおり、すばらしい、すばらしい」ウィリー・マッギリーはどろりとした珍味を目いっぱいに頬ばり、舌鼓《したつづみ》をうちながらうれしそうにいった。「むかしの貧民街でよく出たニシンの子の料理を見かけなくなって、なにかが世界から失われた気がしていたところだ。あの料理は一部の地域からなくなったが、まだここに残っていたんだな。魚の卵というやつは、川に流れこむ下水のちょっぴりピリッとした味がないと、食った気がしないよ」

しかし、うんざりしたアーパッドは、粘土のスプーンをへし折ってしまった。まったく料理に口をつけようとしなかった。アーパッドは百万キロの旅でさがしつづけたものをついに発見したのに、それに気づかなかった。自分の中にそんなものを持っていないため、それを見逃してしまったのだ。

近くのテーブルでドミノをしている客のひとりは熊だった（三人の大科学者はかなり前からそれを見ていたはずなのに、いまはじめて気がついた）。その熊はみすぼらしい人間の服装で、大きな黒い帽子をかぶっていた。その熊はドミノがうまく、大勝ちしていた。

「どうして熊があんなにうまくドミノをやれるんだろう？」ヴェリコフがたずねた。

「あの熊はたいしてうまくないよ」とウィリー・マッギリーが抗議した。「おれなら勝てるさ。あの中のだれにでも勝てる」

「本当は熊じゃないわ」と若い美女がいった。「あれはわたしのいとこ。母親たちは姉妹の間柄で、どっちもおふざけ屋だったのよね。あのいとこの母親は面白半分に彼をなめて熊のかたちにしたわ。でも、うちの母がわたしにしたことに比べたら、軽いもんよ。母がわたしを面白半分にきれいな顔ときれいな体にしたおかげで、いまのわたしはそこから逃げられない。わるい冗談だわ。わたしはこの姿が気にいらないけど、ほかのみんなとおなじように、自分を笑うしかないのよね」

「きみの名前は？」アーパッドがたいして興味なさそうにきいた。

「クレイヨーラ・キャットフィッシュ」

　それはヴェリコフ博士が再生してふたりに聞かせたテープ、この三人をブーマー平に行く気にさせたあのテープにはいっていた名前だった。しかし、アーパッド・アーカバラナンはうわの空で、その名を思いだしもしなかった。いまのアーパッドは、すべてのものに対して、目と耳と心を閉ざしていた。

毛深い男とコメットはまだ玉を突いていて、コメットの体からはかけらがぽろぽろ剝がれ落ちていた。

「彼は縮んでいる、ばらばらになりかけている」とヴェリコフがいった。「あの調子だと、とてもあと百年はもたないな」

三人の名士は、食卓と食堂とシマロン・ホテルをあとにして、この界隈に住んでいると噂されるＡＢＳＭをさがしにでかけた。

ＡＢＳＭは、醜怪な雪男、毛深い森の人、ボルネオの野人、サスクワッチ、ボーギーマン、猿人、熊人、失われた環《ミッシング・リンク》、身の丈三メートルの巨人、生きたネアンデルタール人などを指すコードネームである。中にはこれらすべての生き物がぜんぶおなじものだ、と信じている人たちもいる。たいていの人は、これらの生き物はまったく存在しないし、どこにも、どんな形でも存在しない、と信じている。

さて、この場合は多数派のほうが正しいように思えた。三人の名士はシマロン川の赤い岸辺のどこにも、毛皮や毛髪を発見できなかったからだ（粗い毛皮とゆたかな毛髪が、ＡＢＳＭ発見の目印とされている）。三人が遭遇した生き物は、すでにブーマー平で遭遇した、あのみすぼらしく口数のすくない生き物と酷似していた。彼らはべつにみにくい人間ではなかった。気がよくて泥臭いだけだった。彼らは礼儀正しく、たいがいは無口だった。彼らの服装は、七十五年前の人びとが着ていた——貧しい労働者が着ていた——ものだった。彼らは貧しいのかもしれないし、そうでないのかもしれない。とにかく、あまり労働をしているようには見えなかった。男も女も、ときどきわずかな労働を、ごくさりげなくやっているように見えた。

赤い泥の川は魚でいっぱいなのかもしれない。なにかがそこでぴちゃぴちゃはねている。大きい亀が目のまわりまで泥をこびりつかせて、のこのこ水から上がってくる。川原も平地も足場がわるく、ときおり大科学者のひとりが泥の中に腰までもぐってしまう。しかし、この土地育ちの扁平足の人びとは、すこしも泥にもぐらないようだ。

川原にはたくさんの緑の草が（いや、ほこりっぽい日が何週もつづいたので茶色の草が）生えていた。そこにはジャコウネズミがいたし、ビーバーもいたし、スカンクも、オポッサムも、アナグマもいた。川岸には狼の巣穴やコヨーテの巣穴があり、独特の臭気が漂っていた。犬の巣穴もあった。アライグマの住む木もあった。熊のねぐらの洞穴までがあった。いや、ちがう、あれは熊のにおいじゃない。いったいなんのにおいだ？

「あの粘土の洞穴の中にはなにが住んでいるのかね？」ヴェリコフはシジミを掘っている

女にきいた。

「巨人が住んでるんだよ」と相手は答えた。そういえば、入口の大きさが巨人の洞穴にふさわしい。あれなら身の丈三メートルの巨人でも、腰をかがめずに出入りできる。

「こんども失敗だ」とアーパッドがいった。「ここにはなにも発見がない。わたしはもっと先へ旅をしてみる。ほかの土地なら見つかるかもしれない」

「いや、わしはいま発見のまっただなかにいると思う」とヴェリコフが意見を述べた。

「このまわりにあるんだよ、アーパッド、きみのさがしているすべてが」とウィリー・マッギリーも主張した。

しかし、アーパッド・アーカバラナンはその泥水をいっさい受けつけないばかりか、赤い砂も、赤い砂の洞穴も、そこにあるどんなものも受けつけようとしなかった。彼はすっかり興味を失っていた。三人の大科学者は、原始的な生き物も、失われた環も発見できずに、シマロン・ホテルへひきかえした。

三人はふたたびホテルの社交室にはいった。テーブルの上にはドミノが用意されていた。三人は大儀そうにドロー（ドミノの遊びかたのひとつ）をはじめた。

「このあたりに変わった生き物がいないのはたしかなんだね？」アーパッド・アーカバラナンがクレイヨーラ・キャットフィッシュに念を押した。

「ジョン・ソールトは変わり者で、ここの生まれよ」クレイヨーラは三人に教えた。「リコリス・マンも変わり者だと思う。エイプ・ウッドマンもね——エイプは有名なフットボール選手だったのよ。その三人とも、ふつうの人間の血が流れてる。だから、三人とも変わり者なのよね、きっと。あの三人は、あんたら三人ぐらい変わってるわ。それから、あそこで玉を突いてるコメットも変わり者。でも、どんな血が流れて変わり者になったのかよく知らない」

「彼はいつごろからここにいるのかね？」とヴェリコフがきいた。

「八十七年ごとにもどってくるのよ。いつも三年ぐらいここにいるんだけど、こんどはもうきてから二年になるわ。そしたら、また新しい旅に出ていく。惑星の外に出て、星々のあいだを駆けめぐるのよ」

「ほう？　で、どうやって星々のあいだを旅するんだね？」ヴェリコフが舌と目をかしげてたずねた。

「もちろん、馬車に乗って」

「おーい、コメット」とウィリー・マッギリーが呼びかけた。「あんたが星々のあいだを馬車で旅するというのはほんとか？」

「ああ、ほんとさ」コメットと呼ばれる長い灰色のあごひげの男は答えた。「ピー・ゴッシュという馬と、ハルマという馬車でな。馬は耳が垂れとるし、馬車はおんぼろだが、旅はちゃんとできる」

「土くれにさわって」とクレイヨーラ・キャットフィッシュがいった。「稲妻がくるから」

　三人は土くれにさわった。どのみち、あらゆるものが、ドミノにいたるまで、焼いた土くれでできていた。そして、稲妻は光りつづけた。みすぼらしいホテルのすみずみまでを照らしだす、とほうもない稲妻だった。全世界のナマズ油ランプをぜんぶ合わせたよりも、その稲妻は明るかった。稲妻はつづいた。ばりばりと雷鳴が裂け、雷の三、四キロ西からはごうごうたる音が近づいてきた。

　巨人たちがホテルにはいってきて、食堂のまわりに立った。彼らは兄弟のようにみんなよく似ていた。背が高く、無口で、みすぼらしく、目のふちまで黒いひげが生え、黒い帽子をかぶっていた。みんなが三メートルほどの身長だった。

「あれが本当に巨人かとたずねたら、まぬけに思われるかな？」とヴェリコフがたずねた。

「目で見たとおり、あれは巨人よ」とクレイヨーラがいった。「あの人たちはわたしたちよりもっとへんぴなところに住んでるの。ときどきふつうの人が巨人を見たりすると、巨人もふつうの人だってことがわからないのよね。そこでスキャンダルが起きる。きっとそんなスキャンダルのにおいが、あんたら三人をここへひきよせたんだわ。でも、巨人は猿でも、熊でも、怪物でもない。やっぱりおんなじ人間よ」

「あれがきみの同族なのか？」ヴェリコフがたずねた。

「ええ、そうよ。みんなわたしの叔父さん、年とった独身の叔父さん。だから、背が高くて、無口になるのよ。だから、食堂のまわりに立ってるの。だから、小屋を建てて住まずに、川岸や断崖に洞穴を掘ってるの。小屋だと屋根が低すぎてはいれないから」

「もっと背の高い小屋を建てる手もあるだろうに」とウィリー・マッギリーが提案した。

「そう、あんたならそうするかもね」とクレイヨーラはいった。「でも、あの人たちにはむりよ。巨人の暮らしかたはもうきまってる。がにまたの猫背で歩くのは、自分たちの背が高すぎると思ってるからなの。髪を長く伸ばして、顔にも、目のまわりにも、体じゅうにも毛を生やしてる。まるで種族の去勢牛みたいなものね。子供も家具もなければ、あんなふうに背が高くて、ぶざまになるしかないじゃない。ひょろっと背が高くなるのは、牛にも熊にも猿にもあることだわ。巨人はすごく恥ずかしがり屋だから、かえって獰猛《どうもう》だとかんちがいされるのよ」

　雷鳴の西から聞こえるごうごうという音は、しだいに大きく、近くなってきた。川が危険なまでに生きかえったのだ。食堂の中のみんなは、外がすっかり暗くなったことに気づいた。まだ日の暮れる時間でもないのに。

コメットは内気な巨人のひとりに自分のキューをあずけ、三人の大科学者のテーブルにやってきて腰をかけた。

「おまえさんらは博士《マギ》かい？」と彼はたずねた。

「そう、おれは魔術師《メイガス》だよ」とウィリー・マッギリーはいった。「最近では大科学者と呼ばれているがね。ここにいるヴェリコフもやはり魔術師《メイガス》だが、きょうのアーパッドはそのコツを忘れちまった」

「おまえさんらは、わしが最初に思った三人じゃないな」とコメット老人はいった。「あの三人には、何サイクルかの前に出会った。あの三博士はある〈出来事〉の知らせを聞いて、さっそくそれを伝えに遠くからやってきた。ところが、その旅に二千年近くもかかったもんでさ、神話の中では自分らがとっくに到着したことになってると知って、えらく悩んでたな。にせの博士《マギ》が先手を打って、自分らをじゃまする神話をこしらえたんじゃないかとね。実際そのとおりだとわしは思うな」

「で、爺さん、あんた自身の神話はどうなんだ？　その神話はあんたを先取りしたのかね、それとも、本当にあんたは前にもここへきたことがあるのかね？」ウィリー・マッギリーがたずねた。「あんたがねじれた舌の持ち主で、くねくねした神話を作ってることはわかるが」

「こりゃどうも。実はそれがわしの宿願でな。神話ってものは、ただ過去の時代に作られたというだけじゃない——神話は〈いま〉を存在の中でたもっているいろんなものの中にある。わしはなによりも強く〈いま〉がたもたれることを願ってるんだ——しょっちゅうその中で暮らしてるからな」

「ご老体よ、教えてくれ。なぜブーマー平は彗星がもどってくる土地なんだ？」とウィリーはいった。

「ああ、ここはわしらが周回の旅をするときに、馬をとりかえる宿場のひとつなのさ。おおぜいの彗星がこの平地にやってくる——ブーガー、ドナーティ、エンケ、一九一四C、それにハレー」

「だが、どうしてまた、小さいシマロン川のほとりのブーマー平へ？」

「往々にして物事は見かけどおりじゃない。このシマロンも、おまえさんらが思ってるほど小さい川じゃないぜ。実をいうと、この地球をとりまくオケアノスという名の川だ」

「コメット爺さん、ポロポロかけらの剝げ落ちるご老体よ」巨大な頭のヴェリコフ・ヴォンク博士がわきからたずねた。「教えてもらえんかね。われわれが全世界をさがしまわったあげくに、お膝元の高名なT町からほんの百キロの距離にあるここで発見したらしい、あの原人とはいったい何者なんだ？」

「おまえさんのように科術を身につけた男が、そんなことをきくのかい？」コメット老人は目をきらめかせてヴェリコフをながめた（本当に星々のあいだを旅したものでないと、こんなきらめきは持てない。彼は星くずを身につけていた）。「おまえさんもあの原人のひとりだよ」

「ずいぶん前から、そうじゃないかと疑ってはいた」とヴェリコフは認めた。「しかし、彼らはいったい何者なんだ？　それと、このわしは何者なんだ？」

「この利口なウィリーが、ゆうべおまえさんに話したとおりさ。あの連中は種族の路盤用材である落ちこぼれだ。しかし、落ちこぼれをばかにしちゃいかん。あの連中は土台だ。われわれみんなとおなじ人間だ。人間種族の根底にある人間だ。表舞台にいる種族の骨と血が薄くなりすぎたとき、あの連中が自分らの強いきずなの混合物でみんなを支えてくれる。その混合はいつもつづいてるが、特別な時代にはそれがもっと普及するのさ。あの連中はけっして失われていない環、土くれと血を結びつける環だ」

「このわしも、これほど身ぎれいで有名でなければそうなると思うが、なぜあの連中はときどき動物とまちがわれるのかね？」とヴェリコフはたずねた。「なぜいつもこんな人里離れた土地で暮らすのかね？」

「いつもそうとはかぎらんよ。ときにはうんと人里近い土地で暮らすこともある。利口なウィリーでさえ、そこらは理解しとる。しかし、みんなから離れて、力をたくわえるのがあの連中の役目だ。あそこにいる娘の骨太な体格をごらん！　形を発明するのもあの連中の役目だ。あの子の母親があの子のために発明した形をごらん。あの連中には心の奥行がある。とりわけほかの種族には欠けたあの霊的な領域で、心の奥行がある。偉大な業績と精力がとつぜんまじりあったこの時代に、あの連中は奥行のある心を共有し、混ぜあわせている。偉大なアテナイの時代、フィレンツェの時代、ロサンジェルスの時代を考えてごらん。そのあとで、あの連中はまた奥へひっこみ、新しい力と土台をたくわえるんだ」

「ところで、なぜあの連中は古い銀板写真《ダゲレオタイプ》を見るような、このこわれかかったホテルに集まるのかね？」とウィリー・マッギリーはたずねた。「この小さな古ホテルにも、あの小さな古い川とおなじように、なにか宇宙的なものがあるというのかい？」

「そうだ、もちろんあるとも、ウィリー。ここはゼノドカイオンという名のホテルだ。ここはゼノイ、つまり、あの異人たちと、いたるところのすべての異人たちの特別なセンターなんだ。ここは小さくない。小さく見えるのは、一度にその一部分しかおまえさんらには見えないからだ。それと、あの連中がここに集まるのは、人目を避けるためでもある。たいていあの連中は（町のまんなかでも、僻地《へきち》でも）標準化した人間が見捨てた土地や界隈で暮らす。ときには、標準化した人間が見捨てた時代に暮らすこともある——それは霊的な領域で心の奥行があるために、時間に無頓着な生きかたをするようになったからだ。そのどこがわるい？　もし、ふつうの人間がそんな時代を使い捨てたのなら、ほかのものがその時代を使ってもいい理屈だろうが？」

　雷鳴の西から聞こえるごうごうという音は、いまやとても大きく、とても近くなり、ホテルの外は土砂降りの雨だった。

「いよいよだわ」クレイヨーラ・キャットフィッシュが独特の力強い、複雑な声でさけんだ。「鉄砲水がやってきて、なにもかもぶちこわしてしまう。みんなで川まで行って、底に寝ころがらないと」

　ブーマー平の人びとは、彼女のあとについてぞろぞろと出ていった。その中には巨人たちもいた。そして三人の大科学者も、だれもかれも。

「あんたもやはり川の底に寝ころがるのかね、コメット？」とウィリー・マッギリーはたずねた。「なんとなく、あんたはちがうような気がするが」

「ああ、わしはちがう。あれはわしのやりかたじゃない。わしは馬車で洪水の上に昇る」

「そうか。しかし、コメット、それはわれわれの目にも馬車に見えるのかね？」

「いや、まるきりちがうものに見えるだろう。たまたま見えたとしてもな」

「で、あんたはいったい何者なんだ、コメット？」ヴェリコフは別れぎわにたずねた。

「あんたはいったいどういう種族に属してるんだね？」

「もちろん人類さ、ヴェリコフ。わしはその中でもまたべつの種族に属してる。その種族はときどき人間と混ざることもあるが、やがてそこから離れ、力と深みをたくわえる。わしらの中の何人かは、ずいぶん長くひっこんだままだ。広い意味でのいとこの間柄で、わしらの中にはいくつかの種族が混ざっていてな、長い歳月のあいだ、おたがいに他人同士になることが必要なんだ」

「あんたは円盤人かね？」

「おいおい、円盤人なんていってくれるなよ、ヴェリコフ！ハルマの意味は二輪戦車か馬車。円盤の意味じゃない。わしらは箒星だ。わしらが一般の人間と混ざるのは、とつぜんの白熱した時代とかなり大きな関係がある。そう、いつかまたおまえさんらと話しあいたいね。あと八十七年ほどしたら、わしはまたこっちへやってくるから」

「できればね」とヴェリコフ・ヴォンク博士がいった。

「できればね」とウィリー・マッギリーもいった。

　三人の大科学者は、ブーマー平の住人たちのあとにつづいて川に向かった。コメットは、馬車で空に昇ったようだ。彼は奇妙な老人だった。体からポロポロかけらが剝がれ落ちていた。あの調子では、とうていあと百年はもたないだろう。

赤と黒の川は渦巻く洪水となり、血の色の波頭が岸に押しよせていた。ブーマー平は、やけに平べったい。あと一分で、洪水は二キロ近い幅になり、その川幅のいたるところで人間を溺れさせる深い急流になるだろう。あたりは暗かった。ごうごうとどろく音は限界に近づいていた。しかし、どんどん深さを増す浅瀬には、大きな岩石が山のように重なりあっていた。岩はふんだんにある。すくなくとも、みんながひとつずつ重しに使うだけの数はある。

ブーマー平の住人は、その岩がなんのためにあるかを理解していたし、巨人たちも理解していた。大科学者の中のふたりも理解していた。だが、残るひとりのアーパッドは、どうやら理解していないようだった。アーパッドは溺死の危険にまだ大きな恐怖をいだいていた。

さあ、早く目と耳と鼻と口に泥を詰めこめ。泥はふんだんにあるし、どれもがすてきな泥だ。ナマズの精霊たちよ、われらを守りたまえ！——それはほんの二、三時間のことか、長くてほんの二、三日のことなのだから。

アーパッドだけがパニックにかられた。クレイヨーラ・キャットフィッシュが彼を救おうとして口と鼻へ泥を詰めはじめたとき、アーパッドはその手をふりはらって逃げだした。彼は逃げだし、増水する川の中で足を滑らせて溺れ死んだ。

しかし、ほかのみんなは理解していた。彼らはごうごうとどろく赤い流れの底で仰向けになり、巨人のひとりが、みんなの胸の上に重い岩をひとつずつ載せていった。最後にひとり残った巨人は、いちばん大きい岩を自分の胸の上にのせた。

みんなは押しよせる奔流の底、古い泥粘土のゆりかごの中で安全に過ごした。押しよせる洪水に面と向かっては、だれだってひとたまりもない——唯一の方法は、川底に寝ころがり、水が通りすぎるのを待つことだ。それは爽快で、啓蒙的で、再生的な経験だった。よく、いろいろな教団の内外で、再生のために毎年三日間の宗教的静想をする人がいる。これはそうした静想にとてもよく似ている。

洪水がおさまったとき（それは三日後のことだった）、彼らはふたたび起きあがり、胸の上から大きな石をとりのけた。目と耳と口から生命の泥をとりのぞき、そしてむかしの暮らしにもどった。

ヴェリコフ・ヴォンクとウィリー・マッギリーにとっても、それは心をゆたかにする体験だった。ふたりはけっして失われていない失われた環を発見し、ほかの九十九の環を見逃した。ふたりはいとこたちをふやし、知恵を深めた。ふたりは毎年洪水の季節、亀の卵の季節にこの平地へもどってくると約束した。ふたりは心をひろげられ、幸福になってT町に帰った。

しかし、アーパッド・アーカバラナンの愚かな死によって、この博士《マギ》のひと組には大きな穴があいた。ひと組の博士《マギ》が三人であるべきだとは、聖典にも書かれていない。これまでにも七人や九人や十一人の組があった。しかし、聖典からすると、ひと組が三人よりすくない数で成り立つべきではないらしい。マスーラ黙示録には、そのひと組にすくなくともひとりのコメット、ひとりの一般市民、ひとりのナマズが含まれるべきだ、と記されているようだ。しかし、この言葉の意味はかなり濁ってあいまいだし、誤訳なのかもしれない。

そこにはヴェリコフ・ヴォンク博士がいる。彼は巨大な頭と、巨大な眉の突起と、あごの存在を不必要かつ不可能にしている突きでた鼻と、巨大な後脳と、巨大な陽気さの持ち主だ。彼こそ（きみにも見当がついたと思うが）ＡＢＳＭであり、新ネアンデルタール人であり、失われない環であり、土くれとナマズに最も近く暮らしている人間種族の分枝の一員である。

そこにはウィリー・マッギリーもいる。彼はコメットという名の人間種族に属している

（彼もごく最近それに気づいたばかりだ）。彼はきわめて頭脳明晰で、自分の周期を持っている。彼自身は短軌道の彗星だが、それにもかかわらず、星々のあいだをめぐってきた。彼の体からはかけらがポロポロ剝がれ落ち、通った跡が残る。だが、まだしばらくはもつだろう。

この博士《マギ》のひと組がふたたび成立するためには、もうひとりが必要だ。ほかのふたつの側面はすでに充実したから、三人目はふつうの人間で充分である。才能のある高齢の人間、つまり、名士《エミネント》でもそれになれる。しかし、たぶん、才能のある若い人間、つまり、無名士《プリ・エミネント》のほうが可能性は高い。

その人間はきみかもしれない。もしきみに自信があれば、もしジョッキの中のミドリヘビが怖くなければ（怖がると、蛇はきみの顔をかじるだろう）、また、土くれも、彗星塵も、その中間にある大騒ぎの世界も怖くなければ、どうだ、ひとつとりかかってみては？

レインバード
Rainbird

浅倉久志訳

初出：Galaxy Magazine, December 1961
邦訳：《ＳＦマガジン》一九六七年七月号（「レインバード氏の三つの生涯」の題名で掲載。訳者名義は深谷節だが、これは浅倉久志の別名）→短篇集『つぎの岩につづく』（ハヤカワ文庫ＳＦ）

ラファティが日本に初紹介された記念すべき一篇。その経緯を、浅倉久志さんはつぎのように述懐している。「やがてＳＦマガジンは、旧作だけでは不充分ということで、当時新編集長フレデリック・ポールがつぎつぎに新鋭作家を登用していたギャラクシイ誌と特約を結ぶことになった。（略）生きのいい新作が翻訳できるとなって、ぼくも大喜び。長年勤めた会社をやめて、フリーになったばかりでもあり、手持ちのバックナンバーを張りきって読みはじめた。こうして出会ったのがＲ・Ａ・ラファティの短篇だった」（短篇集『つぎの岩につづく』にあとがきとして付された「レインバードのころ」）。とりわけ本作品を気に入ったのは、「民話を思わせるとぼけた味と、三度のくりかえしという構成がとてもしたしみやすかったから」だという。要領の悪い天才発明家を主人公に据えている点が、「素顔のユリーマ」や「アロイス」と共通する。

もしかりに科学の先駆的業績の一覧表が誤りなく作られたならば、アメリカ人発明家ヒグストン・レインバードと肩をならべられるものはだれひとりいないだろう。しかし、今日レインバードの名を人びと（というよりは少数の好事家）の記憶にとどめているのは、ここに挙げる考案工夫のみである。一七八五年の鍛冶屋用改良ふいご、一八〇五年の鋤《すき》の刃に関する（根本的ではない）改良、大三角帆のよりよい（だが、最上とはいえない）縮帆法、焼き栗鍋、丸太割り用の鬼くさび、そして、新しい安全装置のついたナツメグのおろし金。この最後の発明は、一八一六年か一七年のものであったと思われる。レインバードの名はこれらによって知られ、そして、それのみにとどまっている。

かりにこれらがレインバードの全業績であったとしても、彼の名声は確立されたろう。

事実、それは確立された。かぎられた範囲で、技術史研究を趣味とする人びとのあいだに。

しかし、歴史が彼からだましとった栄光、いや、レインバード自身が彼からだましとった栄光となると、話がちがう。ある意味でそれは空前絶後の比類ない栄光だった。なぜなら、レインバードが先鞭をつけた発明発見は、発電機、蒸気自動車、製鉄工業、鉄筋コンクリート建築、内燃機関、電灯と電力、無線通信、遠隔通話機、石油産業と石油化学産業、モノレール交通、空の旅、全世界通信網、核エネルギー、宇宙飛行、集団テレパシー、政治経済の均衡化などなど、枚挙にいとまがないからだ。彼は時間遡航機《リトログレッサー》を建造した。肉体の不死と人類の神性化にも大きな前進をもたらした。このすべてが闇に葬り去られたのは、かえすがえすも不当に思える。

かつての確固たる事実、レインバードが一七九九年にまずフィラデルフィア、その翌年にボストン、翌々年にニューヨークへ、それぞれ電力線をとりつけた事実さえ、もはや知るものはない。ある意味で、もはやそれは事実でさえない。

このすべてにはなにかの説明が存在するはずだ。もしそれがないというなら、すくなくともなにかの風聞が。もしそれもないというなら——そう、とにかくなにかが。

ヒグストン・レインバードは、一七七九年六月の午後、ある決心をした。まだ二十歳の青年だったレインバードは、この決心で発明家への道を進みはじめたのである。

そのときの彼は、デビルズヘッド山の頂上で鷹狩りをしていた。手から離れた鷹（実は雄のハヤブサ）が白雲のなかに舞いおりていくのをながめるのは、無上のたのしみだった。鷹はふたたび青空へ舞いあがり、一羽のリョコウバトを持ち帰った。鷹に頭巾をかけながら、ヒグストンはほぼ完全に近い幸福感を味わっていた。

まる一日そこで鷹狩りをしてもよし、それとも山から下りて、納屋で火打ち箱をいじってもよし。彼は大きくためいきをつきながら、決心をくだした。人間、なにもかも手に入れるわけにはいかない。鷹狩りには魅力がある。しかし、銅の板金を使った火打ち箱にも魅力はある。彼は山から下りて、仕事にかかった。

それ以後の彼は、しだいに鷹狩りから遠ざかった。数年後にはまったくの絶縁をしいられた。すでにひとつの人生、発明家としてのわき目もふらぬ人生を選んでしまったからだ。そして、彼は六十五年の歳月をそれに捧げた。

火打ち箱は成功しなかった。高価なくせに点火の確実性がなく、火打ち石とくらべてこれといった長所もなかったのだ。火ぐらいはだれでもおこせる。おこせなければ、隣から火種をもらえばいい。火打ち箱が売れる道理はなかった。しかし、それは美しい機械だった。鍛造の銅板で鉄芯を包み、磁鉄鉱とこすりあわせる仕掛けで、手まわしハンドルがついていた。彼はあきらめたわけではなかった。それを土台にしていろいろのものを作った。後年の時間遡航機も、これなくしては生まれなかったはずである。

しかし、本筋の方向は蒸気力と鉄と工具だった。彼は最高の旋盤を作った。精錬と採鉱の技術に革命をもたらした。動力に新機軸をとりいれ、煙の都の発展のきっかけを作った。その一方で失策をおかし、袋小路に迷いこみ、合わせて二十年あまりの歳月をむだにした。しかし、ひとりの人間の力にはもとより限度がある。

彼はオードリーという悪妻をめとった。人間が大事業をなしとげるには、目標だけでなく刺激も必要である、とわきまえていたからだ。しかし、子孫にも弟子にも恵まれないのが、少々気がかりではあった。

彼は蒸気船と蒸気機関車を建造した。最初の蒸気脱穀機を製作した。薪を燃やす方式の巨大伐採機で森林を切りひらき、都市を設計した。蒸気綿摘み機の開発で南部の奴隷制度を破壊し、権力と富を手に入れた。

よかれあしかれ、こうして母国を大きく飛躍させたために、彼の青年時代にあった慣習はほとんど名残りをとどめなくなった。一生涯に独力でひとつの国家をここまで変貌させた男は、おそらくほかに類例を見ないだろう。

彼は本格的な工作機械産業の父となり、熱帯からはゴムを、研究室からはプラスチックを世に送った。石油を採掘し、天然ガスを照明と蒸気力に使った。彼は名誉と富をふたつながらに手に入れた。かえりみておのれの生涯が空費されたとするいわれはなかった。

「そう、わしはなんと多くの失敗をしたことだろう。なんと多くの時間をむだにしたことだろう。ああいう袋小路を避けることができていたなら、何層倍ものことをやりとげられたろうに。わしは工作機械の全盛時代を築きあげた。しかし、最高の工作機械である人間の頭脳をなおざりにしていた。あるがままのかたちで人間の頭脳を利用したものの、それを研究するひまはなかったし、ましてや修正するひまはなかった。後世の人間がそれをやってくれるだろう。だが、できることなら、自分の手でそのすべてをやってみたかった。いまとなってはもう遅い」

年老いたレインバードは、古い火打ち箱とその後裔たちをいじりまわすことにたのしみを見いだした。こうして彼が作りだしたおもちゃは、つねに子供だましとはかぎらなかった。彼は遠隔通話機を完成した。しかし、実地に応用してみると、オードリーの罵り声が前よりずっと遠くから届くだけの結果に終わった。彼は小型蒸気発電機を屋敷に据えつけ、配線をすませ、研究室である納屋に電灯をともした。

そして、彼は時間遡航機を建造した。

「もし時間さえあれば、この方面の研究を進められるのにな。いまは老いさらばえて、旅路の果ても近い。ようやく目的の門にさしかかって、そのむこうのひろびろとした世界を望みながら、もはや疲れ果てて一歩も動けないようなものだ」

彼が椅子をけとばすと、椅子はこわれてしまった。

「もっとましな椅子さえ作れなんだ。そこまで手がまわらなんだ。やりたいことは山ほどあった。たしかにわしのおかげでこの国の歩みは二十年ほど早まったかもしれん。だが、あの袋小路さえなければ、どれほどのことをなしとげられたか！　一度は十年、もう一度は十二年をみすみすむだにした。もし真贋の区別がつく道があり、そして他人にまかせてことたりるものは省いて、わしにしかできないものに取り組んでいたら！　ひとつの鎖の輪を（それがいかにとっぴなものでも）見いだし、それを手に入れ、その場所にはめこむことができていたら！　ああ、なんという荒野に、この才能は迷いこんだものか！　ああ、良き師にさえ恵まれていたら！　もし地図が、手がかりが、帽子いっぱいの手がかりが与えられてさえいたら！　わしは生まれつき利口で、抜け目なく道を切りひらき、壮大な旅をした。だが、いつも遅まきに気づくのだが、そこにはつねにもっとひらけた、もっと歩きよい近道があったのだ。雨告げ鳥《レインバード》という名にふさわしく、もしやりなおすことができたら、はるかにましな仕事をなしとげられただろうに」

もっとうまくなしとげられただろう仕事のリストを、彼は書きしるしはじめた。やがて手をとめると、ごうを煮やしたようにペンを投げだした。

「まともなペンさえ発明できなんだ。そこまで手がまわらなんだ。くそいまいましい。やり残したことがこうも多いとは！」やけ酒をあおって、顔をしかめた。「まともなウィスキーの醸造にさえ手がまわらなんだ。この方面にもけっこう名案の持ちあわせはあったのに。やり残したことは山ほどある。いや、ここで自分を相手にいくらしゃべっておっても埒《らち》が明かんわい」彼は腰をおろし、首をひねった。「そうだ、あそこで自分を相手にしゃべれば、これはとことん埒が明くぞ」

彼は時間遡航機に乗りこみ、六十五年と二千フィートをさかのぼった。

ヒグストン・レインバードは、一七七九年六月の午後、デビルズヘッド山の頂上で鷹狩りに興じていた。手から離れた鷹が白い羊毛のような雲のなかに舞いおりていくのは無上のたのしみだった。やがて鷹はきらきら輝く大気のなかを舞いあがってきて、一羽のハトを持ち帰った。

「たのしい遊びだ」と老人はいった。「だが、その鳥の肉は固いし、おまえにはやるべきことが山ほどある。すわってわしの話を聞きなさい、ヒグストン」

「こいつの肉が固いとどうしてわかるんだ？　あんたはだれだい？　年よりの足で、おれの目につかずに、どうやってここまで登ってきた？　それに、おれの名をどうして知ってる？」

「わしはその鳥の肉を食べて、固かったことをおぼえているのさ。このわしのことは、おまえのこれからの人生で避けなければならんことを教えにきた、ひとりの老人だと思っておくれ。ここへ登ってくるのには、自分の発明を使ったのさ。おまえの名をヒグストンと知っているのは、それがわしの名でもあるからだよ。おまえがわしの名をとったのか、わしがおまえの名をとったのか、えい、どっちかは忘れた。そうだ、考えてみると、われわれふたりのどっちが古いのだろう？」

「そりゃあんただろうよ、爺さん。おれも発明は大好きだ。あんたをここまで運んだ発明ってのは、どんな仕組みで動くんだい？」

「そもそもはだな、ふむ、そもそもは、おまえの火打ち箱からはじまるのさ、ヒグストン。年を経るにつれて、おまえはそれを手直しし、おまけをつけるだろう。しかし、とどのつまりは力場をいじくり、それをすこし歪めさえすればことはすむ。いいかな、いまのおまえはびっくり耳のまぬけづらで、わしの記憶にある二枚目とは似ても似つかんが、たまたまわしはおまえにりっぱな素質があることを知っておる。耳をほじってしっかり聞きなさい。二度と話をくりかえすことはできまいからな。わしはおまえに、何十年ものむだを省かせてやりたい。人間の一生に一度しかできんといわれる旅の、最良の道順を教えてやりたい。行く手の難所を地ならしし、おまえの足もとに椰子《やし》の葉を敷きつめてやりたい」

「話せよ、もうろく爺さん。おれ、耳をほじって聞くからさ」

老人は五時間にわたって若者と話した。ひとことのむだもなかった。ふたりともむだ口をたたくたちではなかったのだ。老人は蒸気力が万能でないことを教えた——まだ蒸気力のなんたるかをもわきまえない相手にだ。蒸気は巨大な力にちがいないが、なにぶん制約がある。もっとほかによりよいエネルギーが見つかるだろう。老人は増幅とフィードバックの可能性を探求せよと諭し、動力の伝達にはつねに最も軽い媒体を使えと説いた。荷馬車よりは針金、針金よりは空気、空気よりはエーテル。老人は廃物を支えるつっかい棒をさがして時間をむだにすることを戒め、言葉と思考の両方に存在する紋切り型《クリーシェ》という底なし沼の危険を語った。

老人は、リンゴの完全な芯抜き器の考案で貴重な数カ月をむだにするなと警告した。リンゴの完全な芯抜き器などはありえないのだから。老人は、連結ボブスレーを作ろうとするなと懇願した。ボブスレーよりもはるかに速い乗り物は、ほかにいくらでもあるのだから。

新しい皮剝ぎナイフや皮なめし塩は、だれかに作らせておけばよろしい。御者や、ロウソク屋や、桶屋の技術を手伝うのは、他人にまかせろ。よりよい乗馬台、よりよい柵、よりよい砥石、そんなものはだれかに考えさせるがいい。いまのボタン掛け器、薪載せ台、靴脱ぎ台、チーズプレスが、どれもこれも恥さらしなみっともないデザインであるとしても、その汚名をすすぐのはひとさまの仕事だ。ヒグストンには、ほかのなんぴとにもできぬ崇高な仕事が待っている。

やがて蹄鉄工が姿を消し、矢羽根職人が忘れられる時代がやってくる。しかし、視野の広い人間の前には、つねに新しい生計の道がひらけるものだ。

ここで老人は具体的な話題に移った。老人は若いヒグストンに旋盤の回し金のデザインを見せた。これでずいぶん時間が省けるはずだ。針金はハンマーでたたきのばすより、ひきのばしたほうが得策だと教え、もっと適当な材料が入手できるようになるまでは絶縁材として雲母を使えとすすめた。

「さて、これから話すいくつかのことは、うのみに信じてもらうしかない」と老人はいった。「これは〝理由〟を推測する前に、〝内容〟をまなんでしまう種類の事柄だ」

老人は移動電機子と自己励起場と整流について語り、交番電流の持つ究極の可能性について語った。めっぽう多種多様な題目について、べらぼうにたくさんのことを物語った。

「それに実際家にとっては、多少の数学の知識もけっして損にはならんぞ」と老人はいった。「わしは独学であったために、ずいぶんまわり道をしたものだ」

　ふたりはその場にしゃがみこみ、老人はデビルズヘッド山頂の地べたにさまざまな数式を書き、それを解いた。自然対数も、回転ベクトルも、微積分も説明した。だが、これはほどほどにしておいた。いくら利口な若者でも、短時間にまなべることには限度がある。そこで老人は、むだとは知りつつ、オードリーの扱いについてささやかな忠告を与えた。悪妻と暮らす技術は口で説明できるものではない。

「さあ、鷹に頭巾をかぶせて山を下り、仕事にとりかかれ」と老人はいった。若いヒグストン・レインバードは忠実にそのいいつけを守った。

　発明家ヒグストン・レインバードの経歴は流星のように華々しいものだった。ギリシアの賢人たちも彼の前には幼児でしかなく、ルネッサンスの巨人たちも彼にくらべれば、扉をノックしただけで取っ手をまわしもしなかったといえる。押せばひらく扉であったのに。

　ヒグストンの残した里程標は、息をのむほどの数にのぼる。その年（一七七九年）のうちに、彼はデビルズヘッド山の山腹に短く高いダムを建設し、研究室用の水力電気を確保した。越えて一七八一年には、ホースヘッド灯台にアーク灯をとりつけた。一七八三年にはまぎれもない白熱電球を読書に使い、その三年後には生地《せいち》のノブノッカー全村に電灯をつけた。一七八七年にはみずから石炭自動車を運転し、一七八九年にはその燃料を鯨油の蒸留物に、一七九〇年には石油に切り替えた。一七九三年には、ガソリン駆動の刈り取り脱穀機が商業生産にはいった。センターヴィルの町へ電力を供給したのもおなじ年のことである。彼の発明になる世界最初のディーゼル機関車は、一七九六年に試運転され、その同年、以前に開発した石炭で走る蒸気船を液体燃料方式に改造した。

一七九九年、彼はフィラデルフィアに電灯電力線を敷設した。これは飛躍的な発展だった。それまではどの大都市も、断固としてこの新機軸に反対していたのだ。新世紀がまさに明けはなれようとする前夜、彼は数種の新発明をいっきょに公開した。無線電信、遠隔通話、電波放送とその受信、声と動きを備えた演劇の複写、人声を文字に転写する装置、さらに、いかなる気温のもとでも食肉を長期保存できる滅菌包装法。

そして年明けの春、彼は空気より大きい比重を持つ乗り物の処女飛行に成功した。

「あらゆる基本的発明は、彼の手でなしとげられてしまった」と識者たちはいった。「われわれにはもはやその改良と正しい実用化しか残されていない」

「なにをくだらん」とヒグストン・レインバードはいいはなった。そして、英国まで所要時間わずか十三分、しかも百ポンド当たりたった七セントの経費で貨物を運べるロケットを作った。一八〇五年のことである。一八一三年には早くも核分裂エネルギーを開発し、四年後には大幅なコストダウンに成功した。このエネルギーは海水の淡水化に利用され、やがて五百万平方マイルの砂漠が灌漑の恩恵に浴することになった。

彼は自分で解くひまのない問題をかわりに解決させるために思考機械を作り、新しい問題、新しい開拓分野を提起させるために予言機械を作った。

一八二一年、彼は月世界に記念標を打ちこんだ。一年後にはみずから現地におもむいてそれを回収する、と親友のひとりを相手に賭けをして、みごとその賭けに勝った。

一八三〇年、彼は赤玉印パイプタバコを市場に送りだした。火星原産の地衣類から作った、香りのよい、高価な刻みタバコだった。

一八三六年、彼は金星大気更生委員会を設立した。その惑星の空気が燻製所内部よりもひどい状態なのを、自分の目で見てきたからだ。晩年の彼を最後まで悩ませた頑固な喘息《ぜんそく》は、このときからはじまった。

彼は自分そっくりの合成人間を作った。真夜中すぎから酒のお相手をさせるためである。合成人間は彼の話に聞きいりながらこういう。「そのとおりだよ、ヒグストン。まったくきみのいうとおりだ」

彼が起草した〈政府機構の単純化とその究極的廃棄〉と題する計画書は、一八四〇年に（多少の修正を経て）採択された。彼が設立した政治経済均衡化協会の努力が、ようやく実を結んだのだ。

しかし、この分野で一見成功をおさめたにもかかわらず、彼ははっきり認識していた。人間は依然として唯一無二の御しがたい動物であり、人間工学なるものはけっして完全な解決の得られない分野として残るだろうことを。

彼はテレパシー現象の部分的解明に成功した。悪妻がつねに夫の心を読みとる事実に着目したのが、そのきっかけだった。その秘密は共鳴受信能力にはなく、むしろ強引な侵入能力にある。礼儀正しい人間にとっては永久の不可能事だ。しかし、彼はこの発見をなるべく礼儀正しく潤色しておいた。

そして、この御しがたい動物、すなわち人類の肉体的不死と精神的向上をめざして、たゆみない探求をつづけた。

彼が考案した繊維は、気温の下降につれて厚くなり、また、真夏にはあるかなしの薄さに変わることができた。天候そのものを修正することは遠慮しておいたが、毎日の正確な天候と気温をむこう数十年間にわたって予測することは、いまや可能となった。

そして、彼は時間遡航機を完成した。

ある日、レインバードは鏡をのぞいて顔をしかめた。「わしにはまともな鏡を作るひまさえなかったのか。この鏡は醜悪だ。しかし、（あらゆる可能性を考慮するなら）醜悪なのは鏡でなく、実は映像のほうだという命題も、いちおう検討しなくてはなるまいぞ」

彼は知人のひとりに通話した。

「なあ、ユーロイス、今年は何年だったかな？」

「一八四四年だ」

「たしかかね？」

「まず、たしかだよ」

「わしは何歳になったんだろう？」

「八十五歳だと思うがね、ヒグストン」

「いつからわしはこんなじじいになったんだろう？」

「かなり以前からさ、ヒグストン、かなり以前から」

ヒグストン・レインバードはらんぼうに通話を切った。

「いったいわしはどうしてこんな見落としをしたのだろう？」とひとりごちた。「肉体不死の研究を、もうすこし早くからしておくべきだった。なにもかもがこれでぶちこわしだ」

彼は予言機械のつまみをいじり、自分がその年のうちに死ぬことを知った。細かい目盛を読む気も起こらなかった。

「なんというくそいまいましい泥沼に落ちこんだものか！　やりたいことの十分の一も手がまわらなんだ。ああ、自分が愚かだったとはいわん。ただ、袋小路に迷いこみすぎた。大むかしからの謎の半分も解けておらん。最後ではなく最初に予言機械をつくるべきだった。だが、最初では作り方がわからんしな。もっとなんとかできなんだものか。わしの人生に実のある忠告をしてくれたものはだれもおらん。若いころに山上で会った、あの頭のおかしい爺さんだけだ。まだ着手したばかりの仕事がこんなにもあるのに。さよう、人間だれもが縛り首になるわけではないが、それでもいつかは綱のはしにぶらさがらねばならん。その綱を伸びるようにしておくひまがなかった。いや、ここで自分を相手にいくらしゃべっておっても、埒が明かんわい」

彼は赤玉印のタバコをパイプに詰めて、しばらく考えた。

「そうだ、あそこで自分を相手にしゃべれば、これはとことん埒が明くぞ」

彼は時間遡航機に乗りこみ、時と高さをさかのぼった。

若いヒグストン・レインバードは、一七七九年六月の午後、デビルズヘッド山の頂上で鷹狩りに興じていた。手を離れた鷹が白い雲のなかに舞いおりていくのをながめると、自分は世界一の果報者で、最高の狩猟の名人だという気分になれた。たとえあの雲の下に大地があるとしても、それは遠くのこと、どうでもいいことだ。

鷹は羽ばたきながら大空を舞いあがってきて、麓から一羽のハトを持ち帰った。

「その鳥のことは忘れろ」と老人はいった。「そのでっかい耳でよく聞いてほしい。わしはごく短時間のうちに、たくさんのことを話さねばならん。それがすめば、おまえにはわき目もふらずに仕事にかかってもらう。鷹に頭巾をかけて、止まり木につなぎなさい。そのつなぎ金具はおまえの発明かな？　ああ、そうだった、思いだしたぞ」

「もう一度だけ鷹を放してみるよ、爺さん。それからゆっくり聞かせてくれや」

「いや、いかん。すぐに鷹をしまいなさい。これはおまえにとって決断のときだ。子供っぽい遊びは切りあげなさい。わしの話を聞くのだ、ヒグストン。いまからおまえの一生に導きを与えてやろうほどに」

「おれは自分の一生を人から指図されたくないな。それはそうと、どうやってここまで登ってきたんだね、爺さん？　おれの目にもつかずに？　まったくどうやって登ってきたんだい？　あんな険しい道を」

「ふむ、いま思いだしてみれば、たしかに険しい道だったな。わしは自分で発明した翼に乗ってここへやってきたのだ。さあ、ほんの五、六時間でいいから耳をかたむけてくれ。

おまえのすくなからぬ知力をふりしぼってもらわねば」

「五、六時間もかかったひにゃ、このすてきな午後がまるつぶれだぜ。こんな鷹狩り日和は二度とないかもしれないのによ」

「むかしはわしもそう思った。だが、男らしくさっぱりとあきらめたのだ。おまえにもそうしてもらわねば」

「じゃ、もう一回だけ鷹を放させてくれ。こいつが飛んでるあいだに話を聞くから」

「だが、それでは半分しか頭にはいらんよ。あとの半分は鷹にとられてしまう」

しかし、若いヒグストンは輝く白雲めがけて鷹を放してしまい、老人は悲しげに長談義をはじめた。とはいうものの、それは聞き手を思わずうっとりさせるほどのよどみない長広舌であり、こんこんと湧き出る訓戒と解説だった。若いヒグストンはほとんど鷹のことを忘れて聞きいった。老人は若者に、半ダースもの道を同時に歩み、しかもまちがった道を選ぶな、と教えた。自分の技術を、思考機械と予言機械、そしてまだ解明されていない肉体不死の問題に集中させるべきだ、とさとした。

「それ以外に、おまえが充分ゆとりのある時間を手に入れる方法はない。時間は刻々と過ぎ去っていく。自然の流れにまかせるかぎり、人生はあまりにも短い。こら、聞いておるのか、ヒグストン？」

だがこのとき、風を切って舞いあがってきた鷹が、灰色のハトを持ち帰った。老人はこの中断にためいきをつき、いまや自分の計画が挫折に瀕していることを知った。

「鷹に頭巾をかけろ。それは子供の遊びだ。さあ、耳をすませ、がにまた小僧め。わしはおまえに空前絶後の物語を聞かせてやっているのだぞ！　麓の茂みや樺の林をめがけて鷹を放すのではない。星ぼしの高みにまで鷹を飛ばせる方法を伝授してやろうというのだ」

「あんなところに獲物はいないぜ」若いヒグストンはいった。

「なにをいうか。おまえが夢にも考えたことのない獲物がちゃんとおるのだ。鷹をしまいなさい」

「じゃ、もう一度だけ鷹を放させてくれ。そのあいだに話を聞くよ」

鷹は真夏の金色の稲妻のように雲を切りさきながら舞いおりていった。

老人は宇宙を話題にして、タマネギの皮を一枚一枚むくように、その仕組みを若いヒグストンに説き聞かせた。それからふたたび技術の初歩にもどり、蒸気と石油と電磁力について語り、これらの単純なエネルギーは、より大きなエネルギーの発見までのごく短期間のみに用いるべきだと教えた。老人は、波動と大気伝導について語り、核分裂と飛行と超飛行について語った。さらに、これらの扉には合鍵の必要はなく、不屈の意志をもつ人間が取っ手をまわしさえすればひらかれるのだと喝破《かっぱ》した。若いヒグストンはおおいに感銘を受けた。

そこへ鷹がもどってきた。高く舞いあがってきた鷹は一羽のレインバード、つまり、ナゲキバトをつかまえていた。

老人は生き生きした瞳の持ち主だが、そこに新たな光が宿った。

「だれしも好んでたのしみを返上するものはおらん」と老人はいった。「どんな有利な取引にも、なにかだまされた気分は残るものだ。わしが失ったもののひとつがここにある。この六十五年間というもの、すっかり鷹狩りにごぶさただった。こんどはわしにやらせてくれんか、ヒグストン」

「知ってるのかい、やりかたを？」

「わしは名人だよ。むかしは鷹狩り用の籠手《こて》にくふうを凝らしたこともあった。ノアの曾孫ニムロデの時代からいっこうに変わりばえのせんしろものだ」

「籠手ならおれにもいい思いつきがあるんだよ、爺さん」

「そうとも。どんな思いつきかは知っておる。大いにやんなさい。役に立つことだ」

「なんなら鷹を貸してやってもいいぜ、爺さん」

こうしてヒグストン老人は輝く雲のなかに鷹を放し、そして若いヒグストンといっしょに世界の頂からそれを見まもった。やがて気がつくと、若いヒグストン・レインバードはデビルズヘッド山の頂上にただひとり立っていて、老人の姿はどこにもなかった。

「あの爺さん、いったいどこへ消えちまったんだ？　そもそも、どこからやってきやがったんだろう？　いや、ほんとにここにいたんだろうか？　ほんとにあの爺さんが乗ってきたんだとすると、あれはすごくへんてこな機械だよな。車がみんな乗り物のなかについてるんだもの。しかし、あの歯車や時計や銅線にはよだれが出たぜ。あれだけ細い銅線をハンマーでたたきのばすには、何週間もかかったろう。もうすこし身を入れて聞けばよかったが、どだい話がくどすぎるんだ。もうすこし早く中休みをよこして、あんなにしつこく鷹狩りをやめろといわなきゃ、こっちも調子をあわせてやったのに。ま、きょうは日暮れまで鷹狩りをして、あした天気がよければまた登ってくるか。もし日曜にひまがあったら、火打ち箱と焼き栗鍋をいじってみよう」

　ヒグストン・レインバードは長い幸福な生涯を送った。近在では、むしろ鷹匠として、また名騎手としてのほまれが高かった。しかし、発明家としての彼の名はボストンにまで鳴りひびいていた。

　レインバードの名は、かぎられた範囲、この分野、この時代の専門家のあいだに、いまなお記憶されている。鋤の刃の発展に貢献したひとりとして、天下一印安全ナツメグおろし器の設計者として、また、鍛冶屋用のふいご、（ほとんど使われなかった）火打ち箱、丸太割り用の鬼くさびなどの発明者として。

レインバードの名はこれらによって知られ、そしてそれのみにとどまっている。

うちの町内

In Our Block

浅倉久志訳

初出：If, July 1965
邦訳：ドナルド・A・ウォルハイム&テリー・カー編『忘却の惑星』（ハヤカワ文庫SF）→短篇集『九百人のお祖母さん』（早川書房／海外SFノヴェルズ、のちにハヤカワ文庫SF）
邦訳（別訳）：荒俣宏訳「われらの街で」／荒俣宏編『魔法のお店』（奇想天外社）→『新編 魔法のお店』（ちくま文庫）

　発表の翌年に、ネビュラ賞短篇部門の候補になった作品。『新編 魔法のお店』の作品解題で、荒俣宏さんは「何年か前ロスのSF大会で見たラファティ氏は、たった独りで椅子に坐って考えごとをしていましたが、その姿はまるで、本編に出てくる「何でも作る倉庫の主人」に生き写しでした」と述べている。そのSF大会というのは、一九七五年の北米SF大会のことだ。同大会におけるラファティの印象は、伊藤典夫さんも短篇集『つぎの岩につづく』のあとがき「ぼくの会ったラファティ」に記している。一部を引用しよう。「知った顔を見つけると、顎を引き、禿げ頭のてっぺんを前につきだし、“Bang!”といいながら相手の肩先にぶつかってゆくのだ」。なんと！　こちらもラファティ自身の小説に登場しそうな人物である。

あの町内には、おかしなやつがうようよしている。

「あの通りのむこうまで歩いてみたことがあるかい？」アート・スリックは、ちょうどそこでばったり顔を合わせたジム・ブーマーにたずねた。

「子供の頃に通ったきりだよ。オーバーオールの工場が火事で焼けたあと、いつだったかの夏に、拝み屋があそこへテントを張ったことがあるじゃないか。あの通りはちょうど一ブロックの長さで、突き当たりは線路の土手だ。ひとかたまりのバラックと、草ぼうぼうの空地しかない。ところが、きょうはそのバラックが前とちがって見えるし、軒数もふえたみたいだ。たしか二、三カ月前にぜんぶとりこわしたと思ったが」

「ジム、おれはあのとっかかりの小さな家を二時間もかけて見ていたんだよ。けさ十二メートルのトレーラーのくっついた牽引用トラックがあの前にとまって、あのバラックから荷物を積み出していた。二十センチ角で長さ一メートルのボール箱が、あのシュートからどんどん滑りでてくる。連中の扱い方から見て、重さは十五、六キロだろう。連中はトレーラーが満パイになるまでボール箱を積みこんで、どこかへ持っていったよ」

「いったいなにが変だというんだい、アート?」

「ジム、連中はそのトレーラーを満パイにしたんだぜ。あの馬力のかけようから見ても、三トンは積んで出発したにちがいない。ざっとまる二時間、連中は三秒半に一個の割りでボール箱を積みこんでいた。つまり、二千個ってわけだ」

「そうさ、きょうびはたいていのトレーラーが重量超過だよ。取締りがうまくいかないんだな」

「ジム、あのバラックは一辺二メートルあまりのまっ四角な箱みたいなもんだ。その半分はドアと、小さなテーブルと、その前にすわった男とでいっぱいさ。そっちの半分には、なにもはいるはずがない。とすると、あとの半分に詰まってた荷物が、あのシュートから出てきたってことになる。あのバラックが六軒もそのまま乗っかるようなトレーラーなのに」

「寸法を測ってみようや」ジム・ブーマーがいった。「ひょっとしたら、見かけより大きいんじゃないか」バラックには看板が出ていた――〈よろず製造販売発送。全商品割引〉。ジム・ブーマーは、古ぼけたスチールの巻尺で建物の寸法をとった。バラックは一辺二メートルあまりの立方体で、地下室もないことがわかった。小屋は煉瓦の積柱に支えられており、柱のあいだからむこうが見通せたのだ。

「新品の十五メートルの巻尺を一ドルで売ろう」小屋の中にすわっている男がいった。

「その古いのは捨てなさい」男は自分のテーブル・デスクの引出しから、スチールの巻尺をとりだした。しかし、アート・スリックが見たところ、それまでの机は、たしかに引出しのないテーブルだったのだ。

「伸縮自在、ロジウムめっき、ドート滑動《グライド》、ラムジー軸受、キャリング・ケース兼用の本体。一ドル」と男がいった。

ジム・ブーマーは、男に一ドル払った。「この品物はどれくらいの手持ちがあるんだね？」

「十万個なら、十分以内に発送できる。十万個買うなら、一個八十八セントにしとこう」

「けさ、あんたがトレーラー一台ぶん発送したのは、この巻尺かね？」

「いや、あれはきっと別の品物だ。巻尺を作ったのは、これがはじめてさ。この小屋の寸法をあんたがあの古いおんぼろ巻尺で測っているのを見て、ひょいと思いついたんだ」

アート・スリックとジム・ブーマーは、その隣のみすぼらしい家に近づいた。このバラックはいっそう小さく、一辺一メートル八十そこそこの立方体で、看板には〈速記うけたまわります〉と出ている。中からはタイプライターの音がしていたが、ふたりがドアをあけると、ぱったり音がやんだ。

浅黒い肌のかわいい娘が、小さなテーブルの前にすわっていた。それだけで、部屋の中にはなにもなかった。タイプライターさえも。

「タイプの音がしてたけど」アートはいった。

「ああ、あれはあたし」娘はニッコリした。「ときどき面白半分にもタイプの音を鳴らすのよ。速記者はそうするみたいに」

「もしお客がやってきて、きみにタイプをたのんだらどうする？」

「どうするかと思う？　もちろん、そうする」

「じゃ、ぼくの手紙をタイプしてくれるか？」

「してくれるのことよ、マン・フレンド。一ページ二十五セント、仕上がり美麗、カーボン複写、封筒切手つき」

「ああ、仕事ぶりを拝見したいね。口述するから、タイプを打ってくれ」

「先に口述して。それから打つわ。二つの仕事を一度にごっちゃする、賢明ないね」

アートは長くややこしい手紙を口述した。何日も前から書こうと思って、のびのびになっていた手紙だ。爪をやすりで磨いている相手にぼそぼそと口述をつづけるのは、まのぬけた気分だった。

「なぜ速記者はいつもすわって爪をやするの？」彼女はぼそぼそしゃべっているアートにたずねた。「でも、あたしは正しくやろうの努力してるよ。爪をやすって、また生やして、またやすって。朝からずっとそれだらけ。ばからしいみたい」

「あー……そこまでだ」アートは口述を終わっていった。

「〝二伸。愛とキス〟を入れない？」

「入れないね。これは面識もない人物へのビジネス・レターだぜ」

「あたしは面識もない人物への手紙に、いつも〝二伸。愛とキス〟と書くよ」娘はいった。

「あなたの手紙は三ページになり、七十五セント。どうか両方とも約十秒外に出てちょうだい。そしてタイプするわ。見られているとき、できないの」娘はふたりを外に押し出し、ドアを閉めた。

　あとは静寂。

「きみ、中でなにをしてるんだい？」アートは声をかけた。

「記憶術の本も売られたい？　すでに忘れた？　あたしは手紙をタイプしてるの」

「しかし、タイプの音が聞こえない」

「なに？　音響効果もほしい？　それでは割増を請求すべしね」クスクス笑いがきこえたあと、おそろしく急テンポの音が約五秒つづいた。

娘はドアをあけ、アートに三ページぶんの手紙をわたした。もちろん、非のうちどころない出来栄えだった。

「どうもなんだかおかしいぞ」アートはいった。

「そう？　手紙の文法ちがいはあなたですわよ。訂正しなかったといけない？」

「いや。もっとほかのことだよ。きみ、ほんとのことを教えてくれ。隣の男はどうやってトレーラーいっぱいの品物を、その十分の一もおさまりそうもない家から積みだしたんだい？」

「値段を割引したのよ」

「ふうん、きみたちはどこの人間？　隣の男はきみに似てるな」

「あたしの叔父さん。あたしたち、だれにもインノミネー族インディアンといってるの」

「そんな部族はないぜ」ジム・ブーマーが断言した。

「あら、ない？　じゃ、みんなになにかほかのものといわなくちゃ。でもインディアンみたくひびく名でしょ。いちばんいいインディアンはなに？」

「ショーニー族だ」ジム・ブーマーがいった。

「オーケィ。じゃ、あたしたちショーニー族インディアン。どう、すごく簡単でしょ」

「もう調査ずみなんだよ」ジムがいった。「おれがショーニー族だから、この町のショーニー族はひとり残らず知ってるのさ」

「よう、兄弟！」娘はそうさけんで、ウィンクした。「いまのは小話でおぼえたよ。始めはちがうけど。どう、あたし、あなたどもの質問をうまくさばいたね？」

「一ドル渡したんだから、二十五セントおつりをくれなくちゃ」アートがいった。

「知ってる」娘はいった。「二十五セント銀貨の裏にどんな模様か度忘れしたから、思いだすまでごまかしただけ。わかった、おかしな鳥はまきの束の上に立っている絵ね。いま仕上げるから、ちょっと待って。はい」彼女は二十五セント銀貨をアート・スリックに渡した。「みんなにいってよ、ここのジョサイない速記者はうまく手紙のタイプするって」

「タイプライターもなしでな」アートはいった。「行こうか、ジム」

「二伸。愛とキス」娘がふたりのあとから呼びかけた。

その隣は〈クール・マン・クラブ〉。小さなみすぼらしいビヤホールだった。バー・ガールは、さっきの速記者の姉妹かもしれないほどよく似ていた。

「バドワイザーを二本。だけど、この店はなにも買いおきがないみたいだね」アートはいった。

「だれが買いおきなんか？」バー・ガールはききかえした。「はい、お待たせ」

アートは、てっきり相手が袖の中からビールをとりだしたような気がしたが、彼女の服は袖なしだった。よく冷えた、うまいビールだ。

「ねえ、きみは知らないかな。あの角の家の男は、トレーラーいっぱいの品物を、その十分の一もおさまらないような場所からどうやって積みだせたんだろう？」アートは彼女にきいた。

「知ってるわ。品物を作ると積みだすと、いっしょにやるの。それなら場所をとらないでしょ。もしその前に準備したときみたいに」

「しかし、やっこさんだって、なにかでその品物を作るわけだろう？」ジム・ブーマーがわりこんだ。

「ちがう、ちがう」彼女はいった。「あたし、あなたの言語を勉強したね。言葉を知ってるね。〝なにかで〟は組み立てること。作ることじゃない。彼は作るの」

「へんだぞ」アートは目をまるくした。「このびんの字がちがってる。バドワイザーのイが、古いヰの字になってやがら」

「あら、チョンボ」彼女はいった。「どっちの字なのか思い出せないから、片方にそうして、もう片方は別字にしたのよ。きのうのお客はプログレス・ビールを注文したのに、あたし、びんにグの字を入れ忘れちゃった。ときどき、そんなまちがいするの。ちょうだい、直すわ」

彼女がラベルの上を手でなでると、字は正しくなった。

「しかし、その字は製版したのを印刷してあったんだぜ」アートが抗議した。

「ええ、そうよ。ずいぶんフクザツ」彼女は答えた。「あたし、もっと気をつけないと。一度忘れて、シュリッツのびんにジャックス・テースト・ビールを作ったら、お客は文句いったわ。それで、別のびんわたすふりして、シュッシュッ振って味をかえなくちゃいけなかった。一度忘れて、緑色びんのビールを茶色びんで作ったわ。「ここの光線のせいで、茶色に見えるのよ」あたし、そのお客にいったわ。ウソ、ここには光線なんてないものね。急いでびんシュッと振って、緑色に変えたわ。まぬけだから、ついまちがいしちゃうのよ」

「うん、ここには明かりもなけりゃ窓もない。なのに明るいな」アートはいった。「それに冷蔵庫もない。この町内のどのバラックにも、電灯線がきてないからな。どうやってビールを冷やすんだい？」

「ええ、このビールよく冷えておいしいでしょ？　どう、あたしがうまく質問をかわすに気がついた？　お客さんたち、ビールのお代わりはいかが？」

「うん、もらおう。それにぼくは、きみがどこからビールを出してくるのか見たいのさ」アートはいった。

「わっ、蛇！　あなたのうしろ！」彼女はさけんだ。

「おかしいわ、お客さんたちのびっくりぶり！」彼女は笑った。「冗談よ。このすてきなお店に、あたしが蛇をおいとくと思う？」

しかし、彼女はすでに二本のビールをとりだしており、店の中は前同様にすっからかんだった。

「きみたちタマオシコガネは、いつごろからこの町内へきたんだい？」ジムがたずねた。

「だれがそこまでおぼえてるの？」彼女はいった。「みんなだれでも行ったりきたりよ」

「きみたちはこのへんの人間じゃない」アートがいった。「といって、ぼくの知ってるどの人間でもない。どこからきたんだ？　木星か？」

「だれが木星なんか」彼女はむっとしたようすだった。「あんなとこ、昆虫相手に商売するだけじゃないさ！　それに尻尾も凍っちゃう」

「きみ、からかうつもりじゃないだろうな」アートはいった。

「ええそう、すごく努力してるのよ。小話をたくさんおぼえたけど、まだ話し方がぜんぶよくないの。でも、うまくなるわ。話のおもしろいバー・ガールになって、お客さんにまたきてもらうの」

「線路のほうに近い隣の家はなに？」

「あたしのいとこの店」バー・ガールはいった。「本日開店したばかりよ。彼女は、禿頭の人にどんな色も髪の毛を生やせるの。あたしは、どうかしてるといってやった。はやらないもの。だって、もし髪の毛をほしいなら、だれもはじめから禿頭にならないわ」

「へえ、きみのいとこは、禿頭に髪の毛を生やせるの？」アートはきいた。

「あら、もちろんよ。あなたはできない？」

その町内には、バラック建ての店がもう三、四軒あった。ふたりが〈クール・マン・クラブ〉へはいる前には、たしかそんなに軒数はなかったはずなのに。

「ついさっきまで、こんなバラックはなかったがなあ」ジム・ブーマーは、いちばん端のバラックの前に立っている男に話しかけた。

「ああ、いま作ったばかりさ」

古びた羽目板、錆びた釘……なのに、この男はいま作ったばかりだという。

「どうしてまた——あー……どうせ作るなら、なぜもっとましな建物を作らないんだい？」アートはたずねた。

「このほうがよけいに目立たないからさ」男は答えた。「古い建物が急にできても、だれが気がつく？　われわれはこの土地にきたばかりだからね。注意をひかないうちに、ようすを知りたいのさ。いま、なにを作ろうかと考えてるところだ。どうだろう、デラックスな自動車を百ドルで売ったら、買い手はあるかね？　もっとも、それを作るとなると、この土地の宗教的感情も考えなくちゃならないが」

「どういう意味？」アートはたずねた。

「祖先崇拝さ。自然力が利用できるようになったあとも、ガソリン・タンクと燃料の古い方式が、まだ遺物として残っている。まあ、しかたない、それも入れよう。あんたらが待ってもいいなら、三分間で一台できるがね」

「いや、車ならもう持ってるよ」アートはいった。「行こうか、ジム」

それが通りで最後のバラックだったので、ふたりはもときたほうへひきかえした。

「だれも行かないこの一角に、なにがあるのか気になったのさ」アートはいった。「この町にも、探せばいろいろ変わった場所があるもんだな」

「この連中より前にこのへんのバラックにいたのも、妙なやつらだったぜ」ジムがいった。

「中に〈レッド・ルースター〉へ飲みにくる常連がいてね。ひとりは、まるで七面鳥みたいにガブ飲みができた。もうひとりは、片目をあっちへ向け、片目をこっちへ向ける芸当がやれた。連中は、綿実油《めんじつゆ》の浮きかすをシャベルですくいとる仕事をやってたんだが、工場が焼けちまったんだ」

ふたりは、また速記者のバラックの前を通りかかった。

「ねえきみ、まじめな話、タイプライターなしでどうやってタイプを打つの？」アートがきいた。

「タイプライターはのろすぎるわ」娘は答えた。

「〝なぜ〟じゃなく、〝どうやって〟ときいたんだよ」アートはいった。

「知ってる。あたしが質問のはぐらかし方、巧妙じゃない？　ねえ、あしたこの店の前で大きいオークの木を生やして、日かげにしたいけど。あなたどものどっちか、ポケットのドングリ持ってない？」

「あー……ないね。いったいどうやってタイプを打つんだい、きみは？」

「だれにもいわない約束する？」

「するよ」

「あたし、舌で字を作るの」娘はいった。

ふたりはゆっくりと歩きだした。

「おーい、どうやってカーボン・コピーを作るんだい」ジム・ブーマーがふりかえって呼びかけた。

「もう一つの舌で」と娘は答えた。

通りの最初のバラックの前には、また十二メートルのトレーラーがとまり、品物を積みこんでいた。シュートからつぎつぎに出てくるのは、一センチ径の鉛管の束だった――その長さは六メートル。六メートルのまっすぐなパイプが、一辺二メートルあまりの小屋の中から出てくるのだ。

「あんな品物をトレーラーにいっぱい、あんな小さな小屋からどうやって積みだせるんだろう」アート・スリックは、まだ納得のいかないようすだった。

「あの女の子がいったとおりさ、値段を割引するんだよ」ジム・ブーマーがいった。「さてと、それじゃ〈レッド・ルースター〉へ寄っていくか。なにか面白いことがあるかもしれん。あの町内には、いつもおかしな連中がうようよしてるから」

田園の女王

Interurban Queen

浅倉久志訳

初出：デーモン・ナイト編 *Orbit 8*（1970）
邦訳：ロバート・シルヴァーバーグ＆マーティン・H・グリーンバーグ＆ジョゼフ・D・オルダー編『世界カーSF傑作選』（講談社文庫）

日本でのラファティ短篇集にはこれが初収録となる。二十世紀初頭のアメリカで、広域の交通手段として自動車ではなく、ローカル線のネットワークが採用されていたら社会はどう変わっていたか？　一種の歴史改変SFであり、ラファティにしては珍しくストレートなかたちで、科学技術と社会インフラ整備をテーマにしている。そのわかりやすさが買われてか、いくつかのアンソロジーに再録されている。邦訳された『世界カーSF傑作選』もそのひとつ。

作品中、チャールズ・アーチャー老人の回想に「タルサとサンド・スプリングスのあいだを走るチンチン電車」「タルサとサパルパのあいだに建設中の新線」が出てくるが、ラファティ・ファンならご存知のとおり、オクラホマ州タルサはラファティが生涯の大半をすごした町である。「田園の女王」に描かれている景観には、彼が親しんだ郷土の色が反映されているのだろう。物語冒頭でふれられる油田開発も、実際にタルサにあったことらしい。

「わしが成年に達して、巨額の遺産をうけついだのは、一九〇七年のことじゃ」と老人はいった。「わしは目はしのきく若者じゃった。目はしがきくため、自分がすべてをわきまえとるわけではないことも、ようくわきまえとった。そこで、物知りの人びとを訪ね、どんなふうに遺産を投資すればよいかと、助言を仰いだ。

「わしは銀行家や牧畜業者や新興の石油成金と話しあった。連中はお高く構えてはおらんだ。連中は未来の夢にほろ酔いきげんで、どうすれば財産をふやせるかという話題を面白がりもしたし、面白い話もしてくれた。あれはオクラホマに州制が敷かれた年で、新しい州には繁栄の活気がみなぎっとった。わしは親譲りの財産を、この新しい繁栄の中へ組みこんでやろうと考えた。

とうとうわしは、当時おなじぐらいの将来性があるように見えた二つの投資に的を絞った。もっとも、いまのおまえたちは、この二つが同列に並べられるのを聞いて、にやにや笑うことだろうがな。その一つは、ハーヴィ・グッドリッチという男の作った、株式組織のゴム会社じゃった。新しく自動車というものがぼつぼつ普及しはじめたことでもあり、ゴムが未来の花形になる見込みは十分と思われた。さて、もう一つは、キーファーとマウンズという小さな町のあいだに線路を敷こうとしていた株式募集中の鉄道会社じゃ。この会社は（将来いつか）グレンプール、ビクスビイ、ケリーヴィル、スリック、ブリストウ、ベッグズ、さらにはオクマルジーとサパルパにまで、支線を通す予定を持っておった。当時は、こういう小さなローカル線も、やはり未来の花形と目されておったんじゃ。すでにタルサとサンド・スプリングスのあいだにはチンチン電車が走っており、タルサとサパルパのあいだには新線が建設中でな。こういう小さな電車線路はすでに全国で千の余もあり、読みの深い人びとは、いずれそれが完全に全国を覆う鉄道網となり、輸送の主要システムとなる日がくるのではないかと、考えておったんじゃよ」

しかし、当時のチャールズ・アーチャー老人は、まだ若者だった。彼はジョー・イライアスの話に耳をかたむけていた。イライアスは、小さいが成長しつつある田舎町の銀行家である。

「あなたが持ちこまれたのは難問ですな、お若い方。これはよく考えなくてはならない」

イライアスはいった。「当行は、あらゆる牝鶏に卵を生ませようと、両方にすこしずつ手を出してきました。しかし、そうしたのは誤りではなかったかと、最近考えはじめたところです。この二つの事業の見通しは、すなわち二種類の未来であって、どちらか片方しか実現せんのです。新しい油田が発見されているこの州にあっては、やはり石油燃料とつながりのある自動車につながりのあるゴムのほうに肩入れすべきである、という気がするかもしれません。だが、必ずしもそうではない。石油の主要用途は新工場の動力源であろうとわたしは信じていますし、また、こと工業的利用に関しては、ゴムはすでに過剰売りだとも信じています。とはいえ、なにか新しい交通機関がなくてはならない。馬と幹線鉄道との中間には、大きなギャップがあります。遠からず、交通の主要手段の中から馬が姿を消すことを、わたしは確信していますよ。馬車や馬具の製造業者への貸し付けは、もう打ち切りました。だが、自動車というものには信用がおけません。あの乗り物は、わたしの心の中のなにかを壊すんです。してみると、やはりローカル線がどんな辺地にまでも分け入り、しだいに幹線鉄道の領分に食いこんで、いずれアメリカには半ダースほどの長距離幹線しか残らぬようになるでしょうな。お若い方、わたしなら、完全なる確信をもって、ローカル線に投資しますよ」

チャールズ・アーチャーは、牧畜業者のカール・ビッグハートの話に耳をかたむけていた。

「それじゃ聞くがな、坊や、いったい自動車なんかに何頭の牛が積める？　やつらが貨物自動車とかトラックとか呼んどるしろものにしたって、知れたもんだろうが。それにひきかえ、まっとうな無蓋貨車なら、どれだけの牛が積めると思う？　しかも、こいつはどこの田舎を走るローカル線にもつなげるんだぞ。ローカル線は、わしら牛飼いの救い主さ。新しい法規のおかげで、線路までのたった二十マイルの距離でも、牛を追ってはまかりならぬことになった。だがな、ローカル線なら、せいぜい二、三マイルの間隔で、どんな片田舎へでもはいってきてくれる。

それと、もう一つ教えようかな、坊や――自動車には未来はない。あんなものをのさばらせてたまるか！　馬に乗っかった人間を考えてみろや。このわしも、一生の大半を馬に乗っかって暮らしてきた。ところがな、ふだんはどんなにいいやつでも、馬に乗っかったとたんに人が変わる。馬に乗っかった男は、みんな高慢ちきになる――歩いてるときはどんなにおとなしい男でもだ。その高慢ちきな男は、わしの中にも、だれの中にもおる。そういう男も、ある時代には必要だったさ。だが、その時代はもう終わりかけてると、わしは見る。馬に乗っかった男ってやつは、およそ物騒きわまりないもんだった。なあ、ええかい、坊や。自動車に乗っかった男ってやつは、その千倍も物騒なのさ。世界一気の優しいやつも、自動車を運転するときは嘘みたいに高慢ちきになる。しかも、その高慢さかげんはだな、もしあの機械がもっと馬力をつけ、もっと格好よくなったあかつきには、もっともっとひどいものになる。そうとも、もし自動車の運転が普及したら、人間の中に極端な利己主義が芽生えてくる。これまで見たこともないような規模で、暴力がはびこり出す。わしらの知っている家族制度、三世代も四世代もが一つ家で仲よく暮らすあのやり方も、それでおしまいさ。隣近所ってものの意味も、国家ってもののほんとうの意味も、どこかへなくなっちまう。でっかい潰瘍みたいな都市と、ブョブョの郊外と、カサカサの田舎と、特殊化した農業と工業のいやらしいこぶが出来上がる。根なし草の、不道徳な風潮が幅をきかす。自動車は、あらゆる人間を暴君に変える。自動車の私有は禁止すべしというのが、わしの信念だ。そうしなくちゃいかん！　これは道徳的問題よ。わしらは道徳的国家、道徳的世界の住人だ。自動車反対の道徳的行動を起こさにゃいかん。そこで自動車がなくなればだな、ゴムには未来はない。ローカル線の株を買うこったよ、坊や」

チャールズ・アーチャー青年は、石油成金のノーラン・カッシュマンの話に耳をかたむけていた。

「きみに嘘はいわんよ、若いの。おれは自動車が好きだ。カスタム・メイドのを三台持ってる。運転するときのおれは帝王だ。はっ、どのみちおれは帝王さ！　去年の夏には、むかし帝王の住んでいた城を買った。そいつを石の一つ一つに分解して、オーセージにあるおれの土地まで運ばせてるところだよ。さて、自動車の話にもどると、そいつがどう発展していくべきか、おれにはわかる。自動車は道路とともに発展していくべきだ。道路はもっと平らになり、金属かコンクリートで上を覆われ、車のほうはどんどん背が低くなり、どんどん速くなっていく。もし、おれたちが人間以外の種族なら、そんなふうに自動車を発展させるだろう。それが論理的な発展の道だからな。だが、おれはそうなってほしくないし、また、そうはならんと思う。それは自動車を大衆のものにすることだが、一般大衆にこんな力を預けるわけにはいかんからだ。それに、おれは背の高い車が大好きだし、その車をたくさん作ったりしてほしくない。巨万の富と非凡な才能の持ち主だけの乗り物にするべきだ。もし、労働者に車を持たせたら、どんなことになると思う？　一般大衆の手にこれが渡ったら、えらいことになるぞ。どいつもこいつもおれのように高慢ちきになったら、この世界は地獄じゃないか！　そうとも、自動車は金持ちの誇りだし、それ以外のものには絶対にならんだろう。そして、ゴムも、その贅沢品の限られた付属物以外のものには、絶対にならんだろう。ローカル線に投資するんだね。それが未来の花形だ。もしそうならなけりゃ、そんな未来はぞっとするほど恐ろしい」

チャールズ・アーチャー青年は、これが世界の岐路であることをわきまえていた。どっちの道をとっても、そこからある種の国家と世界と人びとが導き出されるのだ。彼はそれをとことんまで考えた。そして、決断をくだした。彼は遺産の全体を、自分の選択したほうにそっくり投資したのだ。

「わしは二つの投資を比較検討して、その一つを選んだ」とチャールズ・アーチャーはいった。

いま現在の彼は老人だった。「わしはありったけの金をそこにつぎこんだ。三万五千ドル。当時としては大金じゃ。その結果は、おまえたちも見てのとおり」

「わたしがその結果の一つよ、曾祖父《ひいじい》ちゃま」とアンジェラ・アーチャーがいった。「もし、曾祖父《ひいじい》ちゃまが別の投資をしていたら、別の財産をこしらえ、別の結婚をしていたでしょう。そしたら、わたしも別のわたしになっているか、それとも、生まれてこなかったかもしれない。わたしは、いまここにいるわたしが好き。なにもかも、いまのこのままが好きよ」

チャールズ・アーチャー老人と、曾孫娘のアンジェラと、そのいいなずけのピーター・ブラディの三人は、ある土曜日の朝早く、ローカル線に乗りこんだ。いま三人が通っているあたりは、準郊外と呼ばれるゆたかな田園地帯だった。そこは本道ではなかったが、しかし、その線路には（なかば自然、なかば人工の）美しさがあり、それは満足だけでなく、胸のわくわくするような刺激をも与えてくれた。

線路のわきにはつねに水がある、そこがみそなのだ！　そこには鯉の池がつぎつぎに並んでいた。孵化場もあった。岩間を跳びはねる清流もあった——これほど文明開化の時代でなければ、それはただの溝かどぶに成りさがっていたかもしれない。そこには流れの早い小川があり、子供たちが大きな鱒《ます》を釣り上げていた。

そこには深い藪があった。漆、マンサク、サッサフラス——ほとんど香料木に近いものばかり。むろん、大木もあった。ペカンやヒッコリーやブラック・ウォルナットが、背景の垂れ幕のようにそそり立っていた。そしてそのあいだに、もっと小さな木々、柳やポプラや鈴懸《すずかけ》の木があった。水中には蒲《がま》や菅《すげ》や芦《あし》が生え、岸には背の高いスーダングラスやウシクサが茂っていた。そして、いたるところにクローバーがあり、湿ったクローバーの甘い匂いがあった。

「わしの選択はまちがっとった」チャールズ・アーチャー老人は、絨毯を敷きつめたような田園を通り過ぎながら、そう述懐した。「いまになってみると、わしの選択がいかにグロテスクなものだったかがわかるが、当時のわしはまだ若かった。たった二年で、わしの投資した株式会社は倒産し、わしは無一文になった。若くて楽に手にはいった金は、こうしてあっさり消えてしもうたが、その代わり、わしには皮肉な趣味ができた。自分が投資せなんだほうの企業の株の動きを、その後もずっと追いつづけたんじゃ。わしが三万五千ドルであの株を買っておったら、いまごろは九百万ドルにふえとるじゃろう」

「いやだわ、こんなすてきなお日和に、そんな話はしないでちょうだい」

「ゆうべも、またあれの音がしたそうですよ」ピーター・ブラディがいった。「もうこれで一週間、音だけはときどき聞こえるけど、まだやつは捕まらない」

「いつも思うんだけど、捕まえてもどうか殺さないでほしいわ」アンジェラが嘆いた。

「いくらなんでも、殺すなんて残酷よ」

　鵞鳥飼いの女に導かれて、ガアガア鳴く白い鳥の群れが、タマネギ畑の雑草を食べている。花キャベツが緑と紫に光り、オクラが立ち並んでいる。ジャージー種の牝牛が道ばたで草を食み、型押しされたプラスチックが（草とおなじぐらい整然と）線路に敷きつめられている。

あたりには黄色い砂ぼこりに似た雲が、あっちこっちにうかんでいる。蜂だ！　針のない蜜蜂の群れだ！　だが、砂ぼこりはどこにもない。二度と砂ぼこりなどが起きませんように！

「早く、なんとか自動車の密造者どもを見つけて、殺してもらわにゃ」チャールズ・アーチャー老人はいった。「禍根は早いうちに断て、というでな」

「なにしろ数が多いし、それにあの商売は儲かるらしいんです」ピーター・ブラディがいった。「たしかに、われわれはやつらを殺してはいますよ。木曜日にも一味のひとりが捕まって殺され、完成寸前の密造車が三台ぶっこわされました。しかし、やつらを根絶やしにするのはむりです。蛇みたいに、あとからあとから湧いてくるんだから」

「殺さなくてすめばいいのに」アンジェラがいった。

積み込み台の上には、華やかな色の牛乳桶が並んでいる。このあたりは酪農地帯なのだ。九階建ての鶏小屋では若鶏がけたたましく鳴きながら積み込みを待っているが、いつもそう長くは待つ必要がない。こちらには千ダースもの卵が冷蔵ポーチに集められている。あちらには子豚や、去勢雄牛の群れが囲ってある。

二メートルもの高さのトマトが、杭でつるを支えられている。まだ穂の出ないスイートコーンが育っている。電車はキュウリ畑を通り、メロン畑を通り、青緑に盛りあがる芋畑の丘を通った。ああ、びっしり植わったブドウの果樹園、ウマゴヤシの野原、オーセージ・オレンジとサンザシの生け垣。ニンジン畑の葉っぱが緑のレースのようにそよぐ。牛の群れが野原で、ムラサキツメクサとピーナッツ――すべてのクローバーの中でいちばんふしぎなもの――を食んでいる。人びとが草を刈っている。

「自動車の音がする！」ピーター・ブラディがだしぬけにさけんだ。

「まさか。こんな明るいうちに。いやよ、そんなこと考えないで」アンジェラが口をとがらせた。

家鴨《あひる》が線路わきの池や畑の中の池で、水中に首をつっこんで水草を食べている。線路わきの公園には、見上げるようなオークの木が茂っている。羊の群れが、彼らの頭より高い干し草山の中にいて、まるで白い小さな島々のようだ。ずらりと並んだ小さな売店では、土地のワインやビールやリンゴ酒が、石灰石や果樹木の彫刻といっしょに売られている。子供たちが、柱の中の小さな音楽罐に合わせて、積み込み台の上で踊り、山羊が粘板岩の露頭をなめては、新しい鉱物を探している。

土曜の乗客たちは、木かげや張り出し岩の下にテーブルを並べた、線路わきのレストランを通りすぎた。高さ一メートルの滝が、店内の中央に降りそそぎ、長さ二メートルの泥板岩の橋が調理場につうじていた。それから眺望は開けて、いくら見ても飽きない、ゆたかで多彩な準郊外の風景が、つぎからつぎへと現われた。線路わきの農園、周辺の農園、ベリー畑！　いまはベリーの季節だった――ジューンベリー、ハクルベリー、ブルーベリー、デューベリー、ニワトコ、ツルコケモモ、キイチゴ、ボイゼンベリー、ローガンベリー、九種類のクロイチゴ、ストロベリー、グリーンベリー。

果樹園！　およそ果樹園がありあまるということがあるだろうか？　スモモ、桃、サンドプラムとサクランボ、ブラックチェリー、リンゴと山リンゴ、梨、青い実のなるポポー、柿、マルメロ。メロン畑、蜜蜂の巣箱、ピクルス農園、チーズ農園、亜麻畑、小さくひと塊になった町（一つの町に二十軒の家、一軒の家に二十人の住人、線路の一マイルおきにこうした小集落が二十）。高級クラブだけでなく、安酒場もすでに店開きして、朝っぱらから大繁昌だ。線路わきの礼拝堂には、ここの住民の手になる彫刻が置かれ、富者貧者の箱が設けられている（懐の余裕とそうする気持のある者は上の穴から金を入れ、金に困った者は下の穴からそれを取り出すのだ）。壁がんは冷蔵庫になっていて、パンやチーズや牛肉、それに必ず土地のワインの小樽が、呑み口をあけて入れてある。願わくは、この沿線から永久に飢えが追放されますように！

「わしにも聞こえるぞ！」チャールズ・アーチャー老人がだしぬけにさけんだ。「かん高い音が左手でした。それに排気ガスと――うっ――ゴムの匂いもする。車掌さん、車掌さん！」

客車の中の乗客だけでなく、車掌もその音を聞きとっていた。車掌は列車をとめて、耳をすました。それから電話を入れ、乗客たちの意見を参考に、できるだけ正確な現場の位置を報告した。左手には岩山のつらなる荒地があり、だれかが真昼間にそこをドライブしているらしい。

車掌はロッカーからライフル銃をとり出して、ピーター・ブラディと、おなじ客車に乗り合わせたもうふたりの若者に渡し、それから、ほかの二輌の客車からも三人ずつを選んで、銃を配った。機転のききそうな男が通信連絡を受け持ち、気ちがいドライバーのもう一つ左手を走っている隣の線の乗客と通話を交わしながら、獲物の位置を一辺半マイルたらずの四角形の中へと絞りこんでいった。

「ここで待ってておくれ、アンジェラ。アーチャーおじいさん、あなたもですよ」ピーター・ブラディはいった。「ここに口径〇・三〇の騎兵銃があります。もし、やつが射程内にはいるようなことがあったら、使ってください。ぼくらはいまからやつを追いつめます」

そういうと、ピーター・ブラディは車掌と、小銃を持った男たちのあとにつづいた。十人編成の死の狩猟隊だった。いまでは、ほかにも四つのグループがこの狩りに参加し、鼻声と咳を出している標的に向かって、しだいに包囲の輪をせばめていた。

「なぜあの人たちを殺さなきゃいけないの、曾祖父ちゃま？　なぜ法廷に引き渡さないの？」

「法廷のやり方は歯痒くてならんからさ。終身刑で監獄へぶちこむのが関の山じゃからな」

「でも、それだけで十分なはずよ。もう一生あれを走らせられなくなるんだし、それに、中には改心する人だっているかもしれないわ」

「アンジェラ、やつらは古今未曾有の脱獄の名人なんじゃよ。十日前にも狂人ガッジが三人の看守を殺し、州監獄の塀を乗り越え、追手をたくみに逃れて、酪農協同組合から一万五千ドルを強奪し、密造屋に渡りをつけて、脱獄三十時間後にはもう荒地で例のしろものを乗りまわしとった。四日前に、やっとみんながやつを見つけて、殺したんじゃ。やつらは気ちがいじゃよ、アンジェラ。しかも、病院はどこもやつらでふさがっとる。これまでに、たったひとりも改心したためしはない」

「あの人たちがドライブするのが、なぜそんなに悪いことなの？　ふつうは、人けのない荒地を走るだけでしょう？　それも、真夜中の二、三時間だけよ」

「やつらの狂気は伝染するんじゃよ、アンジェラ。やつらの高慢さを野放しにすれば、この世界にほかの何物もはいる余地はのうなる。わが国はいまバランスのとれた状態じゃ。すばらしいチンチン電車とそれを動かす人びとのおかげで、交通も旅行の便も細密で完全に近い。みんなが一つの隣近所に住み、みんなが一つの家族なんじゃ！　だれもが愛と同情の中で生き、金持も少なければ貧乏人も少なく、高慢さや憎しみはすっかりみんなの心から消えとる。わしらにはふるさとがあり、チンチン電車がある。わしらはこの大地と一体なんじゃ」

「ねえ、もしドライバーたちが限られた専用の土地の中だけで好きなことをしているなら、そして正気の人たちに迷惑をかけないようにするなら、べつに害はないでしょう？」

「もし、病気や狂気や邪悪が、限られた専用の土地の中でおとなしくしているなら、なにも害はなかろうよ。だが、その中でおとなしくしとるようなやつらじゃないのさ、アンジェラ。やつらの心の中には悪魔のような高慢さ、凶暴な個人主義、秩序への憎しみがある。自動車に乗った人間以上に、社会にとって危険な存在はない。もし、やつらをのさばらしたらさいご、また貧困と欠乏が復活するじゃろうよ、アンジェラ。それに、富と蓄積もな。それに都会もじゃ」

「でも、都会って、なによりもすばらしいものよ！　わたしは都会へ行くのが大好き」

「わしのいうのは、あのすばらしい遊覧都市のことじゃない。もっとべつの、不吉な種類の都会じゃ。むかし、そこに制限が加えられるまでは、そういう都会ができかけとった。そこでは独自なものが失われる。根なし草の連中、高慢な連中、まがいものの連中、人間性を失った連中の、たんなる溜まり場に成りさがる。この美しい田園や準郊外を、そんな連中に奪われてはかなわん。むろん、わしらも完全じゃない。しかし、わしらがこうしてつかんだものを、一部の無法な連中のために手放すわけにはいかんのじゃ」

「この匂い！　とてもがまんできないわ！」

「排気ガスじゃ。こんな匂いの中に生まれ、こんな匂いの中で一生涯を過ごし、こんな匂いの中で死んでいきたいかね？」

「いやよ、いや。それだけはごめんだわ」

散発的だが狙いすました銃声が聞こえた。密造自動車のけたたましい爆音は、いっそう近づいた。やがて、それは姿を現わした。不気味にバウンドしながら岩がちの荒地を飛び出し、トマト畑の中を突っ切って、電車のほうへ向かってくる。

密造自動車は火災を起こし、焼けた革とゴムと、有毒な排気ガスと、焦げた人肉の匂いのいりまじった、おそろしい悪臭を発散していた。こわれたハンドルの前で立ち上がった男は、まるで狂人そっくりに、ありったけの声で絶叫していた。まだ若い男だが、目は落ちくぼみ、ひげはぼうぼうで、顔の左半分と胸の左側が血に染まり、憎しみと高慢さのこもった言葉を、泡といっしょに吐き出していた。

「殺せ！　さあ殺せ！」男はとぎれとぎれの雷鳴のように、かすれ声でどなった。「まだ仲間はいるぞ！　どこかに一つでも荒地があるかぎり、どこかにひとりでも車の密造屋がいるかぎり、おれたちはドライブをやめないからな！」

男は身をこわばらせた。ピクリと震えた。また撃たれたのだ。しかし、死ぬまで絶叫をやめないつもりらしかった。

「電車天国のきさまら、みんなくそくらえだ！　自動車に乗ったひとりの男は、歩く男千人分の値打ちがある！　電車に乗った男百万人分の値打ちがある！　この怪物のハンドルを握ったとたんに、黒い心臓が大きくふくれあがる気持を、きさまらは一度でも味わったことがあるか！　この跳ねまわる宇宙の中心から全世界をあざ笑うとき、なまなましい憎しみでうっとりとなる気分を、一度でも味わったことがあるか！　上品ぶった野郎どもは、犬にでも食われろ！　チンチン電車で天国へ行くよりも、おれは自動車で地獄へ行くほうを選ぶ！」

スポークのはいった車輪の一つが、背後から浴びせられるライフルの一斉射撃とおなじような音を立てて、ふっとんだ。密造自動車は前につんのめり、逆立ちから一回転のあと、炎を噴き上げて爆発した。だが、その火の海の真中では、一対の魔性の目がまだどす黒い炎を燃やし、狂おしい声がまだ叫びつづけていた。

「クランク軸はまだぶじだし、差動ギヤもまだぶじだ。密造屋がそいつを使えば、この車の一部分はまた走り出すぜ――ぎゃーっ！」

現場から去っていく電車の乗客の中には、歌をうたっているものもいたが、おし黙って考えこんでいるものもいた。神経にこたえる事件だったのだ。

「むかし、全財産をあの未来へ投資したことを思い出すと、血の凍る思いじゃ」チャーリー・アーチャー曾祖父さんは、うめきをもらした。「もっとも、そんな未来に住むよりは、はるかにましじゃがの」

若い夫婦は家財道具の一式をうれしそうに貨物車へ積みこんだ。ある遊覧都市から準郊外へ引っ越して、親類たちといっしょに暮らすのだ。その遊覧都市の人口は（劇場や、ミュージック・ホールや、有名料理店や、文学的喫茶店や、アルコール類のオアシスや、遊園地などすべてを含めて）いまや七千人に達しており、これはどんな都市にとっても法律上の限界だった。ああ、千もの遊覧都市があり、そのすべてがこの世の楽園だ！　しかし、その大きさには限度がある。どんなものにも、限度は守られなくてはならない。

　それはすばらしい土曜の午後だった。野鳥のハンターは、四隅に爪をつけた組立て式のネットで鳥をつかまえていた。子供たちは野球大会に出場するため、無料電車で球場へでかけた。爺さんたちは伝書鳩の巣箱をかかえて電車に乗り、遠くから鳩を放しては、家路をさして飛んでいくのを見送った。なかば塩水のリトル・シュリンプ湖の岸で、エビを網でとる人びともあった。緑の小道で恋人たちをたたえてバンジョーを弾く人びともいた。

　世界はただ一つの青銅のゴングからひびく歌だった。チンチン電車のメロディアスな金属音が、緑の鉄のレールに乗って田園を縫い、頭上では放電の火花がそのあとを追い、銅線が日ざしにきらめいていた。法律によって、一マイルの幅にすくなくとも一本の線路が要求されていたが、実際にはもっと多かった。法律によって、どの路線も延長二十五マイルを越えることを禁じられていた。これはローカル色を保存するためだった。しかし、線から線への乗り換えは、簡単そのものだった。もし、全国を横断したければ、百二十本のローカル線を乗り継げばよい。もはや長距離鉄道というものはなくなっていた。これにはこれなりの高慢さがあったため、やはり消えねばならぬ宿命だったのだ。

　池の中の鯉、クローバーの中の豚、あらゆる村に独特の納屋工場があり、どの村も比類がなく、空には蜜蜂が舞い、小道にはシャクナゲが咲きみだれ、そしてこの国ぜんたいが、チンチン電車のスパークのように輝かしく、レールのようにまっすぐだった。

公明にして正大

Square and Above Board

浅倉久志訳

初出：The Magazine of Fantasy & Science Fiction, October 1982
邦訳：《SFマガジン》一九八三年二月号→短篇集『どろぼう熊の惑星』（ハヤカワ文庫SF）

発表の翌年には、アーサー・W・サハ編 *The Year's Best Fantasy Stories: 9* に選ばれている。本作品の骨格をなす三角関係は、繊細で内向的な主人公、欲深く活動的な友人、悪びれもせずに利益を優先して立ちまわる女――まさにメロドラマの黄金パターンである。ロバート・A・ハインライン『夏への扉』もそんなふうではなかったか。そこに「莫大な相続」と「死につながる呪い」とが込みになったアイルランドの城という道具立てと、賭け高がエスカレートするチェッカーの試合という展開を絡めて、モダンなお伽噺に仕立てている。

城の名称ケルノッホ・フィハールはアイルランド語でチェス盤のことで……と、スルスル繰りだされる蘊蓄《うんちく》が、語学マニアのラファティらしい。インタビュー「モンスターには日本語が似合う」（聞き手ロン・ウルフ、《SFマガジン》一九九四年十月号に伊藤典夫訳が掲載）によると、ラファティはフランス語、イタリア語、ドイツ語、オランダ語が読めたという。また、本人はアイルランド系である。

だれもが若く、そして季節は春だった。

若いマイダス・マルドゥーンは複雑な性格だといわれていたが、これはちがう。彼は悪党としては実に一本気な男だった。彼は権力がほしく、地位がほしく、巨万の富がほしかった。羨望の的になりたかった。人から憎まれると同時に敬《うやま》われたかった。人を這いつくばらせたかった。人を恐怖におののかせたかった。たしかに、どれもが単純明快な目的である。そしてマイダスには、それを隠そうという了見はこれっぽっちもなかった。

マイダスという奇妙な名は、父親のクロイソス・マルドゥーンがつけたものである（マイダスもクロイソスも、大金持の別称）。この父親はいかさま師で、おれはいまに大きな石の城に住み、そこで死ぬんだ、とつねに豪語していた。父親は、その言葉どおり、オクラホマ州マックアレスターの郊外にある一種の大きな石の城（オクラホマ刑務所のこと）の中で死んだ。マイダスは父親似で、賭け事が好きだった。それに喧嘩も好きだった。スポーツマンで、人をひきつける磁力があり、チェッカーのチャンピオンだった。

マイダスに比べると、その無二の親友のクリストファー・カーニーは、複雑で内向的な性格だった。彼はたびたび立ちどまって物事を考えたが、この現代ではそんなことをしていると生きた餌食にされてしまう。しかし、生きた餌食にされても、クリスはけっしてへこたれなかった。それは彼にとって、ある状況、もしくはある会社の内部へはいりこむひとつの方法なのだ。彼は発明家で、プロモーターで、投資家だった。富に対する欲望はそんなにないが、その若さですでに着々と財産を築きはじめていた。いろいろな方法でインサイダーになりきることによって、彼はそれをなしとげたのだ。

クリスはスポーツマンではなかった。人をひきつける磁力もなかった（彼にいわせると、磁力のあるのは卑金属だけなのだ）。チェッカーのチャンピオンでもなかった。彼が得意なのはチェスだった。喧嘩も、賭け事も好きではなかった。彼がたくさんの賭けに勝ったのは事実で、その中には大きな賭けもあり、マイダス・マルドゥーンとの賭けもあった。しかし、クリスは、いつの場合にもばくちを打ったわけではない。マイダスはいつの場合にもばくちを打つが、クリスは確実な内部情報に乗っかっていた。マイダス・マルドゥーンとクリストファー・カーニーは、なにかにつけてライバルだった。

　ふたりがライバルとして競いあっている対象のひとつは、ブライディー・ケイスリーンという娘だった。ブライディーはとても美しく、よこしまで、頭が切れた。そして、この勝負に関するかぎり、マイダス・マルドゥーンはライバルをつねに大差でリードしているように見えた。

　二十二歳になったとき、クリストファー・カーニーは、会計監査人のライナス・ケイスリーンから、自分がいましがた百万長者になったことを知らされた。

「この吉報を受けとるのに、きみほどふさわしい男はいない」ライナスはいった。「また、いまブライディーから聞かされたもうひとつの吉報を受けとるのに、きみほどふさわしい男はいない。わたしは大喜びできみをうちの家族として迎えるよ」

　この申し出にクリスはいささかめんくらったが、さすがに二十二歳で百万長者になるだけあって、そんなにいつまでもめんくらってはいなかった。だから、父親のライナス・ケイスリーンがクリスの小さなオフィスを出ていってきっかり一分後にブライディーがはいってきたとき、クリスは彼女を見つめて、たったひとこと、こうたずねた。

「いつ？」

「あなたにはわたしの好きなところがふたつあるわ、ハニー」とブライディーはいった。

「ひとつは、なにごとでもさとりが早いこと。もうひとつは、いまさっき百万長者になったこと。あなたの会社の会計監査で、父の手伝いをしたから知ってるの。そうね、いまからひと月さき、六月の一日に結婚しましょう。マイダス・マルドゥーンがこれを知ったら、もちろんあなたを痛めつけるわよ。あなたを殺すかもしれない。だって、その日は彼がわたしと結婚するはずの日で、彼はまだそう思いこんでるんですものね」

「マイダスはぼくを痛めつけも殺しもしないが、そうあっさりきみをあきらめないだろうよ。彼はレースを投げずに、最後のゴールまでくっついてくる。しかも、バックストレッチでは、なにか奥の手を出すだろう。しかし、これからの一ヵ月で彼が百万ドル稼ぐのはむりだ。きみをつかまえる餌として百万ドル以上のものがあるとは、ぼくには思えない」

「わたしにも」とブライディー・ケイスリーンはいった。

ブライディー自身も磁力に満ちみちていた。そのための卑金属、鉄と鋼は、彼女の中にたっぷりあった。彼女はアマルガムの心臓も持っていた。その一割は純金、もう一割は水銀、あとの八割は真鍮《しんちゅう》なのだ。

ブライディーは州立北部中央農工大学でビューティー・コンテストの女王に選ばれたぐらいで（もしハーヴァードに入学していたら、やはりそこでも女王に選ばれていたろう）、とほうもなく魅惑的な娘だった。彼女はマイダス・マルドゥーンのように単純明快な目的をもち、そして物事の内側にはいりこむ点では、すくなくともクリストファー・カーニーに匹敵する才能があった。彼女はおもしろい話し相手で、あらゆることに興味を持っていた。これまでにクリスがマイダスをうらやましく思ったのは、ただひとつ彼女に関してだけなのだ。いま、彼女と結婚できると知って、クリスはごきげんだった。

「なにを考えてるの、あなた？」あるうららかな日に、ブライディーは婚約者のクリスにたずねた。

「ああ、ありとあらゆる太古の恐怖だよ」とクリスは答えた。「すべての恐怖の中でもいちばん根源的な海の怪物のこと、ほかの犠牲者にうつさなければ治らない、おぞましい死病のこと、水死したときの海草をくっつけたままもどってくる幽霊のこと。それと、なによりも墜落の恐怖。といっても、ついさっき、ぼくが日なたぼっこの白昼夢の中で落っこちたのは、ほんの三百メートルそこそこだったがね。しかし、墜落の恐怖は、あらゆる恐怖の中でいちばん強烈なものなんだ。知ってるかい、あの輝かしいルシファー、翼を持った天使でさえ、目の前にひらいた深淵にすっかり怖気づいて、翼を使うことも忘れ、稲妻のように落ちていったんだってさ」

「クリス、クリス、ひょっとしたらあなた、わたしと結婚するのが怖いんじゃない？」

「結婚の恐怖もたしかに太古の恐怖のひとつだけど、マイナーな恐怖なんだ。それより、ふしぎなことに、午後の白昼夢の中でぼくはきみと結婚しなかった」

「じゃ、そんな白昼夢はうっちゃってしまいなさい。そんな夢は傷物よ。忘れたほうがいいわ。ところで、あなたのいとこのコリン・カーニーは、結婚式にきてくれるかしら？　なにも聞いてない？　わたし、電話してみたのよ。そしたら、くるかもしれないって。やっぱり、もう一度電話して確認をとるわ。わかる？　大西洋をへだてた国際電話でも、あっというまに仲よしになれたのよ！」

「ぼくにコリン・カーニーという名のいとこがいることを、どうして知ってる？」

「あなたの五倍もお金持のいとこがいることを、どうして知ってるかですって？　ハニー、わたしがあなたの身元調査をやって、そんなことを見逃すと思う？　この用意周到なわたしという人間が？　二百万アイルランド・ポンドの財産と、おまけにアイルランドのお城がひとつ。そうよ、ぜひとも彼にきてもらわなくちゃ！」

「ブライディー、その移り気な小さいおつむの中で、一度も会ったことのない男に鞍替えをたくらんでるんじゃないだろうな。きみならやりかねない」

「もちろん、やりかねないわ。でも、すくなくともいまのところはA案に固執するつもりだし、あなたがそのA案なのよ。あなたはコリンのいとこ。彼は死病にかかってて、あと二年たらずのいのちしかない。あの若さでなんと悲しいことでしょう！　あなたは彼のこの世でただひとりの親族なのに、彼はまだ遺言書を作ってないの。これは改善すべきだわ。ぜひとも結婚式にきてもらって、わたしたちへの遺言書を作ってもらわなくちゃ」

「彼がまだ遺言書を作ってないのをどうして知ってる？」

「簡単。コークでコリンの弁護士の事務所に勤めてる、おしゃべりな女の子から聞きだしたのよ。国際電話でつかめる情報はいっぱいあるわ。彼のお城の名、ケルノッホ・フィハールが、チェス盤の意味だってことも教わったわ。アイルランドなまりで笑うあのおしゃべり女の話だと、そのお城が見おろすチェス・スクエア谷は、淡い色の亜麻畑と、濃い色のホップ畑が市松模様に並んでて、チェス盤みたいに見えるんですって。そして七年ごとに畑替えがあって、いままで亜麻の育っていたところにはホップ、ホップの育っていたところには亜麻を植えるんですって。あのおしゃべり女とわたしとは、大の親友になっちゃったわ。彼女に体重はどのぐらいと聞いたらば、十五ストーン（約九十五キロ）というじゃない。十五ストーンをポンドに換算すると、答はデブ。理想の世界は、わたし以外のすべての女性がデブである世界だわ。二百万アイルランド・ポンドと、お城をひとつと、それに死病にかかったいとこがいることを、なぜ話してくれなかったの？」

「その三つともが最近の取得物だからさ。つい一年前まで、コリンは金持の叔父の城に居候してる貧乏な身内でしかなかった。それに、ケルノッホ・フィハール、つまりチェス盤というその城の名も、実はケルノッホ・フォーイル、つまり血まみれの盤を、婉曲《えんきょく》にいいかえたものなんだぜ。ケルノッホは、ぼくたち一族の名字、〝カーニー〟の由来で、たしかに四角《スクエア》、または桝目《スクエア》の集まりという意味だがね」

「なんてぴったりなのかしら、愛するスクエアさん！　なんて間のいいときに！　これなら万事はとんとん拍子に運ぶわよ」

たしかに結婚式前夜まで、万事はとんとん拍子に運んだ。ただひとつの見込みちがいは、ブライディーが、式の一週間前から町にやってきたいとこのコリンに、まだ遺言書を作らせることができずにいることだった。

「いや、あんな恐ろしい城と、それに付随した恐ろしい限嗣《げんし》相続物件を、あんたとクリスのようなすてきなカップルに譲るわけにはいかんよ」いとこのコリンはいつもそういう。

「だめだめ、あんたらふたりは、おれにとっては大切な人なんだ」

「お城なんて、恐ろしければ恐ろしいほどすてきだわ」ブライディーも負けてはいない。

「平凡なお城なんて相続したくない。そのお城には幽霊でも出るの？」

「出る出る。半ダースほどの幽霊がいて、そのうち何人かの遺骨は、いまでも城のはるか下にある禁断の荒磯に散らばったままだ。城内のチェッカーボード大広間の床からあそこまで落っこちるのは、長い長い道中だぜ。体じゅうの骨がほとんど一本残らずへし折れちまう。そこへ海の怪物（その怪物は〝古くからの城つきの家臣〟として名簿にも登録されてるんだが）がやってきて、新しい骨についた肉をすっかり食いちぎる。こんな状況のおかげで、あの城にはかなりの悪名がつきまとってるよ」

「コリン、あなたってひょうきんな人ね。ブライディー・ケイスリーン、つまり、アイルランド読みでブリディー・カースリィンというわたしの名前は、お城《キャッスル》のブリジッド、またはお城の花嫁《ブライド》を意味してるのよ。だから、その名前の由来を実現させたいわけ。ほら見て！　もう用意万端とのってるわ。遺言書もちゃんとこうして書きあげてある。あとはあなたがサインするだけ」

「日によっては、午後に書類のサインをするのは縁起がわるいんでね」

「でも、きのうはあなた、こういわなかった？——日によっては、午前中に書類のサインをするのは縁起がわるいって。そこで昼すぎからあなたをさがしまわったけど、どこにもいないんだもの」

「日によってはそうなんだよ、ブライディー。日によっては、その逆なんだ」いとこのコリンは答えた。

しかし、クリスとブライディーの結婚式に先立つ一週間、町へやってきたコリン・カーニーとりわけ仲よくなったのは、マイダス・マルドゥーンだった。ふたりはしょっちゅうチェッカーの手合わせをした。マイダスはアメリカのチャンピオンだといった。コリンはアイルランドと全ヨーロッパ、それに海峡植民地とマダガスカルとパタゴニアのチャンピオンだといった。コリンは十代の終わりに、一攫千金《いっかくせんきん》の夢を求めて、あとのほうの三つの土地に渡ったことがあるのだ。ふたりの腕前は伯仲《はくちゅう》していたが、目の肥えた人間が見たら、どちらもちょっぴり手抜きをしていることに気づいたろう。

やがて、結婚式前夜のクリスの独身お別れパーティーで、マイダスとコリンはいっしょに痛飲した。どちらもぐでんぐでんだったが、もし目の肥えた人間が見たら、どちらもいくらか手抜きをしていることに気づいたろう。ふたりは腕をナイフで切っておたがいの血を混ぜ、永遠の義兄弟の契りを結んだ。そんな種類のお祭り騒ぎだった。そのあと、ふたりとも盤面を見ることすらおぼつかないようすなのに、法外な金を賭けてチェッカーの勝負をはじめた。いったい本気なのかどうかも疑われるほどの賭け金の額だった。

とうとう大失敗がたどるべき道をたどりおわったとき、マイダス・マルドゥーンはコリンから二百万アイルランド・ポンドのほかに、アイルランドの城までをかちとっていた。そして、コリンがたまたま権利証書と譲渡証書をポケットに持っていたので、それをひろげて、すべてをマイダスに譲ろうとサインをしかけた。クリスはあわててコリンをかたわらにひきよせた。

「コリン、これ以上ばかなまねをすることはこのぼくが許さない。なにもサインしちゃだめだ。絶対にだめだ」

「おい、よせよ、クリス」いとこのコリンは低い声でいった。いまのコリンは完全にしらふだった。「ここまできて万事をだいなしにするな。そうさ、おれはあの男をぺてんにかけて義兄弟にしちまったが、やつのほうじゃ、おれをうまくぺてんにかけたと思ってる。おれはやつをぺてんにかけて、城の所有権と、城の限嗣相続物件のひとつである二百万アイルランド・ポンドを受けとる羽目にさせた。だが、やつはぜんぜん疑ってもいないんだぜ、クリス。ああ、こんなみごとな芝居を打てた自分に、おれはつくづく惚れなおしたよ。人の裏をかくのが、なによりのたのしみでね」

「コリン、いったいぜんたい、どこがマイダス・マルドゥーンの裏をかいてるんだよ？　これは恐ろしいまちがいとしか思えない」

「おれはおまえが大好きだぜ、クリス。こんな計略がわからないふりをしてくれるところがな」コリンは得意げにげらげら笑った。「いや、すてきだ、すばらしい！　どうか成功に水をささないでくれ」

こうして謎の取引はつつがなく完了した。

あくる朝、とても早くに、ブライディー・ケイスリーンはクリスの家へやってきて、彼をたたき起こした。クリスは前の晩にしこたま飲んだインペリアル・アイリッシュ・ブランデー（いとこのコリンからの贈物）で、まだごきげんな酔いが残ってはいたが、なにかわるい知らせだということはわかった。しかし、ほんのつかのま、ブライディーのおしゃべりの意味がピンとこなかった。

「マイダスとわたしが、わざわざ新しく費用を払うことはないのよね、クリス。もうすでに豪華な結婚式が準備してあって、その費用をあなたがちゃんと払いおわってるのに」とブライディーはしゃべっていた。「前から大好きだったのよ、臨時経費をその場でぽんと払っちゃうあなたの癖が。それに、航空券とホテルの予約も（先払いしといてくれてありがとう）そっくりそのまま、マイダスとわたしのハネムーンに使えるわ」

「きみとマイダス・マルドゥーン？」クリスはききかえした。

「ええ、もちろんよ」ブライディーは立て板に水でまくしたてた。「マイダスは、義兄弟のコリンから、お城と二百万アイルランド・ポンドをかちとったの（米ドルに換算すると、五百万ドルよ、お城はおまけで）。だから、わたしがけさ結婚する相手は、もちろんあなたじゃなくてマイダス。考えてみると、これは一種の因果応報ね。きょうは、もともとわたしがマイダスと結婚する予定の日だった。あなたと結婚することになる前はね。そしていま、わたしはまた彼と結婚することになったわけ。すてきじゃない？　物事は、いつもわたしにつごうよく運んでくれるみたい！」

　こうして、それほど謎でないこちらの取引もつつがなく完了した。マイダス・マルドゥーンとブライディー・ケイスリーンは、その朝結婚式を挙げた。そして、クリストファー・カーニーは、一種のうつろな気分で取り残された。

　ブライディー・ケイスリーンが、アイルランドのケルノッホ・フィハール城からクリストファー・カーニーに電話してきたのは、それからちょうど一年後のことだった。

「ぜひ遊びにきてちょうだい、クリス。早ければ早いほどいいわ。ここの生活があんまりしあわせなもんだから、その幸福をだれかとわかちあいたいの。あなたはわたしたちふたりの最大の親友だから、これは当然の選択ってわけ。きょうの何時かにそっちを発てば、あしたの何時かにはこっちに着くわ」

「旅行代理店が喜んで使いそうな文句だな。こんどはどういう魂胆だい、千の魂胆のお姐《ねえ》ちゃん？」

「どんな魂胆もないわよ、クリス。ブライディーは生まれ変わったの。わたしは親切で、優しくて、非利己的で、愛他的で、もうひとつの言葉はなんだったっけ？ 忘れた。とにかく、あなたの賭博本能はどこへいったの？ だまされたと思って遊びにきなさいよ」

「ぼくはけっしてばくちを打たない主義だ、ブライディー。確実なことだけに賭ける」

「わたしたちがあなたに会いたいのは確実なことよ、クリス。ぜひきてちょうだい」

クリスはその日の何時かに発ち、彼の乗った旅客機は、翌日の何時かにアイルランドの上空へさしかかった。上空から、彼はほとんど白に近いほど淡い色の亜麻畑と、ほとんど黒に近いほど濃い色のホップ畑をながめた。城が目にはいるのといっしょに（すでに旅客機は降下に移っていた）なにかが彼の心の琴線を、フラットぎみに調律されたハープのようにかき鳴らした。ひょっとすると、その奇妙にフラットな気分をかきたてたものは、城の真下の荒磯に積み重なった白いものの山だったかもしれない。その城から三十キロたらずの先で、彼はコーク国際空港に降り立った。

クリスは、まずコークの弁護士事務所を訪ねた。先方はいとこのコリンの弁護士だが、いまはクリストファー・カーニーの弁護士でもあった――すくなくとも、アイルランドでの事業に関するかぎりは。あいにく弁護士は留守だったが、アシスタントは元気いっぱいのはりきり娘で、ニュースと助言を惜しまなかった。

「いまのあなたはアイルランドにいるってことを忘れないようにね」アイルランドなまりで笑う陽気でコロコロ太ったアシスタントはいった。「なにしろこの土地は、〝ドリヨーヒト〟でムンムンしてんだから」

「うん、ドリヨーヒトか――魔法、とりわけ人びとの声のことだね」クリスはうなずいた。

「その上、あんたのいるのはコーク郡だし。ここではね、特にお城と岩山にいえることとなんだけど、〝ドリヨーヒト・ドロハ〟である可能性が強いのよね」

「うん、わかる。黒魔術、つまり、有害な魔術のことだろう。で、その黒魔術、つまり、有害な魔術を封じるのに、アシスタントくん、きみはなにがいいと思う？」

「ニワトリの血。あんたがここを出ていく前に、裏庭の雄鶏からすこし絞ってきたげる。それと、もうひとつご参考までに。例の死病を、ここじゃ〝おぞましい病〟と呼んでるんだけど、あれはお城といっしょに、新しいお城の持ち主へ限嗣相続されていくのよね。ほかの限嗣相続物件とおんなじこと。相続の儀式がとどこおりなくすんだら、新しい持ち主が死病にかかって、以前の持ち主はけろりと治る。新しい持ち主は、二年以内にその病気でおっ死《ち》ぬの。ほんとにそうなることが医学的にも確認されたんですってよ」

「このぼくも医学の大の礼賛者なんだよ。そのおぞましい病の限嗣相続を防ぐ特効薬はあるのかい？　そういえば、いとこのコリンは、最近どうしてるんだろう？」

「ニワトリの血が、ほかのいろんなものに対してもそうだけど、このおぞましい相続物を防ぐ特効薬なの。あんたがここを出ていく前に、裏庭の雄鶏からすこし絞ってきたげる。あんたのいとこのコリンは、いま外国へ観光旅行中よ。たしかリオじゃなかったかな。あの人、最近何度か大儲けをしたのよね。限嗣相続じゃないのを。それをあんたに譲るって遺言書を作ったけど、まだ百年かそこら待たないと、相続できそうもないわよ。だって、去年からのあの人って、やたらと健康で精力絶倫なんだもの。それとクリストファー・カーニー、この古い格言をよーくおぼえておきなさい——〝海外のアイルランド人が城を譲るといったらご用心〟」

「〝ギリシア人が贈物を持ってきたらご用心〟というんじゃなかったかい」

「おんなじことよ。海外のアイルランド人を横目で見てごらん、ギリシア人と見分けがつかないもん。そう、あんたはお城を譲るといわれるわ。そう、それと二重の限嗣相続もね。その取引には、真下の海岸に積み重なった千年間の白骨のストックも含まれてるのよ。そして、お城の権利証書を受けとったとき、あんたはその証書にくっついた奇妙な遺言補足書にサインさせられる」

「どうしてそれが奇妙な遺言補足書だとわかるんだ、アシスタントくん？」

「あら、お城のふたりにたのまれて、このあたしがそれを作成したからよ。この限嗣相続の贈物は、義兄弟の血の誓いと、チェッカーボード大広間でのチェッカーの勝負が条件なの。その恐ろしいチェッカーの勝負で、あんたがもし負ければ負けだし、たとえ勝っても、ただ勝ってるように見えるだけ。たとえ勝っても、おぞましい死病にかかって二年以内にくたばるから、つまりは負けとおんなじなのよね」

「じゃ、アシスタントくん、もう一度きくがね、どのみち勝ち目のないぼくをまるのみにするその恐ろしいチェッカー・ゲームに、なにか厄除けの特効薬はないのかい？」

この弁護士のアシスタントは、なんと愉快でおおらかな女性だろう！

「そのツキのないゲームに対する特効薬も、やはりニワトリの血なの。あんたがここを出ていく前に、裏庭の雄鶏からすこし絞ってきたげる。それとね、チェッカーボード大広間の床には、お城の主人がおぞましい病の断末魔の苦しみにおそわれたとき、その上に立つ桝目《スクエア》があるの。彼が死ぬのといっしょに、その桝目がひらいて、彼を三百メートル下の岩の上に投げ落とす。すると、人なつっこい海の怪物がやってきて、骨から肉を食いちぎっていく。便利なとりきめなのよね。おぞましい病で死んだ人たちは、汚染のおそれがあるとかで、アイルランドの土地には埋葬してもらえない。といって、埋葬せずにほっとけば、臭くてかなわない。あの白骨の中には、昔の城主たちに身ぐるみ剝がれてのどを切られた、昔のお客たちもまじってるのよ。そのお客たちは、やはり恐ろしい桝目に乗せられて、死の瞬間に下へ投げ捨てられ、肉をかじりとられたわけ」

「アイルランドの城には、どれにもモットーがある。このケルノッホ・フィハール城のモットーはなんだい、アシスタントくん？」

「ケルノッホ・フィハール城のモットーは、〝ケルノッホ・アグス・キイオーン・モルドゥ〟、つまり、〝公明にして正大《スクエア・アンド・アバブ・ボード》〟ってこと。でも、抑揚をかえ、視点をかえると――たとえば、お城の下の荒磯に横たわった死人の目から見ると、このモットーは、〝ああ《ザット・》、あの階上の盤の桝目《スクエア・イン・ザ・ボード・アバブ》！〟とも解釈できるし、そう解釈すれば、これはひとつの警告なのよね。さあ、そろそろでかけないと、お城の夕食に遅れるわよ。でも、その前に血をとらなくちゃ」

弁護士のアシスタントは裏庭に出て、雄鶏から小袋いっぱいの血をとった。雄鶏は血を抜かれるあいだおとなしく立っていたが、終わるとひと声高らかに鳴いた。

弁護士のアシスタントは、ふた袋目の血をとった。雄鶏は血を抜かれるあいだおとなしく立っていたが、終わるとひと声かぼそく鳴いた。

弁護士のアシスタントは三袋目の血をとった。雄鶏は血を抜かれるあいだおとなしく立っていたが、終わるとひと声悲しくかすかに鳴いたあと、ころんと死んでしまった。

「今晩の食事の材料ができたわ」と弁護士のアシスタントがいった。「血抜きした雄鶏の串焼きって大好き。うちの母が毛をむしって、臓物を抜いて、ちゃんとローストにしてくれるわ。いまからお城まで車で送ったげる。ここから三十キロかそこらだしね。ううん、ちっとも手数じゃない。毎週それぐらいの距離はしょっちゅうドライブしてるもの」

弁護士のアシスタントがクリスを城まで送りとどけたときは、そろそろ夕食の時間だった。

「きみはいくつなんだい、アシスタントくん？」クリストファー・カーニーはたずねた。

「この春で二十二。あたし以外の世界じゅうのみんなは二十三」と彼女は答えた。「ね、理想的でしょ？　真夜中ごろに迎えにくるわ。お城でのあんたの取引も、それまでにはすっかりかたづいてるはずだから」

そういって彼女は笑った。アイルランドなまりで。

クリストファー・カーニーは、ケルノッホ・フィハール城、またの名、チェスボード城の正門の扉にとりつけられた金ピカのトランペットを吹き鳴らし、同時に、城内で彼を待ちうける悪運を封じる特効薬として、その扉に小袋いっぱいの雄鶏の血をふりかけた。

扉はただちにマイダス・マルドゥーンの手で大きくひらかれ、ブライディーとマイダスは、待ちかねていたように彼を迎えいれた。そう、下へもおかぬ歓待だった。ふたりは彼を案内して、すばらしい城の内部をすっかり見せ、クリスはたいまつの明かりで見えるものを、ひとつ残らず目にいれた。ブライディーは、彼を城つきの三人の幽霊に紹介さえした。なかなか優雅で上品な幽霊たちで、マイダスやブライディーよりもなんとなくゆったり落ちついていた。マルドゥーン夫妻はちょっぴり神経質なようすに見うけられた。

ほどなく三人は着席して、チェッカーボード大広間でのすばらしい夕食がはじまった。〝チェッカーボード〟という言葉には、黒と白の強烈なコントラストというイメージがあるが、この大広間はそうではなかった。巨大な桝目は（それぞれが初代の城主の寸法に合わせてあり、彼は背の高い男だった）高尚な色あいに彩られていた。白はよく見ると金色がかった象牙色であり、黒はよく見ると藤紫と青紫のまじった濃い紺青色だった。そして、大広間のたいまつの明かりで（アイルランドの城で電気がきているのはバスルームだけであり、それ以外の場所では電気器具は下品なじゃまものとみなされる）、その効果は魅惑たっぷりだった。

ディナーのコースは、すばらしい天国のごちそうのおさらいのようだった――しかも、後脚で立った《ランパント・》牡羊《ラム》、狂暴な鱒《トラキュレント・トラウト》（どの鱒も皿の上でおたがいを血走った目でにらみあっていたが、それはたいまつの明かりのせいかもしれなかった）、突き刺された牡牛《ゴアド・オックス》、若い《ヤング・》牝の子馬《フォウル》。なんというごちそうがその夕食のテーブルに並んでいたことか！　七品の料理に七種類のブランデーがつき、どの席のナプキンの上にも七つのかぎタバコの小さい山があった。

七種類のブランデーで三人ともがいささか酔っぱらい、すくなからず多弁になった。やがて、その瞬間がやってきた。マイダス・マルドゥーンが、クリストファーといっしょにナイフで腕を切って血を混ぜあわせ、義兄弟の誓いをかわそうといいだしたのだ。

クリスはたいまつの明かりしかないことに感謝しながら、第二の小袋いっぱいの血で、血まみれのまやかしをやってのけた。その結果、いうまでもなく、マイダス・マルドゥーンは二時間半前にあの世へいった雄鶏の義兄弟になった。さもなければ、おぞましい病は、譲渡と相続の儀式の一部として、マイダスの血からクリスの血へと移されたことだろう。

そこで夕食の皿がかたづけられ、チェッカー盤と新しいブランデーが運びこまれた。そして、マイダスがチェッカーの勝負をやろうと持ちかけた。賭け金はほどほどの額、それにアメリカ選手権のほか、ちょうど一年前にマイダスがコリン・カーニーからかちとった、アイルランドと全ヨーロッパ、おまけに海峡植民地とマダガスカルとパタゴニアの選手権を賭けようという。クリスは承諾したが、その前に（たいまつの明かりしかないことをふたたび感謝しながら）巨大な市松模様の床のある桝目に近づき（それがどの桝目かは弁護士のアシスタントに教わっていた）第三の小袋からちょっぴり血をふりかけた。

「その桝目には用心してちょうだいよ、クリス」とブライディーが注意した。「そこは――エヘン――ちょっとガタついてるから」

クリスはそのあと、第三の小袋に残った血を、これから勝負するチェッカー盤の上にふりまいた。

「あ、ごめんよ、マイダス」と彼は弁解した。「さっきの義兄弟の血が腕から流れてきちゃって」

「気にすんな、気にすんな」マイダス・マルドゥーンはごきげんだった。「これで、この儀式にいっそう拘束力ができるってもんさ」

ふたりはゲームをはじめ、クリスが勝った。つぎも、そのつぎも、クリスが勝った。賭け高はうなぎのぼりになり、クリスは勝ちつづけた。なおもゲームはつづき、ついにクリスはケルノッホ・フィハール城をマイダス・マルドゥーンからかちとっただけでなく、城にともなう限嗣相続物件の二百万アイルランド・ポンドと、〝不滅の義兄弟の血盟によって結ばれた、もうひとつのもっと親密な限嗣相続物件〟をもかちとった。その夜のマイダスの損失のすべては、城とその付随財産によって清算されることになったのだ。

ブライディー・マルドゥーンは、必要な書類一式をちゃんと用意していた。クリスは城の権利証書と譲渡証書のそれぞれにくっついた相続補足書にサインした。権利証書についた補足書によると、あと二年と一日が経過しなければ、クリスは城の所有者になれない。万一、それまでに彼が不慮の死をとげた場合、城の所有権はふたたびマルドゥーン夫妻に復帰する。二百万ポンドの譲渡証書についた補足条項によると、その金は二年と一日のあいだコーク市の法律事務所に保管されたのち、クリストファー・カーニーに支払われる。しかし、万一それまでにカーニー氏が不慮の死をとげた場合、その金はマルドゥーン夫妻に返却される。

「ただの形式なのよ、ハニー」とブライディーはいった。「条項を読みたくなければ、読まなくてもいいの。あなたはサインすればいいだけ」

「わかった、わかった」クリスは笑いながら、補足書にサインした。「すべては公明にして正大だ」

「なんてふしぎだろう、おまえがそんな文句を使うとは」とマイダスがいった。「もちろんおまえは知るまいが、それはいまおまえが仮の持ち主になった、このケルノッホ・フィハール城のモットーなんだぜ」

「ブライディー、結婚してからすこし痩せたんじゃない？」とクリスはたずねた。

「どういたしまして。結婚してから二ストーンもふえたのよ。ということは十二キロ。潜在意識であなたにサービスしたんじゃないかしら。ほら、よくあなたがいってたじゃない。

きみは完璧だけど、もうすこしふっくらしてたらもっと完璧だって。そこでいまはこのありさま」

「だけど、なんだか痩せて見えるよ、ブライディー」とクリスはいった。

まろやかさの白昼夢。というよりは、たいまつの明かりの中の目ざめた夜の夢。豊満の美。なぜクリスはそんなことを考えたのだろうか？

真夜中に、正面の扉にとりつけられたトランペットが、だれかのテーマ曲のように、世にも陽気な調子で吹き鳴らされた。

「友だちが迎えにきてくれたんだよ」とクリスはいった。「今晩はコークの町で泊る。ひょっとしたら、明日も遊びにくるかもしれない」

「そりゃすてきだ！」とマイダスはさけんだ。「おまえと再会できてほんとにすてきだったぜ、クリス」

クリスが帰ったあと、マイダスはいっそう大声でさけんだ。

「すてきだ、すばらしい！　義兄弟の儀式と限嗣相続の儀式をつうじて、おれはクリスのやつにおぞましい死病を乗り移らせた。これでおれは病気から逃れ、やつは二年以内にその病気で死ぬ。そして、城も、金も、おれたちのところへもどってくる。万々歳だ。手ちがいの起きるはずがない」

「手ちがいの起きるはずがないわ、すくなくともわたしにとっては」とブライディーは心の中でさけんだ。「たとえあの計略がうまく運ばなくても、わたしにとってはうまく運んでくれる。たとえあの病気がどういうわけかクリスに乗り移らなくても、たとえマイダスがクリスの代わりに死んでも、わたしはいつでもクリスと結婚できる。彼は永遠にわたしを愛しているし、ほかのだれにもわたしの代わりはつとまらないわ。ひょっとしたら、この計略がうまく運ばないほうが、わたしにとっては好ましいかもね。そしたら、マイダスとクリスの全財産がわたしのものになるんだから。すてきじゃない？　物事はいつもわたしにつごうよく運んでくれるみたい！」

しかし、だれにも自分の代わりはつとまらないという、ブライディーの考えはまちがっていた。もしそれがだれであるかを知ったら、きっとブライディーはカンカンになることだろう。そう、ブライディーは美しいが、美しさがすべてではない。

この世の中には、豊満さというものもある。真夜中に弁護士のアシスタントといっしょの車に乗り、彼女から豊満なキスを受けたとき、クリスはそうさとった。この世にはおおらかさと、それに陽気さというものがある。そういえば、アイルランドなまりの笑い声というものもある。

そう、ブライディーは美しいが、シャロンは（シャロン・マックソーリーというのが、弁護士のアシスタントの名前だった）ブライディーをふたつ合わせてもまだお釣りがくるほどだ。それに、よいものはいくらあっても多すぎはしない。

真夜中過ぎの夜食で、串からはずしたあつあつの雄鶏と、スパニッシュ・シェリーを前に、ふたりは夫婦の約束を交わした。

「二年と一日が経って、ふたりであのお城へ引っ越すときは、たったひとつだけ模様替えするつもりよ」堂々たる体格のシャロンはいった。「チェッカーボードの大広間の床にある、あのぶっそうな桝目を修理して、これからだれにもあの出口を使わせないようにするの。もう、海の怪物にも話をつけたわ。彼は七年ごとに死体をひとつくれれば充分だっていうんだけど、これからはもうなんにもなしよ、といってやったの。そしたら、ケリー郡のディングル湾を見おろすお城と、新しく契約してみようかなって。海の噂によると、あのお城からはよく死体が落っこちてくるらしいから。

お城の幽霊たちには、あたしたちが引っ越してきても、そのまま残っていいといってあるわ。むこうはこのとりきめに大満足。お城に豊満な奥方が住むときは、かならず陽気でたのしい時代がくるんですってよ」

昔には帰れない

You Can't Go Back

伊藤典夫訳

初出：Isaac Asimov's Science Fiction Magazine, September 28, 1981
邦訳：《ＳＦマガジン》一九八六年六月号→同誌二〇一〇年一月号（創刊五十周年記念特大号の企画「名作ＳＦ再録」の一篇として）→短篇集『昔には帰れない』（ハヤカワ文庫ＳＦ）

発表の翌年にはテリー・カー編の *The Best Science Fiction of the Year #11* に選ばれている。本作品は、イタロ・カルヴィーノ『柔かい月』の奇想とドタバタ感覚に通じるものがある。ただし、メタフィジカル要素を抑えめにして、アメリカ中部の郷愁的な風情を加えた感じだ。伊藤典夫さんはかつて《ＳＦマガジン》二〇〇二年八月号の「ラファティ追悼特集」の企画、自分の好きなラファティ作品を三篇あげる「マイ・フェイバリット・ラファティ」において、本作品を選び（あとの二作は「完全無欠な貴橄欖石」「テキサス州ソドムとゴモラ」）、つぎのようにコメントなさっている。「忘れがたい傑作である。地球上空数十フィートから数百フィートに浮かび、子供たちの遊び場となっている小さな月の物語。以前ジェローム・ビクスビーに「火星をめぐる穴、穴、穴」というもうひとつの月テーマの傑作があったが、それとはちょっと趣きを異にするかわいい作品」。

1

笛の音、古びた匂い、調べ、そして
ひとにぎりの骨と石くれが月からの贈り物！
きょう人びとは春の堰《せき》を切る、
懐かしみ、懐かしみつつ。
――『ヘレン読みかた帳』

ずっと後年のある晩のことだ。ヘレンが姿をみせ、亡夫ジョン・パーマーの所持品であった骨と石くれを持ちこんだ。いっしょにムーン・ホイッスルもあり、そうした品々を彼女はわれわれの前においた。

ヘレンは再婚し、今度の連れあいはジョンとは面識のない男だった。で、変てこな昔のがらくたは家におかないほうがよいだろうと、彼女は考えたのだ。

「ムーン・ホイッスルは、吹くあんたがいなきゃ意味がないよ、ヘレン」とヘクター・オデイがいい、うながされてヘレンは笛を吹いた。並みはずれた大口でけたたましく吹くと、彼女の目には、あのころとすこしも変わらぬお茶目な稲妻がひらめいた。それからすぐヘレンは去り、階段をおり、建物から出ていったのだが、そのあわてぶりも遮二無二《しゃにむに》ころげ落ちてゆくふうで、いかにも彼女らしかった。

こうして、あとにはとりちらかった置きみやげが残された。何十年も昔、われわれが四回にわたってホワイトカウ（白い乳牛）・タウンに出かけたときの思い出のかけらである。われわれが行ったころも、ホワイトカウ・タウンは決してこみあった町ではなかった。そもそも、よほど高踏的なはねっかえりでもないかぎり、人がうっかり足を踏みいれる町ではないからだ。

オーセージ郡にはちっぽけな町が少なからずある。いわくビッグハート、フーラ、オーキアス、ワイルドホース、シドラー、ホワイトイーグル、ホースシュー、コー・シティ、ホグシューター、ロックソルト、ブルーステム。その一つ一つが、ほかの町に比べても小さいのだ。だが小さいことで群を抜いているのがホワイトカウ・タウンだった。まず人が少ないということもあるのだが、住んでいる人間にしてからがたいそうひょろひょろしている。こんな言いならわしがある。「ホワイトカウ・タウンにゃ太っちょはいない」

（いま、ある情報通が教えてくれた。ホグシューターはオーセージ郡にはなくて、郡境いをへだてたワシントン郡にあるんだとか。記憶に照らして、そんなバカなことがあるものか！　まちがっているのはその情報通のほうだろう）

近ごろ、このポーカーと談論のたまり場に寄り集まるのは、バリー・シビーン、グローヴァー・ウェルク、シーザー・デュカート、ヘクター・オディ、それにわたしぐらいとなり、ヘレンが形見の品を持ちこんだときも、たむろしていたのはその顔ぶれだった。

だが過ぎ去った昔にはジョン・パーマーがいっしょであったし、ホワイトカウ・タウンにくりこむとなればヘレンの顔も見え、ブルーステム家の有志もいた。

最初のときには、われわれはブルーステム牧場第一号にトム・ブルーステムとその母親のビュイック・セダンで乗りこんだものだ。第一号はブルーステム牧場ではもっとも古く、トムの祖父母が切りまわしていた。二人ともたいへんな好人物で、開口一番、自分の家と思ってご自由にといってくれたものだ。

ムーン・ホイッスルはランチハウスの壁にぶらさがっていて、角笛や呼び子を吹く名人であったヘレンは、それを吹いてもよいかとおうかがいをたてた。

「ああ、それならあげるよ」とトムのばあさんはいい、ヘレンによこした。で、ヘレンはけたたましく笛を吹いた。

「そいつをここで吹いてはいかん！」だしぬけにブルーステムじいさんがどなった。「吹きたければ〈まいご月の谷〉に持っていきなさい。もしホワイトカウ・ロックに聞こえたら、うちの屋根をつぶされちまうぞ。ふん、ろくでもない笛だ！」

ブルーステムじいさんはいつも温厚な、優しい口調の人であるだけに、これは思いがけないかんしゃく玉の破裂だった。

なるほど、そのムーン・ホイッスルには、薄気味わるく、かん高い、強引な音色《ねいろ》があった。というか、どこか無礼でさえあった。それは〝お召し〟の合図であり、だれか応じる者がなくてはならないのだ。

「あたし、〈まいご月の谷〉なんて知らないもん」とヘレンがいった。

「ああ、わたしが連れてってあげる」とブルーステムばあさんが請《う》けあった。バリー、グローヴァー、シーザー、ヘクター、ジョン、ヘレン、わたし、これにトム・ブルーステムが加わり、われわれは牧場のトラックに乗りこむと、ブルーステムばあさんの運転で〈まいご月の谷〉にむかった。みんな年はそろって九歳。といってもジョン・パーマーは誕生日がすでにきて、十歳になりたてのほやほや。そしてブルーステムばあさんは、本人によれば五十歳だか百歳だが、数字に弱いのでどっちか忘れてしまったという。

〈まいご月の谷〉は、ホミニー・クリークが流れるところで、ブルーステム家の土地ではいちばん凹凸の激しい荒れ地である。危なっかしく頭上にせりだした大きな岩また岩、それもこんな小さな谷には不似合いな巨岩が、ぎりぎりの位置にまでせりだして心胆を寒からしめる。一つぐらいはいまにも落ちてきそうな錯覚を与えた。そのとき、中でもいちばん大きな岩が動きだし、われわれは恐怖とすれすれの感覚にわっと叫び声をあげた。

「ああ、あれはただのホワイトカウ・ロックさ」とブルーステムばあさんがいった。「ほかの岩とはちがうの。あれは月なんだよ。落っこちやしないよ。ゆっくり動くしね。ムーン・ホイッスルを吹いてごらん、ヘレン。降りてくるから」

　ヘレンがムーン・ホイッスルを吹くと（ああ、なんと胸くそわるいキンキンした音色！）、ホワイトカウ・ロックはゆらつきながらのんびり百フィート降りてきて、トラックの真上に浮かんだ。最下部には一ぴきのヤギがさかさまに立っているが、いましも落下するといったふうには見えない。ほかにもまたホワイトカウ・ロックの下側を、ちらほらとアヒルがさかさまに歩いていた。

「登ろうよ」とトム・ブルーステムがいった。「まんなかのところにシャフトっていうか、抜け穴があいていて、てっぺんまで行けるんだ。こわがらなきゃ大丈夫。そりゃおっかないけどさ、でもそれだけだぜ」

「おれ、こわいもの一つもないんだ」とシーザーがいった。「だけど、びくつくっていうの、ときどきあるなあ。あのぷかぷか浮かんでるでっかい岩、あんなのはじめてだもん、びくついちゃうよ」

トラックの運転台の屋根から、われわれは岩の最下部にある抜け穴にもぐりこむことができた。トム・ブルーステムがまずよじのぼり、あとにはジョン・パーマー、バリー・シビーン、グローヴァー・ウェルク、シーザー・デュカート、ヘクター・オディ、わたし、それにヘレンがつづいた。

「ねえ、いっしょに来ないの、ブルーステムおばあちゃん？」とヘレンが呼びかけた。

「わたしが行くもんかい。もう年をとったからねえ、登れないよ。ホワイトカウ・ロックにゃ太った人はいないのさ、ホワイトカウ・タウンにはね」

抜け穴を登るにつれ、岩のてっぺんになぜ太った人が住んでいないのか、意味が呑みこめてきた。穴はところによって、ひどく狭くなるのだ。登るにはたしかに手ぎわがいるが、見かけほど危険ではなかった。穴が広がって、両側にまで手がとどかなくなるような場所は一つもなく、なめらかというか、すべりやすい個所もなかった。だが頂きは高く、道のりは長く、おまけに中は相当に暗かった。五十ヤードほど登ると短い横穴があり、奥は小さな洞窟になっていた。

「ここに入ろうぜ。ちょっと休もう」とシーザーがいった。

「入っちゃいけないんだ。休めないんだ」トム・ブルーステムが反対した。「そういう横穴のなかにはさ、ものすごくタチの悪いへんちくりんな生き物が住んでいて、やつらがしゃぶった骨なんかすごく気味が悪いんだぜ。ぼくらとおない年くらいの子どもの骨だってあるんだから。どんどん登ろうよ」

「その穴のなかには小鬼やトロールが住んでるのよね」とヘレンがいった。

「どうしてわかるんだよ」とバリーがきいた。「前に来たことなんかないくせに」

「どこでも月にはね、小鬼とかトロールとか、名前は土地によって変わるけど、そういう一族が月の中心に住んでいるの。ほら穴はみんな気味の悪い骨ばかりよ。ダイアウルフの骨や、毛ぶかサイの骨、人間の骨とかそういうもの」

あたりには鼻にツンとくる強烈なにおいがこもっていた。ホワイトカウ・ムーン全体を通じても、それは類のないにおいだった。われわれは残りの道のりをてっぺんまで登った。すると、そこはホワイトカウ・タウンのどまんなかで、いままで出会ったこともない明るい、親しみのもてる日ざしが照りつけていた。

ホワイトカウ・ロックは、岩と粘土からなるでこぼこの球体で、直径はおよそ百ヤードある。岩のてっぺんのホワイトカウ・タウンには、十三戸の家と一軒の店があった。そのうち九戸には、裏手に屋外便所がある。だが残りの四戸の裏手にかつてあった屋外便所は、過ぎ去った昔に、その岩、というか月の表面から崩れ落ちてしまっていた。必然的に、というのはホワイトカウ・ロックには平坦な土地がろくにないので、それらの便所は斜面をかなり下ったところに建っており、ときには岩全体がぐらつくこともあった。ホワイトカウ・タウンでは、裏手に建っているそれらの便所は、どれも安心して使えるというわけではなかった。

「とはいうがな」と、町に住むひとりの老人がいったものだ。「一日に少なくとも一回ぐらいは、そっちを使わんと安全とはいえんこともあるって」

さてと、そこで見た岩というか月のてっぺんは、まさしく魔術だった。ほかのどこへ行こうが、あんなにあざやかなかんばしい空気はない。ホワイトカウ・ロックは気ままに浮遊する。いまや岩は五百フィートばかり空に浮きあがり、半マイルほど北に寄っていた。おかげで〈まいご月の谷〉とブルーステム邸の両方が手にとるように見下ろせるばかりか、はるか北東には、霧にかすむポアスカの石塔群さえながめることができた。魔術的という意味では、これは気球で昇ったときの比ではなかった。

気球にはみんないちど、Tタウンのバートン行楽園で乗っていた。だが、その気球は三本のケーブルにつなぎとめ、ウィンチで操作するやつで、空に浮かぶといっても七十五フィートかそこら。こっちの月は、その記録をかるく一マイルは破っているのだ。月面の家々はみんな古ぼけ、ペンキ塗りもされていなかったが、くっきりとした輪郭や細かい仕上げのあざやかさは、地球上の家屋ではまず見られないものだった。われわれにしてみれば、それは、ほんとうに明るい日ざしの中に生まれてはじめて足を踏みいれたようなものだった。

ホワイトカウの住民が飼っている生き物は、ニワトリとアヒルとヤギだけだった。この土地についての言いならわしは、こう改めるべきだろう。「ホワイトカウ・タウンにゃ太っちょもいなければ、大きな動物もいない」と。ヤギはこの月の原産種だという者があり、ニワトリもそうだということだった。アヒルがここに来たのは五百年ぐらい前、人間が住みついて千年ぐらいだという。しかし大型動物は、どうやらあのシャフトを抜けられなかったらしい。

ホワイトカウ・タウンが与える歓びと魔術は、ただもう〝空に住む〟ことに尽き、それが生きがいのすべてだった。〝空に住む〟ことには、切実さと晴れやかさ、満足と安逸と音楽と歓喜があった。

ホワイトカウ・タウンの男のうち四人は、下のブルーステム牧場に雇われ、草刈りや干し草しばり、柵の修繕、草地から草地への牛の追いたてなど、牧場の働き手がするような仕事をなんでもやっていた。女のひとりは、ブルーステムとグレイホースの中間にある統合学校の教師をしていた。また子ども九人もその同じ学校にかようため、毎日地球におりていた。ある男は月面に蒸留器を持っていて、密造酒をつくっていた。

「月で酒をつくっちゃいかんというんなら、その法律をわたしに見せてみろ」と、男は人びとの前でたんかを切ったものだ。蒸留器のおかげで、月ではどこへ行ってももろみ《サワーマッシュ》くさかったが、だからといって、それは町いちばんの悪臭でも異臭でもなかった。

「どうしてヤギやアヒルは、月の上をどこまでもというか、さかさまになってまで歩けるんだろう？」ヘクター・オデイがわれわれに謎をぶつけた。「やつら、この丸い岩のどこを見ても歩いてるぜ」

「それは要するに重力の問題さ」ジョン・パーマーがいった。「弱い重力は小さなものなら引きとめるけれど、大きなものだとだめなんだ。ヤギやアヒルは月の上を歩けても、人間はぶらさがれないかもしれないぜ。誰かこの中で体重の軽いやつが、この月の上を底まで歩いていって、また上がってくればいいじゃないか。もし落っこちなければ、重いやつがやってみるからさ」

「ここの重力の数式はほんと狂ってるぜ」バリー・シビーンが割って入った。だが、ちんくしゃ顔にいわくありげな笑みがうかんでいるところを見ると、信用はおけない。「フォックスリーの第五構造式《フォーミュラ・ファイブ》を思いだしてごらんよ。そうすりゃ重力のこともちょっとは呑みこめてくるから。エドワードスンの楕円方程式を考えるんだ。マムフォードの単孔目《モノトリーム》を忘れるな！」

「そいつデモのスローガンにいいぜ。〝マムフォードのモノトリームを忘れるな！〟」グローヴァー・ウェルクがくすくすと笑った。「なんのこっちゃ」

「あたし、フォックスリーのフォーミュラ・ファイブって知ってるわ」ヘレンが口をはさんだ。「引力とは何の関係もないのよ。女の病気にきく薬で、青いびんに入ってるの。ママがときどき飲んでるもの」

ホワイトカウ・タウンには〝お尋ね者〟がひとり住んでいたが、シェリフには登っていって逮捕する気はないようだった。

「シェリフはおれさまがこわいのさ」と男はいった。

「おれは地球上の人間でこわいやつなんかいない」とシェリフは、その話を人づてに聞いて答えた。「逮捕する気なら、地球上のどこへだって行ってやる。だがな、ホワイトカウ

・タウンは地球じゃないだろう。あんな野郎、ちっともこわかないさ。おれはただ、ああいったこの世ならぬところが気味悪いだけなんだ」

よろず屋では小さなラジオを売っていた。自家製で、そこらのラジオよりはるかに性能がよかった。スイッチをひねれば、五十マイル離れたブリストウのKVOO局がはいる。ホワイトカウ・ムーンが五百フィート以上の高みに昇りさえすれば、放送は大きくはっきりと聞こえた。

店にはニーハイの炭酸水もあった。だが値段は一本五セントではなく、六セントだった。「運搬費こみだからね」と、店のおかみさんはいったものだ。「地球で買うより、やっぱり一セントは余分にもらわなくちゃ」

ホワイトカウ・タウンの子どもたちがロープを持ちだし、綱引きをしていたが、遊び方は見ていてなんとも意気地がなかった。われわれが引っぱっても手ごたえというものがない。

「なあ、いいか」とバリー・シビーンが連中にいった。「おれたち八人でそっちは九人だけど、勝負したらおまえらイチコロさ。町じゅう引きずりまわしてやるよ」

「いや、こっちは七人だぜ、バリー」とトム・ブルーステムがいった。「おれ、いち抜けた」これは奇妙なことだった。どんなゲームやスポーツをやらせても、トムの負けん気は人一倍なのだ。というわけで、残るは七人となった。対するホワイトカウ連は九人で、中にはわれわれより大きいのも見える。ところが、町じゅうを引きずりまわしたのは、われわれのほうだった。引きずりまわしたはいいが――

そう、連中が手をはなせば、こっちはホワイトカウ・ムーンからまっさかさまに転落ではないか。われわれは斜面のそんな下にまで踏みこんでいたのだ。

「助けてくれ、トム、どうしたらいいんだよう？」われわれは声をはりあげ、ふだんの彼らしくもなくゲームに加わらなかったトムを呼んだ。

「ここで綱引きをするときには、力のあるほうが勝ちじゃないんだぜ」とトムがいった。「〝負けるが勝ち〟なのさ」

「負けないように言ってくれよ」われわれは嘆願した。

相手方はやっと納得して踏みこたえると、〈どんづまりの木〉にロープをまわしてくれた。われわれはロープ伝いに安全地帯によじのぼった。しかしその後、月の子ども連にどんなに笑われ、ばかにされたことか。ことゲームにおいてここまでみじめな負け方はないというほど、さんざんに打ちのめされたのだ。それも相手は、空のかっぺ連中ときている。

ヘレンが、このままずっと月にいたいと言いだした。彼女のいちばん好きなもの二つ、アヒルの卵とヤギの乳がどっさりあるからだという。

「そのうち帰ってコルネットを吹きたくなるぜ」とジョン・パーマーがいった。「それに、いつでも来れるじゃないか」

「そうね。いつでも来れるわね」とヘレンはいった。

われわれは数種の鳥の大群に受けいれられた。鳥たちはホワイトカウ・ムーンに雲のように群がっていた。まっ黒なカラスとクロドリの雲、灰色にくすんだハトの雲、茶と黄のまざったヒバリの雲。そこにはネコマネドリやヨタカの群れもいた。タイランチョウやマネシツグミ、タカやワシの群れもいた。こうした鳥たちの大半は地球の人びとをさげすんでいたが、月の住人には人なつっこく、愛想がよかった。

さらにそこには、鳥ともつかぬ生き物たちがいた。何と呼べばいいのか、われわれにはわからない。とにかく異なる翼をもった生き物で、彼らの巣にちらばる骨は、その異様さといい種類の多さといい、トロールの洞窟で見た骨にヒケをとらなかった。

ホワイトカウ・ムーンには雨のたね雲も棲んでいて、中には、きらめく水滴をためこんで宝石さながらきらきら輝いているものもあった。地上ににわか雨を降らせたいと思うと、一つの雲が「行け」という、また一つの雲が「行け」といい、三つめの雲も「行け」という。そして急降下していっては雨を放出し、地上をぐしょ濡れにするのだ。

抜け穴を百フィートもぐった場所からは、昼の空に星を見ることができた。

そしてまたこの月は、〝ふしぎな夜の灯〟が昼間棲みついているところでもあった。オーセージ郡のへんぴな地域には、たいていどこにでもその土地なりの怪しい灯があって、少なくとも百年ぐらい前からそれがつづいている。それらは注意をひく一方、人びとをこわがらせてきた。ときには新聞にも書きたてられたが、説明はつかなかった。ところが、それがどこから来るかといえば、実はホワイトカウ・ムーンから来ているのである。とはいえ、その〝ふしぎな夜の灯〟も、昼間見るとあまりさえなかった。日ざしのなかに寄り集まり、おしゃべりしている姿は、どうみても灯とは思えなかった。

もう一つホワイトカウ・ムーンには、ピョンピョンはねるかわいい蚤たちが何百万、何千万といた。蚤というのは、どこでも月なら、地球にいるときより多少は高くとびあがれるものだ。これは重力の問題である。

われわれは夕暮れになるまでそこで遊んだ。生涯をふりかえっても、あんなに楽しかった一日はそうたくさんない。やがてブルースステムばあさんが、はるか下界、それもずっと南にずれたところから、トラックのホーンを鳴らすのが聞こえた。ホワイトカウ・ムーンが空の高みにあるとき、そのてっぺんにいると、遠くの音がよく聞こえたものだ。

ヘレンが「下がれ、下がれ！」とムーン・ホイッスルを吹いた。その堂にいった吹きっぷり！ ホワイトカウ・ムーンは〈まいご月の谷〉にふたたび舞いおりた。われわれは今度は逆向きに抜け穴を下り（内部は相変わらず暗く、気味が悪かった）、ようやく抜けだしてトラックの屋根にとびおりた。こうしてわれわれはブルーステム牧場に帰った。

「だけど、あれ、はんとは何だい？」ヘクター・オディがいいだしたのは、ランチハウスに着き、ランチハウスふうの夕食に舌つづみを打っているときだった。「ほんとはさ」救われないヘック！ 〝ほんとは〟とは、どういう意味なのか？ われわれは現《うつつ》のなかにいた。大空に浮かぶ現《うつつ》のなかで、ほとんどまる一日遊びほうけたではないか。なぜ無粋な質問をするのか？

「ああ、あれは地球の月の一つさ」とブルーステムじいさんがいった。

「どうして、どうして？」ヘクターはしつこく問いかける。「地球の月のどういう一つなんだよ？」

「直径や質量などはっきりした数値は、わしも知らん」ブルーステムじいさんはほほえんだ。「しかし地球にある二つの月のうち、小さいほうではあるな」

「だけど、どっから来たんだよ？」ヘクターはなおも食いさがる。

「ああ、あれは昔はミズーリにいたんだ。セントルイスの南西百マイルの近辺にな。その後一八〇二年になって、オーセージ・インディアンの一部がミズーリからこっちに流れてきたとき、どうしたものか例の月もあとからついてきて、ここに落ち着いたわけさ。オーセージ族とはずっと仲よくやってきたが、人間はたいてい好かんらしい」

ブルーステムじいさんは、もちろん純血のオーセージ・インディアンだった。だからといって何がわかったわけでもない。どんな月であれ、月には、地球上で決して見つからないものがたくさんある。そこには特別な魔術があるのだ。それは、地球にしたって魔術には事欠かない。だが月の魔術は、まったく別のカテゴリーに属するものなのだ。どんな子どものグループにも、それぞれ自分たちだけの月があるべきだろう。だが、われわれにはほかにも遊びや歓びがあった。あの年ごろには人生は、果てしない歓びの連続だった。そのような場合、とりわけ重要な宝物は、一つぐらいたいせつにしまっておくにこしたことはない。というわけで、少年期のすばらしいその十年間に、われわれはたった三回しかホワイトカウ・ムーンに戻らなかった。十歳の夏に一度、十一の夏に一度、もう一度は十二になってからである（このときには三日間逗留《とうりゅう》した）。

ジョン・パーマーとバリー・シビーンが、月の地底のまんなかに住む小鬼だかトロールだかの洞窟にもぐり、南京袋いっぱいに石ころや骨を詰めてきたのも、その最後の、いちばん長い遠征のときだった。

バリーがクロロフォルム爆弾をつくって洞窟に投げこみ、その奇妙な住人たちをみんなノックアウトした。ジョン・パーマーは、自分とバリー用にガスマスクをこしらえていた。そして二人でマスクをかぶって這いおり、袋に詰めこんできたというわけだ。これらの石や骨は研究に供され、多くの疑問を提起することになるが、いまなお満足な解答は与えられていない。

しかし、世界に――というかその近辺まで含めて――二つとない魔術的な場所ではあるものの、われわれは、あの十二の年の特別な長期逗留ののち、少年期にはとうとうそこへ戻らなかった。ほかにやることがありすぎたのだ。ほとんど忘れてさえいた、あの地にみちみちていた魔術も、そしてあの強烈な異臭も。とはいえ、それがわれわれ一党にとって埋もれた宝、――空の高みに埋もれた、かけがえない宝であることに変わりはなかった。

2

大空低きところ、それはいまだ目覚めない。
遠い日の姿そのままに……しかし

なお、おぼろな魔術はたゆとうている、

失われ、失われつつ。

――バリーのざれ歌

われわれが大人になって永劫が過ぎた〝後年〟に、話はふたたび戻る。

「誰がでっちあげた、誰がでっちあげた？　で、どんなふうにやってのけたんだ？」ヘクター・オディがかみついたのは、そんな後年のある日、ヘレンが骨と石くれとムーン・ホイッスルを持ちこんだ晩のことである。われわれがホワイトカウ・ムーンに最後に登ってから、もう何十年という歳月が流れていた。

「犯人はおたくとジョン・パーマーだな、バリー」とヘクター。「二人とも頭がよかったし、よく本を読んでいた。しかし、どういう仕掛けを使って、骨と石ころをあのでっかい岩からひねりだしたんだ？　われわれがすっかりだまされて、月だと思いこんでいたあのでっかい岩だよ」

「おれはでっちあげちゃいない。ジョンがやったとも思わんな」とバリーがいった。「そりゃたしかに、変てこなものばかり入ってた。洞窟で見つかった、あの歯形のある骨は、人間の子どものもあれば、小熊や、カンムリワシや、犬くらいの大きさの絶滅したサイのもあった。要するにそういうての骨さ、ヘック、どこでも月に行ってトロールの洞窟に入れば、見つかるようなやつだよ。それから化石のほうだが、こいつはちょっと不思議だ。地球生物とは相当に違ううえ、年代的にももっと古い生き物が、あの小さな月に棲んでいたらしい」

「絶妙な偽造、そういって結論をつけた学者がいたぜ、バリー。しかしどんなふうに偽造したかとなると、連中にも説明ができなかった。どうしてできなかったんだ、偽造の名人バリーさんよ？」

「なぜなら偽造じゃないからさ。少なくともおれは、偽造だとは思ってない」

「この騒ぎのそもそも〝根源〟にあるのは何なのかね？」シーザー・デュカートがわれわれ一同に問いかけた。「かつてわれわれが未熟なあまりに、月だとみずから信じてしまったもの——あれはいったい何だったのか？　そう、ブルーステム牧場の〈まいご月の谷〉地区には、たしかに球形に近い大きな岩があったようだ。その岩には亀裂があって、そこから岩のてっぺんに登ることができた。岩に危なっかしいぐらつき、というか、少なくともある種の動きがともなったことはたしかだろう。そこで、われわれはなんらかの催眠術におちいり、そいつを低い空に浮かぶちっちゃな月と信じこんでしまった。九つだから、信じるとなればあっけない。ここでわたしに解《げ》せないのは、そのあと十二になって概念的思考ができるようになってからも、まだそいつを信じていたことだ。なんたる催眠術！」

「おれたちに術をかけて、理性を狂わせられるやつが、どこにいたっていうんだ？」バリーがきいた。「ここにいる何人かは、ほとんど催眠術が通じないタイプだ。あれを月だといいくるめられる人間がどこにいる？　もし月じゃないとすればの話だがな。しかし月だったんだ」

「ヘレンならできたろうさ、バリー。ジョン・パーマーならできたろう。きみだって、ちっとはその才能があった。きみら三人が力を合わせれば、まずまちがいなく――」

「なに、なに、なにい？　いま、おたくは〝しかし月だった〟といったな、バリー？　だが、あれは違うのさ。そんなことはありえん」

「ありうるさ、ああ」バリー・シビーンは譲らなかった。「存在したといういちばんの根拠は、あれがまだ存在するってことだ。おれはときどきヘリコプターで上を飛んでる。下側を飛ぶこともあるよ。これはもっとたしかな裏付けになる。どうだ、みんな朝になったらおれのコプターで飛んで、小さな月に着陸してみないか？　それなら、まだあるという証拠になるだろう、ヘクター？」

「ばかな、信じられん！　物理学的かつ心理学的に不可能だ。十二のあの年以降、あれを見たと錯覚してる人間は、われわれの仲間にはいないよ」

「ちがうね、ヘクター。十年前にトム・ブルーステムとジュリア・フラックスフィールドが、ホワイトカウ・ムーンに新婚旅行に行ってる」

「だけど二人ともインディアンだぜ。しかも大人といったって、そんなに成熟していたとはいえん。のぼせあがって、どこに行こうが月に行ったようなものだったさ。くだらんね、バリー。道理をわきまえた人間なら、あんなところに小さな月があるなんて認められやしないはずだ」

「そうかい、シーザー、あんたもだ、ヘクター・オディ、よく聞けよ。もしきみらが地球の通常の、というか大きな月を認めるのなら、オーセージ郡の低い空にかかってる例の小さな月を認めるのは、その百万倍もたやすいはずだぞ。きみらは地球の通常の大きな月を認めるか？　あのいわゆる月はそもそもが異常で、異常の親玉みたいなものだ。理不尽だし、ありえない。われわれがその存在を信じている唯一の理由は、目に見え、そこへ行ったと称する人間が何人かいるというだけに尽きる。器械による証明もどっさりある。しかし小さな月の場合には、存在を信じるもっと有力な証拠があるんだ。われわれは近くからそいつを見てるんだからな。よく知ってる人間（われわれのことだがね）のなかには、上に乗った者もいる。暗い内部通路を踏破しさえした。さらに電波が大きな月からはねかえってきたのなら、われわれは小さな月に野球ボールをぶつけて、はねかえらせた。野球ボールのほうが手ごたえはずっとある。そう、小さな月は現実なんだ」

「少年期の心理とのかかわりからいえば、現実だろうね」とグローヴァー・ウェルクがいった。「だが、ほかの意味あいでは現実にほど遠い。あれの心理的な影響がわれわれにとってよかったか悪かったか、そのへんはまだ不明確にしても」

「こいつに決着をつける理性的な人間がひとりぐらいいてもいいだろう」ヘクターがいった。「おたくの曲がったつむじを正常に戻せるやつがな、バリー」

「ああ、おれは理性的だぜ」バリーがのりだした。「決着をつける方法は先に出したが、あらためて提案しよう。朝になったら、おれのコプターに乗って、小さな月を見つけにいくんだ。真下を飛び、真上を飛び、着陸もしよう。もしそれができれば、月は現実だ。できなかったら、まぼろしなんだ。飛びたつ時間は、ちょうどころあいのいい朝八時半だ。いいか、シーズ、グローヴ、ヘック、アル？」

「いいとも」と、われわれは声をそろえていった。それが間違いだったのだ。

　あくる朝ヘレンに電話を入れたが、彼女は行かないと答えた。

「夢がこわれちゃうもの」とヘレンはいった。だが娘のキャサリン・パーマー（「年とってからの子だから、かわいい」とヘレンはよくいっていたものだ）が、行きたいといいだし、母親からその旨が電話で伝えられた。「キャサリンは大丈夫よ。生まれたときから大人だったから、月がひどいところとわかってもへっちゃらね。でもわたしは永遠に子どもだから、きっと打ちのめされると思うわ。いうでしょう、〝昔には帰れない〟って」

　こうして、十七歳の成熟した大人にして心理人類学の専攻学生キャサリン・パーマーが、われわれに同行することになった。これが陽気な娘だった。

「うん、あの小さな月にはわたしも登ったことあるわ」と彼女はいった。「おととしの夏、ブルーステムの子どもたちといっしょにね。でも、なんてことなかったなあ。おととしの夏にまだ心理学への方向づけができてなかったから。今度こそは究明してやろう。あの小さな月が昔、頑固じいさんたちにどんなちょっかいをしかけたか。この年になってまだ忘れられず、〝魔術！〟だとかつぶやく人がどうしているのかもね」

　もしキャサリンがこんなにも十七歳っぽい、かわいい娘でなかったら、いまの心理学的肩たたきの責任はまぬがれなかっただろう。

　われわれはジェンクス空港から飛びたった。Tタウンからの距離でいえば、ここはTタウン空港よりも近い。また自家用機やコプター用の施設もそろっていて、いわゆる定期旅客便に目の色を変えていない。われわれの目的地へも三十マイル足らず。それにしても、この晩春の晴れわたった朝、ぱたぱたとコプターを飛ばしてみどりの大地を見下ろすのはなんと爽快なことか！

「キャサリン、これだけは肝に銘じてくれ。ホワイトカウ・ムーンは魔術の国なんだ」バリーの声音《こわね》は歌声に近かった。「近ごろの若い人たちは、どうも魔術に接することが少ないようだからな。着いたら、こころゆくまで香気を吸いこみなさい、キャット」

「はいはい」

「キャサリン、そう、うっとりするほどだったよ」ヘクター・オディがいった。「あれが本当であったら、あのときも本当であって、今度も本当になってくれたら。そう願うばかりだ。きみがあの不思議を味わえればと思うが、こっちにしたって、なぜあんなことができたのか見当もつかないんだ。きみにそっくり見せてあげたいが、残念ながら、これはかなえられそうもない」

「お気持は感謝するわ」と若いキャサリンはいった。

「ああ、まさに驚異、まさに妖精界、まさに歓びだったな」シーザー・デュカートがつぶやいた。「あれは特別の場所だった。エレガンスと魅惑があったね。と同時に、益体《やくたい》もないふざけた魔術なんだ。〝われわれだけの世界〟であり、〝われわれだけの月〟だった。あれはこの世の陰の支配者だけが知っていた場所なんだ。われわれもその一族だったんだよ。あの小さな月が空想の産物でしかなかったというのは悲しいことだ」

「デュカートさん、あなたのおひげは、何かに熱中するとぶるぶる震えるのね」とキャサリン。

「渇望と満足がいっしょにきたみたいなものだな」グローヴァー・ウェルクが思いのたけを吐きだした。「〝願いの成就〟だった。あれが存在しなかったとは情けない。しかし記憶にあるというだけでもすばらしいことだよ」

「なぜ二本の座標軸で立たせといてやれないのかしら」とキャサリンがいった。そういう軽口をたたくとき、彼女は母親のヘレンに似ていた。

「ほら、ないじゃないか！」ヘクター・オディがなかば悲しげな、なかば満足げな叫びをあげた。ヘリコプターはすでに地区の上空に来ている。

「見ろ、あるじゃないか！」バリー・シビーンがやりかえした。

「あそこだ。ちょっと感じのちがうグリーンで、ほとんど地球にすりよるように〈まいご月の谷〉の上にいる。まわりによく似た色やよく似た大きさの岩がたくさんあって、うまく見分けはつかんがね。ムーン・ホイッスルを吹いてくれ、キャサリン。〝上がれ、上がれ！〟の節で吹くんだ。空高々と舞い上がらせようぜ」

キャサリン・パーマーが笛を吹いた。母親のヘレンに負けず劣らずの大口で、角笛や呼び子を吹く才能もヒケをとらなかった。その節が鳴りひびくと、ホワイトカウ・ムーンはゆらゆらと数百フィート上空に浮かびあがった。

「覚えていたほど大きくはないな」グローヴァー・ウェルクが悲しげにいった。

「いや大きいよ、グローヴ」シーザーがとつぜん活気づいた。「てっぺんの木立ちが独特のグリーンをしている。変わってない。あのグリーンはどういう名で呼んだらいいのかな」

「胆汁色っぽいグリーンよ、うっとうしい胆汁色がかったグリーン」若いキャサリンがいった。もちろん彼女のいうとおりだった。ホワイトカウ・ムーンは五百フィートほど高みに昇っていた。バリー・シビーンは何回かその下をくぐり、次にはちょうど真下の宙にコプターを停止させると、岩の底からてっぺんにまで通じる亀裂をのぞけるようにした。こうして間近に見ると、なるほどホワイトカウ・ムーンは本当に存在しているようだった。

「どうだみんな、これで現実だと納得したか？」バリーがからかった。

「いや、納得しきったわけじゃない」ヘクター・オディが考え考えつぶやいた。「こう見ていてもあまり説得力がないな。バリー、それは認めざるをえまい」

「うん、たしかにない」バリーも認めた。「なぜ迫ってくるものがないのだろう。しかし昔とおんなじように大きいことは大きいんだ。まださしわたし百ヤードくらいはある」

「ああ。だがヤードが昔ほど長くはなくなってるからな」ウェルクが泣き言をいった。

われわれはホワイトカウ・ムーンの斜面にそって上昇し、てっぺんの中央部に着陸した。そう、いまにいたっても例の強烈な異臭は、われわれの子どものころとすこしも変わりなく、ホワイトカウ・ムーンにどっかりといすわっていた。当時は不快なにおいだとは気づきもしなかったが、いまのわれわれにとって、それは胸の悪くなるようなにおいだった。

「まるで管理状態のわるい動物園みたい」とキャサリンがいった。「これはきっと大型イエティーだか、なまぐさイエティーと呼ばれている生き物の体臭だわ。科学の振興のために、彼にインタビューしてみなくっちゃ」

ホワイトカウ・ムーンには四戸の家が残るだけだった。屋外便所も一つしかなかった。

「あの最後の便所が落っこってしまったら、もうわしらの運命はわからんよ」と、町に住む老人がいった。「絶滅だろう、たぶん。便所のない人間なんてのは、人間とはいえん」

「いまになってみると、ホワイトカウ・ムーンの記憶するに足りない真実の属性が見分けられるな」とバリー・シビーンがいった。「だがそれをどう名づけたらよいか、ちゃんとしたことばが出てこない」

「〝うすぎたない〟がぴったりね」キャサリンがいった。もちろん彼女のいうとおりだった。わたしは胸から喉にかけて締めつけられるような息苦しさをおぼえた。友人たちも同じものを感じていたのではないかと思う。

「この月は、沼気《しょうき》だか何だかでむんむんしてるぞ」とシーザーがいった。「あの魔術とやらも、たんなる沼気でしかなかったのかな」

キャサリンが町の井戸にぶらさがっていた水飲み用のヒョウタンをとり、近くにいたヤギの乳をしぼって満たした。ヤギはみんな皮膚病にかかっていた。ニワトリもやられていた。ホワイトカウ・ムーンでは、アヒルさえも皮膚病からまぬがれていなかった。

「母さんもわたしも、健康のためにたくさんヤギのミルクを飲むの」キャサリンがいった。

「まあ、すっぱい！」

「すっぱいのはヒョウタンで、そいつがミルクをすっぱくするんだろう」バリーが希望的観測を述べた。

「ちがうちがう、ヤギそのものがすっぱいから、ミルクがすっぱくなるのよ。そうだ、この月の地中を走ってる穴のなかに、大型イエティーだか、なまぐさイエティーがいるんだわ。わたし、見つけに行こうっと」といってキャサリン・パーマーは、ホワイトカウ・ムーンを縦貫する抜け穴のなかに消えた。

「さて、どうだね、ここの景気は？」バリーが住人のひとりにきいた。

「わるいね」と、その男は答えた。「いちばんの問題は人口が減ってることだ。もうたった七人しか残ってないよ。百年前には百人がとこいたもんだが」

「じゃ、次に大きな問題は何だね？」グローヴァー・ウェルクがたずねた。

「風紀の乱れさね」と住人はいった。「この月の中心に住むトロールというかイエティーが、子どもをすっかり堕落させちまった。男も女もさ。そそのかされて、ふしだらなことはする、いいつけには背く、へらず口はたたく。やつらが地中で栽培してる酔っぱらいキノコ、そいつを子どもに食わすおかげで皮膚病にもなるんだ。ああ、ホワイトカウ・ムーンの将来はまっ暗だね。お先まっ暗闇。それから、この月の三つめの問題は蚤だ」

　蚤だって？　そう、ここには蚤がたくさんいて、それが体じゅうにとびかかるのだ。掻いていたらキリがない。なるほど、ここには前から蚤はたくさんいた。だが昔はこんなにがっついていなかった気がする。

「トロールやイエティーがいれば、蚤だっているさ」と、ある住人がいった。「この二つはつきものだからな」

　そのときキャサリンが抜け穴から上がってきた。イエティーがひとり、あとから出てきた。身の丈八フィート、毛むくじゃらで、骨と皮ばかりにやせほそり（ホワイトカウ・ムーンにゃ太ったイエティーはいない）、ひどくくさい。月に充満する強烈なにおいの約三十三・三パーセントは、こいつが原因だった。

「彼はほんもののホモ・イエティー・プーテンスよ、別名なまぐさイエティー」とキャサリンがいった。「あともう二人いるの。男性がひとりと女性がひとり。いくら科学の振興のためといっても、このイエティーたちには研究の対象となるものがないわ。全然なし、ゼロ。いままで見たなかで、こんなに興味をかきたてられない生き物ははじめて。もっとも、害は加えないようだけど」

「それはどうかな」ヘクター・オディがうなるようにいった。「おい、のっぽ、おまえさんの穴ぐらにあった歯形のついた骨、あれをどう言いわけする？　人間の子どもの骨もあったぞ」

「みんな骨もっとたくさん噛めば、みんな歯が丈夫になる」とイエティーがいった。

「はっ、また陳腐なせりふ！」キャサリンがぞくっと身をふるわせ、ちょっぴり気まずい空気が流れた。

「偉大な思い出がなんと縮こまってしまったものか！」シーザー・デュカートが嘆いた。

「そうともいえるし、そうでもないよ」ヘクターが謎めいたことばを吐いた。「いや、月のことだがな。いまがこうだからといって、昔こうであったかどうかは、あまり関係ないことなんだ」

「魔術が失われてしまったばかりか、それに取って換わるものがないときてる」バリー・

シビーンが悲しんだ。「この場所を何といったっけ？　あ、そうか、〝うすぎたない〟か。おれは泣きたいよ」

「あの亀裂に涙をひとしずくこぼせば、ずっと下まで落ちていくし、もしそのとき空に住む人が穴から下をのぞいたら、きっと昼間の星みたいに見えるでしょうね」キャサリンがとつぜん詩的洞察力をみせていった。

若いキャサリン・パーマーが「退却！」とムーン・ホイッスルを吹いた。われわれはみんなコプターに乗りこみ、ぱたぱたとその地を去った。

「昔には帰れない」と、ことわざはいう。

そう、帰れないのはよいことなのだ。

浜辺にて

By the Seashore

浅倉久志訳

初出：Galaxy, November 1973
邦訳：若島正編『狼の一族』（早川書房／異色作家短篇集）

日本でのラファティ短篇集にはこれが初収録となる。タルサ大学の原稿コレクションの記録によると、一九七三年四月に脱稿。雑誌掲載のタイミングから察するに、ほぼ順調に採用されたのだろう。七人きょうだいのうち六人は利発で、オリヴァーただひとりがうすのろ。しかし、彼には浜辺で見つけた大きな芋貝という力強い味方があった。オリヴァーのキャラクター設定は「素顔のユリーマ」の間抜けな発明家アルバートに似ているが、そこまで不遇ではないし、異性にモテないわけでもない。なにしろ、この物語でオリヴァーは肉食系女子ブレンダに言い寄られるのだ（そのうえラファティとしては珍しく「ベッドでの濡れ場」シーンまである！）。巨大芋貝から出入りしている塵のようなものについて、「小さな大陸や海」であり「複雑なアルファベット」とも表現されている点にも注目。別な箇所で「注釈蟹」という呼ばれかたもしている。ちょっと穿《うが》った解釈をするなら、これはテキストについての小説なのだ。ただし、作者は文学技巧的なメタフィクションを目ざしているのではなく、あくまで通常運転のラファティ世界である。

オリヴァー・ミューレックスの一生でいちばん重要な事件は、四歳のとき、ある貝を見つけたことだった。ピカピカ、キラキラ光る貝を、うすぼんやりしたこの坊やが見つけたのだ。その貝はオリヴァーの頭よりも大きく（オリヴァー坊やは人並みはずれた頭でっかちなのだが）、外套膜におおわれた空洞から外をのぞくふたつの目は、オリヴァーの目よりもキラキラ輝いて、利発そうだった。オリヴァーの目も、その貝の目も、おなじようにつぶらで漆黒に輝き、生き生きとふざけているようにも見えるし、まったく死んでいるようにも見えた——いったいどっちなのか、こういうキラキラ輝く漆黒のものは見当がつきにくいのだ。

よく晴れた朝で、その大きな貝は浜辺でいちばんキラキラ光り輝く存在だったから、だれも見逃すはずはない。だが、ジョージも、ヘクターも、オーガストも、メアリーも、キャサリンも、ヘレンも、そろってそれを見逃した。この六人はオリヴァーよりも年上で、オリヴァーよりもいい目をしていたのに。この子供たちは、キラキラ光る美しい貝を見つけようと目を皿にしながら、一列横隊で砂浜の上を進んでおり、幼いオリヴァーは、ぼんやりした頭とぼんやりした目つきで、そのあとを追っていたのに。「どうしてみんな、口もきかないちっちゃな貝ばっかり拾ってるの？　こんなにでっかい、りっぱな貝があるのにさ？」と、オリヴァーはみんなのうしろからどなった。ふりむいてその貝に目をやったみんなは、ポカンと棒立ちになった。たしかに棒立ちになるほどのしろものだ——どうしてあれを見落としたのか？（まず最初、その貝は完全に気の合う相手の目にしか見えない。いったん見つかると、そのあとはどんな優秀な人間の目にも見えるようになる）

「ほんとはぼくも見えなかったさ。この貝が口笛を吹かなきゃね」とオリヴァー。

「これはヘブライ帯貝だ」とジョージがさけんだ。「世界のこのへんじゃ見つからない貝だぜ」

「ちがう。これはオンガク帯貝よ」とメアリーが反対した。

「ぼくはウミノカミ帯貝だと思うな」とヘクターが推測を述べた。

「なんならヘレン帯貝といいたいとこだけど」とヘレンがいった。「でも、ちがうよね。

これは帯貝じゃない。これは芋貝よ。アルファベット芋貝」

さて、この子供たちは、その夏の浜辺でもいちばん利口な部類だったから、幼いオリヴァーをべつにすれば、みんな帯貝と芋貝の区別ぐらいはつくはずだった。どうしてこの子供たちのなかでそんなに意見のちがいが起きたのか？

「ヘレンのいうとおりだ。これは芋貝」とオーガストがいった。「だけど、アルファベット芋貝じゃない。これはバーセルミ芋貝。でっかいやつだ」

「これはプリンス芋貝」キャサリンがきっぱりといってのけた。しかし、どの子もまちがっていた。それは猛毒を持つチリガク（地理学）芋貝だった。しかも、並みのより三倍も大きいやつだ。どうしてこんなに目のいい子供たちが、これほどの伝説的な宝物を見つけられなかったのだろう？

それからの成長の歳月で、オリヴァーの身近にはつねにその芋貝があった。彼はよくそれに耳をくっつけては、これまで貝がらに耳をくっつけたおおぜいの人びととおなじように、はるかな物音に聞きいった。だが、どんな芋貝からも本物の海鳴りは聞こえない。遠くの波音も、大きな海鳴りも聞こえない。法螺《ほら》貝や、壺貝や、帆立貝とはちがい、そもそもそういう形にできてないからだ。ふつうの子安貝や、二枚貝や、唐冠《とうかむり》貝ともちがう。芋貝から聞こえるのは、むしろ間欠的な鋭い音で、遠くの音ではない。芋貝から聞こえるのは轟きでなく、カチカチという音だ。

「ほかの貝は遠くからのメッセージをでっかい音で伝えるのよ」一度ヘレンがそういったことがある。「でも、芋貝の音は電信機みたい」たしかに、芋貝のカチカチという小刻みな音は、電信機の音にちょっと似ている。

小さい男の子は、よくパンダやクマのぬいぐるみで遊ぶ。だが、オリヴァー・ミューレックスにとっては、その大きな貝が友だちで、おもちゃで、保護者でもあった。オリヴァーはそれを抱いて眠った――どこへ行くにも連れていった。というより、それをたよりにしていた。なにかの質問をされると、まずその大きな芋貝を耳に当てがって、じっと聞きいる――それからちゃんと質問に答える。もしなにかの理由で、手近にその貝がらがないときは、どんな質問にもちゃんと答えられないらしい。

ときにはその貝のそばの床やテーブルの上に、小さいよごれや粉塵のようなものが散らかっていることがある。

「ちょっと。なんだか知らないけど、そのゴミ、掃除するわよ」いつだったか、母親のミューレックス夫人が掃除機のノズルを近づけて、そういったことがある。

「だめだめ――そのままにしといてよ――また貝のなかへもどっていくから」とオリヴァ

ーは抗議した。「日なたぼっこに出てきただけさ」すると、小さいよごれや、粉塵や、綿毛や、しみや、そんなものが、大きな芋貝のなかへ退却していった。

「あらまあ、生きてるのね！」母親はさけんだ。

「だれだってそうじゃない？」とオリヴァーがたずねた。

「やっぱりこれはアルファベット芋貝よ。わたしが前にいったとおり」とヘレンが断定した。「あのちっちゃな、ちょろちょろ動くものは、貝の外へ落っこちたアルファベットの文字。そのたんびに芋貝は文字をもう一度吸いこんで、消化する。そしたら、つぎに外へ出てくるときはちがう文字になってるのよ」

　ヘレンはまだそれをアルファベット芋貝だと信じこんでいた。だが、ちがう。それは恐ろしいチリガク芋貝だった。貝のなかからこぼれ落ちたり、外へ出てきてあたりを駆けまわるように見えるものは——あとでまたなかへ飲みこまれるわけだが——チリガク芋貝から出てきた小さい大陸や海かもしれない。それとも、もっといろいろな種類のものかもしれない。だが、もしそれがアルファベットだとすれば（そう、なかにはそういうものもある）、ヘレンが考えるよりもはるかに複雑なアルファベットだった。

　ある一家族の子供たちが、そろいもそろって利口だとはかぎらない。七人のうち六人が利口なら、りっぱなものだ。たとえ少々知恵が遅れているように見えても、この家族には大きな頭と奇妙な目をしたオリヴァーを養うだけの余裕があった。しかも、たいていの場合、オリヴァーはうまくやっていた。自分の貝を持っているときは、いつもうまくやっていた。だが、小学校のある学年になって、彼は教室へ貝を持ちこむことを禁止された。すると、どの科目もさんざんな成績になった。

「オリヴァー君がかかえている問題は、知能の欠陥だと思いますね」と担任教師はオリヴァーの父親に知らせた。「知能の欠陥は、たいていの場合、頭脳に見つかるものです」

「そりゃまあ、足に見つかるなんてことはないでしょうな」とオリヴァーの父親は答えた。しかし、いちおう心理学者に相談して、うすぼんやりした息子を頭のてっぺんから足のつま先まで診察してもらうことにした。

「このお子さんの場合は、統合失調症ではないようです」と検査を終わった心理学者はいった。「このお子さんには、ふたつの同心円的な人格がある。専門的にいえば、中核人格と外套人格が――そして、その両者が分離しているんです。オリヴァー君の場合、外套人格、つまり、外側の人格は遅鈍です。中核人格はなかなか聡明ですが、それはなにかべつの媒体を使わないかぎり、外界と接触できません。いま、オリヴァー君の無意識は、その媒体のなかに位置し、知能もそれに結びついているように思えます。ところで、あそこの貝は、精神的になかなかうまくバランスがとれていますな。あれが息子さんでなくて残念。

オリヴァー君がそれほど愛着を持っている媒体について、なにかお心当たりは？」

「あそこの貝です。あの子があれを手に入れたのはずいぶん前のことでした。あれを始末したほうがいいんでしょうか？」

「それはあなたにおまかせします。こういう場合、イエスと答えるお父さんはおおぜいいますが、ノーと答えるお父さんもそれとおなじぐらいに多い。もし、あの貝を始末すれば、お子さんは死ぬでしょう。だが、それで問題は解決します――問題児がいなくなるわけですから」

ミューレックス氏はため息をつき、その問題を考えた。決断の必要な問題は、まだほかにまる一日分もかかえているし、決断を夜に持ちこむのは気が進まない。

「答えはノーです」ようやく彼はそう答えた。「貝も残し、あの子も残す。どちらもいい話の種《たね》です。あのふたつに似たものは、ほかのだれも持ってないですからね」
たしかに、どちらもよく似ていた。オリヴァーとその貝は、どちらも頭が大きく、ぎょろ目で、どちらも物静かで、人の話をよく聞いた。

教室へ大きな貝の持ちこみを許されてからのオリヴァーは、成績がぐっと向上した。

ある晩、ひとりの男がミューレックス家を訪ねてきた。その男の趣味は貝類学、つまり、貝の研究だった。男は貝のことを話題にした。ポケットに入れてきた包みから貝がらをいくつもとりだし、それについて説明した。やがて、男はオリヴァーの大きな貝に気づき、あやうく後内転筋（貝でいえば貝柱）の断裂を起こしそうになった。

「これはチリガク芋貝だ！」と男は絶叫した。「しかも、巨大種だ！　それに生きている！」

「わたしはプリンス芋貝だと思うけど」とキャサリンがいった。

「いや、いや、これはチリガク芋貝で、しかも生きている！」

「そうだね、前からわたしもあれは生きていると思ってたよ」と父親のミューレックス氏がいった。

「しかし、ご存じない？　これは恐ろしいチリガク芋貝の巨大種ですよ」

「うん、そうだろうね。こんな貝はほかのだれも持ってない」とミューレックス氏。

「いったいどこで飼ってるんです？」と貝類学者がまくしたてた。「餌はなにを？」

「いや、完全な放し飼いなんだが、あんまり動きまわらないようだ。それと、餌はいっさいやってない。あの貝は息子のオリヴァーのものでね。あの子はよくあれを耳に当てては、音を聞いている」

「ハラハラゾクゾク腹足類《ふくそくるい》！　へたをすると、息子さんは耳をまるごと食いちぎられるかも！」

「そんなことは一度もなかった」

「しかし、あの貝には猛毒がある。刺されて死んだ人はおおぜいいる」

「うちの家族が刺されたって話は聞かないな。家内にたずねてみようか。いや、待てよ、その必要はない。うちの家族であの貝に刺されて死んだものはひとりもない。いま思いだしたよ、家族のだれも死んでないことを」

貝類学の趣味を持つ男は、その後あまりミューレックス家に姿を見せなくなった。あの大きな貝が怖かったのだ。

ある日、小学校の歯科医が、オリヴァーの口内で発生中の奇妙な現象に関する報告を伝えにきた。

「小さい蟹《かに》の群れが、息子さんの歯を食い荒らしてるんですよ——顕微鏡でしか見えないようなマイクロ蟹が」その歯科医は（神経質な男だったが）ミューレックス氏にそう知らせた。

「マイクロ蟹なんて初耳ですな」ミューレックス氏はいった。「ほんとにそれを見たんですか？　ちゃんとお調べになった？」

「いやいや。見てはいません。どうしたら見えるというんですか？　しかし、息子さんの歯は、まるでマイクロ蟹の群れにかじられたように見える。ところで、近くわたしは休暇をとる予定です。来週、旅行に出ます」

「あの子の歯はどんどんわるくなってるんですか？」ミューレックス氏は歯科医にたずねた。

「いや、そこがふしぎでね」と歯科医は答えた。「わるくなってはいません。たしかにエナメル質はマイクロ蟹にかじられて、どんどん消えています。しかし、そのエナメル質がべつのなにか、一種の貝がらに似た物質に置きかえられているんですよ」

「へえ。それじゃどうってことはないわけだ」とミューレックス氏。

「わたしは来週から休暇をとる予定でした。でも、だれかに連絡して、いますぐ休暇をとることにします」と歯科医はいった。

歯科医は辞去したが、そのまま職場へも自宅へも帰らなかった。その後に判明した情報によると、彼はまず歯科学を捨て、つぎに生命をも捨てたらしい。

しかし、幼いオリヴァーは成長した、というか、生育をとげた。いまではほとんど頭だけになり、小さい胴体はほんの付属器官にすぎなくなった。オリヴァーと巨大な貝は、日に日によく似かよってきた。

「まったく、あんたたちのどっちがオリヴァーだか、ときどき見わけがつかなくなるわね」ある日、ヘレン・ミューレックスがそういった。彼女はこの家の兄弟姉妹のだれよりも、オリヴァーとその貝が好きだった。「どっちがあんたなのよ？」と彼女はきいた。

「ぼくだよ」

オリヴァー・チリガク芋貝がにやりと笑った。

「ぼくだよ」

オリヴァー・ミューレックスがにやりと笑った。

オリヴァー・ミューレックスは学校を卒業し、家業につくことになった。ミューレックス（「ミューレックス」は法螺貝の意味）一族は、世界最大の規模を持つ、通信事業の最大手なのだ。オリヴァーのオフィスは、父親のオフィスのすぐそばにあった。彼にはあまり期待がかかっていなかった。いまもオリヴァーはうすぼんやりした少年に見えるが、ただ、かなりひんぱんにこんなことが起きた。つまり、ほかのみんなが最低一週間かそれ以上考えないと答えを出せない問題に、オリヴァーが即答を出せる。いや、ともかく、オリヴァーか、例の貝が即答を出せるのだ。オリヴァーと例の貝は、外見だけでなく、声まで似かよってきて、父親の心境としては、どちらが答えたにしてもかまわないようなものだった——その答えが迅速かつ正確であるかぎりは。そして、つねに答えはその両方の条件を満たしていた。

「オリヴァーにガールフレンドができたわ」ある日、ヘレンが笑いながらいった。「彼女はもうじき結婚するつもりだって」

「どうやってあいつがガールフレンドを？」兄のヘクターがふしぎそうにたずねた。

「そう。どうしてそんなことが？」ミューレックス氏も知りたがった。

「つまり、うちが大金持ちだからよ」とヘレンが指摘した。

「おや、いまの若い世代が金に関心があるとは知らなかった」とミューレックス氏。

「それに、なんといっても彼女はブレンダ・フランシスだしね」とヘレン。

「ああ、なるほど——たしかに彼女は金銭に関心があるらしい」とミューレックス氏。

「奇妙だな、最近の若い女性にそういう逆行的な特質が現われたとは」

ブレンダ・フランシスはミューレックス社の女性社員だった。

ブレンダ・フランシスが頭でっかちのオリヴァーに接近したのは、この若者にくっついてくるだろう財産目当てだが、財産にくっついてくるよぶんなおまけはほしくなかった。

だが、いまやオリヴァーは、ブレンダ・フランシスの明らかな関心に刺激されて、人生初の目ざめを体験したらしい。彼女と話しこむときのオリヴァーは、ちょっぴりきざっぽく、詩的になるようだった。話題はたいてい例の大きな貝のことだったが。

「知ってるかい、この貝が生まれたのは、ぼくらがこれを見つけた海や浜辺じゃないんだよ」とオリヴァーはいった。「こいつの話だと、うんと北にあるモイル海からやってきたんだって」

「あの大目玉の貝の話なんか！」ブレンダ・フランシスは文句をいった。「あれって、まるで生きてるみたい。男に色目を使われるのはべつにいやじゃないけど、貝に色目を使われるのはごめんだわ。それにモイル海なんて、あるわけないじゃん。そんな名前、聞いたこともない。うんと北にある海といったら、北極海だけよ」

「そうかな。でも、こいつの話だと、うんと北にあるんだって」オリヴァーは貝がらに耳をくっつけたままでいった（そんなふうに頭をくっつけあってると、どっちの耳がどっちの貝の音を聞いてるのかわからなくなると、前にヘレンがいったことがある）。「うんと、うんと北――それにもひとつ〝うんと〟がついたかもね。北極海より、うんと、うんと先なんだ」

「北極海より先へは行けないわよ」とブレンダ・フランシスが主張した。「北といえば、そこが北の果て」

「ちがうよ。モイル海はもっと遠くだ、とこいつがいってる」オリヴァーは貝の囁きとくすぐりを彼女に伝えた。「たぶん、モイル海っていうのは世界の外にあるんだよ」

「ああ、つるつる頭の禿げナマコ！」とブレンダ・フランシスは毒づいた。どうも彼女の思うように物事が運んでいかない。オリヴァーの頭のなかのたわごとは、お金という魅力的な展望をいまにも相殺しそうだった。

「こいつに家来がいるのを知ってる？」とオリヴァーはたずねた。「とっても小さい家来が」

「ノミみたいな？」

「蟹みたいな。あいつらはほんとの蟹なんだよ。目にみえないほど小さい蟹、顕微鏡でなきゃ見えないほど小さいシオマネキ。名前はジェラシムス・ノタリイとか、注釈蟹とかいうらしいよ――わけは知らないけどね。ふだんその蟹は、この貝の口や胃のなかで暮らしてて、ひまなときだけ外へ出てくる。こいつのために、うんとたくさんの仕事をしてるんだぜ。書類作成をぜんぶやってくれるし、とても便利なんだ。ぼくもずっと練習してるんだけど、まだあいつらをうまく使いこなせない」

「ああ、バイキンだらけの大エゾバイ！」ブレンダ・フランシスは唾を飛ばしながらさけんだ。

「ねえ、知ってる？　昔のギリシア人は芋貝にワインを詰めて船で運んだんだって」とオリヴァーがいった。「それは貝がらの内側が、外側よりもずっと大きいからなんだ。ギリシア人は半ダースほどの芋貝をアンフォラという大きな壺へ入れて、ワインに慣れさせたんだって。慣れたところで貝を壺から出したあと、どの芋貝にも壺で一杯分か二杯分、ときには三杯分もワインをつぎこんだ。芋貝は、貝がらのなかにたくさん通路があって、いくらワインを入れてもだいじょうぶなんだよ。ギリシア人はワインを詰めた芋貝をたくさん船に積みこんで、世界中へ送りだした。芋貝を使うと、おなじ船にほかの方法でワインを積むより、三倍もたくさんのワインを積めたんだって」

「アル中の貝がら、わたしたちに必要なものはそれだわ」ブレンダ・フランシスは投げやりにつぶやいた。

「貝に聞いてみよう」とオリヴァーはいった。ふたりは、いや、オリヴァーと芋貝は、頭をくっつけあった。「むこうはこういってる。芋貝はめったにアル中にならないって」オリヴァーはこうつけたした。「ワインはあってもなくてもおんなじだって」

「結婚したら、こんなばかばかしい話はやめてもらいますからね」ブレンダ・フランシスはいった。「とにかく、いったいどこからそんな話を仕入れるの？」

「この貝から。もひとつ教えてあげようか。貝の研究をしてる学生たちが勉強するギリシアのフリーズや浅浮き彫りなんだけど——あれは自然にできたもので、彫ったものじゃないんだって。それに、あれはべつにギリシアのものでもない。どこか地球とはべつの世界の生き物の絵で、それがギリシア人に似てるだけなんだ。第一、あれは人間が描いた絵じゃない。地球人によく似た海藻が描いた絵なんだよ。それであの謎が解けるかもね」

「オリヴァー、結婚したらいろんな計画があるのよ」ブレンダ・フランシスはきっぱりといった。「その計画を言葉で伝えるのはとてもむずかしい。前から思ってたんだけど、半時間のむつみあいのほうが、永遠の話しあいよりもずっと値打ちがある。さあ、いっしょにきて。あのまぬけな海の老いぼれをべつにすれば、わたしたちは水入らずだわ」

「ママに聞いてくるよ」とオリヴァーはいった。「そのむつみあいとかいうもののことで、なにか問題があるらしい。ぼくの場合は絶対にありえない、とみんなが信じてた問題が。だから、いまからママに聞いてくる」

「あなたのお母さんは、ピーチ・ビーチの伯母さんに会いにいってるわよ」とブレンダ・フランシスはいった。「お父さんは、キャット・アイランドで魚釣り。ジョージとヘクターとオーガストは、みんな営業で出張中。メアリーとキャサリンとヘレンは、それぞれどこかの政治集会に出席してる。家族全員が同時にこの町を留守にしたのはこれがはじめて。あなたが淋しいだろうと思って、ここへきてあげたのよ」

「あの貝といっしょなら、淋しいなんて思ったことがないよ。ねえ、むつみあいって、ほんとにうまくいくのかな？」

「わたしも半信半疑。だけど、やってみる価値はあるんじゃない？」ブレンダ・フランシスはいった。「わたしから見たあなたは、この町でいちばん有望な当たりくじ。ほかのどこで見つかる？　こんなにどっさりお金のくっついた、こんなに柔らかな頭が？」

「ぼくらは前に一度、本で誘惑のシーンを読んだことがあるんだけど」とオリヴァーはいった。「なんだかおかしくて、たのしかったな」

「ぼくらって？」

「あの貝とこのぼく」

「わたしたちが結婚したら、その〝ぼくら〟って呼びかたを変えてもらわないと」とブレンダ・フランシスはいった。「でも、貝がどうやって本を読むわけ？」

「目で読むんだよ。みんなとおんなじ。それに、注釈蟹たちも貝に手助けするし。貝にいわせると、あいつの生まれた世界では、もっと誘惑シーンがおもしろいんだって。誘惑者たちは、大きな月が満月になったあと、最初の満ち潮のときに集まるんだ。男たちが集まるのは潮だまりの片側――そこでリーダーが口笛を吹くと、みんなが自分の白子を水のなかへ出す。そしたら、塩だまりの反対側に集まった女の貝たちが（これは地球語だよ――

あそこじゃ、だれもそんな言葉は使わない）自分の腹子を水のなかへ出す。それから女の貝のリーダーが返事の口笛を吹く。これが誘惑のシーンなんだ。空にふたつの月が出てれば、もっといい。モイル海では月がふたつ昇るんだって」

「こっちへきてよ、オリヴァー」とブレンダ・フランシスはいった。「もしそうしたけりゃ、口笛を吹いたっていい。でも、いまみたいな海のむだ話はやめてちょうだい」頭でっかちで短足のオリヴァーを小脇にかかえこむと、誘惑室にしようと目星をつけておいた小部屋まで彼を運んでいった。すると、大きな貝もいっしょについてきた。

「どうしてあいつは足がないのに歩けるの？」とブレンダ・フランシスはたずねた。

「歩いてるんじゃない。動いてるんだ。ぼくもあのまねをして動けるよ」

「まさかあいつ、いっしょにベッドへもぐりこむ気じゃないわね、オリヴァー？」

「もぐりこむさ。でも、一回目を見学するだけだって。追っぱらっちゃだめ」

「わかったわよ。でも、いっときますけどね。結婚したら、いろいろ様変わりすることになるんだから」

ブレンダ・フランシスは準備をすませ、明かりを消した。だが、五秒と経たないうちに、彼女はぐちをこぼしはじめた。

「なぜきゅうにベッドがこんなにぬるぬるしてきたのよ？」

「貝はそのほうが好きなんだよ。海のことを思いだせるから」

「痛いっ！　コソコソ歩きのざらざらザリガニ！——嚙みつかれた！　これは虫？」

「ちがう、ちがう——小さい蟹だよ」オリヴァーは彼女に教えた。「でも貝にいわせると、蟹は嫌いな人間しか嚙まないんだって」

「もう！　いますぐベッドの外へおっぽりだしてやる」

「無理だよ。目に見えないほど小さいし、一度嚙みついたら放さないし。それに、蟹はここにいなくちゃいけないんだ」

「どうして？」

「注釈蟹だからさ。メモをとってるんだよ」

ブレンダ・フランシスはベッドを飛びだすと、わけがわからず、怒り狂いながらその家をあとにした。「なにがこの町いちばんの当たりくじよ、まったく！」と彼女はいった。「ほかにも町がないわけじゃなし。どこかの町に、きっといるはずよ。大金持ちの家に生まれた、まぬけなカモが——ベッドのなかまで海を持ちこんだりしない坊やが」

あとでわかったが、ブレンダ・フランシスは怒り狂ってその町をあとにしたらしい。

「いまのはあの本に出ていたのよりもずっと期待はずれの濡れ場だったな」大きな貝と、蟹に似た取り巻きたちは意思を伝えあった。「モイル海でわれわれがやってる方法のほうが、はるかにましだ」

オリヴァーの童貞は守られた。そもそも、彼の行くべき方向はべつにあったのだ。

通信業界でもうひとつ、最大手の一族の地位を占めた、別世界の大富豪が、ミューレックス氏の自宅を訪ねてきた。

「こういうかたちで到着されるとは夢にも思いませんでした」とミューレックス氏はいった。どうやって相手が到着したのか、見当もつかなかった――その相手は、いきなりそこに出現したのだ。

「いや、乗り物を待つのも気がきかないからね。スピードがのろすぎる。だから、自分で自分を運んできたのです」と客は答えた。実業界の巨頭と巨頭は対面した。ミューレックス氏は、自分と自分の一族がこの著名な珍客に好印象を与えることを願った。オリヴァーを隠しておこうかとも考えたが、もしそうしていたなら、それは大きなまちがいだったろう。

「こちらの方はすばらしい骨相ですな」と訪問者はいった。「すばらしい。わたしの故郷の生まれといってもいいほどだ」

「息子のオリヴァーです」とミューレックス氏はごきげんで答えた。

「それに、そこにいる息子さんの友だち」と訪問者はつづけた。「誓ってもよろしいが、彼はわたしと同郷ですよ」

「どうやら誤解があるようですね」とミューレックス氏はいった。「あちらは貝がらですが」

「貝がらとはなんですか？」と訪問者はたずねた。「では、地球の海は貝から生まれたとでも？　なんとふしぎな。しかし、地球人ミューレックス、あなたはまちがっておられる。あれはわたしの故郷の生まれです。彼に関する書類をお持ちですか？」

「書類だなんて存じません。その書類にはどんなことが書いてあるんですか？」

「つまり、あなたが彼にとって適正な交換をおこなったかどうかです。こういうささいな問題で、世界と世界のあいだにトラブルを起こしたくはない、そうでしょう？」

「教えてもらえますか、その〝適正な交換〟とは、いったいどういう――」ミューレックス氏は、相手に礼を失しまいとつとめた。

「ああ、それは帰りぎわにお教えしましょう」と訪問中の巨頭はいった。「おたがいになにかの同意は得られると思いますよ」この訪問者の得意技はコミュニケーションだった。ミューレックス氏だけでなく、ジョージ、メアリー、ヘクター、キャサリン、オーガスト、ヘレン、それにオリヴァーまでを、おなじ話題で同時に会話へひきいれたものだ。そして、一同が仰天するほどのスピードで、同時に数多くの契約を結んだ。彼はミューレックス一族よりも多数のパテントを管理している上に、その一部はおたがいに重複していた。ふたりの巨頭は非対立的領域同意契約を結び、訪問者はその複雑な取り決めでミューレックス一族全員をちょっぴり煙に巻いたようだった。

「あら、いまそこをきれいに拭きますから！」話の途中で、会議とディナー両用のテーブルの上に、小さいしみや粉塵が散らばっているのを見て、ミューレックス夫人がそういった――そうしたよごれが散らばっているのは、おもに訪問者の周囲だった。

「いや、いや、どうかこのままで」と訪問者はいった。「わたしは彼らの会話をたのしんでおります。実をいうと、彼らはわたしの世界の注釈者《ノタリィ》にそっくりでしてな」そのあとはミューレックス一族から見ても、取引は調子よく進行をはじめたようだった。さっきまではうまくしてやられている印象があったのだが。

訪問者は、別世界の流儀でハンサムだった。歯はないが、骨質の上くちばしと下くちばしであらゆるものを噛みくだいた。ミューレックス一族にとっては少々硬すぎる感じのステーキだけでなく、骨も、それに皿までも。「釉薬《うわぐすり》をかけて焼き上げた粘土ですな。われわれもこれを使っておりますよ。食事に風味が加わるので」訪問者はボリボリと皿を咀嚼《そしやく》しながらそういった。「それと、あなたがたはこれに模様や色をつけておられる。われわれも、ときどきクッキーにそれとおなじことをやります」

「とても貴重な陶器でしたのに」ミューレックス夫人の口調は、もうすこしで苦情に聞こえそうだった。

「そう、貴重で、珍味で、美しい」と訪問者は答えた。「さて、それでは契約書と同意書の仕上げとまいりましょうか？」

　待機していた速記者たちがめいめいの機械といっしょにはいってきた。ブレンダ・フランシスの姿はそのなかになかった――彼女はミューレックス社を辞めて、この町を去ったのだ。速記者たちは契約書と同意書をダクテュロイ触知機で書きとりはじめた。

「では、時間と翻訳の手間をはぶくため、こちらはすべての作業を故郷の言葉のままで、故郷の世界からきた速記者に預けることにします」と訪問中の巨頭はいった。

「ああ、あそこにいるのは速記者じゃないですよ。どれほどあなたの故郷の世界の速記者たちによく似ていても」ミューレックス氏はいまの状況を整理しようとした。「あれはわれわれが海の貝と呼んでいるものです」

　しかし、訪問中の巨頭は、生まれ故郷の言葉で貝に話しかけた。すると、貝は笛のような音を立てた。目に見えないほど小さい注釈蟹たちが、しみや粉塵や雲そっくりに貝からのなかへ飛びこみ、作業準備にとりかかった。訪問中の巨頭は、早口の別世界語で話しかけた。くちばしがいまにも貝にくっつきそうだった。

「あのう、そのチリガク芋貝は——それが正しい名前だそうですが——非常な猛毒を持っているそうですよ」ミューレックス氏は訪問者に警告を与えようとした。

「この連中は、自分たちの嫌いな相手しか殺しません」訪問者はそういって、仕事をつづけた。

注釈蟹たちは、書類作成の仕事をみごとにやってのけた。まもなく仕上がった契約書と同意書が、外套膜におおわれた貝がらの空洞から出てきた。そして、すべてのビジネスが、ひとつの幸福な輝きのなかで完結した。

「これでいい」すべての書類の相互署名が終わると、訪問中の巨頭はいたく満足したようすでそういった。それから小さいくちばしを使って、この家の女主人であるミューレックス夫人の頬の皮膚を、ごく小さなくさび形にかじりとった。それが彼の生まれた世界でのお別れの風習なのだ。

「さて、それではわが故郷からきた同胞との〝適正な交換〟を」と巨頭はいった。「わたしはいつも思うんですよ。こうした交換は満足のいく、実り多いものだ、と」

巨頭は袋を持っていた。彼はその袋に短足で頭でっかちのオリヴァーを詰めこんだ。

「ちょっと、それは適正な交換とはいえない」ミューレックス氏は抗議した。「たしかにすこし風変わりな姿ではあるが、それはわたしの息子のオリヴァーです」
「じゃ、じゅうぶんに適正な交換ですよ」と相手は答えた。訪問者は乗り物を待ってはいなかった。それではスピードがのろすぎる。訪問者は自分で自分を運んだ。そして、彼とオリヴァーの姿は消えた。

ということで、ミューレックス一族が消えた息子または弟を思いだすよすがは、あの大きな貝、つまり、チリガク芋貝だけになった。それはほんとうにあの訪問者の世界からきたものだろうか？　チリガク芋貝の真実の地理をだれが知っているというのか？

オリヴァーは世界のはるか、はるかな北にあるモイル海の海岸にすわっていた。そこは寒い極北の地ではなかった。別世界の北の果てにある暖かくて日当たりのいい海岸だった。そして、オリヴァーはまるでそこが故郷であるかのようにすわっていた。

オリヴァーにとって、宇宙空間の急激な変化はなかった。全人生をつうじてのゆっくりした変化があるだけで、それはけっして大きな改変ではなかった。彼の内部には大きな改変の必要がなかったのだ。

オリヴァーはきらきらとまぶしく輝いた。日当たりのいい朝のその海岸で、いちばん輝かしい存在だった。彼には大きな頭と小さな胴体があった。外套膜の空洞からとびだすふたつのきらきらした漆黒の目もあった。いまのオリヴァーはまるで海貝、それも特別な、一流の貝がらそっくりだった。（だが、この世界では、そんな用語は使わない。貝がら？　モイル海はひとつの貝から生まれたのだろうか？）そこへ、鋭い目をしたこの土地の主要種族の子供が六人、日当たりのいい砂浜を一列横隊で進んできた。そして、みんなよりもずっと小柄な第七の子供が、ぼんやりした頭、ぼんやりした目で、そのあとからついてきた。大きな月はほとんど沈んだが、低い空にはまだ銀貨のように、小さい月がかかっていた。太陽はすべてを圧倒する金色の輝きだった。

鋭い目をした子供たちは、きらきら光る浜辺の標本を探しまわり、それを見つけていた。そして、子供たちのすぐ行く手にあるのは、あのほとんど伝説的な宝物、めったに見つからないオリヴァー芋貝だった。

一期一宴

One at a Time

浅倉久志訳

初出：デーモン・ナイト編 *Orbit 4*（1968）
邦訳：短篇集『九百人のお祖母さん』（早川書房／海外SFノヴェルズ、のちにハヤカワ文庫SF）

タルサ大学の原稿コレクションの記録によると、一九六〇年二月に脱稿。六二年十月、六三年十二月、六六年二月に改稿。ラファティにはよくあることだが、活字になるまで時間がかかっている。豪放磊落《らいらく》なキャラクター、苦虫ジョンが大活躍する。彼は本作品のほかに「みにくい海」と「マルタ」にも登場。苦虫ジョン以上に破天荒なのは、彼が酒場で出逢った規格外れの大食漢マックスキーだ。

短篇集『九百人のお祖母さん』の「訳者あとがき」で、浅倉久志さんは「本書の中でなにがいちばん好きかと聞かれれば、やはり「一期一宴」をとりたい。ラファティならではの豪快なファンタジーで、アメリカ版（それともアイルランド版かな？）のラブレーという感じがする」とおっしゃっている。ラブレーはフランス・ルネッサンスの作家で、巨人父子の奇想天外な冒険譚にして痛烈な風刺小説『ガルガンチュアとパンタグリュエル』で知られる。ラファティはSF界では唯一無比の作家だが、世界文学のパースペクティヴで見れば豊かな源流と直結しているのだ。

　バーナビイはジョン・サワーワインに電話をかけた。もし、あんたが〈バーナビイの納屋《バーン》〉のような店の常連なら（このての酒場は、世界中の港町という港町に必ず一軒はあって、ジョンはそのどこでも顔がきく）、ジョンのことはもう知っているかもしれない。いずれは、苦虫《サワー》ジョンと彼に呼びかけるほど、親しくもなれるだろう。

「奇妙なやつがうちの店にきてるぜ」バーナビイは電話で知らせた。

「どう奇妙なんだ？」苦虫ジョンはたずねた。彼は奇妙なものの収集家なのだ。

「奇妙きてれつな奇っ怪野郎さ、ジョン。見かけはいま墓場から掘りだされたみたいだが、けっこうピンピンしてやがる」

　バーナビイのは小じんまりしたいい店で、出てくるものは、料理も酒もおしゃべりも、みんなとびきり実のあるものだった。それに、つねづねジョン・サワーワインは、新しいものや、よみがえってきた古いものに、興味のあるほうだった。そこでジョンは、その〝奇妙なやつ〟とやらを見に、〈バーナビイの納屋《バーン》〉へとでかけた。

酒場の中には、いつものようにフリの客や、旅人や、ジョンの知らない船員たちがいたが、どれが問題の人物かをたずねるまでもなかった。〝奇妙なやつ〟は、それぐらい異彩を放っていた。大柄の痩せこけた毛深い男で、マックスキーという名前らしい。その豪快ごきげんな食いっぷり、飲みっぷりには、一同、ただあきれて見まもるばかりだった。

「あれが四皿目のスパゲッティなんだ」スモークハウスがサワー・ジョンに耳打ちした。「あの卵が二十四個目。やっこさん、ハンバーガーを十二個、サンドイッチを六人前、クラブバーガーを六個、特大ホットドッグを五個、ビールを十八本、それにコーヒーを二十杯たいらげたんだぜ」

「あけてびっくり、見てまたびっくり！　このぶんだと、バケツ腹バルグの記録に追いつきそうだぞ」苦虫ジョンは急に興味をそそられてさけんだ。

「ジョン、やつはとっくにバルグの記録の大半を塗りかえてら」スモークハウスがジョンにそう教えると、バーナビイもそのとおりだというようにうなずいた。「もし、やつがあと四十五分あの調子を持続したら、ありったけの記録を破っちまうだろうよ」

さて、〝奇妙なやつ〟はまだガリガリに痩せていて、そのえらくひょろ長い体軀は、もう二、三十キロ余分の肉づきを見込んで作られた感じだった。だが、ジョンが見まもるうちにも、その体は肥りはじめた。刻一刻と図体がふくらむだけではない。まるで体内に明かりがともったようなのだ。全身赤くほてった。つぎに光りだした。それから、キラキラきらめきはじめた。

「食がすすむじゃないか、ええ、大将？」苦虫ジョンは、〝奇妙なやつ〟こと、驚くべきマックスキーに声をかけた。

「おう、すすむとも！」マックスキーはしあわせそうにニヤリと笑い、大音声《だいおんじょう》で答えた。「だが、それ以上に、わしは呪われた見せびらかし屋なのさ！　なにごとによらず、度を過ごすのが大好きでな。底抜け騒ぎのまっただ中にいるのが、楽しくてかなわんのよ！」

「その食いっぷりを拝見してると、百年間も干乾《ひぼ》しだったのかと思いたくなるね」苦虫ジョンがさぐりを入れた。

「おぬし、さといな！」光り輝くマックスキーは破顔一笑した。「たいがいのやつらは、どれだけ経ってもわしという男がわからん。むこうが先に気づかんかぎり、こっちはなにも話さんことにしとるのよ。そうとも。だが、おぬしのその毛深い耳、蛇の目は、真実の紳士の証しだ。おれはとびきりの醜男《ぶおとこ》が好きでのう。よし、食いながら話しあおうぞ」

「食いおわったら、あんたはなにをするんだ？」相手のおせじに気をよくしたジョンは、給仕たちがマックスキーの前へステーキを山と積みあげるかたわらで、そうたずねた。

「おう、食ったあとは飲む」マックスキーは肉を頬ばりながらしゃべった。「快楽と快楽のあいだにはっきりした境い目はないわ。飲んだあとは女。女のあとは喧嘩。しめくくりは歌だ」

「獣的行動の一揃いか」ジョンは感嘆した。「で、五段構えのらんちき騒ぎがすんだら？」

「おう、そのあとは眠るのよ」マックスキーは含み笑いした。「一度おぬしにも見せてやりたいのう。眠りかたの講釈をしてやるべきかもしれん。本当の眠りかたを心得とるやつはすくないで」

「へえ、どのぐらい長く眠るんだ？」苦虫ジョンがたずねた。「あんたの眠りかたには、なにかおれにも理解できないような、めざましいところでもあるのか？」

「むろん、めざましいとも。しかも、わしはめざめるまで眠りつづける。これまでにも幾多の記録をうちたてたものよ」

マックスキーが山積みされたステーキをがつがつ平らげるのを見ているうちに、苦虫ジョンは神秘的な幻覚におそわれた。頭と皮と蹄、いわゆる、さばいた人間の取り分を残して、すっかり食いつくされた去勢牛の幻を。

そのあと、ふたりはいくらかのんびりと話をかわし、マックスキーはステーキの最後の半ダースをゆるゆると平らげた——さしもの旺盛な食欲も、一段落したようだった。

「そのこれ見よがしの獣的行動の中でだね、ほかのいつよりも段ちがいな大食らいの記録というのが、きっとあったろうが？」苦虫ジョンはかまをかけた。「つまり、さすがのあんたも、われながら顔負けというときが」

「うん、そういえばあったのう。あれは、やつらが新しい縄でわしを縛り首にしようとしたときだ」

「で、その窮地を、どうやって食い逃れることができた？」

「あの当時、あの国では——この国ではないぞ——新しい慣例があった。死刑囚には食いたいだけの食事を与えるというのだ」白熱のマックスキーは、手まわしオルガンを思わせる軽快な口調で物語りはじめた。「わしはその新法を盾にとり、田畑を丸裸にしてやったのさ。やつらのよこした夕食は珍味だったぞ、ジョン。わしは夜明けに首を吊られるはずだった。だが、細工はりゅうりゅう、夜が明けても、こっちはまだ食いつづけた。むこうも、最後の食事の途中でわしを縛り首にはできん——満腹させてやる、と約束した手前な。その日も、その晩も、つぎの日も、やつらは待ちぼうけよ。わしとしても、あれほど長い食事はめずらしい。たしかに、われながら顔負けといえような、ジョン。あの地方は、養鶏と養豚、それに果物の産地として知られておった。だが、もういまは見るかげもない。あのときの打撃から立ちなおれなんだのよ」

「あんたは立ちなおれたのかね？」

「おう、むろんだとも、ジョン。だが、三日目の夜明けには、さすがに腹がくちくなってな。食欲も衰えたことゆえ、そこで打ち止めにした」

「さもありなんだ。しかし、そのあとはどうした？　縛り首にはならなかったんだろう？　でなけりゃ、あんたがこうしてその一件を物語れるはずがない」

「とは限らんぞ、ジョン。わしはその前にも首を吊るされたことがある」

「ほう？」

「そうとも。だが、このときはちがう。やつらをかついでやったのよ。たらふく食ったあと、わしは眠った。それからどんどん深い眠りにおちこみ、ついには死んだ。やつらも死人を縛り首にはできん。念のため、やつらは死体を一日ほったらかして、ようすを見た。ジョン、一日のうちにわしの体はひどいかざよ。もともとが臭い男ではあったがな。それからわしは埋められたが、縛り首にはならずにすんだて。おい、ジョンよ、なぜそうふしぎそうにわしを見るのだ」

「なんでもない」苦虫ジョンは答えた。「たんなる気まぐれな反論さ。言葉にするだけの値打ちもないよ」

マックスキーは飲みはじめた。まず、ワインで胃袋の下地を作り、つぎにブランデーの持つよれよれの威厳を賞味してから、からっとした親しみやすさを買ってラムに切り替えた。

「おぬしは信じられるか、すべての大飛躍がこのわしのような凡人の手でなしとげられたことを？」マックスキーはだしぬけにそうたずねた。

「あんたが凡人とは信じられないな」苦虫ジョンは答えた。

「わしは凡人も凡人、大凡人よ」マックスキーは力説した。「わしは粘土と地の塩、それに河馬《ビヒモス》の死骸の腐植から作られた。ほかになにかのヘドロもちょっぴり使われたかもしれんが、わしの中に希土類はいっさい含まれておらん。このわしのような人間でなくば、新しい体系は編みだせんのよ。賢者にはそれができん。やつらには血の気がない。血の気がないために、やつらは最初の手がかりを見逃す」

「それはなんだね、マックスキー？」

「簡単なことよ、ジョン！　人間は、一度にたった一日の人生を生きるべきなのだ」

「それで？」苦虫ジョンは、語尾を天高くつりあげてたずねた。

「どうだ、口当たりのよい文句だろうが、ジョン。まるで暦の金言なみに聞こえようが」

「だが、ちがうのか？」

「ちがう、ちがう。その二つのあいだには、百もの世界の雷鳴がとどろいておるわ。これはまったく新しい宇宙へ通じる扉なのだ。しかし、もう一つのことわざがある――〝人よ、なんじの日には限りあり〟これこそは不変の真理だ。この限界は、曲げることも打ち破ることもできん。それがわしら、さしもの元気者の意気をも挫くのよ。このわしのような人間にとっては、それは一つの難問だ。あまりにも煩悩《ぼんのう》が強いため、別次元での永遠の至福にあずかれず、あまりにも血気さかんなため、最後の死滅を歓迎する気になれず、個人的理由で地獄の責め苦をなるべく先にのばしたいものにとってはな。

さて、ジョンよ、この世界にはわしより利口な人間はざらにおった（そして、いまもおる）。わしがその問題を（ある程度までだが）解決し、やつらが解決せなんだのは、結局その問題が、わしにとっては切実なものであったからにほかならんのさ。わしのような粗野な男でなければ、その答は見つからん。しかも、このわしほど人生の粗野な物事に情熱を燃やす男は、わしもまだお目にかかったことがないわい」

「おれもはじめてだ」苦虫ジョンは同意した。「で、どうやってあんたはその問題を解決した？」

「あるささやかな秘法によってだ、ジョン。もし、今夜ひと晩わしのあとについてくれば、おのれの目でそいつを拝めるだろうて」

マックスキーはすでに食うのをやめていた。だが、彼はなおも飲みつづけ、その一方で女を買い、乱闘にふけり、歌をがなりたてた。彼の色道探険のてんまつは割愛するが、当夜の警察の日誌には、そうそうたる顔ぶれが並んでいる。いつか、モスバック・マッカーティの当直の晩を狙って訪ねていけば、そのときの日誌をあんたに見せてくれるだろう。この日誌は、署内の古典となっている。ひとりの男が、しんみりスージー・カッツとマーセデス・モレロとドティー・ペイスンと小ドティー・ネスビットとヒルデガード・キャットとキャサリン・キャデンサスとウィーダとアヴリルと真夜中マリンズ、これだけの面々と一夜でねんごろになったといえば、これこそ伝説のぬしでなくてなんだろうか。

マックスキーはこの町のあちこちで騒ぎを起こして歩いたが、ジョン・サワーワインはそのそばを離れなかった。ジョンはマックスキーとすこぶるうまが合った。合わない人間は大ぜいいるのに。

えてして微妙に調律のされた魂の持ち主は、連れがいつになく荒れはじめたとき、身をすくめることが多い。元気のいい友人が大声で春歌をがなりはじめると、へきえきする連中もいる。堅気の市民らしい愚痴がふきげんな怒号に変じたとき、急に知らぬ顔をするやからさえいる。この連中は、最初の小さな乱闘が始まったとき、あわてて隠れ場を探す口だ。さいわい、苦虫ジョンはそのての人間ではなかった。彼の魂は微妙に調律されてはいたが、その音域は広かった。

マックスキーはこの町いちばんの大声、しかも悪声の持ち主だったが、誠実な友だちがそんなことで彼を捨てたりするだろうか？

この二人組は派手にやってのけた。そして、一団の荒くれ男たちは、でかい拳をでかい掌にこすりつけ、好機の到来を待ちながら、あっちからこっちへと、二人のあとをつけまわしはじめた。野牛糞のデューガンとエビ釣り船のゴードン、硫黄尻のサリヴァン、スモークハウス、腎臓結石のステントン、蜂蜜バケツのキンケードといった猛者連だった。この面々が怒りに燃えてマックスキーをつけまわしながらも、その差を詰めてこなかったことでも、マックスキーがただものでないのはわかる。彼も相当な荒くれだった。

しかし、マックスキーが調子はずれの放歌高吟と嬉々とした喧嘩乱闘をいっときやめて、いくらか静かに含み笑いをもらすことも、ときどきあった。たとえば――しばらくのあいだだったが――〈小牡蛎《かき》亭〉（〈大牡蛎亭〉の二階にある）でそうしたように――

「わしがはじめてその秘法をためしたのは」と、マックスキーはジョンに打ち明けた。「自分の意志というより、必要にせまられたからだ。わしはこれまでにも大ぜいの人間の恨みを買い、ときにはその恨みが吹きこぼれることもあった。一度は、船の上の全員がわしに愛想をつかした。そこで（あれは遠い国はるかな昔の小帆船時代だったが）わしは両の足首に枷《かせ》を掛けられ、重しをつけて海へ投げこまれた。そのときだ、わしが秘法を使ったのは」

「いったい、なにをしたんだ？」サワー・ジョンはたずねた。

「ジョン、おぬしもくだらん質問をする男だな。むろん、溺れたにきまっとる。ほかに、人間なにができる？　だが、わしは無駄なあがきはいっさいやめて、おとなしく溺れた。それが秘法よ、わかるか？」

「いや、わからん」

「時間がわしに味方してくれたのさ、ジョン。だれが海の底で永劫を過ごしたいものか。塩水には強い腐食性がある。足枷は、わしの力ではこわせなんだが、それほど丈夫ではない。長い月日が経つうちに鉄は蝕まれ、なにかのはずみでちぎれんばかりになった。百年たらずで足枷はほどけ、わしの死体は（塩水でそれなりに保存されてはいるものの、最高の状態とはいえなんだが）海面へぷかりと浮きあがったのだ」

「あんたにとってはもう手遅れだったな」苦虫ジョンがいった。「また、えらく滑稽なおちがついたもんだ。それとも、その先があるのかい？」

「いや、それがその話のおちさ、ジョン。そういえば、わしがガリア人ピクソダロスの下で歩兵をやっていたときには（むろん、ケルトの傭兵団に加わっていたわけだが）――」

「ちょっと待ってくれ、マックスキー」苦虫ジョンはさえぎった。「あんたの話はどれもちょいとたががはずれてるぜ。なにかの目印が必要だな。とにかく、あんたはどれぐらい長生きしたんだ？ いま、いくつだよ？」

「わしの勘定で四十年ぐらいかな、ジョン。なぜきく？」

「あんたの話が少々眉唾になってきたなと思ったからさ、マックスキー。だが、もしあんたがまだ四十代だとすると、さっきからの話は理屈に合わないぜ」

「ジョン、理屈に合うとだれがいった？ おぬしは物語に不自然な条件を押しつけるのか」

　マックスキーと苦虫ジョンは、血まみれ、ごきげんで、夜間裁判所へしょっぴかれた。逮捕の名目は一連の軽罪だが、実は二人をリンチから救うためだった。二人は話のわかる警官たちや治安判事とえんえん議論をたたかわし、こってり油を絞られた。苦虫ジョンは、彼らの古い顔なじみで、また前科者でもあった。ジョンの言葉には信用がおけるとされていた。嘘をつくときでさえ、彼の話しっぷりには真実味があるのだ。やがてほとぼりがさめ、リンチにかけるぞといきまいていた群集も引き揚げていったあと、苦虫ジョンは二人分の保釈金を払って釈放してもらえることになった。だが、それには、二人が以後の行動をつつしむことを堅く約束しなくてはならない。

二人はりっぱな人間らしくふるまうことを、誠心誠意、心にもなく誓った。これからまっすぐ、おとなしくベッドに帰って寝ると、声高らかに宣誓した。さらにつづけて、つぎの約束を記録にとどめた。もう今晩はこれ以上飲まない。堅気の女性に手を出さない。法律の気まぐれには、たとえそれがどんなに不当でも服従する。そして、もう決して歌わない。

そこで警察は二人を放免した。

外へ出て通りを横ぎったところで、マックスキーは手ごろなブランデーの空きびんが歩道にころがっているのを見つけ、それを拾ってほうり投げた。似たような衝動におそわれたら、あんただってそうするだろう。マックスキーの投げたびんは美しい弧を描き、警察署の正面の窓にとびこんだ。このピッチングを褒めないやつはどうかしている。

念のためつけくわえておくと、この町の警官たちは決してやわではなかった。侮りがたい好敵手であり、彼らと一戦まじえるのは実に張り合いのあることなのだ。

それ、逃げろ！　たちまちおまわりどもが、わめきを上げ、サイレンを鳴らして追いかけてくる！　おっとあぶない！　危機一髪の目にあうこと数回！　だが、苦虫ジョンはあらゆる隠れ場を知りつくしたキツネだった。彼とマックスキーはしばらく穴に身をひそめた。

　危険が遠のき、荒い息がおさまったところで、マックスキーはまたしゃべりだした。二人がいまくつろいでいる酒場は、〈バーナビイの納屋〉ほど知られてもおらず、〈小牡蛎亭〉よりもいっそうせま苦しかった。

「その秘法とは、完全停止に入ることにあるのさ。なあ、苦虫ジョン、おまえを見込んで、そのへんをすこし話してやろう。よく聞いて、おぼえておけ。だれでも死ぬことはできる。だが、だれも死にたいときに死ぬことはできん。まず息をとめろ。やがて肺がはりさけそうになるときがくる。息がしたくてたまらん。だが、そうするな。そこで息をすれば、また最初からやり直しだ。つぎは心臓の動きをのろくし、気を静める。自分の体から熱を逃がし、その上でとどめをさすのだ」

「すると、どうなる？」

「どうなるもこうなるも、そこで死ぬのさ、ジョン。だが、いっておくが楽じゃないぞ。これには多大の修練が必要だ」

「たった一度しかやらないことに、どうしてそう練習を積むんだ？　それは文字どおりに死ぬという意味なのか？」

「ジョン、おれの言葉に飾りはない。おれが死ぬというときは、死ぬという意味だ」

「二つの可能性が考えられるな」苦虫ジョンはいった。「一つはおれの理解力がにぶいということ。もう一つはあんたの話が理屈に合わんということ。ほかの証拠から見て、最初の可能性がありえないのは明らかだぜ」

「こうしようや、苦虫ジョン。時間はもう残りすくない。二十ドルよこせば、おまえの屁理屈は大目に見てやろう。おれは無一文で死ぬのはいやだし、死期が近づいているのが感じられるのさ。ありがとうよ、ジョン！　おまえに会う前も入れて、おれはまる一昼夜をこれで過ごした。その夜もじきに終わる。おれはうまいめしを食い、たっぷり酒を飲んで浮かれた。女どもと楽しくやった。中でもしんみりスージーやドティー、それに真夜中マリンズはよかったぜ。おれは自分の好きな歌をいくつかうたった（みんなの好きな歌じゃなかったようだがな）。歯ごたえのある、荒っぽい喧嘩も二、三度やったし、そのせいでまだ耳がジンジンしてる。おい、ジョン、なぜおまえはあの蜂蜜バケツのやつが左ぎっちょだと教えてくれなかったんだい？　おまえは知っていながら、やつに最初のパンチでおれの不意をつかせたんだろうが。

　いや、面白かったぜ、ジョン。おれという子供は、この遊びをとことん楽しむのさ。おれは血の気がありあまっているため、あらゆるものを一昼夜の中に詰めこみたいのさ。その気になれば、べらぼうにたくさんのものが詰めこめるからな。さて、びんに残った酒を集めて、なにか騒ぎの火種を作りに浜辺へ出てみるか。この一夜には最後の仕上げが必要だ。おれが長い眠りに入る前にな」

「マックスキー、あんたはこの人生を最大限に活用する秘法があると、なんべんも匂わした。だが、それがどんなものか、まだ教えてくれてないぜ」

「おい、おれは匂わしたりはせん。ずばりそういったんだ」マックスキーは悪態をついた。

「じゃ教えろよ、いったいぜんたいその秘法とはなんだ?」ジョンはわめきたてた。

「一生を一度に一日で生きろ、ジョン。ただそれだけのことよ」

それからマックスキーは昔の浮浪者の歌をうたいだした。四十歳の、しかも専門家でもない男が、知っているはずのない歌だった。

「いつ、そんな歌をおぼえたんだ?」ジョンはたずねた。

「きのうおぼえたのさ。だが、きょうも新しい歌をワンサとおぼえたぜ」

「気がついたんだが、何時間か前のあんたの話しっぷりには、なんだか妙に古風なとこがあった。ところが、いまはそうじゃないようだ」

「ジョン、おれはすんなり現代風になれる男さ。耳はいいし、よくしゃべり、よく話を聞く。その上、物真似の名人だ。どんな言葉だって一日で身につく。言葉ってものは、おまえの考えるほど変化の速いもんじゃないよ」

二人はその夜に仕上げをほどこすため、浜辺へ降りていった。もし死ぬなら、波の音の聞こえる場所で死にたい、とマックスキーがいったのだ。二人は防波堤を越えて、暗い浜辺へとおりていった。そう、マックスキーの思惑どおり、そこには血湧き肉躍る興奮が二人を待っていた。というよりも、二人のあとを追ってきた。それは最後の大乱闘のチャンスだった。

黒く密集した一団の男が、二人のあとをつけてきた――この一昼夜のどんちゃん騒ぎのあいだに、なんらかのかたちで侮辱された連中なのだ。恐れを知らぬ二人組は向きを変え、ある距離をおいて追手と相対した。マックスキーは最後の酒びんを飲みほすと、それを一団のまんなかに投げこんだ。この男たちは短気だった。たちまちかっと逆上し、飛んできたびんに当たった男は、罵り声を上げた。

こうして乱闘が始まった。

しばらくのあいだは、正義が勝つかに見えた。マックスキーは無双の豪傑だったし、苦虫ジョンも喧嘩上手だった。二人は怒りに燃えた連中を、浜に上げられた魚の群れのように、砂の上へ打ち倒していった。それは記憶に残る大乱闘の一つだった。

だが、マックスキーが予感したとおり、相手の数は多すぎた。たった一昼夜のうちに、彼はけたはずれな人数の敵を作りあげていたのだ。

壮烈な戦いは最高潮に達し、それからちょうど大波が轟きを上げて崩れるように、波がしらを立てて砕けた。そしてマックスキーは、栄光の頂点、得意の絶頂に達したところで、とつぜん戦うのをやめた。

彼が一声上げた荒々しい喜びのかちどきは、島のすみずみにまでこだました。それから彼は大きく息を吸いこみ、その息をとめた。目をつむり、ニヤニヤ笑いを浮かべた彫像のようにじっと突っ立った。

怒った男たちはマックスキーを押し倒し、その上に群がった。彼の体を踏んづけて砂の中へめりこませ、最後に残った生気までをその体から蹴りだした。

苦虫ジョンは、戦いのつづくかぎり戦いつづけた。だが、いまや彼は、マックスキーがなにか明らかでない理由で、戦線から離脱したのを知った。苦虫ジョンもそれにならった。彼はいちもくさんに逃げだしたが、それは臆病だからではなく、個人的な好みからだった。

一時間後、ちょうど夜明けの光がさしそめるころに、苦虫ジョンはその場へひきかえしてきた。彼はマックスキーが死んでいるのを見つけた――呼吸もなく、脈拍もなく、体温もない。だが、それ以外のなにかがあった。マックスキーは、あのとりとめもない身の上話の中で、かなりひどいかざだといったものだ。ジョンは、いまその意味を知った。なんと熟れ方の早いやつだろう！　鼻の証言に照らしても、マックスキーは死んでいた。

そこに落ちていた子供のシャベルを使って、苦虫ジョンは砂山の崖の横腹に穴を掘り、そこへ友人のマックスキーを埋めた。マックスキーのズボンのポケットにまだ二十ドル札が入っているのは知っていたが、そのままにしておいた。どちらか片方だけならまだ諦めもつくが、死んだ上に文なしときては、不名誉の最たるものだからだ。

それから苦虫ジョンはてくてく町へ帰って朝めしを食べ、この一件をあっさりと忘れてしまった。

苦虫ジョンは自分の天職にしたがって世界をほっつきまわり、面白い連中と知りあった。たぶんあんたとも知りあったかもしれない。もし、あんたに面白いところがすこしでもあればだ。苦虫ジョンは、そんな人間を見逃さないたちだから。

十二年がすぎ、何週間かがすぎた。苦虫ジョンは面白い港町の一つに帰ってきたが、こんどは一つのちがいがあった。たくさんの人間にそんな日がめぐってくるように（願わくはあんたがそうなりませんように！）、苦虫ジョンにも失意の日がめぐってきたのだ。すってんてんの無一文で、ポケットも胃袋もからっけつ、尾羽《おは》うち枯らした状態だった。あらゆる意味で、彼は波打ちぎわに立たされていた。

やがて彼は、前に何度かこの町へきたときのことを思いだした。どんちゃん騒ぎをしたこともあった。おふざけもやったし、楽しい目も見た。それらの思い出がどっとよみがえってきた——十回あまりの滞在で味わったしあわせな日々、なかでも特にある一日のことが。

「まったくおかしなやつだったぜ。あんなに血の気の多い男は見たことない」苦虫ジョンは思いだし笑いをした。「あいつはある秘法を知っていた。好きなときに死ねる方法だ。あいつの話だと、それには多大の修練が必要らしい。だが、たった一度しかやらないことを、そんなに練習してなんになる？」

それから苦虫ジョンは、あの血の気の多い男に二十ドル持たせて葬ったことを思いだした。白熱のマックスキーの思い出にふけりながら、苦虫ジョンは人けのない砂浜を歩いた。

「あいつはいってたな。一昼夜のあいだにもたくさんの人生を詰めこめるって」ジョンはつぶやいた。「できるさ。おれはそうしてる。あいつはほかにもなにかいってたが、忘れちまった」

苦虫ジョンは、いつかの砂山の崖を見つけた。半時間たらずで、彼はマックスキーの死体を掘りだした。例のひどいかざはあいかわらずだったが、死体は衣服よりもよく保存されていた。二十ドル札も、まだそこにあった。見てくれは悪いが、けっこう使えそうだ。

「もらっていくぜ、背に腹はかえられん」苦虫ジョンは小声でいった。「あとで、またふところぐあいがよくなったら、ここへ返しにくるからな」

「ああ、そうしてくれ」と、マックスキーがいった。

この世には、こんなことが起きたとき、肝をつぶす男がいる。なかには息をのみ、よろよろと後ずさりするものもいるだろう。もっとひどいのになると、悲鳴を上げるかもしれない。ジョン・サワーワインは、もちろん、そんな小心者ではなかった。しかし、彼も人の子、やはり人間らしい反応は示した。

目をぱちくりさせたのだ。

「あんたがこんな状態でいるとは知らなかったぜ」彼はマックスキーにいった。「そうか、こんなふうにやるのか」

「こんなふうにやるのさ、ジョン。一度に一日ずつな！　その一日が鼻につかぬよう、たっぷり間隔をあけるわけだ」

「で、もう起きる準備はできたのかい、マックスキー？」

「まだできるものか、ジョン。ついさっき死んだばかりじゃないか。あと五十年経たなけりゃ、本格的な食欲はわいてこんよ」

「一種のごまかしだとは思わないか？」

「この方法が禁止されてるって話は、聞いてないぜ。それに、こっちは生きた日だけしかかぞえてない。このやりかたで、おれは一生をうんとひきのばした。しかも、その一日一日が印象的だ。いわせてもらえば、おれはただの一日も退屈な日を送ったことがないよ」

「どうもまだよくわからん。どうやってあんたはそんなことができるんだ、マックスキー。一時的生命停止かい？」

「ちがう、ちがう！　その言葉がなによりも誤解のもとだ。そう考えたらさいご、もうつかみそこねたも同然さ。死なくちゃだめだ、ジョン。でなけりゃ、自分をごまかしてるにすぎん。こんどおれがやるのをよく見れば、おまえにもわかるだろう。それからおれをもう一度埋めて、そっとしといてくれ。墓の中でのんびりするまもなくたたき起こされるのは、だれだってうれしくないからな」

そういうと、マックスキーはもう一度入念に自分を死なせ、苦虫ジョンはもう一度彼を砂山の崖に埋めなおした。

マックスキーは――その名は古いアイルランド語で〈眠りの息子〉の意味だが――一時的生命停止の（ちがう、ちがう、そう考えたらさいご、もうつかみそこねたも同然、これは死だよ、死だ）達人で、一度に一日ずつ人生を生き、その一日一日は、数十年おきにめぐってくるのだ。

みにくい海
The Ugly Sea

伊藤典夫訳

初出：The Literary Review, Fall 1961
邦訳：《SFマガジン》一九七五年五月号→伊藤典夫編『ファンタジーへの誘い』（講談社文庫）→短篇集『つぎの岩につづく』（ハヤカワ文庫SF）

初出誌《ザ・リテラリー・レビュウ》は、ニュージャージー州に本拠を置くフェアリー・ディキンソン大学の発行。一九五七年の創刊の由緒ある文芸誌で、現在もWEBマガジンとして継続している。本作品はタルサ大学の原稿コレクションの記録によれば、一九五七年十一月に脱稿。小説家ラファティの最初期にあたる。

語り手を務めるのは、ヘソ曲がりの放浪者、苦虫ジョン。とある港の酒場の看板娘ボニーと、彼女に惹かれて船乗りになった元金貸しモイシャの悲恋物語だ。イノセントで独特な魅力を備えた乙女。けなげで一途な青年。この組み合わせは「ファニーフィンガーズ」と共通する。モイシャとともに航海へ出る蛇、尾巻き猿、物言う鳥は、なにかの象徴のようにも思えるが、ここでは野暮な深読みはやめておこう。モイシャがこの三匹を順々にボニーへ託し、それに相即し「海の男は足の悪い女と結婚すると死ぬ」というジンクスも繰り返される展開が、この作品に寓話的リズムをもたらしている。

「海はみにくい」と苦虫ジョンはいった。「おかしなことに、それに気づいたのはわしだけらしい。海をえがいた文章はごまんとあるが、そう書いているやつはひとりもおらん。自分の錯覚じゃないかと思ってた時期もある。わしだけにみにくく見えるのか、とな。だが、じっくり検討したところ、ほんとうにみにくいのだとわかった。

あれはひどい。汚水溜めよりも不潔だ。ところが汚水溜めにはつかろうとしないやつでも、海には喜んでつかる。あの臭いは、ふたのない下水の臭いだ。ところが下水を旅する者はいなくても、海にはみんな出ていく。それに、しまりがない。この世であんなにしまりのないものも、おそらくないだろう。改良しようにも、実際的方法があるかどうか。汲みだすことはできんし、ふたをすることもできん。見ないようにするだけだ。

海にある何もかもが、卑しいものばかりだ。動物は陸のより下等。植物は根もなければ、きまった形もない。岸は汚れ、すりへっていく。生きているものが死んだものといっしょくたに横たわる、あけっぴろげの墓場だ」

「そりゃ、すこしは臭うよ、苦虫ジョン。たしかにしまりもない。だけど、みにくいとは思わんね。海がときどき見せる、あのとてつもない美しさは否定できないだろう」

「いや、わしは否定するな。海には見た目の美しさはない。単調で、表情はせいぜい四つか五つ。その全部が下品だ。上にある空や太陽は美しいかもしれん。接する陸地もきれいといっていいだろう。だが、この古ぼけた下水溜めそのものは醜悪だ」

「では、どうしてそう思う人が、あんたひとりしかいないんだね？」

「理由はいくつかありそうだな。ひとつは、これは昔からそういう気がしていたんだが、わしがみんなより頭がいいということだ。またひとつは、人類が潜在意識のうちで、ということは何の理由もなしに、そのみにくさを認めまいと決めてしまったことだ。海は潜在意識とよく似ている。潜在意識そのものかもしれん――これはわだつみ学者《サラッサロジアン》の教えだがな。平原の民（インディアン）は、海をじかに見るまえから海の夢を見ていた。それは、やましい夢だった。彼らは海の存在を知っていたが、海があることを恥じていたのだ。エデンの園の蛇はヒュドラ、つまり水蛇だった。自分には行けないところはないとばかり、やつは川を源までさかのぼった。楽園を流れる川でさえも、やがてはこのいまわしい墓場に流れこむ。これはわしらが何としてでも耐えねばならん秘密だ。わしらは海原のリズムに同調している。海は二十四時間に二回いきあたりばったりに持ちあがり、持ちあがってから悔やむ。わしらだって、まあ、似たようなものさ」

「苦虫ジョン、あんたはみにくいというが、やっぱり海は好きだね」

「わしだって好きさ。誰も嫌いだなどとはいっとらんよ。みにくいといっただけだ。神はいろんなものをおつくりになったが、そのなかでいちばん不満に思っていたのが海だというのは、公然の秘密だ。少なくとも、神に選ばれた民は、これまで海をずっと遠ざけてきた。

そりゃ、もちろん利用はしている。支配しかけたことだって何度かある。だが船乗りになって海に乗りだすわけじゃない。歴史をふりかえってみても、ユダヤ人の海の男というのはたった三人いただけだな。ひとりはソロモン王の海軍にいたやつだ。命令でしかたなく所属していたわけだが、楽しんではいなかった。ひとりは十世紀ごろ、あるカリフに仕えていた。なぜかは知らん。そして三人目が、モイシャ・ウーファヴォーナーだ」

「そのモイシャの話を聞きたいものだね」

「モイシャはいいやつだったよ。だから、よけいかわいそうなんだ。不思議なのは、何が彼をいまわしい海に引き寄せたかということだな。十年考えたって、おまえさんにゃわからんだろう」

「ああ、波止場女でないとしたら、ちょっと見当はつかないね」

「こいつぁ驚いた。何が突拍子もないって、それこそ突拍子もない話だろう。ところが図星、そいつが真相なんだよ、といっても、必ずしも女とはいえん。そうなる可能性がある(哲学者にいわせればそういうことか)、つまり、年端もいかない娘なんだよ。

だが、そこまで見抜かれてはしょうがない。一部始終を話すとしようか」

話は十年まえにさかのぼる。そのころモイシャは成人年齢(ふつう二十一歳)よりすこし若く、父親を手伝って、海とは直接関係のないまっとうな家業、つまりは高利貸しという商売をやっていた。だが客のなかには海の男も多くて、海の男というのは命がけの仕事だから、利息もふつう考えるよりいくらか高かった。

モイシャは取立てをやりながら、商売のこつを勉強していたわけだ。おかげで海の臭いのするところへも足を向けたが、常識をわきまえた人間として、モイシャにはこれは辛いことだった。そういうわけで青魚亭へ行く用事もできた。ウォーターフロント地区のレストラン兼バー兼下宿屋だよ。

店の主人のひとりっ子で、十二になる片足の悪い娘がピアノを弾いていた。ほかにいろいろ気をとられていたので、娘のピアノの腕前がひどいことに気づいたのは、しばらくしてからだった。モイシャはそれを娘にいった。「お嬢さん、そういうのはうまく弾くか、弾かないかのどっちかなんだ。もっとちゃんと弾くかやめるかしてくれないかなあ。それは聞くに耐えないよ」

娘はいまにも泣きそうな顔をし、モイシャはこれを見てまごついてしまったが、なぜなのか理由はわからなかった。半時間ほどして、否応なしに心に押し入ってくるものがあり、耳をそばだてると、娘はまだ弾いていて、あいかわらずへたくそな弾き方をしている。だが、いまではコチコチなのでなおひどい。

「お嬢さん、それではたまったものじゃないぜ。そいつから手を離して、寝ちゃったほうがいい。でなければ、どこかへ行って、何でもしたいことをやってくれ。とにかく、ひどすぎる。もうやめろ！」

すると、小娘はほんとうに泣きだした。これがもとで激論がはじまり、モイシャは頭を血だらけにされて、つまみだされた。はじめてそういう目にあって気がついた。海の男たちはあの娘が好きで、ああいうピアノの弾き方を気にいってるんだとな。

ほのぼのした純愛にしても情熱的な大恋愛にしても、あまりいい始まりとはいえんだろう。だが始まりにはちがいない。出会ったのは、それがはじめてだったんだからな。

それから三日というもの、モイシャは落ち着かなかった。蛇が肝臓に食らいついているというのに、そいつの姿が見つからないんだ。昼日中から、モイシャは酒を飲むようになった（そんな習慣はなかったのに）。三日目にはラムを注文した。口のなかに変な味があって、そいつに張り合おうとしたわけさ。脳みその迷路にはひどい臭いがこもって、それがモイシャを人恋しくさせた。

三日目の夕方になって、モイシャはおそろしい真実にめざめた。あのろくでもない海の臭いをもう一度かぎたい。あの別嬪《べっぴん》娘の弾くピアノをもう一度聞かないことには、明日まで命がもちそうもない。

ボニーはたしかに別嬪だった。物腰には分別があって、一徹そうな顔をしている。あくどいことはすまいといま心に誓ったはいいが、すればよかったとすこし悔やんでいるといった風《ふ》情《ぜい》だ。

ボニーのピアノは、じっさいそんなにひどくはなかった。ただ調子っぱずれで、ほかの誰もがやったことのないような弾き方をするだけだ。バラッドの曲なんか響きはいいものだし、急に弱まったと思うと、つぎにはガンガンやらリンリンと盛りあがる。ところがモイシャが部屋にいるとわかると、娘は弾くのをやめてしまった。

青魚亭のモイシャは、どうにも場ちがいだった。船乗りの話に仲間入りはできんし、間をもたせようと、あとからあとから酒を注文する。とうとう喧嘩腰になったところで（いままでになかったことだがな）、またおっぽりだされてしまった。

モイシャはT型桟橋の上にあるきたない防水シートに寝ころんで、ボニーがまたピアノを弾きはじめる音を聞いていた。そのうち音がやんだ。寝るようにいわれたのだろう。

ところがボニーは、彼のいるT型桟橋へやってきた。

「ねえ、ぼけなす、あんたを見てるとむしずが走るわ」

「むしずが走る？」

「そうよ、父さんだっていってるわ。〈あのユダヤ野郎を二度と入れるんじゃないぞ、騒ぎのもとだ、あいつから金を借りるくらいなら、どっか他所《よそ》へ行って借りてこい〉って。ここでは犬だって、あんたを見たらうなるわよ」

「わかってるよ」

「じゃ、どうしてここへ来るの？」

「仕事以外でここへ来たのは、今夜がはじめてだぜ」

「今夜のことをいってるのよ」

「きみに会いたいと思って来たんだ」

「だと思ったわ、ダーリン。あら、誤解しないでよ。あたしは誰にでもそういうの」

「じゃ、取り消すかい？」

「べつに取り消したくはないわ。ねえ、ぼけなす、どうしてあんた、ほかの人たちみたいに海の男じゃないの？」

「ほかはみんな海の男なのかい？」

「青魚亭に来る人たちはね。これからどうやって店にはいるの？　父さんが入れてくれそうもないのに」

「わからない」

「名刺くれたら、あたしから連絡するわ」

「ほら」

「それから二ドル五十セント貸してくれたら、土曜日に三ドル二十五セントにして返すわ」

「ほら」

「あたしはあんな風にしかピアノを弾けないの。あんたが海の男なら、きっとあたしの弾き方が気にいるわ。おやすみ、ぼけなす」

「おやすみ、ボニー」

陰惨な考えが、モイシャの頭にうかんだのはそのときだ。「もし、おれが船乗りになったとしたら？」

何をするったって、これ以上むちゃくちゃな話はない。キリスト教徒になったっていい、あばずれ女と結婚したっていい、金のつかいこみで刑務所へはいったっていい。だが、いままでの暮らしを捨てて海へ出るなんていうのは、モイシャには耐えられんことだし、彼の家族だって身を切られるような思いをするだろう。

おまけに何の理由もないんだ。ただ十二の小娘が、海の男でないモイシャをいくらかそっけなく扱うというだけさ。海の暮らしというのは、つらくて空っぽなものだ。秩序はぶちこわされ、あるのは放蕩と退屈と仕事と、体をじりじりとすり減らす怠惰、それに胸の悪くなるような古池と汚れた岸だけだ。そんな理由もあって、モイシャは三カ月ためらった。

ボニーが会いにくるのは、そのときにはもう十回目ぐらいだったろう。昔の借金の利息に、いまでは週に六十セントを支払う身となっており、よくある事の成行きとして、返済の見込みはまずなさそうだった。

「ボニー、きみにいえるようなことが何かあればなあ」

「いいたければ何でもいえるでしょ」

「ボニー、きみはわかってないんだ」

「そうかしら。じゃ、賭けてみる？」

「ボニー、あと四年したら、きみはどうなっているだろう？」

「誰か海の男と結婚してるわ。あたしをもらってくれる男がいればね」

「きみだったら、誰もいやというはずがない」

「海の男はね、足の悪い女と結婚すると死ぬというジンクスがあるのよ」

　こうして、夏にはいった最初の日、モイシャは下っぱの機関員の仕事に雇われて船出した。モイシャはうちひしがれ、家族はこれを恥とした。寝ても覚めてもわが身の不幸をのろった。モイシャは異教徒の食い物を食い、港みなとで罪深い行為にふけり、一日も早くしたたかな海の男になろうとした。母港に帰ってきたのは、それから九週間めのことだった。モイシャは船乗り仲間と連れだって青魚亭をたずねた。

　まだ昼を過ぎたばかりだったので、ボニーは彼といっしょに散歩に出かけ、小さな半島を横切って海辺におりた。

「もう、びっくり仰天しちゃったというだけで、あとのことばが出ないわ。どうして常識のあるおとなが、海なんかへ出ていくの？」

「きみが海の男を好きだと思ったからさ、ボニー」

「そりゃ、あたし好きよ。だけど、だいたい海の男でもないくせに、どうして海の男になれると思うの？　犬が魚になるほうがもっと楽だわ。こんな馬鹿なことってあるかしら。きょう店に来たあんたを見たとき、あたしのために海の男になったみたいな気がふっとしたの。そうなの？」

「うん」

「なんなら純情ぶって、〈だってモイシャ、あたしまだ十二よ〉ぐらいいったっていいのよ。でも、あんたの気持はわかるの。これだけはいっておくわ。あたしはいままで人にひどい仕打ちをしたことないし、そうしたいような人だって、あなたに会うまでいなかった。でも、あんたにはそうしたっていいわ。あんたを駄目にするのは、おもしろいかもしれない。おたがいソリがあわないのよ。もう二度とあたしのとこへ来ないで」

「それは無理だ」

「じゃ、意地悪するしかなさそうね。おたがい同士のことを思って、もう会わないようにっていってるのよ。あなたを駄目にしたくはないし、あたしだって意地悪な女になりたくないわ。でも、これからも顔を見せるようなら、あたしその気よ」

「きみと会えないなんて、そんな」

「そうなの、じゃ、悪い女になるわ。きたないことばを吐いて、しょっちゅうあんたを驚かせてやる。あたしがしたいやらしいことを、あんたに話してやるわ。それが嘘かどうかも、あんたにはわからないのよ。どういうつもりでいってるのかもわからないし、知るのもこわいし、いま手を切らないと、永遠に手を切ることはできないわよ。何人も亭主を持っても、まだあなたと手を切らずに、言いなりにしてやるの。あんたは暗闇に立って、あたしの部屋の明るい窓を見上げながら、嫉妬で気も狂わんばかりになるわ。おねがいだから行って。あたし意地悪になりたくないの」

「だけど、ボニー、そうなると決まってるわけじゃないよ」

「そうならなければいいとは思うわ。でも、あんたを見るとこわくなるの。じゃ、取引をしましょう。あんたが離れていてくれれば、あたしはいい子にしているわ。でも、またもどってくるようなら、責任は持てないわよ。山の手へ帰って、もうこんりんざい海の男になるなんていう考えは捨てること」

　こうして娘は青魚亭へもどっていった。

　モイシャは山の手へは帰らなかった。彼は海にもどり、それから丸一年、港に姿を見せなかった。そのあいだに彼のうちに変化が起こった。身近につきあううちに、海が不快だということに気づかなくなってしまったのだ。一度など夕暮れに、ちょっとのあいだだが、じつに爽快な気分を味わったりもした。港みなとで罪深い行為にふけることもあまりしなくなった。陸に上がると、ウォーターフロントのバー街を通りすぎ、その向こうにあるいろんな国を見て、すばらしい人びとと知りあった。この波だつ古い水の球体の感じが、頭のなかでつかめるようになった。オランダの下宿屋では、十二になる娘とチェスをした。彼女は早熟ではなかったし、意地悪な女になってしまうとおびえてもいなかった。デンマークの酒場では、したたかな海の男をきどって嗅ぎタバコを吸うことをおぼえた。ブルターニュの宿屋では、海は、土地を買う金のない貧乏人の世襲財産であるという話を聞かされた。自分が老練な船乗りそっくりの歩き方をしているのにはじめて気づいたのは、そのブルターニュにいたときだ。

一年して、母港に帰ったモイシャは、さっそく青魚亭へ出かけた。

「ある意味では、あんたに会えてうれしいわ」とボニーはいった。「虫の居所が悪いところだったから、タイミングがいいわけよ。毎朝目がさめると、あたしいうの――〈今日こそ一騒動起こしてやるぞ〉って。だけど、騒動を起こす相手がいないじゃない。ドブネズミはたくさんいるけど、あんなにかわいい生き物にひどいことをしたくないし。でも、あんたにならできそうだわ。さあ、どこかに宿をさがして、見つかったら教えてよ。今夜行くから」

「だけど、きみはまだ子供じゃないか、それに本心でもないはずだ」

「じゃ、本心かどうかわからせてやるわ。あたし行くつもりよ。あたしがかわいいから愛しているというのなら、とことん愛させてやる。あんたには知らないことがまだいっぱいあるし、船乗りになってまだ一年ぽっちじゃないの。あたしを責めさせてあげるわ。それがあんたにはもっとひどい責めになるの。変態というのが、ほんとはどういうものか教えてあげるわ。帰ってきたことをきっと後悔するわよ」

「ボニー、きみのユーモアは残酷だな」

「あたしがいつユーモアなんかいった？　あたしがふざけてるかどうかもわかってないし、永遠にわかりっこないわ。それとも、あんたとじゃなくて、誰かほかの男とそういうことをやってほしいの？」

「とんでもない」

「やったっていいのよ。部屋を教えてくれなければ、今夜ほかの男の部屋へ行くわ。信じられないような、いやらしいことしてやる。たとい誰かのところへ行かなくたって、行ったといってやるわ、明日になったら」

だがモイシャはどうしても宿の住所を教えようとしなかった。そんなわけで、その夜モイシャが青魚亭を出ると、ボニーはあとをつけた。驚いた話だが、足の悪い十三の娘から逃げるのに、大のおとながどんどん足を速めなければならず、最後には恐怖にかられて、暗い通りをかけだした。だがようやくふりきったとき、驚くほどやさしくボニーの叫ぶのが聞こえた。「おやすみなさい、モイシャ、ごめんなさいね、あたし意地悪だったわ」

だが、ボニーはそんなに後悔している風でもなかった。あくる日の晩も、あいかわらず意地が悪かったのだ。

「耳から毛を生やしたじいさんが、あそこにいるでしょう？　あいつ、いやらしいのよ。それに、ことばも通じないの。でも、あたしのしたいことはちゃんとわかってくれてるわ。ゆうべはあいつといっしょに過ごしたの」

「ボニー、そんなのは嘘だ、それにちっとも笑えないよ」

「そうよ、笑えることじゃないもの。でも、嘘だってほんとうにわかる？　あたしはしょっちゅう嘘ついてるわけじゃないし、いつ嘘をついたかわかるはずないわ。今夜部屋を教えてくれないようなら、あそこにいる赤い顔した年寄りの泣き上戸か、あの黒人と寝るわ。あとをつけていいわよ。どうせあたしがつければ逃げちゃうんだから。そいで、あのどっちかと出かけるのを見てなさい。通りに立って、部屋の明かりを見てるといいわ。あたしはいつも明かりをつけておくの」

「ボニー、なぜそういう意地悪をいうんだ？」

「あたしだって知りたいわ、モイシャ、あたしだって」

そんなことが一週間つづいたあと、モイシャはまた船出し、二年ばかり母港に立ち寄らなかった。彼は、海にかがむ巨人族のことを知った。

「この樹の名前は知らん」と苦虫ジョンはいった。「まえには知っていたんだがな。ちょうど話のこのあたりで、ふつうは酒を頼むんだ。ところが腹のなかで飼ってる連中が、もうずいぶん昔から厄介なことになっていてな。いまじゃわが子みたいなものだが、ラムと安ウィスキーの規則正しい食餌療法がやつらにいいわけがない。あちらのねえさんが卵を二つ三つ焼いてくれたら、小さな相棒たちも喜ぶだろうし、わしにだって薬になりこそすれ毒にはならんと思うんだ」

とにかくモイシャは、海にかがむ巨人族のことを知った。これは、かたまって生える大きな樹だ。島々や本土のちぎれたところで見かけるやつで、海に向かってほとんど水平に伸びていく。風でそうなるんじゃない。ちょろっと生えた若木の時分から、風を四六時ちゅう海から受けているというのに、その風に逆らって、理屈も何もなく海へ伸びていくんだ。なかには幹の直径が九フィートぐらいになるやつもあるんだが、みんな海にかがみこんでるのさ。樹がなぜそういうことをするのか、たいていの人間には見当もつかんことだが、モイシャにはその理由がわかりかけてきた。

彼は鳥を一羽手に入れた。物言う鳥で、おそろしく器用なやつだ。それから尾巻き猿と蛇を一ぴきずつ手に入れた。蛇はいつもシャツのふところに入れて持ち歩いた。そのころにはモイシャはしたたかな海の男になっていたからだ。

金まわりもよかった。金貸し業を見限ったわけじゃなかったし、珍品や雑貨を買うことにかけては、じつに抜け目がなかったからだ。彼は持ち物を港みなとで転売し、かならず儲けをあげた。

モイシャは、海の果てしない大量殺人を冷静に見まもり、浮かんでくる死体、沈む死体、水の墓場にちらばるそのかけらなどについて思いめぐらすのを趣味とするようになった。

とてつもなく込みいった中国のパズルに七カ月も取り組み、とうとう解き明かした。西洋人でそれだけの忍耐力を見せたのは、モイシャひとりだった。

十五の年にボニーは船乗りと結婚したが、相手はモイシャじゃなかった。式がおこなわれたのは、モイシャが帰ってきて青魚亭に立ち寄るたった一週間まえのことだ。亭主になった男の名はオグルズビー・オグバーンといった。これをへんてこな名前だと思うなら、ためしに彼女が肘鉄をくわせた男どもの名前を二つ三つきいてみるがいい。

モイシャが青魚亭に顔を出した日は、オグルズビーが船出をした当日だった。ハネムーンは終わっていたし、もう海にもどらねばならない時期だったのだ。ボニーはいまでは誰にもかれにもやさしかった。ところがモイシャにだけは、まだつんけんするのだ。

「亭主を持って一週間よ。もう男なしじゃ生きられそうもないわ。街にいるあいだは、いっしょにいてね。あんたが出ていったら、また取っかえ引っかえ男をくわえこむから。そうするうちにはオグルズビーが帰ってきて、また一週間ぐらいいるはずだわ」

「そんないいかたをするものじゃないよ、ボニー、冗談なのはわかってるけど」

「だけど、何を冗談の種にしているかわかってないじゃない。わかりっこないわ」

「天使みたいな顔をして、どうしてそんな口がきけるんだ？」

「対照の妙というやつよ。このほうがおもしろいと思わない？　あんたが人妻を追いまわすような男だとは知らなかったわ」

「そうじゃないよ。だけど、ああ、ボニー！　どうしたらいいんだ？」

「そうね、あんたに差しだせるものは全部差しだしてしまったわ。これ以上はもう何もなさそう」

それから何日かして、モイシャが港を出るとき、二人はまた話しあった。

「あんた、結婚のプレゼントもくれないし、幸せにねともいってくれないのね。あたしたちにはそういうものが必要なのよ。海の男が足の悪い女と結婚すれば、不幸になるに決まってるんだもの。結婚のプレゼントに何をくれる？」

「ぼくにあげられるのは胸ぐらの蛇だけだな」

「まあ、格好つけちゃって」

そこでモイシャは、シャツのなかから蛇をとりだした。

「あら、ほんとうの蛇だったのね。それをあたしに？ こんなにすてきなプレゼントをもらったのはじめてよ。何という名前なの？」

「うん、ただの蛇さ。ウラーだ。つまり、外国の蛇だからね」

こうしてモイシャは、蛇を両手にかかえた娘を残し、海に帰っていった。

誰もが思っていたとおり、ボニーは十六の年にはやもめになっていた。海の男が足の悪い女と結婚すると死ぬという話は、冗談でも何でもなかったのだ。結婚してから死ぬまでに時間がかかるようなことは、めったにないな。オグバーン家の男がみんなそうだったように、オグルズビーも海で死んだ。それも他愛のない病気で、気分が悪そうな顔をする暇もなかった。この報がモイシャの耳にはいったのは、何週間もたってからだ。急いで母港へ引き返した。

手遅れだった。ボニーはまた結婚しちまっていた。

「来るだろうと思ってたわ。あんたならいいなという気はしてたの。でも、いつまでたっても来ないし、夏は半分過ぎちゃうし、だからポリカープ・メリッシュと結婚することにしたの。これでも多少は後悔してるのよ。ポリカープったら、ウラーをいっしょに寝させないし、親指を噛んだというだけで殺しちゃうんだもの。

でも、いいこと教えてあげるわ。ジンクスとか何やかやで、ポリカープは何カ月も生きていないと思うの。来年になったら、なるべく早く来てよ。春のいちばんいいころに結婚したいから。そのころには、二重やもめになっているわ」

「ボニー、冗談にしても、そんないい方ってないぜ」

「冗談なんかいってないわ。あたしジンクスをうち破る方法だって、ひとつ考えてるのよ。来年結婚したら教えてあげるわね。足の悪い女も、三番目の亭主は長持ちさせられそうだわ」

「ポリカープが死ねばいいと思ってるのかい？」

「馬鹿なこといわないで。愛しているわよ。亭主みんなを愛してるわ。あんたと結婚したら、あんたを愛するようにね。だけど、あたしが不吉な女だったら、しょうがないじゃない。ポリカープにいったのよ、そうしたら彼はわかってるって。それでも彼は結婚したがったの。今度港に来たとき、新しい蛇をおみやげに持ってきてくれる？」

「うん、帰ってくるまで、代わりに猿をあずけていこう。鳥はまだ駄目だ。ぼくだって話し相手がほしいからね」

「いいわ。おねがいだから、春に来てね。また夏まで待たせたら、手遅れになって、誰かほかの男と結婚してるかもしれなくてよ。だけど、あんたと結婚するしないは別にして、もう二度と意地悪なことはしないわ。あたしだって年だもの」

こうしてモイシャは、いままでにない幸福な心もちで海へ出ていった。

誰もが予想したとおり、十七の年にはボニーはまたやもめになっていた。ポリカープは船の機関室におきた突拍子もない事故で、体をずたずたにされてしまったのだ。

その話は故郷《くに》に伝わるより先に、モイシャの耳にとどいた。モイシャは物言う鳥ともうひとつ頭を加えて——厳密にいうと、こっちは人間なんだが——協議した。

「このもうひとつの頭というのが、わしだったわけさ」と苦虫ジョンはいった。「ようやく春めいてきたころで、モイシャは、故郷《くに》へ取って返してボニーと結婚したほうがいいかどうかと迷っていた。

〈ぼくは迷信というものは全然信じないんだ〉とモイシャはいったよ。〈足の悪い女が、海の男にとって必ずしも不吉だとは思わない。だけどボニーが、誰もかれもにとって不吉な女だとはいえるかもしれない。——ボニー自身にとってもね〉

わしらはそのとき、フランス名前のついたフランス的風情のある黒人の島にいた。そこにはボニーとおなじくらいきれいで、そんなに不吉な噂もない娘たちがいた。女房にもやもめにもなりそうもない娘たちだ。そういう場所をつぎからつぎへとわたり歩いて、世界をひとまわりする方法だってあるわけさ。

〈青魚亭が地球の中心というわけじゃない〉——そういってやったよ。〈昔からそんな気がしてたんだが、中心からちょっと左にずれてるんじゃないかな。ボニーだって女王様じゃないかもしれん。だが、おまえさんがそう思ってるんなら、おまえさんにとってボニーはそうなんだろう。九カ月、かりにそれが一年に延びたとしても、生きるのに充分な時間とはいえん。そのうちの大部分は海の上にいるわけだしな。だが、その娘と二、三週間すごすだけで満足だとおまえさんがいうのなら、それでいいんだろう。結婚さえせず来年のイースターまでには死んじまう連中が、ほかにいくらもいるんだ〉——わしはそういって、モイシャを陽気にしようとした。元来わしは陽気なたちなんだ。

〈きみはどう思う?〉と、モイシャは物言う鳥にきいた。

〈サンパ〉と鳥は、自分の生まれた土地のことばでいった。くだらん、という意味だ。だが、迷信をくだらんといったのか、早死にするとわかっていながら結婚するのがくだらんことなのか、そいつは鳥の緑の頭をこじあけてみなきゃわからんことだ」

モイシャは、ボニーと結婚するために急いで故郷《くに》に帰った。ウラーの兄弟をプレゼントに、すぐ青魚亭へ出かけた。

「まあ、間に合ったわね。明日、あたしと誰かの結婚公告を教会で読みあげてもらおうと思っていたの。一時間遅れていたら、相手はあんたじゃなかったところだわ」

「来るのがすこしこわかったよ」

「こわがらなくてもよかったのよ。ジンクスをうち破る方法があるって、いったじゃない。青魚亭を売りに出してるの。パパが死んだこと手紙に書いたでしょ。山の手へ引っ越して、海のことなんか忘れちゃうのよ」

「海のことを忘れるって？　どうやって忘れるんだ？」

「何いってんのよ、あんたはにせの海の男じゃない。そうなるように育てられたわけでもないし、海から離れれば、あんたは海の男じゃなくなるわ。足の悪い女は、海の男にとって不吉なだけなの、ほかの男になればいいのよ」

「だけど、何をすればいいんだ？　海しか知らないのに」

「おとなになりなさいよ、モイシャ。あんた、海が嫌いだったじゃない、忘れたの？　嫌いだと、いつもいつもいってたくせに。あたしが海の男を好きだと思ったから、海へ出ていったというだけでしょ。お金を稼ぐ方法なら、あんたはいくらでも知ってるし、そのうちのどれひとつ取ったって、海に近寄らずにすむはずだわ」

こうして二人は結婚した。二人はしあわせに暮らした。モイシャは、ボニーがほんとうに天使だということを知った。彼女の悪たれはポーズだったのだ。ボニーとの結婚生活は、海で過ごした五年の暗い歳月を完全に埋め合わせてくれるものだった。彼女は、モイシャがはじめて見たあの晩より、もっとずっと愛らしかった。二人は市の中心の住宅地に家をかまえ、都会的な品のいいカップルになりきった。そして三年の月日が流れた。

そんなある日ボニーが、蛇を手放したほうがいいんじゃないかといいだした。それから、たぶん猿のほうも手放したらどうかと。ボニーは心配になったわけさ。二ひきが子供たちにかみついたり、子供たちが二ひきにかみつくかもしれんとな。

物言う鳥は、友人たちが出ていくなら自分も出ていくといった。

「だけど、ボニー」とモイシャ。「ぼくが船乗りだった時代を思いださせてくれるものは、もうこの連中だけなんだぜ」

「あたしがいるでしょ。だけど、どうしてあんなにひどい時代のことを思いだしたいの？」

「いい考えがあるよ、ボニー。青魚亭を買いもどそう。あまり経営状態がよくないようだ。あそこに住んで、ぼくら二人でやっていこう。そうすれば、蛇や猿や鳥をおく場所もできる」

「ええ、生き物をおく場所はできると思うわ。だけど、子供たちはどこに住むの？　あそこは子供たちを育てる場所じゃないわ。あたしが育ったんだからわかるの。ねえ、あなた、あんまり無理をいわないで。この三びきを持っていって、どこかへ置いてきたらいいわ。それから、海なんかもうないんだということを忘れないでね」

ところが、この三びきを海の男たちに売りつけようと青魚亭へ行くと、海はまだちゃんとあったのだ。昔なじみがたまたまそこにいて、ちょうどその晩、港を出る船の一等機関士をさがしていた。三びきの買い手はなかなか出てこなかった。

賞金をつけないかぎり、引き取ってくれる者はいそうもなかった。だが、そんなことはできやしない。自分の血を分けた子供に賞金をつけるよりなお悪い。子供より長いあいだいっしょに暮らしてきたわけだし、もっと独特の意味で、連中はモイシャ自身のものなんだ。とにかく買い手はつかなかった。家に帰って売れなかったと細君にいうこともできん。

「モイシャは店を出ると、このジレンマをどうしたものかと考えながら、すわりこんで海をながめた。そのとき昔なじみが（それがたまたま、わしだったわけだが）」と苦虫ジョン。「店から出てきて、その晩出港する船の一等機関士がいないんで困ってるといったわけさ。

すると、モイシャはどうしたと思う？」

「そりゃ、もちろん、契約書にサインして、海にもどった」

苦虫ジョンはあっけにとられた顔をした。

「どうしてわかった？　おまえさん、また図星だ。どうしてそんなに当たるのか、わしにはさっぱりわからんな。まあとにかく、海にもどっちまったわけだ。こりゃどう見たって、恋女房と子供らとまっとうな暮らしを捨てて、きたない海に出ていったとしかいえんだろう。信じられんことだ」

「いまはどうしてるね？」

「神のみぞ知るさ。文字どおりの意味でな。もちろん死んだ。もう一年になるか。海の男が足の悪い女と結婚して、いつまでも生きてるわけにはいかんだろう？」

「ボニーのほうは？」

「きょうの午後、会ってきたところさ。何もかもが起こったのは、この港だからな。ボニーは世界地図と鉛筆と紐をひっぱりだしていた。この国で海からいちばん遠い町をさがしだす気なんだ。

寂しそうにして、モイシャを懐しがっていたよ。いままでの亭主の誰よりもな。だが、なんとすばらしい女だろう！　ピアノの先生をしながら、子供たちを養ってるんだ」

「この話にはなにか教訓《モラル》があるのかね？」

「あるものか。これは不道徳《イモラル》な話だからな。わしには謎だよ。ふつうなら男は、りっぱな家庭を捨ててまでして、あけっぴろげの墓場にいすわるものじゃない。子供らを残して下水を下るようなことはせんし、自分に首ったけの美しい女房をはらいのけて、汚物溜めにのりだしていくもんじゃない。取引の見返りとして、自分がまもなく死ぬとわかっていればなおさらのことだ。

　ところが、そのとおりのことをモイシャはやっちまったんだよ」

スロー・チューズデー・ナイト

Slow Tuesday Night

浅倉久志訳

初出：Galaxy Magazine, April 1965
邦訳：短篇集『九百人のお祖母さん』（早川書房／海外ＳＦノヴェルズ、のちにハヤカワ文庫ＳＦ）
邦訳（別訳）：吉田誠一訳「火曜日の夜」／ジュディス・メリル編『年刊ＳＦ傑作選６』（創元推理文庫）
邦訳（別訳）：山田和子「長い火曜の夜だった」／《ＳＦマガジン》一九七二年八月号

　発表の翌年にネビュラ賞短篇部門の候補となり、メリル編 *11th Annual Edition: The Year's Best S-F*（同書の邦訳が『年刊ＳＦ傑作選６』）に選ばれた、ラファティ短篇代表作のひとつ。メリルは「いかにもラファティらしい作品である。型破《かたやぶ》りで、一見軽いユーモア作品《もの》のように見えるけれど、なかなかどうして深みがあり、諷刺ともちょっと違う、嘲笑しているようでいて愛情のこもった象徴主義的な作品」（吉田誠一訳）と評した。Ｇ・ドゾア編 *A Day in the Life* (1972) やＲ・シルヴァーバーグ編 *Infinite Jests: The Lighter Side of Science Fiction* (1974) など、未来生活や社会学をテーマにしたアンソロジーにも再録されている。

ひとりの乞食が、夜の町を散歩している若いカップルをつかまえた。

「この夜が変わりなくつづきますように」乞食は帽子に手をかけて、あいさつした。「ご親切なおふた方、千ドル貸してもらえませんか。これから財産の取りもどしをやりますんで」

「先週の金曜にも千ドル貸したじゃないか」若い男はいった。

「そのとおりです」乞食は答えた。「でも、真夜中にならないうちに、十倍にしてお返ししましたよ。使いの者に持たせてね」

「そうよ、ジョージ、返してくれたわ」若い女がいった。「貸してあげなさいよ。この人、信用できるわよ」

　そこで、若い男は乞食に千ドル渡し、乞食は帽子に手をやって二人に礼をいうと、財産の取りもどしにでかけた。

　金融取引所へ入りしなに、乞食はイルデフォンサ・インパーラとすれちがった。イルデフォンサは、この市いちばんの美女である。

「今夜は結婚してくれるかい、イルディー？」乞食はほがらかにたずねた。

「あら、それはどうかしら、バジル。あなたとはちょくちょく結婚するけど、今夜は予定がなさそうだわ。でも、一度目か二度目の成功のときに、贈り物をしてくださるならどうぞ。あれは気分のいいものよ」

　しかし、べつべつに歩きだしてから、彼女はこうひとりごちたものだ。「でも、今夜はだれと結婚しようかな？」

　この乞食はバジル・ベイグルベイカーという男で、あと一時間半のうちに、世界一の大金持になるだろう。八時間のうちに四度も一身上を築きあげ、そしてまたそれをなくすだろう。それも、並みの人間が手に入れる程度の財産ではなく、とてつもない巨万の富を。

　人間の思考からアベバイオス阻害《ブロック》がとり除かれて以来、だれもが前よりもすばやい決断、しかも、たいていの場合、よりよい決断をくだせるようになった。アベバイオス阻害《ブロック》とは精神の吃音症状である。その正体が解明され、なんの有効な機能も果たしていないことがはっきりしてからは、幼いうちに簡単な超外科手術で除去されることになったのだ。

こうして、輸送と生産は、ほとんど瞬間的といえるまでにスピードアップされた。むかしは何カ月も何年もかかったものが、いまではほんの数分か数時間ですむ。だれもが、八時間の期間中に、かなりこみいった経歴を一つどころか、ときにはいくつも重ねることができる。

フレディー・フィクシーコは、たったいまマヌス・モジュールを発明したところだった。フレディーはニクタロップ人に属していて、モジュールを使うのは、この派の人びとだけの特色なのだ。いまでは、人びとはその性質と嗜好にしたがって、三派に分かれている。オーロラ人、つまり早起き族と、ヘメロビア人、つまり昼光族、それにニクタロップ人、つまり深夜族である。早起き族がさかんに活動するのは、午前四時から正午まで。正午から午後八時までは昼光族の世界。そして、深夜族の文明は、午後八時から翌朝の午前四時までに開花する。これら三派の人びとの文化、発明、市場、活動は、それぞれすこしずつちがっている。深夜族のフレディーは、いましがた、つまり、のろい火曜の夜の午後八時に、一日の仕事にとりかかったところだ。

フレディーはオフィスを借り、設備を整えた。これには一分しかかからなかった。物件の選択、契約、内装、どれもが瞬間的に完了するからだ。それから彼はマヌス・モジュールを発明した。これでもう一分。つぎにそれを商品化し、市場に出した。三分たらずで、それは大手のバイヤーたちの手に渡った。

これが大ヒットした。魅力のあるモジュールだったからだ。三十秒のうちに、注文が殺到しはじめた。十分たつと、もうあらゆる重要人物がこの新しいマヌス・モジュールを手にしており、これで動向は決まった。このモジュールは何百万個も売れはじめた。それは、この夜のいちばん面白い流行の一つだった。いや、すくなくとも、この夜の第一期に関しては。

マヌス・モジュールは、サメキ詩とおなじく、実用的機能はなにもない。ただ、魅力的なだけだ。心理的な満足を与えてくれる大きさと形をしていて、手に持つこともできるし、テーブルの上に置くことも、また、どの家にもある壁のモジュール棚に、ぴったりはめこむこともできる。

当然ながら、フレディーは大金持になった。この市いちばんの美女であるイルデフォンサ・インパーラは、つねづね新興成金に興味を持っている。彼女がフレディーに会いにきたのは、八時三十分ごろだった。いまではだれでも決断が早い。イルデフォンサの気持は、彼に会うなり決まった。フレディーもさっそく決心をかため、簡易裁判所でジュディー・フィクシーコと離婚した。フレディーとイルデフォンサは、観光地パライソ・ドラドへ新婚旅行にでかけた。

　すばらしいハネムーンだった。イルデフォンサの結婚はいつもそうなのだ。そこには、投光照明に映えるすばらしい景色があった。有名な滝のリサイクルされた水は、金色に染めてある。近くの奇岩はどれもランブルズの作品、遠くの山々の輪郭はスポールの設計。砂浜はメリヴェール海岸の完全な複製。そして、その夜の第一期でいちばん人気のある飲み物は、ブルー・アブサンだった。

　しかし、目もさめるようなその景色は——はじめてそれを見るにせよ、ある時期をおいて再訪するにせよ——一瞬の熱心な注目にふさわしく作られたものだった。いつまでものんびりと鑑賞するものではない。料理も、即座の注文で即座に調理され、あっというまに楽しく平らげられる。ブルー・アブサンの酔いも、その目新しさとおなじで、じきにさめる。イルデフォンサとその愛人たちにとって、恋はあわただしく熱烈なものだった。おなじことの反復は、彼女には無意味である。それに、イルデフォンサとフレディーが選んだのは、一時間の豪華ハネムーンなのだ。

　フレディーはその関係をつづけたかったが、イルデフォンサのほうは動向表示計にちらと目をやった。マヌス・モジュールが人気をたもつのは、今夜のはじめ三分の一だけの見込み。すでに、動向を左右する人たちは、そのモジュールを捨てている。しかも、フレディー・フィクシーコは折紙つきの成功者ではなかった。彼が充実したキャリアを楽しむのは、せいぜい一週間に一度にすぎない。

二人は町へ帰ってくると、簡易裁判所で離婚手続きをとった。九時三十五分だった。マヌス・モジュールのストックは返品された。最後の売れ残りは、早起き族の中のバーゲン品ハンター目当てに処分されることだろう。あの連中はなんにでも飛びつくから。

「つぎはだれと結婚しようかな？」イルデフォンサはひとりごちた。「今夜はのろくさい晩ね」

「ベイグルベイカーが買い占めている」という噂が金融取引所に流れたが、その噂が一巡するころには、ベイグルベイカーは売りにまわっていた。バジル・ベイグルベイカーは金儲けがしんから大好きで、その仕事ぶりは楽しい見ものだった。取引所の場内に君臨し、唇のすみからの命令一つで、メッセンジャーたちや有能なスタッフを動かすのだ。取り巻きが、彼の着ている乞食のぼろを脱がせ、大立て者用の寛衣《トーガ》を着せかけた。彼は前に借りた千ドルを返すため、その二十倍の金額をメッセンジャーに持たせて、あの若い夫婦のところへ送りだした。それからもう一人のメッセンジャーに命じて、もっと高価な贈り物をイルデフォンサ・インパーラのところへ届けさせた。バジルは彼女のことが忘れられないのだ。動向表示複合体の所有権を握ったバジルは、あるにせのデータをそこに組み入れた。

その結果、過去二時間で急成長したいくつかの産業帝国が崩壊し、彼は濡れ手に粟でその残骸を合併することができた。もう何分か前から、名実ともに世界一の大金持だった。すっかり財産の重みがついて、一時間前に見せていたような、あの機敏な策略はとれなくなっていた。いまの彼は肥えふとった雄鹿であり、目はしのきく狼の群れが、この雄鹿を餌食にしようとつけ狙っていた。

まもなく、彼はこの夜最初の巨万の富を失うだろう。バジル・ベイグルベイカーの秘密は、爆発点ぎりぎりいっぱいまで富を築きあげたあと、思い切り派手にそれを蕩尽《とうじん》するのを楽しむところにあるのだ。

マックスウェル・マウザーという思索型の男は、たったいま化学線哲学の著作を完成したばかりだった。それを書き上げるのには、七分かかった。哲学書を書くには、ふつう可変アウトラインと観念インデックスを使う。そして、各章節それぞれの語数を決め、始動ボタンをセットする。熟練者になると、パラドックス供給装置や、意表をつく比喩の調合装置を使うこともある。そして、偏向性や個性的タッチを目盛りで定める。これで、りっぱな著作が生まれてこないほうがおかしい。こうした生産物では、自動的に優秀性が最低基準になっているのだから。

「砂糖ごろもの上に、すこしナッツを散らしてやろう」マックスウェルはそうつぶやくと、そのためのレバーを押した。たちまち、〝地下神的〟とか〝自学自習的〟とか〝酵素支持〟といった単語が、全ページにふりまかれて、それが哲学の著作であることはだれにも疑えなくなった。

マックスウェル・マウザーはその原稿をほうぼうの出版社へ送ったが、そのたびに、約三分間で原稿は返却されてきた。批評と返却の理由が、つねに添えてある——たいていは、すでにもっとよい本が出ている、という理由だった。マックスウェルは三十分間に十回も原稿を突っ返され、意気消沈した。だが、そこで転機が訪れた。

ラディオンの著作がもてはやされるようになったのは、その十分ほど前からのことである。そして、マウザーの論文が、それに対する答でもあり、補足でもあることが、いまはじめて認識されたのだ。この転機から一分たらずで、原稿は売れ、出版された。最初の五分間の書評は控え目なものだったが、ほどなく絶讃が現われた。本書は今夜の初期および中期をつうじての最高の哲学的著作である。これは不朽の名著で、翌朝の早起き族にとってもまだ魅力を残しているかもしれない、とさえ評する者もいた。

当然ながらマックスウェルは大金持になり、当然ながらイルデフォンサは真夜中ごろに彼に会いにきた。革新的哲学者であるマックスウェルは、自由恋愛でいきたいと考えていたが、イルデフォンサは正式な結婚を主張して聞きいれなかった。そこで、マックスウェルは簡易裁判所でジュディー・マウザーと離婚し、イルデフォンサといっしょに出発した。

さて、このジュディーは、イルデフォンサほど美しくはないが、この町でいちばん手の早い女だった。彼女は時の人といっときだけくっつくのが趣味で、いつもイルデフォンサをさえ出しぬいて、一番乗りをなしとげるのだ。イルデフォンサは、自分がジュディーの男を奪いとっているのだと信じていた。ジュディーはジュディーで、イルデフォンサが手に入れるのは自分の余り物にすぎない、と豪語していた。

「わたしのお古じゃないの」ジュディーは、いつも簡易裁判所を駆けぬけながら、そうあざけるのだった。

「もう、あのいまいましい魔女！」イルデフォンサはいつも嘆くのだった。「わたしの髪型まで先取りするんだから！」

マックスウェル・マウザーとイルデフォンサ・インパーラは、観光地ミュージックボックス山へでかけた。すばらしかった。連峰の頂きは、ダンバーとフィトルの共同デザインになる緑の雪で覆われていた。（いっぽう、金融取引所では、バジル・ベイグルベイカーが、その夜三度目にして最大の財産を築きあげている最中で、これはその規模において、彼が前週の木曜の第四回目に築きあげた財産をも凌駕《りょうが》しそうだった）シャレーは、本物のスイスのシャレーよりスイス風で、どの部屋にも生きた山羊がいた。（いっぽう、スタンリー・スカルダガーは、その夜の中期最高の理想像俳優として、脚光を浴びつつあった)その夜の中期でいちばん人気のある飲み物は、グロッツェングラバーだった。ピンクの氷の上にイブ・チーズをのせ、ライン・ワインを注いだ飲み物だ。(そして、町では、深夜族の一流名士たちが、トッパーズ・クラブで真夜中の休息をとっていた)

もちろん、イルデフォンサのハネムーンがいつもそうであるように、それはすばらしい旅行だった——しかし、彼女はそれほど哲学に興味がないので、三十五分間の特別ハネムーンしか予約しなかったのだ。念のために、彼女は動向表示計をのぞいた。そして、現在の夫の著作がすでに古臭くなったこと、いまでは彼の著作が冷笑半分に〝猫のねずみ《マウザーズ・マウス》〟と呼ばれていることを知った。二人は町へひきかえし、簡易裁判所で離婚手続きをとった。

トッパーズ・クラブの会員は、たえず入れ替わる。成功者であることが、会員の資格だ。バジル・ベイグルベイカーは、会員として受けいれられ、会長にまで昇格し、文なしになっては追いだされる過程を、一晩に三回から六回くりかえすのだった。しかし、このクラブへ入れるのは、重要人物か、でなければ、短い全盛期を謳歌できる人物だけなのだ。

「わたしは明朝の早起き族の期間を、眠って過ごすことにするよ」オーバーコールがいった。「新しくできたコイモポリスへ、一時間ほど行ってみるかもしれない。なかなかいいという話だからね。あんたはどこで眠るつもりだ、バジル?」

「簡易宿泊所さ」

「わたしはミディアン法で一時間眠るつもりだ」バーンバナーがいった。「りっぱな新しいクリニックができたんだよ。それから、たぶんプラセンカ法で一時間、それにドーミディオ法でもう一時間眠るかもしれない」

「クラックルは、毎朝一時間だけ、自然睡眠法で眠っているそうだ」オーバーコールがいった。

「ついこのあいだ、わたしもそいつを半時間やってみたよ」バーンバナーがいった。「一時間では長すぎるようだ。自然睡眠法をためしてみたことがあるかね、バジル？」

「いつもそうさ。自然睡眠法と安ウィスキーの組合わせだ」

スタンリー・スカルダガーは、ここ一週間をつうじて最も華々しいデビューをとげた理想像俳優だった。当然ながら、彼は大金持になり、イルデフォンサ・インパーラは午前三時ごろに彼に会いにいった。

「わたしのお古じゃないの！」急ぎ足に簡易裁判所へ離婚手続きをとりに入っていくジュディー・スカルダガーの声が、あざけるようにひびいた。そして、イルデフォンサとスタンリー坊やはハネムーンにでかけた。活動期の最後を、芸能界いちばんの売れっ子の理想像俳優でしめくくるのは、いつもながら愉快だった。彼らにはどこか非常に青臭くて、粗野なところがある。

それに、マスコミの評判にもなるのだが、イルデフォンサはこれが大好きだった。ゴシップ工場は、せっせと活動した。この結婚はどれぐらいもつでしょう？　十分？　三十分？　一時間？　夜の残りを通り越えて、朝の非活動期にまでずれこむような、深夜族としてはめずらしい結婚になるでしょうか？　それとも、これまでの数すくない前例のように、翌日の夜までつづくでしょうか？

現実には、二人の結婚は四十分たらずつづいた。深夜期の終わり近くまで、ということになる。

ふりかえってみると、のろい火曜の夜だった。数百の新製品が、市場に出まわっては消えていった。ヒットした芝居は二十ばかりあった。三分間と五分間の簡約ドラマ、それに六分間の長尺物が何本か。〈ナイト・ストリート・ナイン〉が――実に殺伐な内容ではあるが――この先、よほどのヒット作が出てこないかぎり、今夜のベスト・ワンになりそうな雲行きだった。

百階建ての高層ビルがいくつも建設され、住まわれ、古臭くなり、そして、より現代的な建築に場所をゆずって、取りこわされた。昼光族や早起き族、さらには前日の深夜族が残した建物を使うのは、平凡な人びとだけだった。この都市は、八時間の一期のあいだに、すくなくとも三度は完全に再建設されるのだ。

深夜期は終わりに近づきつつある。世界一の大金持、トッパーズ・クラブに君臨する会長のバジル・ベイグルベイカーは、取り巻き連といっしょに人生を謳歌していた。その夜四度目の巨万の富は、信じられぬ高さにまでそびえたった紙のピラミッドだった。しかし、バジルは、その土台を築いたあの手この手を思いだして、ひとり笑いをうかべていた。

トッパーズ・クラブの三人の守衛が、決然たる足どりでそこへやってきた。

「出ていけ、このうすぎたない宿なしめ！」彼らはバジルをどなりつけた。それから大立て者用の寛衣《トーガ》をむしりとり、三人いっせいに冷笑をうかべて、みすぼらしい乞食のぼろ着を彼に投げ与えた。

「倒産か？」バジルはたずねた。「あと五分はもつと思ったが」

「倒産です」金融取引所から駆けつけたメッセンジャーがいった。「五分間で九十億がパア。でも、ずいぶん大ぜいを道連れにしましたよ」

「この文なし野郎をおっぽりだせ！」オーバーコールとバーンバナーとその他の取り巻き連がさけんだ。

「待て、バジル」と、オーバーコールが呼びかけた。「階段から蹴落とされる前に、会長の飾り杖を返していってくれ。なあに、あしたの晩もまた何回かそいつを握れるさ」

深夜期は終わった。ニクタロップ人は、退潮の時期を過ごすため、思い思いに睡眠クリニックや隠遁所へと消えていった。オーロラ人、つまり早起き族が、主要活動をひきついだのだ。

さあ、いよいよ目まぐるしい行動が見られるぞ！　この早起き族の決断の早さといったらない。事業を始めるのに、ものの一分もかからないぐらいだ。

眠そうな乞食が、道でイルデフォンサ・インパーラにばったり出会った。

「この朝が長つづきしますように、イルディー」と、乞食はいった。「こんどの晩は、わたしと結婚してくれるかい？」

「たぶんね、バジル」彼女は答えた。「ゆうべはジュディーと結婚した？」

「おぼえてないんだ。すまんが二ドル恵んでもらえないかね、イルディー？」

「おことわりよ。たしか、二時ごろのフルフル・ファッション時代に、ジュディー・ベイグルベイカーの名前が、女性ベスト・ドレッサー十人の中に挙げられていたんじゃなかった？　なぜ二ドルほしいの？」

「貸しベッドに一ドル、安ウィスキーに一ドル。なあ、いいたかないが、二度目の成功のときには、きみに二百万届けたんだぜ」

「わたしは二つの勘定を切り離して考えてるのよ。じゃ、一ドルだけね、バジル。さあ、もう行ってよ！　きたならしい乞食と話をしてるところなんか、人に見られたくないわ」

「ありがとうよ、イルディー。安ウィスキーを買って、路地でごろ寝といこう。この朝が長つづきしますように」

ベイグルベイカーは《スロー・チューズデー・ナイト》を口笛で吹きながら、よろよろ去っていった。

いっぽう、すでに早起き族は、水曜の朝を景気よくジャンプさせているところだった。

九百人のお祖母さん

Nine Hundred Grandmothers

浅倉久志訳

初出：If, February 1966
邦訳：ドナルド・A・ウォルハイム&テリー・カー編『追憶売ります』（ハヤカワ文庫ＳＦ）→短篇集『九百人のお祖母さん』（早川書房／海外ＳＦノヴェルズ、のちにハヤカワ文庫ＳＦ）

発表の翌年には、*World's Best Science Fiction: 1967*（同書の邦訳が『追憶売ります』）に選ばれた。また、ブライアン・アトベリー&アーシュラ・K・ル・グィン編 *The Norton Book of Science Fiction: North American Science Fiction, 1960-1990*（1993）、アン・ヴァンダミア&ジェフ・ヴァンダミア編 *The Big Book of Science Fiction: The Ultimate Collection*（2016）といったオールタイムベスト級作品を集めた傑作選にも再録。第一短篇集の表題にもなっている、ラファティの代表短篇のひとつだ。九百というのは「八百万の神」と同じく無数をあらわす象徴だが、なににつけても具体的な数字をもっともらしく示すのがラファティの民話的話法である。主人公セランの「万物の端緒を知りたい」欲求は、SFというジャンルが本来的に備えている好奇心だろう。わけがわからないまま笑いの渦に呑みこまれていくナンセンスな展開は、筒井康隆「笑うな」にちょっと似ている。

セラン・スワイスグッドは、前途有望な特殊様相調査員の例にもれず、彼にも一つの腹立たしい癖があった。年中こんな質問ばかりしているのだ——いったいそもそもの始まりは？

セラン以外の特殊様相調査員は、みんなコワモテのする名を持っていた。マンブレイカー・クラッグ、ヒーブ・ハックル、ブラスト・バーグ、ジョージ・ブラッド（それぞれ、「鬼岩八裂」「尻手押勝」「大山発破」「竜退治血汐」というところ）、ムーブ・マニオン（ムーブが「どけ《ムーブ》」というと、だれもがどく）、それにトラブル・トレント。彼らはコワモテする必要があるので、任名式にコワモテのする名を選んだのである。ひとりセランだけが、本名でがんばっていた——上官のマンブレイカーから見れば、にがにがしい限り。

「セラン・スワイスグッドのような名前じゃ、英雄になれやせんぞ！」マンブレイカーはわれ鐘のような声でどなる。「ストーム・シャノンと改名したらどうだ？　いい名前だぞ。それともガットボーイ・バレルハウスか、スラッシュ・スレーグルか、ニーベル・ナイフなんかはどうだ？　おまえは推薦名簿も見なかったろう」

「本名でいきますよ」セランはいつもそう答えるのだが、これがまちがいだった。ときには、新しい名が新しい性格をひきだすこともある。ジョージ・ブラッドの場合が、まさにしかり。ジョージの胸毛は移植だったが、その胸毛と新しい名前のおかげで、少年から一人前の男に変身してのけたのだ。もしセランが勇壮きわまるガットボーイ・バレルハウス（「酒場根性坊」）を名乗っていたら、優柔不断《ゆうじゅうふだん》と悶々たる鬱屈《うっくつ》の代わりに、とてつもない大仕事をやらかし、男らしい怒りを発散させることができたかもしれない。

　遠征隊はプロアヴィタスという大きなアステロイドに着陸した。このまんまるなアステロイドは、ゆさぶればチャリンと音がしそうなほど、潜在利益に満ちみちていた。その上に、コワモテのする隊員たちは、商売上手だった。彼らは大きな契約をとりつけ、ビロードそっくりの樹皮でできたこの土地の巻物と、それに相当する自分たちのテープに署名した。彼らは、プロアヴィタスのきゃしゃな住民を圧倒し、籠絡《ろうらく》し、それとなくおどしつけた。ここにはよだれのたれそうなほどすてきな、輸出入の市場がある。しかも、ぜいたく品の交易にはもってこいの名産と珍品ばかり。

「みんな一山あてたぞ。おまえのほかはな」三日目に、マンブレイカーはセランの頭の上から優しい雷を落とした。「だが、特殊様相調査局といえども、やらずぶったくりでは寝ざめが悪い。そこでこの事業に文化的な色をつけるため、おまえのような人間を参加させることが、憲章で強制されとるんだ。とはいっても、それにこだわる必要はないんだぞ。いいか、セラン、われわれがはるばるこうして遠出をするのは、大きな肥えた豚の尻肉を切りとるためだ――嘘も隠しもないところはな。だが、もしその豚の尻尾に文化的なよじれがあると証明できたら、それで必要条件は合格。その上、もし尻尾のよじれが儲けを生んだら、こりゃ万々歳だ。たとえば、おまえはあの生き人形について、なにか発見できたか？　あれには文化的様相と市場価値の両方があるかもしれんぞ」

「あの生き人形は、もっとなにか奥の深いものらしいんです」セランはいった。「実に複雑な仕組みが、あそこに隠されているようでしてね。それを解く鍵は、プロアヴィタス人のきまり文句、自分たちは死なないという、あの言葉にあるかもしれませんよ」

「やつらはずいぶん若死にのようだぞ、セラン。外を歩きまわってるのは、若者ばかりだ。家から一歩も出ない連中にも会ったが、こっちはみんな中年どまりだった」

「だけど、彼らの墓地はどこにありますか？」

「おおかた、年寄りが死ぬと火葬にするんだろうよ」

「その火葬場はどこにあります？」

「焼いた灰をどこかへ捨てるか、それとも遺体を蒸発させてしまうのかもしれんな。たぶん、先祖を敬う心を持ちあわせとらんのさ」

「ほかの証拠から見たかぎり、彼らの文化ぜんたいが、過大なほどの祖先崇拝の上に築かれているようですよ」

「調べるんだ、セラン。おまえは特殊様相調査員だろうが」

セランはノコマと話すことにした。ノコマはプロアヴィタス人で、彼とおなじく翻訳者だった。どちらも腕ききなので、おたがいの言語に真中あたりまで歩みよることができた。ノコマはおそらく女性と思われる。プロアヴィタス人は、両性ともある種の柔和さを備えているが、遠征隊員たちは、男女を正しく見分けられると信じていた。

「単刀直入な質問をしても、かまわないか？」きょうのセランは、彼女にそうあいさつした。

「もちろん、ないわ。お話しないで、どんなほかにお話うまくなる法がある？」

「ノコマ、プロアヴィタス人は死なないという話を聞いたんだがね。ほんとうかい？」

「ほんとうでないはずあるの？　もし死ぬならば、ここにいて、死なないという話できないね。ああ、これ冗談、冗談。そう、わたしたちは死なないよ。ばかばかしい外星人の習慣、わたしたち真似する理由ない。プロアヴィタスで、死ぬは下等動物だけ」

「きみたちはだれも死なないのか？」

「そう、あたりまえ。なぜだれが例外になりたがる？」

「しかし、すごく年をとったら、どうするんだ？」

「することだんだん少なくなる。エネルギー欠乏になるわ。あなたたちもおなじでない？」

「もちろんだ。しかし、ものすごく年をとったら、どこへ行く？」

「どこへも。家の中にじっといるわ。旅は、若者と働きざかりな人のもの」

「逆のほうから考えてみよう」セランはいった。「きみのお父さんとお母さんはどこにいるんだい、ノコマ？」

「外にぶらぶらしてる。あんまり年寄りでないから」

「じゃ、きみのお祖父さんやお祖母さんは？」

「何人はまだ外に出てるわ。もっと年寄りは家の中」

「質問のしかたを変えよう。いったい、きみには何人のお祖母さんがいるんだい、ノコマ？」

「わたしの家に、九百人のお祖母さんいると思う。ええ、それが多くないこと知ってるけれど、わたしたち新しい分家だからね。一族の中に、もっと大ぜいご先祖いる家あるわ」

「で、そのご先祖はみんな生きてるのかい？」

「どんなほかに？　だれが生きてないものだいじにするの？　どこにそんなご先祖あるの？」

　セランは興奮のあまり、ピョンピョン跳ねまわりはじめた。

「ご先祖に会わせてもらえるかい？」

「あなたがあんまり年寄りのご先祖に会うこと、賢くないかしれないわ」ノコマは警告した。「よそものだと度《ど》胆《ぎも》つぶすことあるから、わたしたち見せない。もちろん、二か、三十人なら見せてあげる」

　これまで自分が一生かけて、探しもとめてきたものが、ここで見つかるかもしれない――そうセランが思ったのは、このときだった。彼は期待にうろたえた。

「ノコマ、これで鍵が見つかるぞ！　もしきみたちがこれまでだれも死ななかったとすれば、種族ぜんたいがまだ生きてるわけだ！」

「あたりまえ。果物かぞえるようなものよ。なにも持っていかないから、まだぜんぶそこにあるわ」

「だけど、もし最初の先祖がまだ生きてるとしたら、種族の起原を知ってるかもしれないぞ！　そもそもの始まりを知っているはずだ！　どうだい？　きみは知ってるか？」

「いいえ、知らない。わたしは〈儀式〉に若すぎるから」

「では、だれが知ってる？　だれかは知ってるだろう？」

「ええ。年寄りみんなは、始まりを知ってるわ」

「どのぐらいの年寄りが？　きみよりどれぐらい前の世代になれば、それを知ってるんだ？」

「十、それだけ。わたしが十世代の子持ちになれば、そのときわたしも〈儀式〉に行ける」

「〈儀式〉って、どんなものだい？」

「一年一回、年寄りたちが、とても年寄りたちのところに行く。彼らは彼らを目ざまして、どんなにすべてが始まったか、たずねるわ。とても年寄りたちは、彼らに始まりを話すわ。とてもたのしい時よ。ああ、どんなに彼らは笑って笑うでしょう！　それから、とても年寄りたち、もう一年眠りにもどるわ。こうして、つぎの世代たちに伝わっていく。これが〈儀式〉よ」

プロアヴィタス人はヒューマノイドではなかった。ましてや〝モンキー面《づら》〟ではなかった。もっとも、そのあだ名は、いまや遠征隊の隠語として定着したようだった。プロアヴィタス人は直立し、裾までゆったりした衣服をまとい、帯をしめていた。その衣服の下はたぶん二本足だと推測されている。しかし、マンブレイカーもいうように――「知れたもんじゃないぞ。ひょっとして車輪がついてないともかぎらん」

プロアヴィタス人はすばらしく流動的な両手をもっていた。あらゆるところが指だらけという感じだった。器用に道具をあやつるだけでなく、手そのものを、この上なく精妙な道具のように使うことができた。

ジョージ・ブラッドの意見によると、プロアヴィタス人はいつも仮面をつけており、遠征隊のだれひとり、彼らの素顔を見たことはない。つまり、あの一見顔らしいものは儀式用の仮面であり、これまで遠征隊員が実際に彼らの体の一部を見たとすれば、それはあのすばらしい両手だけ。あの両手が、彼らのほんとうの顔ではなかろうか、というのである。

隊に帰ったセランが、いまどんな大発見の端緒《たんちょ》にあるかを説明すると、一同は残酷に大笑いした。

「セラン坊やは、まだ起原探求熱にうかされとるらしいぞ」マンブレイカーがからかった。

「セラン、もういいかげんに諦めたらどうだ、メンドリとタマゴのどっちが先かをほじくるのは」

「もうすぐその答が出るんです」セランは声高らかにいった。「ぼくはまたとない機会に恵まれました。プロアヴィタス人がどんなふうに始まったかがわかれば、万物のそもそもの始まりについて、手がかりが得られるかもしれません。なにしろ、第一世代以来のすべてのプロアヴィタス人が、まだ生存しているんです」

「おまえは信じられんほどの単細胞だな」マンブレイカーはうめきをもらした。「バカと円満につきあえたら、人間が枯れてきた証拠だそうだ。おれは絶対にそうなりたくない」

しかし、その二日後、セラン・スワイスグッドをさがしだし、それとほとんどおなじ話題を持ちだしたのは、なんとマンブレイカーだった。マンブレイカーは、あれからすこし考えなおし、自分なりの発見をしたのである。

「セラン、おまえは特殊様相調査員だ。ところが、おまえが追いかけとるのは、まちがった様相だぞ」

「といいますと？」

「そもそもの始まりなんて、どうでもいい。それより、終わりが来なくてすむかどうかが重要だ」

「いや、ぼくが発見したいのは、始まりです」

「このドあほう、まだわからんのか？　プロアヴィタス人が持っている唯一独特のもので、しかも科学か、天性か、まぐれか、いったいなんで手に入れたのか見当のつかんものはなんだと思う？」

「ああ、彼らの化学じゃないですか」

「そうだ。有機化学はここで花を開いた。プロアヴィタス人は、あらゆる種類の結合剤や抑制剤や興奮剤を持っている。やつらは好きなものを好きなように大きくしたり、小さくしたり、ひき伸ばしたり、縮めたりできる。あの連中はどう見てもトロい感じだ。本能でやっているとしか思えん。だが、とにかく、そんな技術を持っている。そこが重要なんだ。あれさえものにすれば、われわれは宇宙の売薬王になれるぞ。プロアヴィタス人は旅もせんし、外部との接触もすくないからな。連中のクスリはなんでもできるし、なんでももとにもどせる。プロアヴィタス人は細胞を縮めることも、それ以上のすごいこともできるんじゃないかと、おれは踏んでるんだ」

「いや、細胞を縮めるなんて、できませんよ。あんたの話こそたわごとみたいだな、マンブレイカー」

「やかましい。やつらの技術に比べたら、従来の化学なんてたわごとだぞ。ここで手に入れた薬物があれば、人間はもう死ななくてすむ。おまえが大はしゃぎで乗っかってる木馬も、つまりはそれだろうが？　ただ、おまえは尻尾のほうを向いて、あべこべに乗っかってるわけだ。プロアヴィタス人は、決して死なないとか」

「連中、それには確信があるようですよ。もし死ぬとしたら、最初にそれに気づくのは自分たちだからと、ノコマがいいました」

「なんだと？　あいつらにもユーモアがあるのか？」

「らしいです」

「しかし、セラン、おまえはこれがどれほどでっかい問題かを理解しとらんな」

「いまのところ、それを理解しているのはぼくだけですよ。つまり、それが意味するものはこうです。もしプロアヴィタス人が、彼らの主張どおり、つねに不死であるとすれば、最古の老人たちもまだ生きていることになる。その老人たちに会えば、彼らの種族が——そして、おそらくあらゆる種族が——どんなふうにして始まったかを聞きだせるかもしれない」

マンブレイカーはこれを聞いて、瀕死のバッファローさながらに身もだえした。髪の毛をかきむしり、もうすこしで自分の耳をひきちぎるところだった。地だんだを踏み、あたりの物をけとばし、野牛のように唸った。

「始まりなんて知ったことか、このドあほう！　終わりが来なくてすむんだぞ！」あまりの大声に、山々からこだまが返った。
「――知ったことか、このドあほう」

セラン・スワイスグッドはノコマの家へでかけたが、彼女に招待されて、連れていかれたのではなかった。彼女が留守なのを見すまして、ひとりではいりこんだのだ。恥を忍んだ行動だが、遠征隊員はみんな忍びの訓練を受けていた。

なまじ付添いのいないほうが、九百人のお祖母さん、噂に聞く生き人形について、くわしいことがわかるだろう。死なない老人たちがいったいどんなことをしてきたのか、最初に生まれたときのことをおぼえているのか、そのへんを聞きだしてやろう。いきなりよそものがとびこんでも、生まれつき愛想のいいプロアヴィタス人のことだ、大目に見てくれるだろうと、彼はたかをくくっていた。

ノコマとその先祖代々の家は、プロアヴィタスのアクロポリスともいえる平たい丘のてっぺんにあった。かたまりあった家々は、みごとな建築だが土でできており、丘そのものから生えているような、そして丘の一部であるような感じだった。

セランは、板石を敷いたつづら折りの坂道を登り、ノコマが前に指さして教えてくれた家にはいった。こっそり中に忍びこんで、九百人の祖母のひとりにでくわした——およそ逃げ隠れする必要のない相手だった。

婆さまは小柄で、腰かけ、ニコニコしていた。ふたりはそんなに不自由なく話しあえたが、ノコマとのようにはいかなかった。なにしろノコマは、セラン自身の言語に半分まで歩みよれるのである。婆さまによばれてやってきた爺さまも、セランにニコニコ笑いかけた。このふたりの老人は、働きざかりのプロアヴィタス人よりもいくらか小柄だった。ふたりは優しく穏やかだった。あたりには、匂いとは紙一重だけちがうものがたちこめていた——不快ではなく、眠たげで、なにか悲しみに近いものを思いださせる雰囲気。

「ここには、あなたがたよりも年寄りがいるんですか?」セランは熱心にきいた。

「ええ、ええ、大ぜいいますよ。かぞえきれないぐらい」そういうと、婆さまは、自分よりもいっそう年老いて小柄な、じじばばたちを呼び入れた。だれもが働きざかりのプロアヴィタス人と比べると、半分ぐらいの大きさしかなく——小柄で、眠たげで、ニコニコしていた。

いまやセランは、プロアヴィタス人が仮面をつけていないのを知った。年寄りほど、その顔の個性と内容はゆたかになっていくようだった。仮面ではないかと疑いが生じるのは、未成熟で活動的なプロアヴィタス人だけだ。仮面がこんなに柔和なほほえみと老齢を表現できるはずはない。この奇妙な肌理《きめ》のものが、彼らの素顔なのだ。

なんと年老いて優しく、なんと弱々しく眠たげだろう。そこに顔をそろえた老人たちは、いちばん高齢で小柄な爺さま婆さまからかぞえて十二世代はいるにちがいなかった。

「いちばん年寄りは何歳ぐらいです？」セランは最初の婆さまにきいた。

「みんながおなじ齢ということにしているわ。みんな永遠に生きるから」婆さまは答えた。

「ほんとうはみんながおなじ齢じゃないけれど、齢をきくのは失礼なのよ」

「みなさんはエビという生き物を知らないでしょうね」セランは身ぶるいしながら、彼らに説明した。「この生き物は、もしまわりの水がゆっくりと熱せられるなら、しあわせに茹だっていく。ちっとも驚かない。それというのも、どこを境に熱が危険になるかを知らないからです。ここでのぼくはエビとおんなじ。あなたがたといっしょにいると、ずるずるべったりにひきこまれて、眉に唾をつける気も起こらない。小出しにされたら、なんでも信じてしまうおそれがあるし、事実そうなりそうだ。ぼくはあなたがたがここにいて、ちゃんと生きていることを信じます。この目に見え、この手にふれるという、ただそれだけの理由でね。とにかくぼくは、うかうかしてるうちに、エビのように茹でられるんだ。ところで、ここにいる人たちより、もっと年寄りはいるんですか？」

最初の婆さまが、セランについてこいと身ぶりした。ふたりは斜路を通って床の下へくぐり、家の中の古い部分へはいった。そこは地下に違いなかった。

生き人形！　老人たちはずらりと棚の上に並び、めいめいの壁龕《へきがん》の中で小さな椅子にすわっていた。まさしく人形大で、しかも数百人。

この闖入《ちんにゅう》で、多くのものはすでに目ざめていた。ほかのものも、話しかけられたり、さわられたりして、目をさましつつある。彼らは信じられないほど年老いていたが、その目つきや表情は賢そうだった。ほほえみをうかべ、人間というより、むしろひどく年とった子犬がやるように、眠そうな伸びをした。セランが話しかけると、意外なほどの理解力を見せた。

エビよ、エビよ、とセランは自分に言い聞かせた。水が危険温度を突破したぞ！　それなのに、ほとんど違いが感じられない。もし自分の感覚を信じていたら、おまえはうからかしているうちに、生きながら茹だっちまうぞ！

いまや彼はさとった。この生き人形たちは実在している。これがプロアヴィタス人の生きた先祖だ。

小さな生き物たちの多くは、またもや眠りにおちはじめた。目ざめている時間も短いが、眠りもやはり短いらしい。何人かの生きたミイラは、まだ、セランがその部屋にいるうちにふたたび目をさまし、短い眠りで元気をとりもどしたのか、しきりに話をしたがった。

「あなたがたは奇想天外だ！」セランが思わずさけぶと、小さい生き物、もっと小さい生き物、もっともっと小さい生き物のすべてが、それに同意するようにほほえみ、笑い声を上げた。もちろん、そのとおりだった。あらゆる世界のりっぱな生き物はすべて奇想天外だ。しかも一カ所にこれだけ多く集まったことが、かつてあっただろうか？　しかし、セランは欲深だった。一部屋分の奇跡では満足しなかった。

「ぼくはどこまでもこの根源をさぐってみせる！」と熱っぽくさけんだ。「これよりもっと年寄りはどこにいるんです？」

「これよりもっと年寄りも、その上の年寄りも、そのまた上の年寄りもいますよ」最初の婆さまが答えた。「その三重も上の年寄りもね。でも、あまり賢くなろうとあくせくするのは、賢いこととはいえないわ。これだけ見ればもう充分。年寄りたちは眠たがってるわ。さあ、もう上へもどりましょう」

　ここでやめて、上へもどれだと？　セランは聞きいれなかった。通路を見つけ、斜路をくだり、巨大な丘そのものの内ぶところへ降りていった。周囲にも、足の下にも、星の数ほどたくさんの部屋があった。セランはどこまでも降りつづけた。だれが彼を止められる？　人形や、人形より小さな生き物になにができる？

　いつだったか、マンブレイカーは、おれは自分の富の流れに酔いしれる老海賊だといったことがある。しかし、セランは、いまや賢者の石を発見しかかっている若き錬金術師だった。

彼は世紀をくぐり、千年紀をくぐって、斜路を降りつづけた。最初に階上で気づいたあの雰囲気は、いまやはっきりした臭気にかわっていた——眠たげで、なかば記憶に残り、ほほえみかけ、物悲しく、そしてかなり強い匂い。これが時の匂いなのだ。

「ここにはあなたよりも年寄りがいるのかね？」セランは、ひとりの小さな婆さまを自分の掌にのせてたずねた。

「いるともさ。このわたしの掌にのるような小さい年寄りがね」婆さまが答えた言葉は、セランがノコマから教わったプロアヴィタス語の、古い、単純な形態だった。

セランが部屋部屋を通りぬけていくにつれて、生き物たちはさらに小さく、年老いていった。いまの彼はまさしく茹だったエビだった。このすべてを信じる以外にない。目で見、手でふれているのだから。ミソサザイほどしかない婆さまは、しゃべり、笑い、うなずきながら、もっともっと年寄りがいるよと教え、そうしているあいだにも、こっくりこっくり眠ってしまった。セランは婆さまを蜂の巣のような壁龕の一つにもどした。そこには、縮小された幾千もの世代が、ずらりと並んでいた。

もちろん、いま彼がいる場所は、ノコマの家の中ではなかった。彼がいるのは、プロアヴィタスのすべての家をのせた巨大な丘の内ぶところであり、ここにいるのは、このアステロイドのあらゆる住民の先祖なのだ。

「ここにはあなたよりも年寄りがいるのかね？」セランは、ひとりの婆さまを指先にのせてたずねた。

「いるともさ。もっと小さい年寄りが。でも、もう終わりは近いよ」

眠りこけた婆さまを、彼はもとの場所にもどした。年寄りになればなるほどよく眠る。

そこは丘の根っこの、そのまた下にある大岩盤だった。その大岩盤に掘りぬかれた通路へはいったが、これは数も多くなく、そんなに深くもないはずだった。とつぜん不安がおそってきた。この生き物たちがもっともっと小さくなって、見ることも話しかけることもできなくなれば？　それだと、もう始まりの秘密は聞きだせない。

しかし、すべての老人がその秘密を知っていると、ノコマはいわなかったろうか。そう、いったとも。だが、彼はやはりそれを最古の老人の口から聞きたかった。なんとかして、それを聞きだそう。

「だれがいちばん年寄りなんだ？　ここが終わりか？　ここが始まりか？　起きてくれ！　起きてくれ！」セランはさけんだ。そこがいちばん下の、いちばん年老いた部屋だという確信をもったのだ。

「〈儀式〉かい？」目ざめただれかがそうきいた。ここのみんなはハツカネズミより小さく、ミツバチより大きくなく、そしてこのどちらよりもたぶん年老いていた。

「特別な儀式だよ」セランは彼らにいった。「そもそもの始まりがどんなふうだったのか、ぼくに話してくれ」

あの音はなんだ？　物音ともいえないほどかすかで、まとまりがない。まるで十億の微生物が笑っているよう。それは小さな生き物たちが楽しい時を迎えて目ざめた、喜悦の声だった。

「だれよりも年寄りなのはだれだ？」セランは詰問した。その笑い声が気にさわったからである。「だれが最初にして最古の年寄りなんだ？」

「わたしがいちばんの年寄り、究極の婆さまだよ」ひとりが陽気にいった。「ほかのみんなはわたしの子供さ。おまえもわたしの子供かい？」

「もちろん」セランが答えると、信じられないというように、無数の爺さま婆さまから、小さなさんざめきが返ってきた。

「じゃ、さしずめおまえは究極の子供だね。ほかのだれにも似てないから。もしおまえがそうなら、終わりも始まりとおなじぐらい滑稽だよ」

「そもそもの始まりはどんなふうだった？」セランは頓狂な声を出した。「あんたが最初だとしたら、どうして生まれてきたかをおぼえているかい？」

「ああ、ああ、おぼえてるとも」究極の婆さまは笑いだし、小さな生き物たちの喜悦は、いまや一つの物音にまで高まってきた。

「どんなふうに始まった？」セランは問いつめた。興奮のあまり、とんだりはねたりした。

「ああ、そもそもの始まりはあんまり滑稽で、おまえにはとても信じられないだろうよ」婆さまはさえずった。「冗談だよ、冗談なのさ！」

「じゃ、その冗談を話してくれ。もし冗談があんたの種族を生んだというなら、そのばかでっかい冗談を話してくれ」

「おまえが話したらどう？」婆さまは鈴をふるわすような声でいった。「おまえがわたしの子供なら、おまえも冗談の一部さね。ああ、あんまりおかしくて、信じられないよ。なんていいものだろうねえ、目がさめて、笑って、また眠るのは」

じれったいのもいいところだ！　ここまで近づいたあげくに、笑いバチにはぐらかされるとは！

「おい待て、眠るな！　どんな始まりだったんだ！　いますぐ話せ！」セランは金切り声でさけんだ。彼は究極の婆さまを、親指と人差し指でつまんでいた。

「これは〈儀式〉じゃないね」婆さまは抗議した。「〈儀式〉では、おまえが三日間かかって、どんなふうだったか考えるのさ。すると、わたしたちが笑ってこういう。「いや、ちがう、ちがう。それより九層倍もとっぴだよ。もっと考えてごらん」」

「おれは三日間も考えるのはごめんだ！　いますぐ話せ。さもないとひねりつぶすぞ」セランは震える声で脅迫した。

「わたしがおまえを見て、おまえがわたしを見たら、とてもそんなことはできないさ」究極の婆さまは穏やかにいった。

遠征隊のコワモテする連中なら、だれでもそれをやってのけたろう――究極の婆さまをひねりつぶし、それからだれかが秘密を白状するまで、順々にひとりずつひねりつぶしていったはずだ。もしセランがコワモテする性格と名前を身につけていたら、彼にもそれができたろう。もし彼がガットボーイ・バレルハウスだったら、なんのためらいもなく、そうしたにちがいない。だが、セラン・スワイスグッドにはそれができなかった。

「話してくれ」セランは悶々と訴えた。「これまでの一生、ぼくはそもそもの始まりを、万物の始まりを知ろうとしつづけてきた。あんたはそれを知ってるんだ！」

「わたしたちは知ってるよ。ああ、始まりのなんと滑稽だったこと！　あのとんでもない冗談！　ばかばかしくて、おどけていて、グロテスクで！　だれにも見当がつかず、だれにも信じられないわ」

「話してくれ！　話してくれ！」セランは青ざめた顔でヒステリックにわめいた。

「だめ、だめ。おまえはわたしの子供じゃない」究極の婆さまはコロコロ笑った。「よそものに話すには、冗談すぎる冗談。こんなにおかしい、こんなに信じられない話を、よそものにするのは失礼だもの。それによそものは死ぬからね。もしよそものが笑い死にしたら、わたしも気がとがめるじゃないか」

「話してくれ！　失礼でもいい！　笑い死にさせてくれ！」しかし、セランは、わが身をむさぼりつくされるような欲求不満から、あやうく泣き死にしそうになった。百万ものミツバチ大の生き物が、クスクス、コロコロ、ケタケタと、笑いころげたからである。

「ああ、始まりのなんとおかしかったこと！」

　彼らは笑った。そして笑った。そして笑いつづけた……。とうとうセラン・スワイスグッドも、涙を流していっしょに笑い、這うようにしてその場を逃げだした。船に帰っても、まだ笑いつづけていた。つぎの遠征で、彼はブレイズ・ボルト（「雷電光輝」というところ）と改名し、M-81星雲のとある極楽島を、九十七日間、王様として支配した。しかし、それはこれとは別の、もっともっと不愉快な物語である。

寿限無、寿限無

Been a Long, Long Time

浅倉久志訳

初出：Fantastic, December 1970
邦訳：浅倉久志編『世界ユーモアSF傑作選2』（講談社文庫）→短篇集『どろぼう熊の惑星』（ハヤカワ文庫SF）

初出誌《ファンタスティック》は、SF誌《アメージング・ストーリーズ》の姉妹誌として一九五二年に創刊したファンタジイ誌。八〇年まで刊行されたが、ラファティはあまり縁がなく本作品を含めて二篇だけしか寄稿していない。それにしても、“Been a Long, Long Time”を「寿限無、寿限無」と訳した浅倉久志さんのセンスが素晴らしい。作品の中核にある偶然性の問題は、哲学では古来より繰り返し取りあげられ、不確定性原理の登場によって現代物理の水準でも議論されるようになった。ランダムにタイプライターを叩いてシェイクスピア作品ができあがる思考実験は、「無限の猿定理」と呼ばれるらしい。文学作品ではボルヘス、カルヴィーノ、レムあたりが扱いそうなメタフィジカルだが、ラファティの場合は、どこかしら土の匂いやトボケた温かさが漂う。とくに大天使ミカエルがロサンジェルスのニュース・スタンドで立ち読みするあたりがおかしい。

世界がクシュンという泣き声で終わる？　いや、世界のはじまりがそうだったのさ。

それはすべてを引き裂く夜明けだった――この眩《まぶ》しい輝きに比べれば、その後のすべての光は蠟燭《ろうそく》でしかない――この高熱に比べれば、その後のすべての太陽の熱はマッチの燃えかすでしかない――ふたつの対極が永遠の緊張を作りだしたのだ。

そして、あたかも時間のはじまりを示す最初のひと揺れが感じられた瞬間、そのまんなかでクシュンという声がした。

ふたりの対立者は、生まれつつある空間の半径よりも高くそそり立った。そのまんなかに挟まれたボシェルというかよわい生き物は臆病で、どちらのご機嫌もそこねたくなかった。

「あー、おふたりはどのぐらい留守になるんです？」ボシェルはメソメソとたずねた。

天地創造は空虚をまっぷたつに引き裂く革命だった。ふたつの陣営が形づくられ、深い割れ目の上で、引き裂かれた電光の国が対立した。ふたりの闘士は、永遠に消えやらぬ苦痛とともに袂《たもと》をわかった——ミカエルは純白の火に包まれた——ヘレルは黒と紫の炎でふくれあがった。そして、ふたりの支持者たちも二派に分かれた。それは受容と拒絶、善と悪、というような寓意で呼ばれている。だが、天地創造の瞬間にあったものは、無数の宇宙を維持するこの両極性なのだ。

そのまんなかでこびとのように挟まれて、ボシェルはただひとり、メソメソ、モジモジしながら立っていた。

「ええい、原初の金属にかけて、われわれといっしょにくる気なら、さっさとそこから出てこい」ヘレルが新しい居住地を作るために猛烈な勢いで支持者たちを導きながら、雷鳴のような声でどなった。

「あー、夜までには帰ってきてくれますか？」ボシェルはクシュンと鼻をすりあげてたずねた。

「もう！　とっとと地獄へ失せろ！」ミカエルがわめいた。

「そのうすのろチビはそっちにくれてやる！」ヘレルがせせら笑った。「やつの体には、雪隠《せっちん》を燃やすだけの硫黄もない」

　ふたつの大群が二手に分かれ、ボシェルはただひとり空虚の中に取り残された。まだ彼がそこにたたずんでいるうちに、第二の小さな揺れがきて、時間が本格的に動きだした。莢《さや》がパーンとはじけ、雨のように飛びちった火花が旅をしながらどんどん大きくなった。まだ彼がそこにたたずんでいるうちに、火花は形と回転を備えてきた。なおも彼がそこにたたずんでいるうちに、火花から投げだされた煤《すす》の粉の上で、生命が出現しはじめた。それほど長い長いあいだ、ボシェルはそこに立ちつくしていた。

「あのチビめをいかがいたしましょう？」ひとりの下級天使がミカエルにたずねた。「いつまでもあそこにおいとくわけにはいきませんよ。景色がだいなしです」

「おうかがいを立ててみよう」ミカエルはおうかがいを立てにいった。

　しかし、ミカエルにくだされたのはこんなお告げだった。その責任はおまえにある。ボシェルは優柔不断の咎《とが》で罰しなければならない。しかし、適切な刑罰を選んでその施行を見とどけるのは、おまえ、ミカエルの役目である。

「よいか、やつは原初の瞬間に時間そのものをつっかえさせたのだ」ミカエルは下級天使にいった。「やつの生みだした無作為性があらゆるものに影響を与えた。当然、刑罰も時間に関したものでなくちゃならん」

「なにかいい考えがおありですか？」下級天使がたずねた。

「なにか考えてみよう」とミカエルは約束した。

それからかなりのちのこと、ミカエルはある日の午後、ロサンジェルスのあるニュース・スタンドで、一冊の本を立ち読みした。

「ここにこう書いてあるぞ」ミカエルは詠唱するようにいった。「もし六ぴきの猿が六台のタイプライターの前にすわり、充分に長い時間をかけて打ちつづければ、いつかはシェイクスピアの全著作を一字一句たがわずタイプできるだろう、と。時間なら、われわれにはたっぷりある。そいつをためしてみようじゃないか、キタベル。どれぐらい長くかかるかは知らんが」

「猿とはなんです、ミカエル？」

「知らんな」

「タイプライターとはなんです？」

「知らんな」

「シェイクスピアとはなんです」

「質問するだけなら、だれでもできるぞ、キタベル。必要なものを一式集めろ。さっそくその事業にとりかかろう」

「かなり長期の大事業になりそうですね。だれが監督するんです？」

「ボシェルだ。やつにはうってつけの仕事だよ。これでやつに忍耐と秩序の感覚を教えこみ、時間の壮大さを認識させることができる。これこそわたしの探しもとめていたとおりの刑罰だ」

　彼らは必要なものを一式集め、それをボシェルにひきわたした。

「ボッシュ、この事業が完成すれば、おまえの待機期間もおわる。そうすれば、われわれのグループに仲間入りして、みんなといっしょにたのしく暮らせるんだ」

「フム、ここでぼけーっと突っ立ってるよりはましかもね」とボシェルはいった。「猿たちを教育して、原文を書き写させたら、もっと早く仕事がかたづくんじゃないですか」

「いや、でたらめにタイプライターをたたくことが条件なんだ、ボッシュ。おまえがこの宇宙に無作為因子を持ちこんだ。だから、それで苦しむがいい」

「タイプした原稿をつきあわせるのに、特定の版があるんですか？」

「それはいまわたしがここに持ってきた本で間にあうだろう。三十七篇半を一冊にまとめたという《ブラックストーン・リーダーズ版》だ」とミカエルはいった。「猿たちとも話しあったが、最後までがんばるといっていたぞ。猿たちが言葉をしゃべれるようにするまでに八万年かかったが、そんなものは時間を語る場合、問題にもならん」

「ああ、いつも落ちつくところは時間の話ばっかり！」とボシェルはぼやいた。

「猿たちとは取引をすませた。連中は疲労にも倦怠にも免疫になる。だが、おまえにおなじものを約束するわけにはいかん」

「ねえ、ミカエル、この仕事はよほど長くかかりそうだから、どれぐらいはかどったかを知る目安に、なにかの時計をあてがってもらえませんかね」

そこでミカエルは彼のために時計を作ってやった。一辺の長さが一パーセク（約三十一兆キロ）もある、磨きあげられた岩の立方体だ。

「いいか、ボッシュ、この時計はネジを巻くとか、そんなことはなにひとつしなくていい」とミカエルは説明した。「千年に一度ずつ、一羽の小鳥が飛んできて、この岩でくちばしを研《と》ぐ。岩の摩滅のぐあいを見れば、時間の経過がわかる。よくできた時計だよ。動く部分は小鳥だけだしな。岩がぜんぶすりへってなくなるまでに、おまえの事業が終わるという保証はできん。しかし、時間の経過はわかるはずだ」

「まあ、ないよりはましか」ボシェルがいった。「しかし、退屈なことになりそうだなあ。この時間の概念はちと中世的じゃないかと思うんですが」

「わたしもそう思う。しかし、なんならこうしてもいいんだぞ、ボッシュ。あの岩におまえを鎖で縛りつけ、べつのもっと大きな鳥が舞いおりてきて、おまえの肝臓をついばむというのはどうだ。あのニュース・スタンドにあったべつの本で読んだ話だが」

「ひどい冗談だなあ、ミカエル。その必要はないですよ。なんとか時間はつぶせます」

ボシェルは猿たちを仕事にかからせた。猿たちは無作為にタイプを打つという条件づけをされていた。ほどなく（というのは、もっと大きな生物の時間の測りかたでだが）猿たちはシェイクスピアの書いた単語のいくつかをそっくりそのまままたたきだした――『リチャード三世』の第一幕第二場にある“let”と、『ジュリアス・シーザー』の第二幕第二場の“go”と、『テンペスト』の幕開き早々に出てくる“be”である。ボシェルは大いに勇気づけられた。

それからしばらくのちのこと、一ぴきの猿がシェイクスピアの単語をふたつ連続してたたきだした。もうこのときには、シェイクスピアの母星は（それはまた、この名案の生みの親であるロサンジェルスのニュース・スタンドの母星でもあったが）とっくの昔に店じまいをしていた。

それからまたしばらくして、猿たちはいくつかの熟語をそっくりたたきだした。もうこのころには、相当な時間が流れ去っていた。

例の小鳥は、腹の立つことに、千年に一度やってきても、たいしてくちばしを研ぐ必要がないらしい。ボシェルはやっと真相をつかんだ。ミカエルが天使特有のうすぎたない策略を使い、口当たりのいいカスタードだけでその小鳥をやしなっているのだ。小鳥はくちばしを軽く二、三度岩にこすりつけると飛び去ってしまい、また千年しないともどってこない。それでも千回たらずの来訪で、岩の上にはまぎれもないかすり傷ができた。希望のしるしが。

ボシェルはこの事業がなしとげられるという確信をいだきはじめた。一ぴきの猿が――それもいちばん利口とはいえない猿が――ついにひとつのセンテンスを生みだしたのだ――『なんだ、ボトムの親肩？』そして、あたかもその瞬間、もうひとつのことが起きた。そんなものを見たのはこれがはじめてだったので、ボシェルは肝をつぶした。だが、この事業が完成するまでに、彼は何億回もそれを見ることになるだろう。

遠いはるかな宇宙の果てで、宇宙の微塵のひとつが、もうひとつの微塵とでくわしたのだ。それ自体はべつにめずらしくもなんともない。微塵同士はしょっちゅうぶつかりあっている。しかし、今回の場合はべつだった。どちらの微塵も――方角は正反対だが――全宇宙のいちばんはずれにいた。これ以上遠く離れることは不可能だ。その微塵は（おびただしい居住惑星の集合体だったが）もうひとつの微塵を肉眼と計器で見つめ、自分の肉眼と計器が自分を見つめかえしているのを知った。微塵が見たものは、それ自身だった。宇宙の四次元的円環が完成したのだ。最初の微塵が反対側からやってきたそれ自身と出会い、空間が横断されたのだ。

そこですべてが崩壊した。

星々はひとつまたひとつ、億また億と消えていった。墜落の悪夢！　黒ずんだ球と扁球のすべてが、底知れぬ空虚の中へ落下していった。あとに残されたのは、ただひとつの堅い莢と、この情況からはずれた少数のもの、たとえばミカエルとその同族や、ボシェルとその猿たちだけだった。

ボシェルはつかのま不安にかられた。膨張する宇宙の外観に慣れっこになっていたからだ。しかし、なにも不安がる必要はなかった。すべては新規まき直しではじまった。

数十億世紀が静かに経過した。ふたたび莢はパーンとはじけ、飛びちった火花の雨は旅をしながらどんどん大きくなった。火花は形と回転を備え、そして火花から投げだされた煤の粉の上にまたもや生命が出現しはじめた。

これが何度も何度もくりかえされた。どのサイクルも、それがつづいているあいだは、呪わしいほど長く感じられる。だが、あとで回顧してみると、それらのサイクルはチカチカまたたくライトの点滅にすぎない。もっと長期的な回顧のもとでは、まるで高周波交流発電機が、めまぐるしいばかりのサイクル数を超秒ごとに発生しながら、幾星霜《いくせいそう》も運転をつづけているようなものだった。しかし、さすがにボシェルも退屈してきた。退屈以外に、それを表現する言葉はなかった。

ほんの数十億宇宙サイクルが完了するかしないかのうちに、岩時計には馬が一頭すっぽりはいりそうな割れ目ができた。例の小鳥があまたの旅をくりかえして、くちばしを研いだおかげである。そして、六ぴきの猿のうちでいちばんはしっこいピテコス・ピートは、いまや完全無欠な『テンペスト』の全文を無作為に打ちあげた。六ぴきの猿とひとりの天使は、たがいに握手を交わしあった。それは感動の瞬間だった。

その瞬間も長くはつづかなかった。ピートが猛烈なスピードで残りの戯曲を無作為にタイプすればいいものを、彼自身の解釈による『テンペスト』の改訂版を打ちあげたのだ。ボシェルは激怒した。

「だけど、このほうが出来がいいんだぜ、ボッシュ」とピートは反論した。「それに、演出のアイデアもいくつかあるんだ。このドラマをばっちり盛りあげるような」

「出来がいいのはわかってる！　べつに出来をよくする必要はない。そっくりおなじものがほしいんだ。おまえらエテ公には、これが無作為の確率の問題だということがわからんのか？　このぼけなすども！」

「あのいまいましい本を一カ月だけ貸してくれよ、ボッシュ。そしたら、くそったれな中身をかたっぱしからコピーして、この仕事は打ちあげだ」ピテコス・ピートが提案した。
「規則だよ、このうすのろ、規則だというのに！」ボシェルは歯ぎしりしてどなった。「規則は守らねばならん。そんなイカサマが許されるわけがないのはわかってるはずだ。それに、どのみちバレるにきまってる。こんなことをいうのは胸が痛むが、わたしのにらんだところ、ここにいるわが協力者の猿たちの中にもスパイがまぎれこんでいるらしい。ごまかしが通じる相手じゃない」

　このちょっとしたもめごとのあと、事態は好転した。猿たちはせっせと働きつづけた。やがて、９のうしろに並んだ０《ゼロ》がパイカ活字で崩壊直前の宇宙をひと巻きするほど（究極的な天球の半径と円周は、もちろん同一なのだ）長くつづいた数字で表わされる回数までサイクルがくりかえされたのちに、最初の完本ができあがった。

　もちろん、それにはまちがいが含まれていて、ものにはならなかった。しかし、まちがいの数はぜんぶ合わせても三万たらず。それは来たるべき大成功と、究極の勝利の前触れだった。

　その後（諸君、その後もいいところだ！）彼らは成功すれすれにまで近づいた。岩時計の割れ目に中ぐらいの恒星系がおさまりそうになったころ、たった五カ所のまちがいしかない新版が完成したのだ。

「いまにできるぞ」ボシェルがいった。「時間をかければきっとできる。時間だけはたっぷりあるからな」

その後――そのずっとずっと後――完璧と思われるものができあがった。もうこのときには、例の小鳥が、千年ごとの来訪で、巨大な岩の全体積の五分の一近くをすりへらしていた。

ミカエルがじきじきにその版を読んだが、まちがいを発見できなかった。もちろん、これでは決定的といえない。ミカエルは短気でそそっかしい読み手なのだ。確認には三回の校閲が必要とされている。しかし、これほど希望が高まったことはかつてなかった。

ミカエルよりはるかに注意深い天使による第二回の校閲も合格で、一字一句原本どおりとご託宣がくだった。しかし、この読み手が読みおわったときはもう夜更けだったので、最後のほうは注意散漫になっていたかもしれない。

そして三度目の校閲も、三十七の戯曲ぜんぶを無事通過して、最後の詩集にはいった。三回目の校閲を命じられたのは、ほかならぬあの書記天使、キタベルだった。キタベルは証明書にサインしようとして、ふとその手をとめた。

「どうもなにか心のすみにひっかかるものがある」キタベルはそういうと、頭をはっきりさせようと首をふった。「どうもなにか納得のいかないこだまのようなものが、耳にこびりついている。わたしはミスをおかしたくない」

彼は〝キタベ――〟とまで書いたものの、まだ署名をすませていなかった。

「それをつきとめないと、今夜は眠れそうもないな」キタベルはぐちをこぼした。「戯曲のほうじゃない。あっちが完全なのはわかってる。詩集の中のどこかだ――もうほとんど終わり近くに――なにかの不協和音があった。沙翁《さおう》がおそろしくトンチンカンな一行を書いたのか、それとも、わたしの目がタイプ原稿のまちがいを見逃しても、耳がおぼえていたのか。白状すると、最後のほうではかなり眠かったからな」

「おい、もう後生だからサインしてくれ！」ボシェルは訴えた。

「どうせこれだけ長いあいだ待ったんだ、もうすこし待っても大差あるまい」

「あんまり調子に乗るなよ、キット。いっとくがな、こっちはカンシャク玉が破裂しかけてるんだ」

しかし、キタベルはもう一度読みかえして、それを見つけた――『不死鳥と山鳩』の中の一節である――

From this session interdict
Every fowl of tyrant wing,

Save the eagle, feather'd king:
Keep the obsequy so strict.
（この集いから締めだすべきものは
百鳥の王たる鷲はさておき
すべての暴虐のつばさ持てる鳥、
葬儀はきびしく取りしきれ）

これが原本に書かれたとおりである。だが、ピテコス・ピートがタイプしたものは、それに近いけれども、まったくおなじとはいえなかった——

From this session interdict
Every fowl of tyrant wingg,
ave the eaggle, feather'd kingg:
Dam machine the g is sticked.
（この集いから締めだすべきものは
百鳥の王たる鷲はさておき

　べての暴虐のつばささ持てる鳥、
　このボロ機械め字がダブりやがって）

もし、あなたが一度も天使の泣くのを見たことがなければ、そのあとのボシェルの愁嘆場は言葉で伝えようがない。

猿たちは今夜もたゆみなく、でたらめにタイプをたたいている。あの最後の悲しい半成功は、ほんの一千兆サイクルたらず前の出来事なのだ。そして、ついさっき——現在のサイクルを半分ほどさかのぼった前に、一ぴきの猿が、シェイクスピアの単語をなんと九つも連続で打ちだした。

まだ希望はある。そういえば例の小鳥は、もうあの岩を半分ほどの大きさにすりへらしてしまったそうな。

編者あとがき

とってもカワイイ、しかし謎めいたラファティの登場人物

牧　眞司

ラファティ・ベスト・コレクション第二巻『ファニーフィンガーズ』をお届けします。編集のコンセプトは「カワイイ篇」です。

ベスト・コレクションの企画が動きだした最初期から「ファニーフィンガーズ」を表題にした巻をつくると決めており、ほぼ自動的に「カワイイ」というキーワードも出てきた。この作品は日本のラファティ愛好家のあいだでの評判が高く、私自身としても格別の思い入れがある。これまで書籍未収録だったので新鮮味という点でも申し分ない。そして響きも良い。

ちなみに第一巻の表題作を「町かどの穴」にしたのは、編集部からのサジェスチョンである。名が通っていて、表題としても座りが良いという判断で、私としてもまったく異存はなかった。

さて、カワイイ篇である。これまであまり指摘されることはなかったが、ラファティの作品はキャラクター小説だ。魅力的な登場人物たちがいてこそ、ラファティ世界のテーマ、アイデア、雰囲気が引きたつ。ラファティ本人もキャラクターに愛情を持っていたのだろう（いささか奇妙な愛情ではあるが）。〈不純粋科学研究所〉や〈アウストロと何でも知ってる男たち〉といったシリーズでは、決まったメンバー（といっても多少の出入りがある）が活躍するし、三人の大科学者（ウィリー・マッギリー、ヴェリコフ・ヴォンク、アーパッド・アーカバラナン）や苦虫ジョンのように作品をまたがって登場する名優（怪優？）もいる。ラファティの作品は物語としてはそれぞれ独立しているけれど、大きな世界（マルチヴァース）としてつながっていて、ときおり住人たちが往き来をする――そんな気さえしてくる。

　個性的なキャラクターがいっぱいのラファティ作品のなかから、とくに私の琴線にふれた作品を集めたのが、この『ファニーフィンガーズ』だ。可愛いという言葉は日常的には少年少女・小動物・ぬいぐるみなどの可憐な対象に向けられることが多いが、ラファティ世界ではそれだけにとどまらず、ギャング的な悪ガキ、奔放な女性、迂闊な探検家、愚図な発明家、ドジな科学者、変わり者の異邦人、さらには牧歌的なローカル線さえも、不思議なチャームがあって可愛い。

誤解のないようにつけくわえておくと、ラファティが創造／想像する可愛いキャラクターたちは、テンプレートを組みあわせて造形・流通させられる記号でも、玩物として消費されて終わる偶像でもない。神話に出てくる半神や傑人、あるいは民間伝承のなかの賢者・愚者・道化・無垢・精霊のように、原型としての息吹を備え、私たちの生を絶えず擾乱《じょうらん》／活性化する存在なのだ。

近代小説の地平では、フラットキャラクターとラウンドキャラクターとが対照的に論じられる。フラットキャラクターは類型的で、物語の最初から最後まで性格が変わらない。対して、ラウンドキャラクターは内面に矛盾や葛藤を抱えており、物語のなかで変化していく。この分類に従えば、ラファティの登場人物はフラットキャラクターということになるが、ラファティ作品を実際にお読みになればおわかりになるように、フラット（平面）と表現するのはとても適当とは言えない。彼らは、汲み尽くせない謎を秘めているからだ。それは俗世的な懊悩《おうのう》や憂苦の水準に終わらず、世界そのものの本源的な何かに直結している。

だから、読者はラファティのキャラクターを前にして憧憬・思慕・愛着などの感情と同時に、崇敬や畏怖を抱かずにはおれない。たとえば、「ファニーフィンガーズ」の主人公オーリャドは可憐にして無垢な少女だが、常人にはおよばぬほどの逞しさと機才を備えたヒロインでもある。あるいは「日の当たるジニー」のジニーは、だれもが世界一美しい子どもと思うが、静止した姿はモンキー面で、がにまたで、小鬼のような太鼓腹なのだ。しかし、彼女はひとたびともじっとしていることがなく、いわば動きが本質である。私たちの常識では両義的と見なされる要素が、ラファティの世界では最初からひとつなのだ。

　このラファティ・ベスト・コレクションでは、前巻『町かどの穴』と本巻『ファニーフィンガーズ』を併せて三十九作品を収録した。ラファティの短篇・中篇はいままでに刊行されたものだけで、およそ二百三十篇におよぶ。そのなかから選りすぐってのベストだが、実を言えば「ベスト」と称することにあまり意味はない。私のようなラファティの魅力に取りつかれた読者にとって、ラファティの作品はすべてベストだからだ。ラファティはそれぞれの作品のテーマや物語内容というよりも先に、語っている〝声〟がまずラファティであって、その比類なき調子・抑揚・響きをずっと聴いていたい。

　前巻の編者解説で述べたように、ラファティにはきわめて根強い支持層が存在する。いわゆるファンクラブ的な秩序だった組織ではなく、ひじょうにルーズで勝手気ままな愛読者のつながり――それはネットワークと言うよりも、「袖振り合うも多生の縁」というか「君子の交わりは淡きこと水の如し」くらいの感覚で、私は勝手にラファティ友愛団と呼んでいるのだが、もし、あなたがこのベスト・コレクションを通じてラファティの〝声〟に惹かれたとしたら、もう友愛団の一員です。

とは言え、「ラファティの作品がそんなに素晴らしいならベスト・コレクションなんてケチなことは言わず、すべての作品をあらいざらい集成した全集を出せ！」という意見もあるわけで――ほかならぬ私がその急進派のひとりなのだが――、それはまあ、今後の宿題、というか宿願である。

話が少し逸れてしまった。日本におけるラファティ友愛団の最古参のひとりに水鏡子というひとがいる。ＳＦ評論家……のはずだが、いまではもっぱら「魍魎の匣」と呼ばれる異常書庫の番人として知られ、ラファティ作品に登場するキャラクターのようになってきた。その水鏡子さんがこんなことを言っている。

> ラファティのベストを選ぶくらい簡単なことはない。短篇集のページを開けば、だいたい五割の確率でベストに値う作品がみつかるからだ。ラファティのベストについて書くことくらいたいへんなことはない。そこに並べた三篇が、なぜ他を押しのけたベストであるか、釈明するのは並大抵ではないからだ。

（「マイ・フェイバリット・ラファティ」、《ＳＦマガジン》二〇〇二年八月号［Ｒ・

A・ラファティ追悼特集」）

文中で「三篇」とあるのは、この原稿がラファティの短篇ベスト・スリーを選ぶアンケートへの回答だからである。

氏の主張にまったく同感だ。三篇が三十九篇でも事情はかわらない。『町かどの穴』『ファニーフィンガーズ』に選んだ作品はすべてベストであると胸を張って言えるが、逆に、収められていない二〇〇篇近くがなぜベストでないかを釈明しろと訊かれても、まったくお手上げだ。

ここから先はこのベスト・コレクションの成立にまつわるエクスキューズ、というか楽屋裏である。

企画が立ちあがったのは、たしか二〇一五年の秋。前年につくった「R・A・ラファティ生誕一〇〇周年記念特集」（《SFマガジン》二〇一四年十二月号）の評判が良かったことを受けて、担当編集者の梅田さんが「こんどはラファティの新しい短篇集をつくりましょう！」と声をかけてくれたのだ。その段階ではまだ「ベスト・コレクション」という枠組ではなかった。ぼくが梅田さんへ送ったメールを掘りだしてみたところ、未訳作品がいくつも並んでいる。もう記憶が曖昧になっているが、それら新訳作品と、既訳だがラファティの日本版短篇集には未収録の作品とを併せ、大部の短篇集をつくる目論みだったらしい。ただし、その時点ではあくまで素案であり、体裁を整えた企画書ではなかった。

それが既存短篇集に収録ずみの作品も含めてのベスト・コレクション企画へとシフトしていったのは、おもに編集部側の判断による。もっとも大きなところでは、ラファティをより多くの読者に届けようという狙いだ。また、ハヤカワ文庫ＳＦから刊行されていたラファティ短篇集のうち三冊が品切れになっていたという、側面的な事情もあった。マニアックな読者は「品切れとは由々しきことだ！　すぐに重版せよ！」と脊髄反射してしまうが（事実、そのときの私の反応がそれだった）、現在の翻訳出版状況はいろいろと難しい条件（マーケット的なことばかりではなく、権利者やエージェントの意向や契約上の手続きも含めて）があるらしい。

さて、いままで日本で刊行されたラファティの短篇集は、以下の通り。

Ａ『九百人のお祖母さん』浅倉久志訳（早川書房／海外ＳＦノヴェルズ「一九八一年」→ハヤカワ文庫ＳＦ「一九八八年」）

Ｂ『子供たちの午後』井上央編・訳（青心社ＳＦシリーズ「一九八二年」→新装版「二〇〇六年」）

C『どろぼう熊の惑星』浅倉久志編・訳（ハヤカワ文庫SF［一九九三年］）
D『つぎの岩につづく』伊藤典夫・浅倉久志訳（ハヤカワ文庫SF［一九九六年］）
E『翼の贈りもの』井上央編・訳（青心社SFシリーズ［二〇一一年］）
F『昔には帰れない』伊藤典夫編／伊藤典夫・浅倉久志訳（ハヤカワ文庫SF［二〇一二年］）

このうちAは本国アメリカで一九七〇年に刊行されたラファティ第一短篇集 *Nine Hundred Grandmothers* の、Dは同じく七二年刊の第二短篇集 *Strange Doings* の翻訳である。ほかはすべて日本オリジナル編集。

こんかいのベスト・コレクションでは、BとEの収録作はすべて見送った。早川書房刊ではないからという理由ではない。この二冊の短篇集は井上央さんによるコンセプト・アルバムともいうべき作品チョイスで、読者にはそれをまるごと（井上さんの熱のこもった解説も含めて）受けとってもらいたいと考えた。この二冊はインプリントであり（二〇二一年十月現在）、新刊書店で注文すれば簡単に入手可能なので、ぜひ！

なお、これはベスト・コレクションの企画がだいぶ進んでからのことなのだが、井上さんがすべて新訳のラファティ短篇集を独自に企画なさっていることが伝わってきた（ラファティ友愛団の秘密情報網を通じて）。おかげで私も肩の荷がおりた。新訳は井上さんの新企画にお任せして、こちらは単行本未収録だった既訳作品に重点を置きつつ、バランスを取ったチョイスをすればよい。

　さらに細かな話をすると、ベスト・コレクションの企画がまだ固まらないときに、未訳作品のなかでぜひともこれは採りたいと念じていた重要作品が“Great Day in the Morning”だった。企画書の段階で、梅田さんの上司にあたる清水編集長から「そう言えば伊藤典夫さんがこの作品を訳したいと仰っています」と聞かされ、大喜びをしたものだ。けっきょく、この作品は《ＳＦマガジン》二〇一七年八月号に「《偉大な日》明ける」として訳出され、ベスト・コレクション第一巻『町かどの穴』にもぶじ収録することができた。

　逆に、こんかいのベスト・コレクションであえた外した作品は、〈アウストロと何でも知っている男たち〉シリーズの諸作である。これは本国アメリカで *Through Elegant Eyes: Stories of Austro and the Men Who Know Everything*（1983）という一冊にまとまっているので、日本でもそのまま翻訳されるべきと考えた。ちなみに同書に収録されているのは十二篇（うち“Four Sides of Infinity”は四つのエピソードからなるので、これを別に数えると全部で十五篇となる）。邦訳があるのは、「行間からはみだすものを読め」（伊藤典夫訳)、「ダマスカスの川」(浅倉久志訳)、「知恵熱の季節」「聖ポリアンダー祭前夜」(柳下毅一郎訳)の四篇である。

以上のことを踏まえたうえで、まず私が自分の偏愛に基づいた、かなりわがままな作品選択をおこなった。それはあくまで叩き台であり、編集部からの意見を参考に調整を加え、全二巻の収録作品を決めた。その際に参照したのは、前述した「マイ・フェイバリット・ラファティ」のアンケート結果である(回答者は浅倉久志、浅暮三文、伊藤典夫、大野万紀、大森望、川又千秋、倉阪鬼一郎、水鏡子、高橋良平、田中啓文、中藤龍一郎、中村融、林哲矢、深堀骨、古沢嘉通、牧眞司、森岡浩之、柳下毅一郎)。おかげで、だいぶバランスの良いセレクションになったと思う。

前巻解説で述べたラファティ・ルネサンスはまだまだつづく。お気づきになっている読者もいらっしゃると思うが、第一巻『町かどの穴』の最後に「つぎの岩につづく」を配し、第二巻『ファニーフィンガーズ』のトリに「寿限無、寿限無」を持ってきたのは、その継続性——いや、永続性の象徴である。

とりあえず、みなさん、井上央さん編の新訳短篇集を刮目してお待ちください。すでに翻訳は終わっていて、刊行は来年早々、《新☆ハヤカワ・SF・シリーズ》です。

本書には、今日では差別的ともとれる表現が使用されている箇所があります。しかし作品が書かれた時代背景やその文学的価値、著者が差別の助長を意図していないことを考慮し、原文に忠実な翻訳を心がけました。その点をご理解いただけますよう、お願い申し上げます。

（編集部）

危険なヴィジョン〔完全版〕1

Dangerous Visions

ハーラン・エリスン編
伊藤典夫・他訳

〔ヒューゴー賞受賞〕アメリカSF界最高のカリスマ作家エリスンが、既存の英米SF界に一石を投じるべく企画・編集し、全作品に自ら序文を付した計33篇収録の伝説的巨大アンソロジーがついに刊行！ 本書はアシモフのまえがきとエリスンの序文をはじめとする〝危険な〟ヴィジョン八篇を収録。解説／高橋良平

ハヤカワ文庫

編者略歴　1959年生，東京理科大学卒，ＳＦ研究家・文芸評論家　著書『JUST IN SF』，編書『町かどの穴　ラファティ・ベスト・コレクション１』『ルーティーン　篠田節子ＳＦ短篇ベスト』（ともに早川書房刊）他多数

HM=Hayakawa Mystery
SF=Science Fiction
JA=Japanese Author
NV=Novel
NF=Nonfiction
FT=Fantasy

ファニーフィンガーズ
ラファティ・ベスト・コレクション２

〈SF2349〉

二〇二一年十二月　十　日　印刷
二〇二一年十二月十五日　発行

（定価はカバーに表示してあります）

著　者　R・A・ラファティ
編　者　牧《まき》　眞《しん》　司《じ》
訳　者　伊《い》藤《とう》典夫《のりお》・浅倉《あさくら》久志《ひさし》・他
発行者　早　川　　浩
発行所　株式会社　早　川　書　房

郵便番号　一〇一‐〇〇四六
東京都千代田区神田多町二ノ二
電話　〇三‐三二五二‐三一一一
振替　〇〇一六〇‐三‐四七七九九
https://www.hayakawa-online.co.jp

乱丁・落丁本は小社制作部宛お送り下さい。
送料小社負担にてお取りかえいたします。

印刷・星野精版印刷株式会社　製本・株式会社明光社
Printed and bound in Japan
ISBN978-4-15-012349-9 C0197

本書は活字が大きく読みやすい〈トールサイズ〉です。